『心』の秘密

漱石の挫折と再生

今西順吉

TRANSVIEW
トランスビュー

『心』の秘密―漱石の挫折と再生―＊目次

第一部 『心』の秘密

第一章 先生と私 5

第二部　漱石の挫折と再生

凡例

一、漱石の作品等の引用は、特に断らない限り、一九九三年十二月に刊行が開始された岩波書店版『漱石全集』によった。

二、ただし振り仮名は、同全集を参照しつつ、読者の読みやすさを考慮し著者が適宜付した。振り仮名はすべて現代仮名遣いとした。

三、また参照の便宜のために、『心』については右全集版の頁と行も添えた。「上四　11.7-8」とあれば、「上　先生と私」の第四回、一一頁の七〜八行を指す。新聞連載時の「回」によって、他の版の参照もある程度容易になるであろう。

四、傍点は、特に断らない場合はすべて引用者が付した。

五、法然などからの引用の際には読みやすさを考慮して、適宜、仮名を漢字に置き換え濁点を付した。

『心』の秘密

漱石の挫折と再生

第一部　『心』の秘密

第一章　先生と私

1　不思議な構造

『心』は次のように書き起こされている。

　私は其人を常に先生と呼んでゐた。だから此所でもたゞ先生と書く丈で本名は打ち明けない。是は世間を憚かる遠慮といふよりも、其方が私に取つて自然だからである。私は其人の記憶を呼び起すごとに、すぐ「先生」と云ひたくなる。筆を執つても心持は同じ事である。余所々々しい頭文字抔はとても使ふ気にならない。

　私が先生と知り合になつたのは鎌倉である。（上一 3.2-6）

冒頭にあるこの文章は様々な意味を一気に伝えようとする、含蓄に富んだ文章である。

引用の最後に、「私が先生と知り合になつたのは鎌倉である」と書かれているように、この小説は鎌倉での出来事から書き起こされている。しかしそれを現在進行中の出来事として物語るのではなく、〈私〉はその出来事を回想してこれを書いていることが、この文章によって表されている。

そこで、冒頭にある「私は其人を常に先生と呼んでゐた」という最初の文章が、非常に強い意味を含んでいることに気づかされる。そのすぐあとに「其人の記憶を呼び起すごとに」という言葉が続き、その人はすでに記憶の中の人であることが知らされる。先生はすでにこの世にないことが、すぐ後で「先生の亡くなつた今日になつて」（上四 11.7-8）と書かれていることによって、確認される。

〈私〉は先生と知り合ってからの交流を語ろうとしているが、この物語を語り始めた時、その先生はすでにこの世に存在しない。〈私〉が先生の死を知っているということは、〈私〉がすでに先生の遺書を読んだことを意味する。遺書を読んだ上で〈私〉は語り始める。〈私〉の語りはそういう構造になっている。

この不思議な構造は時間の面から見るとはっきりする。小説の半ばで、〈私〉は先生からの手紙を受け取る。封を開くとすぐに、それが先生の遺書であることが解った。〈私〉は急いで汽車に乗って、それを読み始めた。遺書は小説の後半全部を占め、それの終わるところでこの小説は閉じられる。『心』はそこで終わっている。

小説が描く第一の時間はそこで終わっている。しかし小説のもう一つの時間、第二の時間は、第一の時間が終わったところから始まっている。〈私〉はその遺書を読んでから、先生について語り始める。先生との直接の交流は第一の時間の範囲に属するが、語り始めた〈私〉は、第一の時間における〈私〉ではない。語り始めた〈私〉は第二の時間の中で、第一の時間における先生との実際の触れあいを回想しつつ、遺書から知ることのできた先生をそこに重ね合わせている。物語は第二の時間の中に第一の時間を取り込んだ形で進む。冒頭の文章はさりげなく書き起こされているように見えながら、このような時間構造を内包している。

ところで、〈私〉が先生の遺書を読み始めると、それ以後は、遺書（すなわち先生の語り）だけであって、〈私〉はまったく言葉を差し挟むことなく、遺書が終わったところで『心』も閉じられる。この形式は新聞連載における『心』の副題「先生の遺書」が密接に関係している。新聞連載は、小説の題はもちろん『心』であったが、「先生の遺書」という副題のもとに開始された。読者の眼には最初から「遺書」の文字が見えていたのである。そのために作者は冒頭から、先生はすでに死んでおり、先生の遺書がこの小説の眼目であることを鮮明に印象づけようとしたのである。

この小説の主題が先生の遺書であることは疑いない。しかし単にそれだけであったならば、「先生の遺書」などと題さずに、遺書の主人公の名を挙げて「誰々の遺書」としてもよかったであろう。あるいは、第三者が何らかの偶然によって遺書を入手した、などという形式もありえたであろう。しかし「先生の遺書」と題する以上は、その人を先生と呼ぶ人物が登場しなければならない。その人物がとりもなおさず〈私〉であるが、〈私〉にとってその人は単なる第三者ではなく、「先生」である。語り手である〈私〉がその人を先生と呼ぶ以上は、いかなる意味において〈私〉はその人を先生と呼ぶのか、ということもこの小説の重要な主題でなければならない。「先生と私」と「両親と私」の二つの章がこの問題を扱っているが、繰り返しになるけれども、〈私〉は先生の「遺書」を読んだ上でこれを書いているのであるから、先生との最初の出逢いにおいても、先生の死後においても、その人は〈私〉にとって「先生」であることには変わりがない。

先生と〈私〉との間にはこのような親密な師弟関係が存在する。冒頭の「私は其人を常に先生と呼んでゐた」という文章は、その関係を一気に読者に呑み込ませてしまう力をもっている。しかも、語り手である〈私〉は読者の眼を先生に注がせる。先生と呼ばれた人はどのような人なのか。読者の関心は自ずからそこに向けられる。先生と〈私〉の間の基本的な関係が、この最初の文章によって鮮やかに示されている。

2 「先生」という呼称

この小説の主人公は「先生」と呼ばれるだけで、〈私〉がここで断っている通り、その本名は最後まで明かされることはなかった。そして当然のように〈私〉の姓名もどこにも書き込まれていない。

なお、ここで「余所々々しい頭文字抔はとても使ふ気にならない」と述べているが、これは後に遺書の中で語られる「K」を想起させる。先生はKの本名をどこにも記さず、最初から最後まで頭文字で表している。小森陽一氏は、〈私〉が頭文字で呼ぶのはよそよそしいと断っているのは、先生が親友をKと呼ぶことを批判している、と解する。(1) さらに小森氏は、「先生」と呼びかける「二人称的なまじわり」と、三人称で「K」と記述することには、次のような「差異」がある、と述べている。

> (二人称で)「呼ぶ」こと、それは呼びかける人格が、呼びかけられる人格を、言葉が生まれる場に現前させ、あたかも直接的な二人称としてかかわろうとする運動にほかならない。(中略)呼びかけの相手は、たとえ「その人」がすでに死に、過去の存在、今は不在の人であっても、(中略)過去と記憶の集積点である今において、新たに生きられる過程（プロセス）なのだ。だからこそ、「その人の記憶を呼び起こすごとに、すぐ『先生』と云いたくなる」のであり、「その人」の存在は、決して今から切り離された過去に押し込められているのではなく、今—あなた—と—共に在るという二人称的なまじわりの中で、呼びかけ答えあう存在として共存し、新たなまじわりを生成しているのである。今書いている手記の読者には、本来「その人」という三人称としてしか伝達できないような存在に対して、しかしそれでも「私」は自らの言葉の中で二人称的なまじわりを残存させ、持続させ、蘇生させようとする。それが「先生」と呼びかけつづける中で、手記を記述しようとする「私」を貫いている姿勢にほかならない。[2]

このような二人称的なまじわりに対して、「K」と呼ぶ三人称的なかかわりには、次のような相違がある、と言う。

親友をKと「よそよそしい頭文字」で現わしてしまった「下―先生と遺書」の言葉は、他者の存在を対象化し、客体化する極限、つまりは文字通り他者を記号化し一義的な意味へ同一化してしまうような、三人称的なかかわりを現わしたものとなる。今から限りなく切り離された過去の中に、他者の人格を固定してしまうような言葉、そして他者に対してそうすることによって、自分自身をも全く同じように対象化、固定化してしまうような言葉が「先生」の遺書を貫いている。(3)

「先生」と「K」という、二人称・三人称の人称の違いをこのように把握して、それを『心』全体に及ぼそうとする。

このような言葉のあり方に潜在的な、だからこそまた全体的な異和を表明し、それを差異化しつづけることを宣言しているのが、『心(こゝろ)』が開かれる冒頭の表現なのだ。(4)

一般論としても、単なる人称の違いから、一気にここまで導くことができる、とは考えにくい。『心』の場合でも、先生が親友をKと呼ぶことが、他者を「記号化し一義的な意味へ同一化」している、という主張は、後に検討するように、遺書そのものによって否定される。遺書の中で先生は絶えずKを想起しつつ、Kの「心」を捉え直そうとしている。先生は心の中でKとの対話を繰り返しているのである。毎月の命日の墓参はそれを行動として表している。したがって、〈私〉による差異化として『心』を捉えることは、不可能であると言わなければならない。「先生」と「K」との違いの本質は、小森氏が主張するような点にあるのではない。先生はKとは親友であり、しかも深刻な運命を辿る関係にあった。遺書の中で先生は、二人の運命の「意味」について深く反省している。その反省が先生の「思想」として後に詳しく述べられることになる。それに対して〈私〉は先生から、先生の深い反省・思想を学び取るという関係にある。先生とKとの関係と、〈私〉と先生との関係は次元が異なる。遺書を読んだ〈私〉はそのことを充分理解しているはずである。先生が親友をKと呼ぶのを批判しているわけではない。〈私〉は先生を頭文字で呼ぶことはできない、と言っているにすぎない。〈私〉が先生について書き始めたその冒頭から、先生を批判していると解して、それを『心』全体に及ぼそうとするのは、正しくない。

頭文字を用いるという点では、『行人』の最後の章を挙げることができる。精神を病む一郎は友人と旅に出る。そして友人は手紙で兄の様子を二郎に知らせる。友人はこのように重要な役割を負わされているが、二郎はその人をHさんと呼んでいる。イニシャルを用いているからといって、そこに特別なニュアンスがあるわけではない。〈私〉は、先生と呼ぶ以外の呼び方は自分にはできない、ましてや頭文字で呼ぶような、よそよそしい態度は取れない、と言うのである。尊敬する人を先生と呼ぶときの、日本人の純粋な心情を〈私〉は表現したいのである。力点はそこにあるのであって、親友をイニシャルで呼ぶ先生を批判している、と見ることはできない。

「テキスト」には確かに、「余所々々しい」という批判めいた言葉が書かれている。それを踏まえているので、小森氏の議論は実証的であるかのように見える。しかしその言葉の意味は、必ずしも当該の箇所のみから決定してよいわけではない。一つの作品は一つの大きな文脈を構成しており、優れた作品ほど、全体が緊密に構成されている。そして個々の部分は全体の中に緻密に組み込まれて、全体を支える。小説家に限らず、優れた芸術家を創作家（creator）と呼ぶのは、作品という「一つの世界」を「創造する」（create）からである。『心』は優れた作品であり、安易な独断を排して、その世界を丁寧に読み解くだけの意義がある。[5]

〈私〉は先生の遺書を読んでから語り始めるが、先生は遺書の最後で次のように述べている。

> 私は私の過去を善悪ともに他の参考に供する積です。然し妻だけはたつた一人の例外だと承知して下さい。私は妻には何にも知らせたくないのです。妻が己れの過去に対してもつ記憶を、成るべく純白に保存して置いて遣りたいのが私の唯一の希望なのですから、私が死んだ後でも、妻が生きてゐる以上は、あなた限りに打ち明けられた私の秘密として、凡てを腹の中に仕舞つて置いて下さい」（下五十六 300.3–7）

先生は〈私〉に向かって、先生の「秘密」は「あなた限りに打ち明け」たのであるから、「凡てを腹の中に仕舞つて置いて下さい」と述べている。実際に、遺書は〈私〉に郵送されており、〈私〉だけが知ることができた。しかし、〈私〉は現に語り始めた。これをどのように理解したらよいのであろうか。

このことが可能であるためには、「先生の遺書」ないしその内容が〈私〉と奥さんとの間で公然と共有されている状況を考えざるをえないから、〈私〉は奥さんと結婚することになる、という想定がなされている。秦恒平氏は『心』をそのように解釈して台本を書き、芝居は昭和六十一年（一九八六）十月八日に俳優座で上演された[6]。また、秦氏はその構想を著書『四度の滝』（珠心書肆、昭和六十年一月一日）の「あとがき」に記した。その『四度の滝』を小森陽一氏に贈ったところ、小森氏は「あとがき」の「心の説」に対して、「やや興奮気味の、共感ないし賛同の手紙」を秦氏に送ったという。その手紙の日付は昭和五十九年十二月二十九日であった[7]（日付が前後するのは、奥付刊行日以前に、できあがった本が送られたためであろう）。小森氏の論文は一九八五年三月に出版されているから、秦氏とほぼ同じ時期に『心』に関して極めて近い理解を持っていたことになる[8]。小森氏の論文は発表されて半年後には「ちくま文庫」の『こころ』に「解説」として収録され、多くの読者の眼に触れるようになるとともに、俳優座で秦氏の脚本による戯曲が上演されたため、一気に「こころ論争」が展開されることになった。そして、〈私〉が奥さんと結婚するのは、今や自明のことのごとくに見なされるに至っている。

この主張は、一応もっともらしい。しかしながら、『心』（＝新聞に連載された「先生の遺書」）という作品は、誰もが認めているように、「遺書」が終わったところから冒頭の文章が始まる、という構造をもっているのであるから、〈私〉の語りに導かれて遺書にたどり着いたならば、そこで完結することになる。作者が読者に期待しているのは、遺書を熟読することである。ところが肝腎の遺書の内容そのものの検討をおざなりにしたままで、『心』という作品の外の、「書かれざる物語」に議論が集中するのは、何とも空しいと言わなければならない。

先生は右の引用の最初のところで、「私は私の過去を善悪ともに他(ひと)の参考に供する積です」と言っている。「他(ひと)」は他者一般を意味する。したがって誰でもいいはずである。もしも〈私〉だけに打ち明けようとしたのであるならば、「他(ひと)」などという曖昧な表現をせずに、ここでも「あなた限りに」と言わなければならない。しかしそう書かれてはいない。それならば先生はなぜこのように、両義的とも言えるような、曖昧な表現をしたのであろうか。

3 「私の秘密」とは何か

問題の焦点にあるのは先生が「私の秘密」と呼ぶものである。一体それは何を指しているのであろうか。遺書全体が「私の秘密」であるはずがない。遺書の中で書かれている多くの事柄について、先生はすでに生前に〈私〉に語っているからである。後に指摘するように、「先生と私」の章の中でその例は多数見られる。それらは遺書から得た知識にもとづいているにはちがいない。しかしそれらは「先生の秘密」に属することではない。なぜなら、「先生と私」の中で〈私〉は、先生には〈私〉の知らない「秘密」のあることに気づいて、先生に尋ねているからである。先生はそれを話そうと約束しながら、話さずに死んでしまった。その代わりに遺書を遺した。そして〈私〉は遺書を読んだが、「先生の秘密」と呼べるほどのものを紹介していないことは、今述べた通りである。遺書にしか書かれていない「先生の秘密」は〈私〉の口から語られることなく、〈私〉の語りは終わって、遺書だけが残されている。『心』はそういう終わり方をしている。先生の秘密は遺書の中に残されたままなのである。

それならば先生の秘密は遺書のどこに書かれているのであろうか。もとより〈私〉は、遺書に対しては一切コメントを加えていないのであるから、遺書そのものから読み取るほかはない。ところが不思議なことに、これまで実に多くの人々が遺書を読んできたにもかかわらず、何が先生の秘密であるかを、的確に指摘した人はいない。『心』は今でも「謎」に閉ざされたままである。先生の秘密が何であるかを誰も知らないのである。つまり、〈私〉は「先生の秘密」を自分の「腹の中に」しまったままで、語ってはいないのである。〈私〉は先生との約束を守っている。決して、破ってはいないのである。

遺書の最後に書かれている文章について考えるべき第二点は、先生が遺書を書いた目的である。もとより、「他の参考に供する」のが先生の目的であった。しかし「参考」という言葉は、通り一遍の意味で用いられているのではなく、この言葉に作者は重い意味を込めている。『心』は一人の人物の全人像を、その秘密とともに描いている。語り手である〈私〉は、この人を先生と呼んで深く尊敬している。二人の関係は単なる制度的・形式的な意味における師弟関係ではない。先生が「私の秘密」と呼ぶものは、若い〈私〉にとって「教訓」としての意味を持つべきものであった。それがここで「参考」とも表現されているのである。先生が「教訓」を、文字通り血を吐くようにして〈私〉に伝授するのを、後に詳しく検討するが、心と心、魂と魂との間で授受されなければならないのである。先生はそれを要求している。

以上の二点から、次のように結論することができる。先生の遺書は誰が読んでもいいのである。

ただし、そこから「真面目に」教訓を学び取ろうとするのであるならば。

『心』の末尾の文章の解釈が錯綜しているために、『心』という作品そのものに対する現在の一般的な解釈が、思いがけない方向に転じてしまっているが、作者は「魂の告白」として「先生の遺書」を読むことを期待している。そうでなければ、遺書の真意を理解することはできないであろう。阿川弘之氏は『心』を読む時は襟を正したと言う。戦前の読者はそういう姿勢で漱石作品に接していた。どのように自分自身の人生に対すればよいのかを、漱石作品を通して学ぼうとしていた。文学にそのような意義を認めた時代が、かつて存在したのである。

先の引用文は、「私は妻には何にも知らせたくないのです」と述べている。なぜ先生は奥さんには知らせたくないのか。これは『心』の中で非常に重要であり、『心』という小説の根本問題に関わっている。そのことは後に検討するが、続いて「私が死んだ後でも、妻が生きてゐる以上は、あなた限りに打ち明けられた私の秘密として、凡てを腹の中に仕舞つて置いて下さい」と述べている。そこで、この条件を満たすのは〈私〉が先生の奥さんと結婚している場合である、という想定のあることを紹介した。しかし、〈私〉と結婚していればどうして奥さんが遺書を読んでも問題がないのだろうか。遺書の真相を知ったならば、奥さんも先生同様に、あるいは先生以上に、生きる気力を失ってしまったであろう。先生が、奥さんには知らせないでくれと言うのは、そういう背景があるからである。そもそも、遺書を「公表」すれば奥さんは当然読んだはずだ、という前提は成り立つのであろうか。

『心』は大正三年（一九一四）に朝日新聞に連載された。しかし新聞に載れば、奥さんも当然それを読んだはずだと主張するのは、どう考えても腑に落ちない。『心』は創作である。明治天皇や乃木大将が描かれており、特定の時代背景をもつ小説であることは、もとより明らかである。しかし『心』は、例えばKの墓のある雑司ヶ谷町内の住民たちの生態を実名でリアルに描くような、そういう種類の小説でないことは言うまでもない。「先生」がどういう本名で、どこに住んでいたかも不明である。不明というよりも、実在した特定の人物ですらない。そういう先生の奥さんが大正三年の朝日新聞を読んだ、というところから『心』を「研究」しようとするけれども、創作小説をこのような視点から取り上げるのが妥当であるとは、到底考えられない。

実在の人物を描いたノンフィクションやモデル小説の場合には、その人物のさまざまな関係者がその後も生存していることはありうる。歴史的事実を描くのであるから、小説の世界といえども客観的な歴史的事実の制約を受けることになる。描く時代が現代であれば、モデルにされたことの非を裁判に訴えることも実際に起こる。小森氏の考え方はこれに近い。これに反して創作小説の場合には、小説の世界そのものの自立性が最初から前提されている。小説がその後の奥さんに言及しなければ、読者も奥さんのことはそのままにしておいてよい[9]。

そもそも『心』を読み終えて、奥さんのその後のことが抜け落ちていては『心』は完結しない、という理解そのものがはなはだ疑問に思われる。先生の遺書を読んで、〈私〉あるいは読者が「先生の秘密」を知ったならば、先生の全人像に心が占拠されてしまうはずである。『心』はそういう小説である。先にも述べたように、『心』がそこで終わっているのは、一人の人生が完結して、その人物像が鮮明に浮かび上がり、その余韻がいつまでも心を占めるように、そしてそこから「教訓」を嚙みしめるように、作者が意図しているからである。巻を閉じるや否や奥さんに心を馳せるような、そういう小説を漱石は書いたのではない。遺書はそれほどまでに重い内容をもっている。『心』の半分を占める「遺書」では、先生が「私」という一人称で語ることになる。遺書の中の「私」は、もとより先生が自分自身について語るための「私」である。前半における青年の〈私〉は、あくまでも先生を浮かび上がらせるための〈私〉である。二つの「私」は、共に先生自身に集中している。〈私〉によって先生と呼ばれる人と〈私〉との関係は、完全に師弟の関係である。先生という言葉は、単なる言葉、記号として用いられているのではない。

次第に明らかになるように、〈私〉は、いわば、己を無にして先生に帰依し、自ら先生に学びつつ、先生のことを語り伝えようとしている。「私は其人を常に先生と呼んでゐた」という冒頭の文章は、心から師を敬う「弟子」の真摯な心情を表しているのである。先生も彼の「真面目さ」を評価して、事実上、彼を唯一人の弟子として認め、彼のために自分の悲劇的生涯の秘密を告白する遺書を残すことになる。

4　出会いの情景

この小説の主眼が遺書にあることは、新聞連載当時の『心』の副題が「先生の遺書」であったことからも、明白である。しかし、元来、先生は遺書を残すような人ではなかった。先生は遺書の中で、

> 死んだ気で生きて行かうと決心しました。（下五十四 294.7）

と述べている。また、

> 記憶して下さい。私は斯(こ)んな風にして生きて来たのです。始めて貴方に鎌倉で会つた時も、貴方と一所に郊外を散歩した時も、私の気分に大した変りはなかつたのです。（下五十五 296.10-11）

とも述べている。先生はこの世との関わりをほとんど断ち切るようにして、死んだようにして生きていた。そういう人物であるから、見ず知らずの〈私〉に自分の胸の裡を開いて語るなど、考えられないことである。まして、自分から遺書を書こうなどと考えるはずのない人物である。そういう人物に光を当てて、その胸の裡を照らし出すために、作者は腕を振るわざるをえない。〈私〉がその経緯を丹念に述べることになる。

> 私が先生と知り合になつたのは鎌倉である。其時(そのとき)私はまだ若々しい書生であつた。暑中休暇を利用して海水浴に行つた友達から是非来いといふ端書(はがき)を受取つたので、私は多少の金を工面(くめん)して、出掛(でかけ)る事にした。（上一 3.6-8）

〈私〉は高等学校を卒業し、秋には大学に入学することになっていた。明治天皇・乃木大将との関係から推測して、明治四十二年（一九〇九）の出来事として設定されていると考えられる。その夏休みに鎌倉へ行ったのである。自分から海水浴に行こうと計画したのではなく、友人からの誘いであった。ところが鎌倉に着いてみると、友人は田舎の実家から呼び返されて帰郷しなければならないと言う。〈私〉は一人取り残されてしまった。

> 学校の授業が始まるにはまだ大分日数があるので、鎌倉に居つても可し、帰つても可いといふ境遇にゐた私は、当分元の宿に留まる覚悟をした。友達は中国のある資産家の息子で金に不自由のない男であつたけれども、学校が学校なのと年が年なので、生活の程度は私とさう変りもしなかつた。従つて一人坊ちになつた私は別に恰好な宿を探す面倒も有たなかつたのである。
>
> （上一 4.4-7）

自分で計画して鎌倉へ行ったのではなかったから、〈私〉にはこれをしようという心づもりが何もなかった。友達は資産家の息子であるが、学生としての生活は〈私〉も同程度であると言う。金銭的に齷齪する必要がなかったから、友人が用意しておいた宿にそのまま滞在することにした。さらにまた、前述のように、高等学校を卒業して大学に入学するまでにはまだ間がある。つまり、学生という身分に伴う義務的な拘束からも完全に自由であった。〈私〉はあらゆる意味において、身も心も、完全に自由であった。作者はこのような条件を設定した。〈私〉はそういう時間を鎌倉海岸で一人過ごすことになった。

『坑夫』の冒頭部分がこれと比較されうる。『坑夫』では女性問題から家出した青年が、着の身着のまま、あてどなく海岸をさまよう描写がある。茫漠とした意識の中に次々と松原の景色が映ってゆく。特定の対象に意識の焦点が定まらない点では、両者に共通性があると言える。[10] しかし『心』の青年は『坑夫』の家出した青年とは対照的に、現在に何の問題もかかえているわけではないし、未来には希望が開けている。眼に映るものをぼんやり眺めながらも、心にはそれを楽しむ余裕があった。

> 私は毎日海へ這入りに出掛けた。古い燻ぶり返つた藁葺の間を通り抜けて磯へ下りると、此辺にこれ程の都会人種が住んでゐるかと思ふ程、避暑に来た男や女で砂の上が動いてゐた。ある時は海の中が銭湯の様に黒い頭でごちや〱してゐる事もあつた。其中に知つた人を一人も有たない私も、斯ういふ賑やかな景色の中に裹まれて、砂の上に寐そべつて見たり、膝頭を波に打たして其所いらを跳ね廻るのは愉快であつた。(上一 4.11-5.1)

〈私〉は毎日海岸に出て、所在ないままに、海水浴や海岸風景を楽しんでいた。その中に先生の姿を認めた。しかし〈私〉は直ちに先生を見出したのではない。一人の西洋人に目を惹かれたのである。その様子は次のように描かれている。

私は実に先生を此雑沓の間に見付出したのである。其時海岸には掛茶屋が二軒あつた。私は不図した機会から其一軒の方に行き慣れてゐた。長谷辺に大きな別荘を構へてゐる人と違つて、各自に専有の着換場を拵えてゐない此所いらの避暑客には、是非共斯うした共同着換所といつた風なものが必要なのであつた。彼等は此所で茶を飲み、此所で休息する外に、此所で海水着を洗濯させたり、此所で鹹はゆい身体を清めたり、此所へ帽子や傘を預けたりするのである。海水着を持たない私にも持物を盗まれる恐れはあつたので、私は海へ這入る度に其茶屋へ一切を脱ぎ棄てる事にしてゐた。（上一 5.2–8）

私が其掛茶屋で先生を見た時は、先生が丁度着物を脱いで是から海へ入らうとする所であつた。私は其時反対に濡れた身体を風に吹かして水から上つて来た。二人の間には目を遮ぎる幾多の黒い頭が動いてゐた。特別の事情のない限り、私は遂に先生を見逃したかも知れなかつた。それ程浜辺が混雑し、それ程私の頭が放漫であつたにも拘はらず、私がすぐ先生を見付出したのは、先生が一人の西洋人を伴れてゐたからである。（上二 5.10–14）

遠景の中から一人の人物に、〈私〉の意識の焦点が結ばれていく。映画的な手法を思わせる。その時の〈私〉自身の意識は、ここに「放漫」と記されているように、どこにも焦点を結んではいなかった。ただぼんやりと、散漫に、海岸風景を楽しんでいた。

解放されていた〈私〉の意識の中に、まず最初に一人の西洋人が登場して、注意を惹いた。それに続いてその隣にいる先生の姿が自然に眼に入って来た。実際にはそういう順序であったことが描かれている。

〈私〉は最初は西洋人に注目したのである。〈私〉はこれから大学に入学する。この小説では詳しくは述べられていないが、西洋の学問、特に哲学を専門にするつもりでいたのであろう。群衆の中に一人の西洋人がいることにふと気がついたのも、そのような背景と関係づけて理解することができる。そしてその西洋人が、一人の日本人と一緒であることに関心を持った。夏休みが終われば大学に入学する若者にとって、眼の中に映った人物はある種の憧れを誘う効果があった。

西洋人は目立つ存在だった。〈私〉は目を注いだ。ぼんやりと眺めながら、しかし二人の挙動から目を離さずに見ている。その有様を〈私〉は次のように描いている。

　其西洋人の優れて白い皮膚の色が、掛茶屋へ入るや否や、すぐ私の注意を惹いた。純粋の日本の浴衣（ゆかた）を着てゐた彼は、それを床几（しょうぎ）の上にすぽりと放り出した儘（まま）、腕組をして海の方を向いて立つてゐた。彼は我々の穿（は）く猿股（さるまた）一つの外（ほか）何物も肌に着けてゐなかつた。私には夫（それ）が第一不思議だつた。私は其二日前に由井が浜迄（まで）行つて、砂の上にしやがみながら、長い間西洋人の海へ入る様子を眺めてゐた。私の尻を卸（おろ）した所は少し小高い丘の上で、其すぐ傍（わき）がホテルの裏口になつてゐたので、私の凝（じつ）としてゐる間に、大分多くの男が塩を浴びに出て来たが、いづれも胴と腕と股（もも）は出してゐなかつた。女は殊更（ことさら）肉を隠し勝（がち）であつた。大抵は頭に護謨（ゴム）製の頭巾を被つて、海老茶や紺や藍の色を波間に浮かしてゐた。さういふ有様を目撃した許の私の眼には、猿股一つで済まして皆なの前に立つてゐる此西洋人が如何にも珍らしく見えた。

彼はやがて自分の傍を顧りみて、其所にこゞんでゐる日本人に、一言二言何か云つた。其日本人は砂の上に落ちた手拭を拾ひ上げてゐる所であつたが、それを取り上げるや否や、すぐ頭を包んで、海の方へ歩き出した。其人が即ち先生であつた。

私は単に好奇心の為に、並んで浜辺を下りて行く二人の後姿を見守つてゐた。すると彼等は真直に波の中に足を踏み込んだ。さうして遠浅の磯近くにわい〳〵騒いでゐる多人数の間を通り抜けて、比較的広々した所へ来ると、二人とも泳ぎ出した。彼等の頭が小さく見える迄沖の方へ向いて行つた。夫から引き返して又一直線に浜辺迄戻つて来た。掛茶屋へ帰ると、井戸の水も浴びずに、すぐ身体を拭いて着物を着て、さつさと何処へか行つて仕舞つた。（上二 6.1-7.2)

長い描写である。〈私〉は二人の挙動をじっと見つめている。眼で二人を追いながら、ふと心をよぎるものがあった。

彼等の出て行った後、私は矢張元の床几に腰を卸して烟草を吹かしてゐた。其時私はぽかんとしながら先生の事を考へた。どうも何処かで見た事のある顔の様に思はれてならなかつた。然し何うしても何時何処で会つた人か想ひ出せずに仕舞つた。（上二 7.3-5）

今はじめて見る人とは思えなかった。どこかで見たことのある顔ではないか。しかし、いつどこで会ったのかは思い出せない。けれども、前に見たことがあるのではないか。

見ず知らずの、全くの他人ではなくて、この人には以前に会ったことがあるのではないか。そういう思いが〈私〉の心をよぎった。すでに〈私〉の心の中に先生が入り込んでしまっていた。「先生と〈私〉」という関係は、会った最初の瞬間から成立していた。

作者は、〈私〉の心に一方的に先生が印象づけられる過程を淡々と、しかし鮮やかに描いている。しかも〈私〉にとってその人が先生であるという関係も、すでにここで決定している。その人に向かって実際に先生と呼びかけたのは数日後のことであるけれども、その人について新しい知識が加わった結果として先生と呼ぶことにしたのではない。この時の描写の中ですでにその人を先生と表現しているように、初めてその人を見た時から、その人は〈私〉にとって先生として意識されていた。

『心』の冒頭にある以上の描写によって、先生に対する〈私〉の基本的な立場が言い尽くされている。作者はこのような人物として、一人の青年を登場させようとしているのである。

青年の眼は絶えず先生に向けられ、先生の実像に迫ろうとする。作者は青年を登場させて、先生との師弟関係を現実に展開させていくことによって、青年はこの小説において課せられた役割を果たすことになる。

> 其時の私は屈托がないといふより寧ろ無聊に苦しんでゐた。それで翌日も亦先生に会つた時刻を見計らつて、わざ〳〵掛茶屋迄出かけて見た。すると西洋人は来ないで先生一人麦藁帽を被つて遣つて来た。（上二 7.6–8）

〈私〉はそれまで自由な時間をのんびり楽しんでいた。特に心を占める対象がなくても、そのことに不満を感じたり、困るということもなく、愉快な気分であった。「屈托」がなかった。ところが先生を見てから、一人でいる時には「無聊」を覚えるようになった。[11] 心が一つの対象に向かって焦点を結び始めた時、焦点となる対象の不在が心を苦しめる。後に先生は「淋しさ」を問題にすることになるが、「無聊」は無意識のうちに覚える「淋しさ」として理解してよい。例えば、恋愛感情の心理と比較すれば、このような心情を描写する〈私〉の意図は理解しやすいであろう。〈私〉が先生にぐんぐん引き寄せられてゆく有様を、簡潔に表現している。

なお、先生と〈私〉との関係について同性愛の問題を提起する意見があるが、以上に述べたことでこの問題は解決されているであろう。文章の表面をなぞるだけで解釈しようとするために、先生に対する〈私〉の異様な情熱、例えば右の引用文では、「何うしても近づかなければ居られないという感じが、何処かに強く働らいた」（上六 16.11–12）というような〈私〉の心の動きが、同性愛を連想させることになるのであろう。しかし〈私〉にも、そして先生にも、同性愛を推測させるような根拠は存在しない。[12]

翌日、〈私〉が海岸に行くと、西洋人は来ないで先生が一人でやって来て、沖に向かって泳ぎ出した。〈私〉は先生の後を追った。ところが先生は昨日のように沖から一直線に岸に戻らずに、妙な方向へ弧を描いて行くので、追いつくことができなかった（上二）。

> 私は次の日も同じ時刻に浜へ行つて先生の顔を見た。其次の日にも亦同じ事を繰り返した。けれども物を云ひ掛ける機会も、挨拶をする場合も、二人の間には起らなかつた。其上先生の態度は寧ろ非社交的であつた。一定の時刻に超然として来て、また超然と帰つて行つた。周囲がいくら賑やかでも、それには殆んど注意を払ふ様子が見えなかつた。最初一所に来た西洋人は其後丸で姿を見せなかつた。先生はいつでも一人であつた。（上三 8.2-6）

西洋人は姿を見せなくなった。先生は唯一人来て一人で帰って行った。周囲には全く気を配る様子もなく、〈私〉が先生の前に出るような機会はなかった。「非社交的」という表現はここでは明らかに外観上のこととして、つまりその当時の印象に即して描かれているが、このように語る〈私〉の心には、遺書から知られるように、他人との交流を自らに禁じている先生の、内心の「非社交性」が重ね合わされている。西洋人が去ってからは、「先生はいつも一人であつた」。それでいて、他人が近づける雰囲気はなかった。

〈私〉が先生に近づきたいと思っても、なかなか近づけない。〈私〉がもどかしさにとまどう有様がありありと描かれている。〈私〉の方から近づかない限り、先生の方から〈私〉に声をかけることは絶対にありえない。

そこで作者は、〈私〉が先生に近づく機会を創り出すために手立てを尽くしている。

> 或時先生が例の通りさつさと海から上つて来て、いつもの場所に脱ぎ棄てた浴衣を着やうとすると、何うした訳か、其浴衣に砂が一杯着いてゐた。先生はそれを落すために、後向になつて、浴衣を二三度振つた。すると着物の下に置いてあつた眼鏡が板の隙間から下へ落ちた。先生は白絣の上へ兵児帯を締めてから、眼鏡の失くなつたのに気が付いたと見えて、急にそこいらを探し始めた。私はすぐ腰掛の下へ首と手を突ッ込んで眼鏡を拾ひ出した。先生は有難うと云つて、それを私の手から受取つた。（上三 8.7–12）

〈私〉が先生の眼鏡を探し出して差し出すと、「有難うと云つて、それを私の手から受取つた」。この場合、「有難う」は誰もが当然言うべき言葉である。しかしお礼を言って眼鏡を受け取った先生は、その時、〈私〉という存在を初めて心に留めた。これが先生が〈私〉を心に記憶した最初である。

右の引用に続いて〈私〉は、すぐに「次の日」の出来事を記している。

> 次の日私は先生の後につゞいて海へ飛び込んだ。さうして先生と一所の方角に泳いで行つた。二丁程沖へ出ると、先生は後を振り返つて私に話し掛けた。広い蒼い海の表面に浮いてゐるものは、其近所に私等二人より外になかつた。さうして強い太陽の光が、眼の届く限り水と山と

> を照らしてゐた。私は自由と歓喜に充ちた筋肉を動かして海の中で躍り狂つた。先生は又ぱたりと手足の運動を已(や)めて仰向(あおむけ)になつた儘(まま)波の上に寐(ね)た。私も其真似(そのまね)をした。青空の色がぎら〳〵と眼を射るやうに痛烈な色を私の顔に投げ付けた。「愉快ですね」と私は大きな声を出した。（上三 8.13–9.4）

海辺の人混みを抜け出て沖へ出ると、先生の方から話しかけてきた。

海は広く蒼い。空には真夏の太陽が輝いている。見渡す限り、海も山も、夏の強い陽光に照らされている。先生は大自然の真っ只中で水に身を浮かべている。隣には無邪気な子犬のように、何の成心もなさそうな〈私〉がついて来ているだけである。

そこには先生と〈私〉しかいない。

先生は、太陽の強い日射しが自分の心の翳りまで消し去ったかのように、日頃の禁忌を忘れて、思わず、自分から〈私〉に声をかけてしまった。

海水浴客で混み合う海岸近くであったならば、このような会話は絶対に起こりえなかったであろう。しかし大海原の中にたった二人しかいない。先生は、ともかくすでに〈私〉を見知っている。このような場合には誰でも声をかけるのが、むしろ自然である。他人の好意にお礼を言うのが当然の礼儀であるのと同様に、見知っている人とたった二人だけでいたならば、声をかけずにはいられない。そうしない方が不自然である。先生は大自然の中で、十年前後も守ってきた禁忌を忘れて、ほんの少しにせよ、自分の自然に生き返った。それは極めて自然なことであったとともに、先生は

〈私〉との間に「絆」が生まれたのを自覚せざるをえなかった。絆と言っても、あるかなきかの、か細く微かな絆にすぎない。しかし他人との間に絆の生まれたことを自覚して、先生も少し変わりつつある。

遺書に記されることになる言葉を先取りすれば、このように言って差し支えないであろう。二人の間に交流が生まれた。

先生にとって他者との交流は、本来ありえないはずのことであった。そのありえないことを引き起こすために、作者は真夏の海岸を選んだのである。

鎌倉海岸のこの場面の象徴的な意味は、〈私〉が最後に先生の家を辞する時の描写と対比させることによって、さらに鮮明に浮かび上がってくるであろう。卒業祝いの祝宴の後で〈私〉が先生の家を辞そうとすると、急に玄関の電灯が消えて、先生は闇の中に沈んでいく。そのことと関連させて先の描写を見ると、作者は次のように構想していたことが明らかになる。先生は真夏の太陽が照りつける海岸で、〈私〉の前に姿を現した。二人の間に交流が生まれた。〈私〉は先生からいろいろと学んだ。そして最後に、〈私〉との永遠の別れに際して、先生は再びもとの闇の中に帰って行った。

〈私〉と先生との出会いと別れを、作者は緻密な構想のもとに描いている。その意味からも、鎌倉海岸における出会いは重要な意味を持っている。その描写が委曲を尽くしているのは、作品の全体的な構想にしっかりと支えられているからである。〈私〉が存在しなかったならば、先生の存在が世に知られることはなかった。この小説において〈私〉には重要な役割が課せられている。

なお、永遠の別れとなる場面の象徴的描写については、後に詳しく検討することにしたい。〈私〉と先生との交流はこうして始まった。もとよりこの交際が直ちに親密の度合いを深めることはありえない。〈私〉はそこにもどかしさを感じている。作者も様々な工夫を凝らさなければならないことになる。

しばらくして海の中で起き上がる様に姿勢を改めた先生は、「もう帰りませんか」と云つて私を促がした。比較的強い体質を有つた私は、もつと海の中で遊んでゐたかつた。然し先生から誘はれた時、私はすぐ「えゝ帰りませう」と快よく答へた。さうして二人で又元の路を浜辺へ引き返した。

私は是から先生と懇意になつた。然し先生が何処にゐるかは未だ知らなかつた。（上三 9.5-9）

先生は一人で来て一人で帰るのを常としていた。沖に出た時もそうであった。しかし沖合に二人だけでいれば、先生も黙って一人で去るわけにはいかない。「もう帰りませんか」と、一緒に行動することを、自然に、先生の方から〈私〉に向かって誘いかけずにはいられなくなる。そして〈私〉は先生と行動を共にした。先生と〈私〉は一人・一人ではなく、「先生と〈私〉」という「二人」になった。「二人で又元の路を浜辺へ引き返した」。

「是から先生と懇意になつた」と〈私〉は思った。〈私〉に対して先生の心の扉が少しずつ開かれていくことになったが、「先生と懇意になつた」とは言いながら、「先生が何処にゐるかは未だ知らなかつた」と書き加えることによって、先生との交流がどの程度であるのかを伝えている。〈私〉が先生の眼鏡を拾ってあげたのは、初めて先生を見た日から数えて四日目、あるいはそれよりも後（その日のことは「ある時」とのみ書かれている）である。その翌日、〈私〉は先生と沖に出て言葉を交わし、一緒に浜辺へ戻った。

その日から「中二日置いて丁度三日目の午後だつたと思ふ」（上三 9.10）と述べているから、初めて先生を見た日から数えると八日以上経っていることになる。海岸の掛茶屋で先生に出会うと、「君はまだ大分（だいぶ）長く此所（ここ）に居る積（つもり）ですか」と聞かれた。予定が定まっていなかったので「何（ど）うだか分りません」と答えると、先生は「にやにや笑つてゐる」（上三 9.12）。先生が〈私〉に対して、日頃の非社交性を少し解いている有様が窺える。私は逆に先生に尋ねた。

> 「先生は？」と聞き返さずにはゐられなかつた。是が私の口を出た先生といふ言葉の始りである。（上三 9.13–14）

〈私〉は「先生は？」と聞き返した。その人に向かって先生と呼んだのはこれが始まりであった。その晩に先生の宿泊先を訪ねた。寺の境内にある別荘のような建物であった。「私が先生々々と呼び掛けるので、先生は苦笑ひをした」（上三 10.1–2）が、そのまま受け入れられた。先生に対する〈私〉の態度から、敢えてそれを拒否する必要を感じないほど、〈私〉を認めていたことになる。

例の西洋人のことも聞いてみると、先生は「色々の話をした末、日本人にさへあまり交際(つきあい)を有(も)たないのに、さういふ外国人と近付になつたのは不思議だと云つたりした」（上三 10.3–5）。しかし〈私〉は西洋人に関する「色々の話」がどんなことであったかには関心を示さないで、先生が「日本人にさへあまり交際を有たない」という言葉を紹介している。「非社交的」という例の言葉は、単に〈私〉の観察だけによっていたのではなかったのである。

〈私〉は心にかかっていたことを口に出した。

> 私は最後に先生に向つて、何処(どこ)かで先生を見たやうに思ふけれども、何(ど)うしても思ひ出せないと云つた。若い私は其時(そのとき)暗(あん)に相手も私と同じ様な感じを持つてゐはしまいかと疑つた。さうして腹の中で先生の返事を予期してかゝつた。所が先生はしばらく沈吟したあとで、「何うも君の顔には見覚がありませんね。人違(ひとちがい)ぢやないですか」と云つたので私は変に一種の失望を感じた。（上三 10.5–9）

〈私〉は先生に対して率直に尋ねた。先生は〈私〉のことは知らないと言った。先生は何の飾り気もなく、見覚えがないと答えた。それを聞いて〈私〉は「変に一種の失望を感じた」。しかし先生は答える前に「しばらく沈吟した」。単に、答えるまでに間があったばかりでなく、何かを考えている風に見えた。しかし、それは前に会ったことがあるか否かではなく、今度初めて会ったにもかかわらず、このように真顔で問う〈私〉の心情について「沈吟」した、と解すべきであろう。〈私〉

が先生に対してなぜか強い思い入れをもっていることに、先生はある種のとまどいを覚えている。〈私〉は一人称で語り続けるが、もしも作者が語り手であったならば、先生と〈私〉の双方に目配りしながら語り進めたであろう。そして「沈吟」する先生の心の内面についても、説明を加えたはずである。しかし一人称で語る場合には、「他者」の「内面」描写は事実上不可能である。『心』で作者がこのような語りの方法を採用したのは、作者が作品の内的世界に関わるすべてを、言葉で「説明」しつくそうとは考えていないからである。この場合で言えば、〈私〉の立場から見た「描写」に徹しようとしている。先の「沈吟」は〈私〉の眼から見た描写に属する。それでも〈私〉は努めて説明・解説を加えようとしてはいる。しかし「他者」の内面描写が不可能であることには変わりがない。同様に遺書では、先生の語りがあるだけで、先生以外の「他者」の内面に関してはほとんど説明がない。他者に関しては外面描写しかない。『心』が難解なのはそのためである。

5　主客の断絶

主客の間には容易に越えがたい断絶がある。それは『彼岸過迄』、特に『行人』の主題であった。主観に留まる限りは他者の内面を知ることは不可能である。自他の間に断絶の存在することを自覚すれば、そこで立ち止まらざるをえない。しかるに、先生が以前に会ったはずのない〈私〉が、前に先生に会ったことがあるのではないかと、この断絶をいとも易々と乗り越えて、先生に迫って来る。先生はたじろぎ、「沈吟」せざるをえない。

主客、自他の間に横たわる断絶は、はたして乗り越えることが可能なのであろうか。大患後の漱石を苦しめた問題意識が、「先生と私」の章の叙述の根底にある。ここでは、〈私〉は主客対立の関係において先生を見ているのではない。〈私〉にとって先生は、気がついた最初の時から心の中に存在していた。『心』の冒頭から作者が意を尽くして描き出そうとしている〈私〉の、先生に対する意識のあり方を要約して述べれば、このように表現することができるであろう。

しかし、〈私〉のそのような意識のあり方が、初め先生には信じがたかった。過去の事情から、自分を他者から切り離して生きてきた先生にとって、自他を対立的に見るのは仕方のないことであった。自他不二の立場から先生に近づいて来る〈私〉が、先生には信じがたく思えた。しかし先生も〈私〉を次第に理解するようになる。後に先生は、〈私〉を「真面目」と評するようになる。この点が以下の物語において詳しく語られることになる。

〈私〉は月末に東京に帰った。先生はそれよりもずっと前に引き上げていた。

> 私は先生と別れる時に、「是から折々御宅へ伺つても宜(よ)ござんすか」と聞いた。先生は単簡にたゞ「えゝ入(い)らつしやい」と云つた丈であつた。其時分の私は先生と余程懇意になつた積(つもり)でゐたので、先生からもう少し濃(こまや)かな言葉を予期して掛つたのである。それで此(この)物足りない返事が少し私の自信を傷(いた)めた。
>
> 私は斯(こ)ういふ事でよく先生から失望させられた。先生はそれに気が付いてゐる様でもあり、

又全く気が付かない様でもあつた。私は又軽微な失望を繰り返しながら、それがために先生から離れて行く気にはなれなかつた。寧ろそれとは反対で、不安に揺(うご)かされる度に、もつと前へ進みたくなつた。もつと前へ進めば、私の予期するあるものが、何時(いつ)か眼の前に満足に現はれて来るだらうと思つた。（上四 10.11–11.6）

〈私〉は先生と心の絆が結ばれたと思って、もう一歩近づこうとすると、とたんに拒否されるような態度を示される。だからと言って先生から離れる気にはならなかった。と言っても、先生のことを実際にはまだ何も知らない。通常であれば、そこで立ち止まって、先生との関係は立ち枯れになるであろう。しかし〈私〉の心が先生に向かって動こうとするのを、抑えることはなかった。

それにしてもなぜ、先生はそのような態度を取るのか。それは第一の時間における〈私〉の疑問であるが、それについて〈私〉は次のように説明している。右の引用に続けて次のように述べている。

私は若かつた。けれども凡(すべ)ての人間に対して、若い血が斯(こ)う素直に働かうとは思はなかつた。私は何故先生に対して丈斯(だけこ)んな心持が起るのか解らなかつた。それが先生の亡くなつた今日になつて、始めて解つて来た。先生は始めから私を嫌つてゐたのではなかつたのである。先生が私に示した時々の素気(そつけ)ない挨拶や冷淡に見える動作は、私を遠(とおざ)けやうとする不快の表現ではなかつたのである。傷ましい先生は、自分に近づかうとする人間に、近づく程の価値のないものだから止せといふ警告を与へたのである。他の懐かしみに応じない先生は、他を軽蔑する前に、まづ自分を軽蔑してゐたものと見える。（上四 11.6–12）

〈私〉は「遺書」を読んで、第一の時間における先生との出会いの意味を理解することができた。〈私〉は先生の言動の意味を、第二の時間のレベルで検討しようとしていることが、この記述で明らかに知られる。

先生が時に〈私〉を拒否するかのごとくに見えたのは、先生が自己自身を否定し軽蔑している「傷ましい」人だったからであった。「他の懐かしみ」に応ずる前に、自分は「近づく程の価値のないもの」だからと、自ら身を引こうとしていたからであった。〈私〉のこの記述は、遺書の次の言葉にもとづいている。

「死んだ積で生きて行かうと決心した私の心は、時々外界の刺戟で躍り上がりました。然し私が何の方面かへ切つて出やうと思ひ立つや否や、恐ろしい力が何処からか出て来て、私の心をぐいと握り締めて少しも動けないやうにするのです。さうして其力が私に御前は何をする資格もない男だと抑え付けるやうに云つて聞かせます。すると私は其一言で直ぐたりと萎れて仕舞ひます。（下五十五 294.13–295.5）

そうして「波瀾も曲折もない単調な生活を続けて来た私の内面には、常に斯うした苦しい戦争があつたものと思つて下さい」（下五十五 295.6–7）と続けている。この遺書を読んで、〈私〉は先生がただ冷淡な人だったのではなかった、そういう外見の背後に先生の実像が隠されていたことを知った。すでに第一の時間において〈私〉はそれを薄々感じ取っていたから、先生から離れることがなかったのだ、と。

ここで問われているのは、実存的孤独とその克服の問題である。『行人』に次の二つの引用がある。

「Keine Brücke führt von Mensch zu Mensch.（人から人へ掛け渡す橋はない）」
Einsamkeit, du meine Heimat Einsamkeit!（孤独なるものよ、汝はわが住居(すまい)なり）

（『行人』「塵労」三十六、『漱石全集』第八巻 406.13, 407.8–9）

漱石は前者は「独逸の諺」であると述べている。後者については特に断っていないが、ニーチェの『ツァラツストラはかく語りき』からの引用であり、前者もこれに近い[13]。漱石は大いなる共感をもってニーチェを読んでおり、『門』の題名は小宮豊隆らが『ツァラツストラ』から採ったことが知られている。ニーチェは孤独に対し平然として堪える超人を謳歌する。大患前の漱石もニーチェに共感した。しかし大患後の漱石は打って変わった。『行人』の一郎は、真に孤独の苦しみに耐えることのできる人間が実際に存在するのか、と悲痛な叫び声を上げている。〈私〉は先生の傷ましさを見つめながら、一体、先生の背後にどのような過去があったのだろうかと疑問を深める。

6　雑司ヶ谷の墓地にて

〈私〉が先生の家を初めて訪ねたのは十月に入ってからであった。〈私〉はすでに大学生になっていた。先生は留守であった。次の日曜日に再び訪ねると、やはり留守だったが、「美くしい奥さん」から行き先を教えられた。毎月その日は「雑司ヶ谷の墓地にある或仏へ花を手向(たむ)けに行く習慣」(上四 12.13-14) なのだという。〈私〉が雑司ヶ谷の墓地へ行くと、先生はちょうど茶店を出て来るところであった。

> 茶店の中から先生らしい人がふいと出て来た。私は其人の眼鏡の縁(ふち)が日に光る迄近く寄つて行つた。さうして出抜(だしぬ)けに「先生」と大きな声を掛けた。先生は突然立ち留まつて私の顔を見た。
> 「何(ど)うして……、何うして……」
> 先生は同じ言葉を二遍繰り返した。其言葉は森閑とした昼の中(うち)に異様な調子をもつて繰り返された。私は急に何とも応へられなくなつた。
> 「私の後を跟(つ)けて来たのですか。何うして……」
> 先生の態度は寧ろ落付(おちつ)いてゐた。声は寧ろ沈んでゐた。けれども其表情の中には判然(はつきり)云へない様な一種の曇(くもり)があつた。(上五 13.5-13)

鎌倉で別れて以来の出会いである。先生は〈私〉を見て驚いた。しかし先生は、〈私〉がそこにいたことに驚いたのではなかった。〈私〉が墓地にまつわる先生の秘密を探っているのではないかという疑念を抱く眼で、〈私〉を見ている。

> 私は私が何(ど)うして此所(ここ)へ来たかを先生に話した。
> 「誰の墓へ参りに行つたか、妻(さい)が其人の名を云ひましたか」
> 「いゝえ、其んな事は何も仰しやいません」
> 「さうですか。――さう、夫(それ)は云ふ筈がありませんね、始めて会つた貴方に。いふ必要がないんだから」
> 先生は漸(ようや)く得心(とくしん)したらしい様子であつた。然し私には其意味が丸で解らなかつた。（上五 13.14-14.5）

先生は「其人の名」にこだわっている。奥さんが〈私〉に教えていないと聞いて、「得心したらしい」。〈私〉には先生のこの態度が理解できなかった。

墓石にはその人の戒名だけでなく、本名（俗名）も亡くなった年月日も刻まれているはずである。先生は他者にそれを知られるのを恐れていることになる。

一緒に歩きながら〈私〉は尋ねた。

「先生の御宅の墓地はあすこにあるんですか」と私が又口を利き出した。

「いゝえ」

「何方（どなた）の御墓があるんですか。――御親類の御墓ですか」

「いゝえ」

先生は是以外に何も答へなかつた。私も其話はそれぎりにして切り上げた。すると一町程歩いた後で、先生が不意に其所（そこ）へ戻つて来た。

「あすこには私の友達の墓があるんです」

「御友達の御墓へ毎月御参りをなさるんですか」

「さうです」

先生は其日（そのひ）是（これ）以外を語らなかつた。（上五 15.11‒16.5）

そこは先生の家の墓所ではなかった。親類のものでもなかった。そこには友人の墓があり、毎月お参りするという。これだけを抜き出せば、先生はずいぶん奇徳な人である。先生の両親の墓は郷里にあり、郷里とは絶縁していることが遺書に書かれている。奥さんの両親の墓については『心』は何も語らない。先生がお参りする墓は、この友人の墓だけである。しかも、すぐ後で語られるように、奥さんさえ連れてくることはない。いつもたった一人で、しかも毎月お参りするという。先生の「秘密」の深さが窺われる。

雑司ヶ谷の墓地に大きな銀杏の木があった。

墓地の区切り目に、大きな銀杏が一本空を隠すやうに立つてゐた。其下へ来た時、先生は高い梢を見上げて、「もう少しすると、綺麗ですよ。此木（このき）がすつかり黄葉して、こゝいらの地面は金色の落葉で埋（うづ）まるやうになります」と云つた。先生は月に一度づゝは必ず此木の下を通るのであつた。（上五 14.14-15.2）

大きな銀杏の木と秋の金色の落葉。毎月その木の下を通る先生。これを読む者の心には鮮明なイメージが結ばれる。このイメージを先生が口に出して言い、〈私〉も見上げる。このイメージが先生との永別の時の描写に流れ込んで行くことを、後に見るであろう。

〈私〉は足繁く先生の家を訪ねた。最初に訪れたのが十月であったから、十一月のある晩のことになる。

先生と話してゐた私は、不図（ふと）先生がわざ〳〵注意して呉（く）れた銀杏の大樹を眼の前に想ひ浮べた。勘定して見ると、先生が毎月例として墓参に行く日が、それから丁度三日目に当つてゐた。其三日目は私の課業が午（ひる）で終（おわ）る楽な日であつた。私は先生に向つて斯（こ）う云つた。

「先生雑司ヶ谷の銀杏はもう散つて仕舞つたでせうか」

「まだ空（から）坊主にはならないでせう」

先生はさう答へながら私の顔を見守つた。さうして其所（そこ）からしばし眼を離さなかつた。私はすぐ云つた。

「今度御墓参りに入(い)らつしやる時に御伴(おとも)をしても宜(よ)ござんすか。私は先生と一所に彼所(あすこ)いらが散歩して見たい」

「私は墓参りに行くんで、散歩に行くんぢやないですよ」

「然し序(つい)でに散歩をなすつたら丁度好いぢやありませんか」

先生は何とも答へなかつた。しばらくしてから、「私のは本当の墓参り丈(だけ)なんだから」と云つて、何処(どこ)迄(まで)も墓参(ぼさん)と散歩を切り離さうとする風に見えた。私と行きたくない口実だか何だか、私には其時の先生が、如何にも子供らしくて変に思はれた。私はなほと先へ出る気になつた。

「ぢや御墓参りでも好いから一所に伴(つ)れて行つて下さい。私も御墓参りをしますから」

実際私には墓参と散歩との区別が殆んど無意味のやうに思はれたのである。すると先生の眉がちよつと曇つた。眼のうちにも異様な光が出た。それは迷惑とも嫌悪とも畏怖とも片付けられない微(かす)かな不安らしいものであつた。私は忽ち雑司ヶ谷で「先生」と呼び掛けた時の記憶を強く思い起した。二つの表情は全く同じだつたのである。（上六 17.11-18.14）

〈私〉は「銀杏の大樹を眼の前に想ひ浮べ」て、先生の墓参に併せて一緒に散歩をしたいと口にした。すると先生は、墓参に行くだけで、散歩ではない、と〈私〉の提案を拒む。墓参と散歩を厳密に区別しようとするのが「如何にも子供らしく」思えたので、〈私〉と行きたくない口実なのかも知れないと考えて、散歩と言ったことは取り消して、「墓参りに伴れて行つて下さい」と強引に頼んでみた（「なほと先へ出る気になつた」）。すると先生は墓地で会った時と同じ表情を示した。

漱石の描写は一枚の写真のように鮮明な像を結んでいる。その中に大銀杏と墓、墓参する先生のイメージが定着している。漱石の文章は読む者に、このような絵画的なイメージを焼きつける。これは漱石の文章の大きな特徴でもあって、『心』の謎を解く重要な鍵にもなっていることを、後に明らかにするであろう。

先生の心の裡は解らない。しかし、何か秘密があるらしいと思わせる。先生は少し気になったのか、特に〈私〉を拒むわけではないことを伝える意味で、奥さんさえ伴(つ)れて行ったことがない、と言う。

> 「私は」と先生が云つた。「私はあなたに話す事の出来ないある理由があつて、他(ひと)と一所にあすこへ墓参りには行きたくないのです。自分の妻(さい)さへまだ伴れて行つた事がないのです」
> （上六 18.15–19.1）

> 私は不思議に思つた。然し私は先生を研究する気で其宅(そのうち)へ出入りをするのではなかつた。私はたゞ其儘(そのまま)にして打過(うちす)ぎた。（上七 19.3–4）

〈私〉は敢えて強引に先生に迫ってみた。しかし先生は、話すことのできない理由があって、誰とも一緒に墓参したくないのだと言う。先生の墓参には、他者には知られたくない特別な理由が隠されていたのである。しかし、その理由は話せないと言う。〈私〉は強引に迫ろうとしたものの、この言葉を聞いて、そこで踏み止まった。

ここまで聞けば、誰でも先生の隠された秘密に対する好奇心に駆られて、先生を追求し、「研究」したくなるかも知れない。しかし〈私〉はそうしなかった。そうはせずに、ここで踏み止まった。この問題は「上七」以下で詳しく述べられるが、その前に、「自分の妻さへまだ伴れて行つた事がないのです」（上六 19.1）と語っていることには問題がある。そのことについて述べておかなければならない。

先生は奥さんも墓参りに伴れて行ったことがないと語っているが、これは事実に反している、という指摘がなされている。先生は墓を造った時に、奥さんと一緒に墓参りをしており（下五十一）、これまで奥さんを伴れて行ったことがないというのは事実と矛盾する、と言うのである。この立場に与（くみ）する人々は、ここからさらに次のように発展する可能性を見ている。これは明白な矛盾である。そして、漱石のテキストの信頼性に対して疑問を抱くことには学問的な根拠がある。さらに進んで、漱石のテキストにはこの他にもこの種の問題がありうる、と。「漱石は文章が下手だ」という断定的な批判(14)などが、これと互いに影響し合うことになる。しかし文献研究において常に直面するのは、理解困難な箇所をどのように扱うかという問題である。その場合に、易きについて安易に処理することを戒めるのが、古来、文献学の鉄則である。

「墓参に行った」という「事実」だけを見れば確かに矛盾している。しかし夫妻で墓参した時は、奥さんの方から「二人でKの墓参（はかまいり）をしやうと云ひ出し」（下五十一 285.15）たのである。「私はそれ以後決して妻と一所にKの墓参りをしない事にしました」（下五十一286.11）とはっきり述べている。単に「奥さんと一緒に墓参に行った」かどうかという「事実」だけが問題なのではない。最初の墓参は奥さんが言いだして一緒に行った。しかしそれ以後、先生は決して奥さんを連れて行くことがなかったと述べている。先生の語っていることに何の矛盾もない。

『心』の諸版にも、問題の箇所に特に何の注もつけられていない。単純に、『心』の文章には矛盾があり、作者は前後で齟齬を犯していると判断して、漱石のテキストは信頼に価しないと考えるのは、安易に過ぎる。もっとも現代では、漱石その人を信頼しない傾向が強く、読者の自由な解釈を押し出す傾向がますます強くなっている。

問題の箇所は単なる「見せかけの矛盾」に過ぎない。むしろ作者は、意図してこれを放置することによって、逆に、その箇所に対する読者の注意を喚起していると言える。作者は決して軽率なのではない。

7　人間は本質的な孤独を超えられるか

〈私〉は何度も先生から拒まれているように感じながらも、先生に近づくことをやめなかった。〈私〉はこの姿勢について次のように述べている（引用文の冒頭部は再掲）。

私は不思議に思つた。然し私は先生を研究する気で其宅（そのうち）へ出入りをするのではなかつた。私はたゞ其儘（そのまま）にして打過（うちす）ぎた。今考へると其時の私の態度は、私の生活のうちで寧ろ尊むべきものゝ一つであつた。私は全くそのために先生と人間らしい温かい交際（つきあい）が出来たのだと思ふ。もし私の好奇心が幾分でも先生の心に向つて、研究的に働らき掛けたなら、二人の間を繋ぐ同情の糸は、何の容赦もなく其時ふつりと切れて仕舞つたらう。若い私は全く自分の態度を自覚してゐなかつた。それだから尊（たっと）いのかも知れないが、もし間違へて裏へ出たとしたら、何（ど）んな結果が二人の仲に落ちて来たらう。私は想像してもぞつとする。先生はそれでなくても、冷たい眼（まなこ）で研究されるのを絶えず恐れてゐたのである。（上七 19.3–10）

淀みなく読むことのできる巧みな文章である。しかしその意味は容易に把握できるとは言いがたい。「人間らしい温かい交際」と「研究する気」が対立関係に置かれ、「二人の間を繋ぐ同情の糸」は「冷たい眼で研究される」ならば断ち切られたであろう、という。

後に述べるように先生には、奥さんにさえ話せない、心に秘めた過去がある。その秘密は奥さんだけではなく、誰にも語ったことがなかった。他人に知られて困る秘密であるならば、単に秘密にしていればよかったはずである。〈私〉が近づいても拒めばよかったのである。それにもかかわらず先生は〈私〉を受け入れ、二人の間の「同情の糸」は最後まで断ち切られることがなかったのは、先生自身が語りたかったからである。ただし、過去を吐き出すように、単に語りさえすればよかったわけではなかった。

先生の過去は単に過去において完結した出来事なのではない。現在の先生を律していると同時に、未来に向かって新しい可能性をはらんでいる過去である。そういう過去は、すでに完結した過去の事実として、冷たい眼で研究されることを欲しない。「人間らしい温かい交際」のもとに「同情の糸」によって〈私〉が先生と結ばれ、先生の過去の経験が〈私〉の生命の中に、〈私〉の血の中に取り込まれて、それがはらんでいた可能性を現実化することを求めているのである。別の所で、〈私〉は次のように述べている。

かつて遊興のために往来をした覚のない先生は、歓楽の交際から出る親しみ以上に、何時か私の頭に影響を与へてゐた。たゞ頭といふのはあまりに冷か過ぎるから、私は胸と云ひ直したい。肉のなかに先生の力が喰ひ込んでゐると云つても、血のなかに先生の命が流れてゐると云つても、其時の私には少しも誇張でないやうに思はれた。（上二十三 64.14-65.3）

そして先生も〈私〉に呼応するように、遺書の中で次のように語っている。

其上私は書きたいのです。義務は別として私の過去を書きたいのです。私の過去は私丈の経験だから、私丈の所有と云つても差支ないでせう。それを人に与へないで死ぬのは、惜いとも云はれるでせう。私にも多少そんな心持があります。たゞし受け入れる事の出来ない人に与へる位なら、私はむしろ私の経験を私の生命と共に葬つた方が好いと思ひます。実際こゝに貴方といふ一人の男が存在してゐないならば、私の過去はついに私の過去で、間接にも他人の知識にはならないで済んだでせう。私は何千万とゐる日本人のうちで、たゞ貴方丈に、私の過去を物語りたいのです。あなたは真面目だから。あなたは真面目に人生そのものから生きた教訓を得たいと云つたから。

私は暗い人世の影を遠慮なくあなたの頭の上に投げかけて上ます。然し恐れては不可せん。暗いものを凝と見詰めて、その中から貴方の参考になるものを御攫みなさい。(下二 156.14-157.9)

『心』の冒頭に近い箇所で〈私〉が先生について述べていることは、『心』の主題に直結する重要な意味を持っている。

先生は「研究される」のを忌み嫌っていた。「研究」を否定的に見ている。「研究」についてこのように言い切っていることは注目に値する。最初の引用文において、〈私〉は「私の好奇心が幾分でも先生の心に向つて、研究的に働らき掛けたなら」(上七 19.5-6)、二人を繋ぐ糸は断ち切られていたであろうと書いている。「先生の心」を、単に「好奇心」から「研究」しようとする者は拒まれる。「先生の心」を「受け入れ」、そこから教訓を得ようとする者に向かってのみ、先生は心を開く、と言う。

これは思想に対する取り組み方の違いを問題にしているのである。思想を単に所与として客観的に「研究」するか、それとも主体的に思想から学ぼうとするか、その違いである。〈私〉は先生との触れ合いを深める中で、先生が後者の立場に立つことを確認し、先生を思想家として高く評価するようになる。

〈私〉が現れる前は、先生は自分の心のうちを語るべき相手を持たなかった。門を閉ざしたかのようにして閉塞した生活を送っていた。先生は遺書の中で、

私は貴方の知つてゐる通り、殆んど世間と交渉のない孤独な人間です（下二 156.7–8）

と述べている。家族は夫婦だけであるけれども、その奥さんについて次のように述べている。

世の中で自分が最も信愛してゐるたつた一人の人間すら、自分を理解してゐないのかと思ふと、悲しかつたのです。理解させる手段があるのに、理解させる勇気が出せないのだと思ふと益（ますます）悲しかつたのです。私は寂寞でした。何処（どこ）からも切り離されて世の中にたつた一人住んでゐるやうな気のした事も能（よ）くありました。（下五十三 291.2–5）

先生は奥さんを信愛していながら、その奥さんにも話せない秘密を抱えている。そして秘密の中に閉じこもろうとするために、先生は孤独の底に沈まざるをえない。それならばなぜ奥さんに話せないのか。奥さんに話したならば、奥さんをも先生の運命に巻き込んでしまうことになって、先生以上に奥さんを苦しめることになるからである。奥さんを「信愛」する先生は、奥さんにも話すことができない。(15)

先生の秘密は先生の罪にほかならないが、先生の罪そのものが、先生という「個人」に限定された罪ではなく、「人間の罪」(下五十四 294.2) と言い換えられることになる。『心』では、直接的には先生個人が問題にされているけれども、作者は先生という個人を通して、人間一般の問題、人間に普遍的に妥当する問題を見ている。

以上のごとくであるから、〈私〉と先生との間に、「人間らしい温かい交際」が保たれたと言うのは、本来、人間一般について成立しているべき関係を、無意識のうちに〈私〉が保った、ということを意味する。そしてこの関係が確かなものとなることによって、先生は最後に先生の秘密を〈私〉に明かすことになる。

先生の「罪」とか、先生の「秘密」とかの表現が用いられているので、『心』にはある種の謎解き的、探偵小説的な趣がないとは言えないけれども、作者が描こうとしている根本的な問題は、人と人との間に本質的な関係は成立するのか、という問いである。これは漱石が大患以来一貫して取り上げてきた問題であった。『心』では、〈私〉の態度に明らかなように、人間は本来自他不二であるという認識から出発して、自他の断絶を克服しようとしている。『行人』の一郎が、妻の心を捕らえることができないと言って苦悩していたのに対して、先生は〈私〉との間に心の交流、命の交流を見出すことになる。先に引用したように、〈私〉は、「先生と人間らしい温かい交際が出来た」(上七 19.5) と語っているが、同じことが先生についても言えるはずである。『行人』の一郎と『心』の先生との違いは、歴然としている。

『心』において漱石は「人間に共通的・普遍的な地平」の存在を見据えている。その視点は、当初は〈私〉が担っている。固く閉ざされていた先生の心の扉が自然に〈私〉に向かって開かれてゆく。先生は次第に自分の胸の内を〈私〉に語り始める。そして、孤独の内に閉ざされていた先生が、孤独を超えて、他者と心を通わせる可能性を見出していたことが明らかにされる。

　孤独の中に閉塞していた先生が他者への関心、他者との関わりの可能性を発見した経緯は、次の記述において語られている。先生が結婚して暫く後のことである。

　「其内妻の母が病気になりました。医者に見せると到底癒らないといふ診断でした。私は力の及ぶかぎり懇切に看護をしてやりました。是は病人自身の為でもありますし、又愛する妻の為でもありましたが、もつと大きな意味からいふと、ついに人間の為でした。私はそれ迄にも何かしたくつて堪らなかつたのだけれども、何もする事が出来ないので已を得ず懐手をしてゐたに違ありません。世間と切り離された私が、始めて自分から手を出して、幾分でも善い事をしたといふ自覚を得たのは此時でした。私は罪滅しとでも名づけなければならない、一種の気分に支配されてゐたのです。（下五十四 292.2-8）

「病人自身の為」「愛する妻の為」という、先生対母、先生対妻という、個人相互の関係を超えて、「人間の為」という次元が可能であると言う。「世間と切り離され」ている孤独の状態そのものに変わりはなくても、「人間」という次元において人は根底的に通じ合っている。その次元においてであれば「善」を行うことができる。もとよりそこから再び世間に打って出ようとするのではない。

善を行うことによって、「罪滅し」をすることが可能ではないか。そのように先生は考えた。

　母の亡くなつた後、私は出来る丈妻を親切に取り扱かつて遣りました。たゞ当人を愛してゐたから許ではありません。私の親切には箇人を離れてもつと広い背景があつたやうです。丁度妻の母の看護をしたと同じ意味で、私の心は動いたらしいのです。妻は満足らしく見えました。けれども其満足のうちには、私を理解し得ないために起るぼんやりした稀薄な点が何処かに含まれてゐるやうでした。然し妻が私を理解し得たにした所で、此物足りなさは増すとも減る気遣はなかつたのです。女には大きな人道の立場から来る愛情よりも、多少義理をはづれても自分丈に集注される親切を嬉しがる性質が、男よりも強いやうに思はれますから。（下五十四 293.1–7）

　先生は奥さんに対して親切を尽くした。それは夫婦だからという個人相互の立場からだけではなく、妻という「個人」を離れて「もっと広い背景」があったようだ、と言う。「広い背景」は「人道の立場」とも言い換えられている。

〈私〉は先生との交際を、「人間らしい温かい交際」と呼んでいた。「人間らしい」という表現は「大きな人道の立場」に連なるものとして理解される。〈私〉がそう理解したように、先生もまた同じ立場から〈私〉に対応していたことになる。

『行人』の主人公一郎は内的に孤立していただけでなく、夫婦・家族などとの関係においても孤立しており、絶対的な孤独の中で呻吟していた。その苦しみを、死ぬか、神を信仰するか、気が狂うかしかないとまで思い詰めていた。一郎と比較すると、先生は内的に孤独であったが、同時に、「人道の立場」「人間らしさ」という次元において、他者と交際する可能性を自覚している。のみならず、最後に遺書を遺して、心の内奥をも〈私〉に伝えることができた。先生は、一郎の絶対的な孤独の牢獄を打破することができた、と言ってよい。

漱石は新聞連載が終わるとすぐに、岩波書店から『心』を単行本として出版した。その時、次のような広告文が新聞に掲載された。

> 自己の心を捕へんと欲する人々に、人間の心を捕へ得たる此作物を奨(すす)む。（『漱石全集』第十六巻 572.2)

広告文は「自己の心」に対して「人間の心」を打ち出している。『心』は「自己の心」を、「人間の心」の次元で捕らえた作品である、と宣言しているのである。その趣旨はここに検討してきたところと一致する。

人間の立場、人道の立場は個人を超えて成立する。現実の個人対個人の生活において、その違いを理解させることは困難である。先生は「人道の立場」から奥さんに対しているが、奥さんは「自分丈(だけ)に集注される親切」、つまり個人対個人の関係における親切を期待する。先生を理解できないために、奥さんには「ぼんやりした稀薄な点が何処かに含まれてゐる」ように思われた。奥さんは

「大きな人道の立場から来る愛情よりも、多少義理をはづれても自分丈に集注される親切」を嬉しがるらしい。個人の立場と人道の立場とは同じではない、と先生は言う。

この問題は、例えば、患者が医師・看護師に対して抱く気持ちを考えれば容易に理解できるであろう。患者は医師や看護婦から親切にされると、その親切が自分個人に対する特別の好意からだと考えて嬉しくなる。しかし同じ医師や看護師が他の患者にも、自分に対するのと同様に親切であるのを知って、がっかりする。

個人が行為を通じて他者と関わる時、夫婦や師弟などの、自分と相手との特殊な関係を重視するのが、極めて通常の、日常的な行為の仕方である。奥さんは先生にそれを期待している。しかし先生が考えているのは、この特殊な関係を超えて、普遍的な人間の立場に立った行為である。

先生が〈私〉を受け容れたのは「人間の為」であり、「大きな人道の立場」からであった。先生が〈私〉を見る眼は、〈私〉という「個人」に向けられているのではなく、人道の立場から〈私〉を見ている。そして〈私〉は人道の立場を述べた先生の遺書を託されることになる。先生から見れば、孤独の中に閉ざされていた先生が、自分の思想を託すべき人を見出すことができたのである。先生と〈私〉との関係は、その方向へと展開することになる。

〈私〉が次のように語っていることは、右に述べた意味において理解されるべきであろう。

先生の私に対する態度は初めて挨拶をした時も、懇意になつた其後（そののち）も、あまり変りはなかつた。先生は何時も静（しずか）であつた。ある時は静過ぎて淋しい位であつた。私は最初から先生には近づき難い不思議があるやうに思つてゐた。それでゐて、何うしても近づかなければ居られないといふ感じが、何処かに強く働らいた。斯ういふ感じを先生に対して有つてゐたものは、多くの人のうちで或は私だけかも知れない。然し其私丈には此直感が後になつて事実の上に証拠立てられたのだから、私は若々しいと云はれても、馬鹿気てゐると笑はれても、それを見越した自分の直覚をとにかく頼もしく又嬉しく思つてゐる。人間を愛し得る人、愛せずにはゐられない人、それでゐて自分の懐に入らうとするものを、手をひろげて抱き締める事の出来ない人、——是が先生であつた。（上六 16.9–17.3）

「人間を愛し得る人、愛せずにはゐられない人、それでゐて自分の懐に入らうとするものを、手をひろげて抱き締める事の出来ない人」、それが先生であると、〈私〉は、遺書からの知識をも含めて、確認している。そういう先生の懐に入るのは極めて困難である。しかし〈私〉は先生と近づきになることができた。〈私〉には、事前に先生に関して何の知識もなかった。〈私〉に「直感」「直覚」があったからだ、と〈私〉は喜んでいる。

このような直感・直覚を大上段に振りかざせば、誰でも「馬鹿気てゐると笑」うに違いない。先生自身も〈私〉の前で「沈吟」したことは、先に検討した通りである。

8 「淋しさ」と「動」

〈私〉は月に二度も三度も先生宅へ行くようになった。四日も経たないうちにまた行ったこともある（上七 20.12）というから、時には週に二度も訪れたことになる。先生はそれを嫌がることはなかった。

先生は「私は淋しい人間です」（上七 20.6）とさらりと言った。この言葉の重い意味についてはこれまでにも触れてきた。その問題をここで単刀直入に投げかけている。そして続けて言う。

「だから貴方の来て下さる事を喜こんでゐます。だから何故さう度々来るのかと云つて聞いたのです」（上七 20.6-7）。

次の会話では「淋しさ」と「動」とが対比的に描かれている。

「私は淋しい人間です」と先生は其晩又此間の言葉を繰り返した。「私は淋しい人間ですが、ことによると貴方も淋しい人間ぢやないですか。私は淋しくつても年を取つてゐるから、動かずにゐられるが、若いあなたは左右は行かないのでせう。動ける丈動きたいのでせう。動いて何かに打つかりたいのでせう。……」

「私はちつとも淋しくはありません」

「若いうち程淋しいものはありません。そんなら何故貴方はさう度々私の宅へ来るのですか」

此所（ここ）でも此間の言葉が又先生の口から繰り返された。

「あなたは私に会つても恐らくまだ淋しい気が何処かでしてゐるでせう。私にはあなたの為に其淋しさを根元から引き抜いて上げる丈（だけ）の力がないんだから。貴方は外（ほか）の方を向いて今に手を広げなければならなくなります。今に私の宅（うち）の方へは足が向かなくなります」

先生は斯（こ）う云つて淋しい笑ひ方をした。（上七 21.2-12）

先生は「私は淋しい人間」だと言う。「貴方も淋しい人間ぢやないですか」と言う。「若いうち程淋しいものはありません」。そして先生は「淋しさ」と「動く」とを関連させて、「私は淋しくつても年を取つてゐるから、動かずにゐられるが、若いあなたは左右は行かないのでせう」と言う。人間とは淋しいものである。淋しいから動く。〈私〉が先生の所をしきりに訪ねるのも、〈私〉が淋しいからだと先生は言う。しかし〈私〉は「私はちつとも淋しくはありません」と否定している。〈私〉は「淋しい」という言葉の意味を理解できていないけれども、初めて先生に出会ってからすぐに、〈私〉は「無聊」を覚えていた。その際にも述べたように、「無聊」は先生の「不在感」が生み出す意識であって、無意識のうちに覚える「淋しさ」にほかならない。自覚しない「淋しさ」である。先生は〈私〉の内にある「淋しさ」を見抜いているが、〈私〉はまだそのことを充分には自覚していない。

先生も〈私〉も淋しいという点では同じである。しかし先生は年を取っているから、動かずにいられる。それに対して若い〈私〉は動かずにはいられない。実際、〈私〉は先生の許に足繁く通っている。先生は「あなたの為に其淋しさを根元から引き抜いて上げる丈の力がない」から、いずれそのうちに〈私〉は先生の宅を訪れなくなるであろう、と言う。

右の会話に続けて〈私〉は次のように批評を加えている。

幸にして先生の予言は実現されずに済んだ。経験のない当時の私は、此の予言の中(うち)に含まれてゐる明白な意義さへ了解し得なかつた。私は依然として先生に会ひに行つた。（上八 21.14–22.1）

この文章には複雑な意味が込められている。「幸にして先生の予言は実現されずに済んだ」と書き始めて、「私は依然として先生に会ひに行つた」と結ばれているために、やがて〈私〉は先生の許から離れて行くであろうということが、「予言」のすべてであるかのように理解されやすい。それも確かに予言の中に含まれているけれども、それだけであるならば、この二つの文章の間に挟まれている「此の予言の中に含まれてゐる明白な意義さへ了解し得なかつた」という文章が無視されることになる。一体、どのような「明白な意義」がこの予言の中に含まれていたのであろうか。

一つは〈私〉が、「私はちつとも淋しくはありません」と否定していた点である。〈私〉も淋しいから先生の許に通うのだ、という先生の言葉の中にある「明白な意義さへ了解し得なかつた」。先生から指摘されるまでもなく、〈私〉自身自覚すべきであった。自覚するどころか、先生の言葉の明白な意義さえ理解できなかったのは、「経験のない当時の私」と述べているように、後になって経験を積んでから初めて理解できたということを意味している。そしてこれを裏づける記述は、大学卒業後に帰郷する汽車の中で、自分自身を反省する場面の描写の中に見出すことができる。〈私〉はそこで初めて、自分が淋しい人間であることを自覚する。「経験」という言葉は非常に重い意味で使用されており、知識とは明確に区別されている。思想は知識ではなくて経験に裏づけられなければならないという、漱石の基本的な姿勢がここにも貫かれている。

「予言」の中に含まれていたもう一つの意味は、「私にはあなたの為に其淋しさを根元から引き抜いて上げる丈の力がない」という点である。〈私〉は最後までそのように考えることはなかった。この点は次の「両親と私」において詳しく描かれているので、その検討の際に再び取り上げることにしたい。

さて、この会話では「動く」が先生を訪問することと関連づけられており、人との結びつきを求めて動くことが直接的な意味を表している。しかし先生は、若い〈私〉の淋しさを根源から抜き去ることはできない、とも語っている。

この問題は後に再び議論されている。花見時分に上野へ行った時の会話である。「美くしい一対の男女」が「睦まじさうに寄添つて花の下を歩いて」いるのを見て、先生が「新婚の夫婦のやうだね」と言い、〈私〉が「仲が好ささうですね」と応じたところが、先生は次のように言う。

「君は今あの男と女を見て、冷評（ひやか）しましたね。あの冷評（ひやかし）のうちには君が恋を求めながら相手を得られないといふ不快の声が交つてゐませう」

「そんな風に聞こえましたか」

「聞こえました。恋の満足を味はつてゐる人はもつと暖かい声を出すものです。然し……然し君、恋は罪悪ですよ。解つてゐますか」

私は急に驚ろかされた。何とも返事をしなかつた。（上十二 35.6–11）

先生は若い一対の男女を恋し合う男女と見なした上で、二人に対する〈私〉の「冷評」（「仲が好ささうですね」上十二 34.12）には「恋を求めながら相手を得られないといふ不快の声」が交じっている、と批評する。「恋の満足を味はつてゐる人」に「恋を求めながら相手を得られない」〈私〉を対照させせようとしているのである。さらに先生は突然、「然し君、恋は罪悪ですよ。解つてゐますか」と言いだす。その上で、「恋は罪悪」ということと「動く」ということとが、不可分の問題として語られる。


「恋は罪悪ですか」と私が其時突然聞いた。

「罪悪です。たしかに」と答へた時の先生の語気は前と同じやうに強かつた。

「何故ですか」

「何故だか今に解ります。今にぢやない、もう解つてゐる筈です。あなたの心はとつくの昔から既に恋で動いてゐるぢやありませんか」

私は一応自分の胸の中を調べて見た。けれども其所(そこ)は案外に空虚であつた。思ひ中(あた)るやうなものは何にもなかつた。

「私の胸の中に是といふ目的物は一つもありません。私は先生に何も隠してはゐない積です」

「目的物がないから動くのです。あれば落ち付けるだらうと思つて動きたくなるのです」

「今それ程動いちやゐません」

「あなたは物足りない結果私の所に動いて来たぢやありませんか」

「それは左右かも知れません。然しそれは恋とは違ひます」

「恋に上る階段なんです。異性と抱き合ふ順序として、まづ同性の私の所へ動いて来たのです」（上十三 36.1-14）

通りすがりの男女を契機に、突然「恋は罪悪です」と言われれば、その唐突さに驚かされる。しかし「動く」を描写するために恋を手がかりにしていると解すれば、主題は連続していることになる。遺書には先生の恋愛事件が語られており、罪悪はそれと関係している。

先生の言葉は、「動く」が直接的には恋愛を指しているのではないか、と理解されやすい。〈私〉に向かって「あなたの心はとつくの昔から既に恋で動いてゐるぢやありませんか」と言う。「動く」の根底に恋がある、と言っているようにも聞こえる。

このあたりに小説家漱石の手法の特徴がある。物語の表層には恋愛問題、特に男女の三角関係を設定するのが漱石の常套手段である。ここでも「動く」を論じてきながら、それを恋に移し替えていく。〈私〉が先生のもとに足繁く通う心理の底には恋がある、と先生は言う。しかし〈私〉にはまるで思い当たることがない。それで「是といふ目的物」はない、という答え方をしている。先生はこの回答を承けて、「目的物がないから動くのです」とたたみかける。恋を論じているのであるならば、「目的物」とは恋人でなければならない。しかし〈私〉に恋人がいるとはどこにも書かれていない。先生は、〈私〉が先生のもとを訪れることについて、「あなたは物足りない結果私の所に動いて来たぢやありませんか」と言う。「淋しいから動く」と言われていたことが、ここでは「物足りないから動く」と言い換えられている。

鎌倉海岸で先生を見てから、それまで屈託がなかった〈私〉が「無聊」を覚えた、と述べていたことが想起される。心にかかる人が眼の前にいないという不在感・欠落感が、先生を求めて海岸へと〈私〉を駆り立てた。「淋しさ」「物足りなさ」と先生が言うことと通じ合う。そして〈私〉が、「恋とは違う」と主張するのに対して、先生は「恋に上る楷段なんです。異性と抱き合ふ順序として、まづ同性の私の所へ動いて来たのです」とたたみかけるように言う。

〈私〉の考えていることと先生の言うこととの間には、ずれがある。

ここで、前に指摘した第二の問題として、「経験のない当時の私は……了解し得なかった」と〈私〉が言う場合の「経験」とは何を指しているのか、という問題に触れておかなければならない。今ここで、先生は恋を語り始めた。のちに、先生には深刻な恋の問題が存在したことが遺書の中で語られる。しかし〈私〉が恋の「経験」をしたとは、『心』のどこにも描かれていない。

このように言えば、書かれなかった他の短篇において〈私〉の恋が描かれたはずであった、などと想像する人も出てくるかも知れないが、『心』（＝新聞に連載された「先生の遺書」）はこれだけで完結しているのであるから、そのような想像は無用である。この問題はあくまでも『心』の中で考察しなければならない。

〈私〉が後に「経験」によって了解することができたというその「経験」が、「〈私〉の恋愛経験」を指しているのでないことは疑いない。そこであらためて「動く」という問題に戻ると、淋しいから動くと言われたことが、ここでは物足りないから動く、と言い換えられている。確かにここで先生は動くことの根底に恋を想定しているけれども、〈私〉の理解では、人間がかかえている淋しさ、物足りなさ、本質的には人間存在の根源の不在感を見ている、と言うことができる。先生と〈私〉との間にあるこの二義性は、むしろ先生の表現方法に含まれているものであるけれども、その真意を後に〈私〉は統一的に理解することができた、と言っている。そう理解することができる。

この問題は、『心』に描かれる表層としての物語と、その根底に存在する漱石の思想との二重構造に由来しており、今ここで簡単に説明するのは困難であるが、順を追って検討することによって、最終的にその意味を確認することができるであろう。今は問題点を指摘するにとどめておきたい。ともあれ、漱石の小説における三角関係を、男女間の恋愛問題としてのみ理解するのが通例であるが、それでは漱石を読み切れないことも、『門』までに関してであるが、すでに拙著『漱石文学の思想』（第一部、第二部）において述べておいた。漱石は巧みな描写によって、恋愛と思想との二重構造を描き分けている。

一般に漱石の小説は難解であるけれども、特に『心』が難解であるのは、漱石が技巧の限りを尽くして、自分自身の問題を描き切ろうと努めているからである。遺書は漱石の技巧の極地であると言える。〈私〉はそれを説明・解説することはしない。そうではなくて、遺書を読んで先生の心の真相を知った〈私〉が、生前の先生との交流を回想しながら、当時は充分に理解できていなかった「先生の言葉」に、遺書にもとづく解説を加えているのである。遺書そのものを解説しているわけではない。

〈私〉の語る言葉は、読者に先生の遺書を指し示すこと、先生の遺書には深い意味が描かれていることを暗示することを、目指しているのである。繰り返しになるけれども、『心』という小説が遺書の終わるところで閉じられるのは、必然なのである。遺書を熟読することがなければ、『心』を読んだことにはならない。『心』は遺書で完結している。

9　「静」という名前

人が「動く」のは淋しいからであり、物足りないからである。それが、具体的には恋という形で表れるが、決してそれだけなのではない。先生が「動く」ということにこだわるのはなぜなのか。これにはもう一つの面があるので、それを検討しよう。

『心』の「先生と私」と「先生と遺書」に登場する人物は、いずれも「先生」や「私」、父・母・兄・叔父などと呼ばれる。どれも師弟や親族の関係を表す名称であるが、登場人物そのものが限られているので、それで不都合なく間に合っている。大学を一緒に卒業した友人についても、単に

「一所に卒業したなにがし」（上三十五 101.3）ですませている。
このように『心』では登場人物の固有名詞は出されない。そのことについて『心』の冒頭に、先にも引用したが、次のように述べられている。

私は其人を常に先生と呼んでゐた。だから此所でもたゞ先生と書く丈で本名は打ち明けない。（上一 3.2）

〈私〉は「其人を常に先生と呼んでゐた」から「此所でもたゞ先生と書く」だけで、「本名は打ち明けない」と断っている。そして全編を通じて先生の本名は出されていない。〈私〉が「先生」で通しているのは、常にそう呼んでいたからである。その人について〈私〉が一人称で語ろうとしているのであるから、当時と同様に「先生」と呼ぶのが〈私〉にとって自然であったのである。書き出しの文章は次のように続いている。

是は世間を憚かる遠慮といふよりも、其方が私に取つて自然だからである。私は其人の記憶を呼び起すごとに、すぐ「先生」と云ひたくなる。筆を執つても心持は同じ事である。（上一 3.3-4）

「先生」と呼ぶことで、〈私〉は当時の気持ちのままに先生を回想することができる。先生の本名で呼ぶよりも、「その方が私に取って自然」なのである。〈私〉はそう書いている。そういう〈私〉の立場からすれば、「余所々々しい頭文字抔はとても使ふ気にならない」（上一 3.4）と言うのは当然である。

〈私〉はすでに先生の遺書を読んでいるから、Kのことを念頭に置いて「余所々々しい頭文字」と言っていることは疑いない。先生は遺書の中で親友の名を明かさずに、単にKと呼んでいる。もちろん彼の実名は奥さんも承知していた。先に指摘したように、「妻が其人の名を云ひましたか」（上五 14.1）と先生が〈私〉に問うていた。先生は生前には、〈私〉にKというイニシャルすら教えていなかった。あらためて雑司ヶ谷の場面を引用しよう。〈私〉が雑司ヶ谷の墓地で先生に会った時、先生は狼狽して次のように言った。


「誰の墓へ参りに行つたか、妻が其人の名を云ひましたか」

「いゝえ、其んな事は何も仰しやいません」

「さうですか。――さう、夫は云ふ筈がありませんね、始めて会つた貴方に。いふ必要がないんだから」

先生は漸く得心したらしい様子であつた。然し私には其意味が丸で解らなかつた。（上五 14.1-5）

親友の本名を知られることに対する極度の警戒感が、異様なほど顕著である。〈私〉は「その意味が丸で解らなかつた」と述べている。

しかし、〈私〉にとって「先生」という呼称が単なる「記号」ではなく、生前の記憶と一体であろうとする意思に裏打ちされていたのに対して、先生にとって親友をめぐる過去の記憶は忌まわしいものであり、彼の本名を呼ぶことは忌まわしい過去を痛切に思い起こさせることになる。〈私〉に彼の「本名」を知られることを、先生が拒もうとしたのもそのためであった。呼び名はリアルな過去と一体である。先生は自分自身の過去を冷静に客観視して遺書を書こうとした時、生々しい記憶に距離を置くために、親友をKという「記号」で表さざるを得なかった。〈私〉が「余所々々しい頭文字」と言っているのは、暗にその点を指摘しているのであって、〈私〉が先生を批判していると解釈することはできない。

一人称と二人称は人称代名詞を用い、あるいは「先生」のような呼称を用いれば本名を出さなくても間に合う。しかし三人称の場合はそう簡単ではない。そこで先生は、やむを得ずKという頭文字を用いたのである。

このようにして、『心』の中で、「先生と〈私〉との間」では実名が出てこない。それは徹底しており、作者の明確な意図に基づいていると見てよい。ただし「両親と私」の場合は別である。そこでは一般にそうであるように、固有名詞を用いた通常の描写がなされている。

「両親と私」においては〈私〉は、母の名が「御光(おみつ)」であり、妹の夫の姓が関であると述べている。父親と子供の時分から仲の好かつた作(さく)さんが見舞いに来た、と名を挙げている（中十三 138.14, 139.2)。また、次のような例もある。

成るべくみんなを枕元へ集めて置きたがつた。気のたしかな時は頻りに淋しがる病人にもそれが希望らしく見えた。ことに室の中を見廻して母の影が見えないと、父は必ず「御光は」と聞いた。聞かないでも、眼がそれを物語つてゐた。私はよく起つて母を呼びに行つた。「何か御用ですか」と、母が仕掛た用を其儘にして置いて病室へ来ると、父はたゞ母の顔を見詰める丈で何も云はない事があつた。さうかと思ふと、丸で懸け離れた話をした。突然「御光御前にも色々世話になつたね」などと優しい言葉を出す時もあつた。（中十六 145.12–146.4）

「関さんも気の毒だね。あゝ幾日も引つ張られて帰れなくつちあ」

関といふのは其人の苗字であつた。

「然しそんな忙がしい身体でもないんだから、あゝして泊つてゐて呉れるんでせう。関さんよりも兄さんの方が困るでせう、斯う長くなつちや」（中十四 140.13–141.2）

こうして比較すると、人名に関して、〈私〉の親族や関係者と先生のそれとの扱い方が、著しく対照的であることが明瞭である。

ところが奥さんの名前だけが例外である。それはなぜであろうか。前に引用した淋しさをめぐる会話の最後の部分に続いて、奥さんを描いている。〈私〉はしばしば訪ねるうちに、お酒や食事を御馳走になるようになった。当然奥さんも同席するようになる。そして次のような描写がある。

座敷で私と対坐してゐる時、先生は何かの序に、下女を呼ばないで、奥さんを呼ぶ事があつた。（奥さんの名は静といつた）先生は「おい静」と何時でも襖の方を振り向いた。（上九 24.11–13）

先生は奥さんにどう言って話しかけるのか。奥さんが同席している時は、先生は「御前」と言って話をする（上八 23.1,6、十八 52.4、三十四 97.2,5,14、三十五 99.7,10）。稀に「静」と名を呼んでから「お前」と言うことがある。「静、御前はおれより先へ死ぬだらうかね」（上三十四 96.15）、「静、おれが死んだら此家を御前に遣らう」（上三十五 99.7）。奥さんが襖を隔てた隣室にいる時は、右の引用にあるように、「何時でも襖の方を振り向い」て「おい静」と奥さんの名を呼んでいる。

ここには何の問題もないように見える。実際、こういう書きぶりだけを見れば、ごく自然である。ただ、本名で呼ぶのが奥さんだけに限られていることが、不自然なのである。

先生は〈私〉に対してどう呼びかけているか。先生が初めて〈私〉に話しかけたときのことは、「沖へ出ると、先生は後を振り返って私に話し掛けた」（上三 8.14）とあるだけである。さらに続けて「もう帰りませんか」（同 9.5）とあるだけである。いずれも相手を指示する二人称が欠けている。その後に「君」と呼んでいる。「君はまだ大分長く此所に居る積ですか」（上三 9.11）。それからは「貴方」「あなた」と言う。「始めて会つた貴方に」（上五 14.3）、「貴方は死といふ事実を」（上五 14.12）、「私はあなたに話す事の出来ないある理由があつて」（上六 18.15）等々。先生の遺書は「あなたから過去を問ひたゞされた時」（中十七 149.14）と書き出されている。

また、〈私〉のあとから先生が「おい〳〵」と呼んだことがある（上二十九 82.14）。向かい合っている時に「おい」と呼ぶこともある（「両親と私」では父が〈私〉に新聞を示して、「おいご覧、今日も天子様の事が詳しく出てゐる」（中四 114.5）と言う場面がある）。襖を隔てて先生とKの間で互いに「おい」と呼ぶことがある。「私は半ば無意識においと声を掛けました。すると向ふでもおいと返事をしました」、「私はまた半ば無意識な状態で、おいとKに声を掛けました。Kも以前と同じやうな調子で、おいと答へました」、「Kは先刻から二度おいと呼ばれて、二度おいと答へた」（下三十八 251.11-252.2）。そしてまた、眼の前のKに向かって「おい」と呼びかけている。「私はおいと云つて声を掛けました。然し何の答もありません。おい何うかしたのかと私は又Kを呼びました」（下四十八 277.5-6）。

　襖の向こうの奥さんを呼ぶ時は常に「おい静」と言い、同席する奥さんに向かって「静、御前は」と言うのは、それ自体としてはごく自然であるにもかかわらず、以上の用例、すなわち『心』の原則的表現形式に照らすならば、逆にそれがいかに不自然であるかは容易に気づくであろう。他の用例に合わせるならば、単に「おい」とする方が自然である。奥さんが襖の向こうから先生を呼ぶ時は「あなた」と言うだけであった。

> すると襖の陰で「あなた、あなた」といふ奥さんの声が二度聞こえた。（上十四 40.11-12）

何が不自然に感じられるかは、すでに明らかであろう。先生と〈私〉との間で登場する人物は、誰一人として本名を明かされない。唯一の例外が奥さんであることになる。さらにその上に、念を押すかのように、括弧書きでわざわざ「奥さんの名は静といつた」と記すのは、冒頭でことさら先生の「本名は打ち明けない」と断っていることと対比すれば、不自然という印象が拭えないことは、否定できないであろう。

以上のように、『心』では、先生と〈私〉との関係において登場する人物の本名を出さないのが鉄則になっている。それだけに奥さんに対する扱いが異常なものに見えてくる。しかも、単に奥さんの本名を出しているだけでなく、その名が「静」であることに重要な意味がある。わざわざ括弧に入れてそれが名前であると断っているのは、語り手である〈私〉(と言うよりも、むしろ「作者」)が、読者に向かって「静」という名前・言葉に注意を促していると言うべきであろう。「動く」(上七)に続いて「静」(上九)を出しているのである。動が静に対比されている。作者はその点に注意を促している。

『心』の読者は、奥さんの名が静であることを、よく知っている。特に、実際に台詞としてその名を口にする演劇関係者にとっては、静という名は印象深いであろう。先生が登場する場面では、その他の人名はすべて消去されているから、静という名が心に深く刻み込まれる。作者は、そういう描き方をしているのである。

「動」については、これまでのところからも、ある程度の理解が可能であるが、これに対する「静」が何を意味するかについて、ここで概略を述べておきたい。

奥さんの名前を静と決めたのは、もとより作者であり、作者は静という名に特別の意味を込めている。この物語の中で、奥さんは自分から動くことがない。いわゆる「三角関係」をどう理解するかという問題があるので、この点についての検討は遺書の考察に待たねばならないが、悲劇が起こつた後で、先生は秘密を一人で抱えて、奥さんには話さなかった。先生は奥さんを悲劇の圏外に置こうとした。その理由について先生は遺書の中で次のように述べている。

私はたゞ妻（さい）の記憶に暗黒な一点を印（いん）するに忍びなかつたから打ち明けなかつたのです。純白なものに一雫（ひとしずく）の印気（インキ）でも容赦なく振り掛けるのは、私にとつて大変な苦痛だつたのだと解釈して下さい。（下五十二 288.3-5）

私は私の過去を善悪ともに他（ひと）の参考に供する積（つもり）です。然し妻だけはたつた一人の例外だと承知して下さい。私は妻には何にも知らせたくないのです。妻が己れの過去に対してもつ記憶を、成るべく純白に保存して置いて遣（や）りたいのが私の唯一の希望なのですから、私が死んだ後でも、妻が生きてゐる以上は、あなた限りに打ち明けられた私の秘密として、凡（すべ）てを腹の中に仕舞つて置いて下さい」（下五十六 300.3-7）

先生は自分の過去を奥さんには知らせない理由を「妻が己れの過去に対してもつ記憶を、成るべく純白に保存して置いて遣りたい」からだと述べている。もとより奥さんが「己れの過去に対してもつ記憶」は、当然先生とも共有しているはずであると考えられがちであるから、この表現は奇妙に思われるかも知れない。しかし、これで正しいのである。先生はあくまでも秘密を守って、奥さんをその圏外に置こうとした。

先生は遺書の中で、奥さんは秘密をまったく知らないと述べている。すぐ後に述べるように（「奥さんの告白」参照）、先生の生前に〈私〉は直接奥さんから、先生の親友の死の理由などについて奥さんが何も知らない、ということを聞かされている。

奥さんは、先生が遺書の中で述べているように、先生の庇護のもとに「純白」のままでいたことになる。その奥さんの名が「静」であるということに重要な意味がある。つまり、悲劇の主人公である先生こそ「動」であることになる。静は純白であり貴いが、動は罪に汚れている。『心』の中心テーマが、ここから浮かび上がってくる。

純白ということが、〈私〉の卒業を祝う晩餐の時にも語られている。

食卓は約束通り座敷の縁近くに据ゑられてあつた。模様の織り出された厚い糊の硬い卓布が美くしく且清らかに電燈の光を射返してゐた。先生のうちで飯を食ふと、屹度此西洋料理店に見るやうな白いリンネルの上に、箸や茶碗が置かれた。さうしてそれが必ず洗濯したての真白なものに限られてゐた。

「カラやカフスと同じ事さ。汚れたのを用ひる位なら、一層始から色の着いたものを使ふが好い。白ければ純白でなくつちや」

斯う云はれて見ると、成程先生は潔癖であつた。書斎なども実に整然と片付いてゐた。無頓

> 着な私には、先生のさういふ特色が折々著るしく眼に留まつた。
> 「先生は癇性ですね」とかつて奥さんに告げた時、奥さんは「でも着物などは、それ程気にしないやうですよ」と答へた事があつた。それを傍に聞いてゐた先生は、「本当をいふと、私は精神的に癇性なんです。それで始終苦しいんです。考へると実に馬鹿々々しい性分だ」と云つて笑つた。精神的に癇性といふ意味は、俗にいふ神経質といふ意味か、又は倫理的に潔癖だといふ意味か、私には解らなかつた。奥さんにも能く通じないらしかつた。（上三十二 89.14-90.12)

真白なテーブルクロースは汚れていてはいけない。白いクロースは、あくまでも純白でなければならない。話題は先生の潔癖さ、癇性へと移り、先生自身はものに対する癇性ではなく、精神的な癇性だと言う。「それで始終苦しいんです。考へると実に馬鹿々々しい性分だ」と語っているが、罪に汚れている自分自身に対する苦しみと、真っ白な奥さんを純白なままにしておきたいという気持ちとが、間接的に表現されている。

これは〈私〉の卒業を祝うための夕食であったが、先生夫妻と〈私〉との最後の晩餐でもあった。その席で先生は、それとなく、遺書の最後に当たる言葉を語っていることになる。「動と静」の問題としては、以上はまだ入口に過ぎない。しかし先生がなぜ「動」を問題にするのか、その意味の一端をとりあえず把握しておかないと先に進みにくいので、ここで述べておいた。この問題に関する最終的な結論は本書の第二部で述べる。

10 奥さんの告白

先生は〈私〉にいろいろと語るようになった。〈私〉は先生の話を聞くにつれて、先生ほどの人がなぜ、世の中から孤立して逼塞しているのか不思議に思った。

> 先生は丸で世間に名前を知られてゐない人であつた。だから先生の学問や思想に就ては、先生と密切の関係を有つてゐる私より外に敬意を払ふもののあるべき筈がなかつた。それを私は常に惜い事だと云つた。（上十一 30.10–12）

〈私〉は大学生になっている。だから〈私〉が先生の学問や思想について語るのは当然である。しかし『心』の中では、先生の学問や思想そのものが直接的に語られることはない。この点には注意する必要がある。『心』は学術論文ではなく、小説である。論文は概念によって構成される。それに対して小説は描写を基本とする。〈私〉は、先生の学問や思想とは言うけれども、それを概念によって語ることはしない。しかも〈私〉がこのように語るのは、暗示的にではあるが、先生の学問や思想の意義に対して注意を促そうとする意図が存在するからである。

しかし、〈私〉の評価にもかかわらず、先生は全然応ずる気配を見せない。

先生は又「私のやうなものが世の中へ出て、口を利いては済まない」と答へるぎりで、取り合はなかつた。私には其答が謙遜過ぎて却つて世間を冷評する様にも聞こえた。(上十一 30.12-13)

世の中から逼塞しているところは謙遜過ぎるように思われる。しかし世間を冷評するかのように思われる面も、先生にはあった。

実際先生は時々昔しの同級生で今著名になつてゐる誰彼を捉へて、ひどく無遠慮な批評を加へる事があつた。(上十一 30.14-31.1)

先生は「昔しの同級生」の名を挙げて、あれこれと批評することがある。当時の〈私〉は知らなかったが、先生は大学を出てから就職をしたことがなかった。それにもかかわらず、「昔しの同級生で今著名になつてゐる誰彼」を無遠慮に批評する。世の中から逼塞して生きていながら、時代に伍している。その批評を聞けば〈私〉には、先生が世の中から隔絶して暮らしていることが理解できない。なぜ世の中に出て活躍しないのか。

同じ思いを奥さんも抱く。当然、奥さんは襖越しにそのやりとりを聞いている。「今著名になつてゐる」同級生であるから、奥さんの知っている人の名もその中にあるであろう。そういう人たちを遠慮なく先生は批評する。それを聞いている奥さんの胸には若き日の想い出が蘇り、今元気に批評を加えている先生がそのまま若き日の姿に連続し、重なり合ってしまう。そして閉塞している現在の先生の姿の方が、嘘のように思えてくる。

「今著名になつてゐる」同級生がどういう人たちか、また先生はどんな批評を加えたのか、などについては紹介されていない。しかし先生の様子は、明らかに以前とは違ってきているように見える。先生の上に変化が起きているかに思われる。

そうであるにもかかわらず、先生は一向に〈私〉の意見に応じようとはしない。

> それで私は露骨に其矛盾を挙げて云々して見た。私の精神は反抗の意味といふよりも、世間が先生を知らないで平気でゐるのが残念だつたからである。其時先生は沈んだ調子で、「何うしても私は世間に向つて働らき掛ける資格のない男だから仕方がありません」と云つた。先生の顔には深い一種の表情があり〳〵と刻まれた。私にはそれが失望だか、不平だか、悲哀だか、解らなかつたけれども、何しろ二の句の継げない程に強いものだつたので、私はそれぎり何もいふ勇気が出なかつた。（上十一 31.1-6）

先生が世の中に対して距離を置いている深い理由があるらしい、ということは〈私〉にもだんだん解ってきた。それに反して奥さんは、先生がもっと元気を出せるはずだと思うようになる。

奥さんが襖越しに先生と〈私〉とのやりとりを耳にすれば、先生は元気を出し始めたと思うのは無理もない。〈私〉が先生夫婦の間に、これまでになかった「活気」という波紋を投げかけたことになる。

〈私〉は先生の奥さんに初めて会った時、「美くしい奥さん」だと思った。先生夫妻は仲の良い夫婦だった。「先生は時々奥さんを伴れて、音楽会だの芝居だのに行つた。夫から夫婦づれで一週間以内の旅行をした事も、私の記憶によると、二三度以上あつた」（上九 25.2-3）。

ただ、一つの例外があった。ある日訪れると、奥から諍うような声がした。様子を察して、その日は玄関の前に立っただけで、案内を乞うこともなく、そのまま下宿に帰った。すると一時間ほどして、窓の下で〈私〉を呼ぶ先生の声がする。時計を見ると八時を過ぎている。先生は散歩をしようと言った。「実は先刻妻と少し喧嘩をしてね」（上九 26.12）と語り出した。〈私〉が夫妻の言い合いを耳にしたことを、先生が知っていたか否かは不明である。「妻が私を誤解するのです」と先生は言う。「それを誤解だと云つて聞かせても承知しないのです。つい腹を立てたのです」（上九 27.1-2）。仲のよい夫婦でありながら、先生の自己認識と先生に対する奥さんの認識との間に大きなずれがあるらしい。「妻が考へてゐるやうな人間なら、私だつて斯んなに苦しんでゐやしない」（上九 27.5）。先生はそう嘆く。

〈私〉の見方と奥さんの考えとが近いであろうことが推測される。奥さんは先生に向かって、先生と〈私〉との間でなされた会話を持ち出したのであろう。夫婦の諍いの後で、なぜ先生がわざわざ〈私〉を訪ねて来たのかも、諍いに〈私〉が介在していたからだと考えれば、容易に理解できる。

奥さんに対する先生の考えは、遺書によって後に知ることができる。しかし遺書にも奥さんの胸のうちは書かれていない。と言って〈私〉が奥さんから話を聞くことは難しい。ところが、〈私〉

が直接奥さんからその心の裡を聞く機会が、二度作られることになる。この小説の中で、〈私〉が奥さんと二人だけになる場面が二カ所用意されている。奥さんはそこで、自分の胸の内を〈私〉に告白することになる。

ある日、〈私〉が約束通り朝の九時に訪れると先生は留守だった。外国へ行く友人を見送るために急に新橋駅へ行くことになった。しかしすぐに帰宅するので、〈私〉に待っているように言い残して出掛けたという。こうして「奥さんと二人差向ひで話をする機会」（上十 29.9）が生じた。自然と〈私〉は、先生がなぜ世間に向かって活動しないのかを話題にした。奥さんも、

「矢っ張り何か遣りたいのでせう。それでゐて出来ないんです。だから気の毒ですわ」（上十一 31.13–14）

と言う。先生は「何か遣りたい」のに「出来ない」でいる、という奥さんの言葉の意味は、先生と〈私〉との会話を挟むことによって容易に理解できる。だから奥さんは、〈私〉に向かってこのように話すことができた。〈私〉なら先生のために力になってくれそうだと、奥さんは、内心考えているからである。

しかし〈私〉には、なぜ先生がそうなのかは理解できない。先生は病気があるわけでもないのに、なぜ何もしないのか。

「それが解らないのよ、あなた。それが解る位なら私だつて、こんなに心配しやしません。わからないから気の毒でたまらないんです」（上十一 32.3-4）

そして若い時のことを、ふと漏らす。

「若い時はあんな人ぢやなかつたんですよ。若い時は丸で違つてゐました。それが全く変つて仕舞つたんです」（上十一 32.8-9）

奥さんは先生を若い時から知っていた。〈私〉には初耳だった。その当時と比較して、先生のあまりの変わりように、奥さんは気の毒に思っていたのである。この問題については、これまで奥さんも先生も〈私〉には何も語っていない。

〈私〉は二人の結婚の裏に華やかなロマンスを想像した。しかし悲劇が隠されていることまでは想像できなかった。それは遺書によって初めて知ることができたのである。

先生は美くしい恋愛の裏に、恐ろしい悲劇を持つてゐた。さうして其悲劇の何(ど)んなに先生に取つて見惨(みじめ)なものであるかは相手の奥さんに丸で知れてゐなかつた。奥さんは今でもそれを知らずにゐる。先生はそれを奥さんに隠して死んだ。先生は奥さんの幸福を破壊する前に、先づ自分の生命を破壊して仕舞つた。（上十二 34.1-4）

奥さんは、先生がなぜ苦しんでいるのかを知らない。〈私〉と議論する先生の姿は、そのまま若き日に連なって行く。そうしてなぜ現在のような姿でいるのか理解に苦しみ、心を傷める。それが先の夫婦の諍いの原因だったのであろう。

もう一カ所は先生から留守番を頼まれた時である。先生は友人たちと会うために、夜間留守にしなければならなくなったが、附近で盗難事件が続いているので奥さんが気味悪がっている。それで帰って来るまで留守番をしてくれないかと言うのである。

先生宅に着いた時には先生はすでに出掛けていた。最初は先生の書斎にいたが、畏まっている様子をみて奥さんが茶の間に誘った。先生はめったにそんな会に出ることはないと奥さんは言う。「近頃は段々人の顔を見るのが嫌になるやうです」（上十六 45.12）。さらに「私も嫌はれてゐる一人なんです」（上十六 46.1）ともいう。〈私〉は先生と奥さんとの関係について、直接奥さんから聞くきっかけを得た。問われた奥さんは、先生を愛していると言う。〈私〉は奥さんに尋ねた。

> 「その位先生に忠実なあなたが急に居なくなつたら、先生は何うなるんでせう。世の中の何方を向いても面白さうでない先生は、あなたが急にゐなくなつたら後で何うなるでせう。先生から見てぢやない。あなたから見てですよ。あなたから見て、先生は幸福になるでせうか、不幸になるでせうか」（上十七 48.10–13）

奥さんは先生から嫌われていると言うけれども、それならば奥さんが居なくなったら先生は幸福になるか、不幸になるか。この問いについて「先生から見て」ではなく、あくまでも「あなたから見て」であることに念を押している。〈私〉は奥さんの心の裡を直接に聞こうとしている。

この〈私〉の立場は『行人』の二郎に比較することができる。嵐の夜、思いがけず和歌山の旅館の一室に閉じ込められてしまった二郎は、そこで嫂（あによめ）の胸の裡を独白として聞くことになる。同じ手法がここでも用いられているのである。

奥さんは答える。

　「そりや私から見れば分つてゐます。（先生はさう思つてゐないかも知れませんが）。先生は私を離れゝば不幸になる丈（だけ）です。或は生きてゐられないかも知れませんよ。さういふと、己惚（おのぼれ）になるやうですが、私は今先生を人間として出来る丈幸福にしてゐるんだと信じてゐますわ。どんな人があつても私程先生を幸福にできるものはないと迄思ひ込んでゐますわ。それだから斯うして落ち付いてゐられるんです」（上十七 48.14–49.3）

奥さんの答えは明瞭である。奥さんは「動く」ことはない。「淋しさ」に駆られて先生から離れて他に向かうことはない。「先生は私を離れゝば不幸になる」と確信しているから、奥さんは先生を離れない。「人間として」先生のために尽くしている、だから「落ち付いてゐられる」と言う。奥さんの言う「人間」という言葉の意味には二段階があることになる。一つは、先生は「人間を嫌っている」から同じ人間の一人として奥さんも嫌っている、という場合の「人間」である。奥さんは先生に対してそのように見ている。世の中に対して逼塞している先生の姿を見て、奥さんは先生の内心をそう解釈する。つまり、先生は奥さんを嫌う故に世の中、人間を嫌っているのではなく、その逆であると結論している。

しかし同時に、先生を「人間として」幸福にするために努力している、と奥さんは言う。これが奥さんの言う第二の「人間」の概念である。第一の人間は、人間を孤独、孤立に陥らせる。それに対して第二の人間は、第一の人間とは異なる次元においてであるが、人間存在に通底するもの、人間相互を繋ぐ働きのあるものを意味している。

奥さんは決して概念的・理論的に語っているわけではない。しかし、人間という言葉の二つの意味を、明確に使い分けている。そしてこれは先生の言う「個人の立場」と「人道の立場」とに対応していることになる。初刊本『心』の広告文に、「自己の心」と「人間の心」とが対比して記されていることを先に述べた。その検討の際に遺書の終わりの部分を引用したが、先生が奥さんの母親を看取ったのはかなり以前のことで、先生が奥さんと結婚してそれほど後のことではなかった。今、奥さんが語っているのは、その時からおよそ十年後のことである。先生夫妻は結婚して以来、ほぼ全期間にわたってそういう時間を生きてきたことになる。

先生は「動く」ということに特別な意味を持たせていた。このことについては先に検討した。そして奥さん自身の口から、先生から離れることはない、落ち付いている、という言葉が発せられた。「動く」ということについて、先生と奥さんは一致した見方をしている。したがって奥さんの名が

「静」であることに、特別の意味が与えられていることは、疑いない。「静」という語の特別な意味を念頭に置くならば、この名で呼ばれる奥さんの実像が「静」という語の意味を体現していることを、容易に認めることができるであろう。

『心』は単なる恋愛小説ではない。三角関係の悲劇を描くだけの小説なのではない。漱石の思想を表現しようとする小説である。漱石はそういう作家なのである。〈私〉は先生の学問・思想に注目していたが、ここに指摘したのは、先生の思想のうちのほんの一部に過ぎない。

〈私〉は奥さんとの対話を続ける。


　「その信念が先生の心に好く映る筈だと私は思ひますが」

　「それは別問題ですわ」

　「矢張（やっぱ）り先生から嫌はれてると仰やるんですか」

　「私は嫌はれてるとは思ひません。嫌はれる訳がないんですもの。然し先生は世間が嫌（きらい）なんでせう。世間といふより近頃では人間が嫌になつてゐるんでせう。だから其人間の一人（いちにん）として、私も好かれる筈がないぢやありませんか」

　奥さんの嫌はれてゐるといふ意味がやつと私に呑み込めた。（上十七 49.4-10）

〈私〉は奥さんの言う意味がやっと呑み込めた、と言う。奥さんは人間という言葉の二重の意味を実際的には理解していたけれども、二重性そのものは、奥さんの心の中で克服されてはいない。

いる。

〈私〉とのこの会話の中でも「嫌はれる訳がない」と言いながら、「好かれる筈がない」とも言って

先生にも奥さんの心は解っていた。

妻は満足らしく見えました。けれども其満足のうちには、私を理解し得ないために起るぼんやりした稀薄な点が何処(どこ)かに含まれてゐるやうでした。(下五十四 293.3-5)

〈私〉は先生の遺書を読む前に、すでに奥さんの胸の裡を知っていた。そして遺書を読んで、先生と奥さんの言葉が互いに呼応し合っていることに気づき、先生に対する理解を深めることができた。なお、〈私〉が奥さんにいろいろ尋ねたのは、奥さんの胸の裡を知るためであった。そしてその会話は『心』という小説の中で不可欠な、重要な役割を果たしている。それにもかかわらず、この場面について、奥さんと〈私〉との間に男女関係が起こったとする解釈がなされることがある。例えば、〈私〉が奥さんと右の会話を交わしている間、下女は物音一つ立てず、主人が帰宅しても迎えにすら出なかった、と書かれている。そこから、奥さんが下女を睡眠薬で眠らせていたからに違いない、奥さんには〈私〉に対する下心があったのだ、という憶測がある。しかし取り上げて吟味するに価するほどの根拠をもつ意見ではない。

漱石の小説の大部分が男女の三角関係によって構成されているので、作者自身の恋愛体験が反映していると見なして、漱石の「恋人探し」が盛んに行われた時期があった。主な説については、拙

著『漱石文学の思想』第一部（一八頁以下）において詳しく検討し、いずれも根拠がないことを明らかにした。その後、同じような関心を、今度は作者ではなく、作品世界の内部の男女関係に向ける傾向が出てきたように思われる。〈私〉と奥さんとの関係を問題にするのは、その一例である。いずれにしても漱石作品の本質理解からずれてしまう。

なぜ先生はこのように逼塞してしまったのか。この点について奥さんは次のように語っている。


「実は私すこし思ひ中る事があるんですけれども……」

「先生があゝ云ふ風になつた源因に就いてですか」

「えゝ。もしそれが源因だとすれば、私の責任丈はなくなるんだから、夫丈でも私大変楽になれるんですが、……」

「何んな事ですか」

奥さんは云ひ渋つて膝の上に置いた自分の手を眺めてゐた。（上十九 54.1-6）

そして友人の変死事件について語った。

「先生がまだ大学にゐる時分、大変仲の好い御友達が一人あつたのよ。其方が丁度卒業する少し前に死んだんです。急に死んだんです」

奥さんは私の耳に私語(ささや)くやうな小さな声で、「実は変死したんです」と云つた。それは「何(ど)うして」と聞き返さずにはゐられない様な声であつた。

「それつ切りしか云へないのよ。けれども其事があつてから後なんです。先生の性質が段々変つて来たのは。何故其方が死んだのか、私には解らないの。先生にも恐らく解つてゐないでせう。けれども夫(それ)から先生が変つて来たと思へば、さう思はれない事もないのよ」

「其人の墓ですか、雑司ヶ谷にあるのは」

「それも云はない事になつてるから云ひません。然し人間は親友を一人亡くした丈(だけ)で、そんなに変化できるものでせうか。私はそれが知りたくつて堪らないんです。だから其所(そこ)を一つ貴方に判断して頂きたいと思ふの」

私の判断は寧ろ否定の方に傾いてゐた。（上十九 54.11–55.7）

奥さんから判断を求められても、事実そのものが曖昧にしか語られないのであるから、奥さんを慰める言葉を見出すことができない。

奥さんの不安も実は其所に漂よふ薄い雲に似た疑惑から出て来てゐた。事件の真相になると、奥さん自身にも多くは知れていなかつた。知れてゐる所でも悉皆(すつかり)は私に話す事が出来なかつた。従つて慰さめる私も、慰さめられる奥さんも、共に波に浮いて、ゆら〳〵してゐた。ゆら〳〵しながら、奥さんは何処迄(どこまで)も手を出して、覚束(おぼつか)ない私の判断に縋(すが)り付かうとした。（上二十 55.

11-56.1)

先生夫妻の過去に一人の友人の不幸な出来事があった。その事件の真相を奥さんは知らないけれども、先生の不幸な変化と深い関係があるのではないか、という漠然とした疑問を抱いている。しかし奥さんは、そうであるならば「私の責任丈はなくなるんだから、夫丈でも私大変楽になれる」(上十九 54.3-4) と語っている。

ここで奥さんが語る「事件」については遺書に書かれている。奥さんはその「事件の真相」を知らないと言う。はっきりそう語っている。そんなことがあり得るのか、と疑問に思う研究者も少なくない。その疑問に立脚すれば、『心』には小説作品としてある種の欠陥・弱点・無理があるということにもなる。しかしその次元で想定されているような「事件」なるものは、『心』の問題とは本質的には何の関係もないと、ここでは指摘するにとどめておきたい。遺書は、事件の本質がそこにあるのではないことを明瞭に伝えているからである。

今、奥さんが語っているKの自殺事件は、本当の事件と呼ぶのが適当ではない、ほんの序の口にすぎないのである。〈私〉はこれを語っている時点では遺書を読んでいる。だから真の「源因」を知っているのである。知っていながら、それは口にしない。〈私〉は先生との約束を、忠実に守っているのである。

先生夫妻には過去にある事件があった。しかし〈私〉の問いによって、奥さんは事件の本質をよくは知らないことがはっきりした。先生も語らない。一体何があったのか。こうして読者の事件への関心を高めていくことになる。

そのうちに先生が帰宅した。先生を迎える奥さんの変化に〈私〉は目を瞠(みは)った。

十時頃になつて先生の靴の音が玄関に聞こえた時、奥さんは急に今迄の凡てを忘れたやうに、前に坐つてゐる私を其方退(そつちの)けにして立ち上つた。さうして格子を開ける先生を殆んど出合頭に迎へた。私は取り残されながら、後から奥さんに尾(つ)いて行つた。下女丈(だけ)は仮寐(うたたね)でもしてゐたと見えて、ついに出て来なかつた。

先生は寧ろ機嫌がよかつた。然し奥さんの調子は更によかつた。今しがた奥さんの美くしい眼のうちに溜つた涙の光と、それから黒い眉毛の根に寄せられた八の字を記憶してゐた私は、其変化を異常なものとして注意深く眺めた。もしそれが詐(いつわ)りでなかつたならば、（実際それは詐りとは思へなかつたが）、今迄の奥さんの訴へは感傷(センチメント)を玩(もてあそ)ぶためにとくに私を相手に拵(こしら)えた、徒(いたず)らな女性の遊戯と取れない事もなかつた。尤(もつと)も其時の私には奥さんをそれ程批評的に見る気は起らなかつた。私は奥さんの態度の急に輝やいて来たのを見て、寧ろ安心した。是ならばさう心配する必要もなかつたんだと考へ直した。（上二十 56.2–12）

先生が帰宅すると、奥さんはそれまで〈私〉に見せていた態度を一変させて、いつもの奥さんに戻っていた。奥さんの変化の著しさに、〈私〉はとまどいを覚えた。あまりにも対照的であるため、〈私〉には「其変化」は「異常なもの」に見えたからである。「今迄の奥さんの訴へは感傷を玩ぶためにとくに私を相手に拵えた、徒らな女性の遊戯と取れない事もなかつた」。同じ一人の女性がわずかな時間の差で、思いもかけない表情の変化を見せる。奥さんが胸の裡に苦しみを抱いていたことは事実であっても、〈私〉だけに見せた奥さんの表情は、〈私〉を相手にして演じて見せた「徒らな女性の遊戯」だったのか。

そう考える〈私〉の念頭には、遺書に描かれる正月の歌留多遊び（下三十五 242.8–243.7）のことがあったのではないだろうか。奥さん・御嬢さん（当時）・先生、それにKの四人で歌留多遊びをした。遊びに熱中した御嬢さんは、まるでKと組んで先生に対抗するかのように振る舞った。歌留多遊びで御嬢さんが見せた「徒らな遊戯」にKが惑わされて、御嬢さんへの愛を告白したのは、その数日後のことであった（下三十五〜三十六 243.8–245.13）。もとより、御嬢さんはKに対して特別な感情を抱いていたわけではなかった。それにもかかわらずKの背中を押す効果を発揮した。女性が無意識のうちに演じてしまう「徒らな遊戯」に、〈私〉は遺書に描かれた場面を想起して重ね合わせていたのであろう。

告白した時の奥さんは普段の奥さんではなく、胸の裡を語らせるために設定された条件下でのことである。普段の奥さんはもともと「慎み」のある人である。

> 結婚当時の状況に就いては、殆んど何ものも聞き得なかつた。私は時によると、それを善意に解釈しても見た。年輩の先生の事だから、艶（なま）めかしい回想などを若いものに聞かせるのはわざと慎んでゐるのだらうと思つた。（上十二 33.8–10）

> 二人とも私には殆んど何も話して呉れなかつた。奥さんは慎みのために、先生は又それ以上の深い理由のために。（上十二 34.6–7）

〈私〉が今奥さんから聞いたばかりのことも、普段は「慎み」のために、心の奥深く蔵していて、他人に話すことはなかった。作者がこの場面を設定したのは作品構成上の理由からであることは、以上によって明らかであろう。前に触れたように、『行人』の和歌山の旅館の場面を想起すべきであろう。

それとの関連で次の描写に言及しておきたい。先生は奥さんにどう説明しているのかという〈私〉の質問に対して、奥さんは答えている。

> 「先生は何と仰しやるんですか」
> 「何にも云ふ事はない、何にも心配する事はない、おれは斯ういふ性質になつたんだからと云ふ丈で、取り合つて呉れないんです」
> 私は黙つてゐた。奥さんも言葉を途切らした。下女部屋にゐる下女はことりとも音をさせなかつた。私は丸で泥棒の事を忘れて仕舞つた。（上十八 51.6–10）

引用の最後のところで、下女部屋にいるはずの下女がことりとも音をさせなかった、と述べている。気がつけば、〈私〉は肝心の泥棒のことをすっかり忘れていた。また、先生が帰宅した時、すぐに奥さんは迎えに立ったが、「下女丈は仮寐(うたたね)でもしてゐたと見えて、ついに出て来なかつた」（上二十 56.4-5）と記されている。〈私〉は物音一つしない静寂の中で奥さんの告白に集中していたのである。この描写が『行人』と対照的であることは、容易に理解されるであろう。『行人』の場面は吹き荒れる嵐の夜のことで、海は波が逆巻いていた。暴風雨と怒濤の中で嫂は兄との関係を二郎に告白した。漱石は意図してこのように対照的に描いたのであろう。それはいかにも「静」にふさわしいと言える。

事件について奥さんが知っていることは、実は、事件そのもののほんの一部に過ぎない。本質的なことは奥さん自身も知らなかった。先生が知らせようとしなかったことは、前に述べた。奥さんの心は純白のままであった。事件によって傷ついてはいないのである。奥さんは「静」のままであった。〈私〉は奥さんと二人だけで話したことによって、先生が遺書に書いていることが、事実であることを確認した。

11　端書と封書の意味

奥さんは慎み深い（上十二 34.6）と〈私〉は言う。しかし次の引用が示すように、〈私〉に宛てて奥さんから郵便が届いていることを、どのように理解すべきであろうか。一部の研究者は、例によって、奥さんと〈私〉との間に、先生には隠された秘密の関係があるのではないかと推測するけれども。

先生は時々奥さんを伴(つ)れて、音楽会だの芝居だのに行つた。夫(それ)から夫婦づれで一週間以内の旅行をした事も、私の記憶によると、二三度以上あつた。私は箱根から貰つた絵端書をまだ持つてゐる。日光へ行つた時は紅葉(もみじ)の葉を一枚封じ込めた郵便も貰つた。(上九 25.2-4)

差出人について特に誰からのものとは記されていないので、当然先生からのものと思いやすい。しかし先生からもらった手紙は二本しかないと、〈私〉は言う。一本は父の病気のために帰郷した時であった。帰郷の旅費を先生から借りたので、実家からお礼とともに、父の病状がそれほどではないことを伝える手紙を出した。「私は其手紙を出す時に決して先生の返事を予期してゐなかつた」(上二十二 62.9)が、先生から返事が来たので驚いたという。

先生の返事が来た時、私は一寸(ちよつと)驚ろかされた。ことにその内容が特別の用件を含んでゐなかつた時、驚ろかされた。先生はたゞ親切づくで、返事を書いてくれたんだと私は思つた。さう思ふと、その簡単な一本の手紙が私には大層な喜びになつた。尤(もつと)も是は私が先生から受取つた第一の手紙には相違なかつたが。(上二十二 62.15-63.3)

もう一本の手紙が先生の遺書である。

私は先生の生前にたつた二通の手紙しか貰つてゐない。其一通は今いふ此簡単な返書で、あとの一通は先生の死ぬ前とくに私宛で書いた大変長いものである。（上二十二 63.5-6）

〈私〉は、先生が手紙をくれることをまったく期待していない。卒業して帰郷した時にも、〈私〉は同じ感想を抱いている。明治天皇が崩御したため、卒業を祝う計画を中止することになった。そのことについて先生に手紙を書こうかと思った。

私は今度の事件に就いて先生に手紙を書かうかと思つて、筆を執りかけた。私はそれを十行ばかり書いて已めた。書いた所は寸々に引き裂いて屑籠へ投げ込んだ。（先生に宛てゝさう云ふ事を書いても仕方がないとも思つたし、前例に徴して見ると、とても返事を呉れさうになかつたから）。私は淋しかつた。それで手紙を書のであつた。さうして返事が来れば好いと思ふのであつた。（中五 117.11-15）

〈私〉は、先生の生前に二本しか手紙をもらっていないという。そうであれば絵端書などは先生からのものではなかったことになる。そのことは、〈私〉の卒業を祝って先生の家で御馳走してくれた夜、先生の家を辞する時の奥さんの言葉で明らかである。

「ぢや随分御機嫌よう。私達も此夏はことによると何処かへ行くかも知れないのよ。随分暑さうだから。行つたら又絵端書でも送つて上げませう」（上三十四 95.10–11）

旅行先からの便りは先生ではなく、奥さんが出していたのである。しかも奥さんは先生の前でこのように話しているのであるから、先生もそれを承知していたことになる。この点では、〈私〉との関係において夫妻の間に秘密などは存在しない。

しかし先生ではなくなぜ奥さんが、と疑念を抱くかも知れない。特に、先生没後に〈私〉が奥さんと結婚することになると解釈するような人々にとっては、これは格好の材料である。しかしかえってここに、奥さんの「慎み」が表れている。それは次に述べる理由による。

旅に出れば日頃の気分は一新される。例えば冒頭の鎌倉海岸での先生の心境がそうである。もとより語り手である〈私〉が、先生の心理状態について何も言わないのは当然であった。一人称による語りという条件下では、困難なことであり、むしろそのために、作者は敢えて一人称を選んだのである。しかしながら、先生の行動には旅が気分転換の上に果たす効果が明らかに反映していた。漱石自身の旅がそういう性格を強く持っていた。若い時から漱石は旅を好んだが、気分の転換が主な目的であることが多かった。

先生夫妻の日常は静寂に包まれていたが、将来の希望は見えない。淡々としながらも、先行きに心細さを覚えずにいられない。そんな時に若い〈私〉が先生のもとに出入りするようになって、奥さんの目には、先生に良い影響を与えているように見える。奥さんは、先生が〈私〉との関係を活かして世の中に出て働くことを期待するようになった。このことはすでに述べた。

旅に出て、日常とは異なる新鮮な気分を味わえば、その気分を人に伝えたいという気持ちが起こるのは自然である。先生はそれを第一に〈私〉に伝えればいいのに、と奥さんは思う。しかし先生は便りを出さない人であることは、〈私〉が述べている通りである。仕方がないので、奥さんが代わって郵便を出すほかない。このような事情の中で、奥さんは〈私〉に郵便を出していたのである。そう考えて間違いはないであろう。

ところが絵端書にせよ封書にせよ、奥さんがどんな言葉をそこに書いていたかについては何も紹介されていない。そこに男女間の「秘密」が隠されている、などと考えるべきではない。〈私〉が記録するに値すると思うような、特別に意味のある言葉は書かれていなかったと見るべきである。先生の代理として便りを出すにしても、奥さんは旅先で得た感動を自分の生（なま）の言葉で表現するような人ではなかった。そうするには「慎み」が深かった。だから、どういう風景を眼の前にしているかを自分の言葉で描くことすら憚った。代わりに絵端書ですませた。どういう言葉が書き添えられていたかが記されていないところを見ると、特に意味のあることは書かれていなかったのであろう。今こういう所に来ているというくらいのことであろう。絵端書は他人が撮った写真である。他人が他人の目で見た風景を撮った写真である。奥さんが〈私〉に絵端書を出したといっても、そこに奥さんの生（なま）の言葉はない。それでも絵端書を〈私〉に送る。先生のためを思う奥さんの切なる気持ちが、かえって強く胸を打つ。

もう一通は封書であったという。封書と言えば中味が気になる。しかし紅葉の葉が一枚封じ込められていた、と書かれているだけである。絵端書は他人の眼が見た風景であった。紅葉は先生夫妻が実際に自分たちの眼で見て、旅先で感動を覚えたはずの風景の一部である。奥さんは、その感動の一端すら言葉で伝えることをせずに、実際に見た風景の一部を切り取って〈私〉に送った。それが紅葉の葉の意味である。絵端書と紅葉の葉との対照は、そういう意味を表しているに違いない。奥さんは、自分の生（なま）の言葉で〈私〉に向かって語ることを、あくまでも慎んでいる。漱石の簡潔な描写から、奥さんのこのような床しい慎ましい心理を読み取ることができる。

　旅を好んだ漱石の心情を考慮して『心』を読むと、以上のように理解して誤りではないと思う。『心』は長編小説でありながら、肝心の箇所になると詩のように象徴的である。漱石は、本来、詩人である。詩を引き延ばしたのが漱石の小説である。

　ところで、「行ったら又絵端書でも送つて上げませう」という奥さんの言葉は、大学を卒業した〈私〉が郷里に帰る際に語った言葉である。先生には〈私〉にまだ話すべきことがあり、それが最後に遺書として送られることになるけれども、奥さんはそのような事情をまったく知らない。だから、〈私〉が卒業して郷里に帰れば、いつ再び会えるかわからないと思って当然である。そこで奥さんはこの別れの後にも、先生と〈私〉との間に絆が保たれることを願って、「又絵端書でも送つて上げませう」と言ったのである。そう理解してよい。そう言われて〈私〉は奥さんに尋ねた。

　「何（ど）ちらの見当です。若（も）し入（い）らつしやるとすれば」

　先生は此問答をにや〳〵笑つて聞いてゐた。

「何まで行くとも行かないとも極めてゐやしないんです」（上三十四 95.12-14）

まだ旅行の計画はないのである。しかし旅に出なければ、奥さんが〈私〉に便りを送る機会はない。それだけが先生と〈私〉とを繋ぐたった一本の細い糸かも知れない。そう考えて奥さんは、〈私〉に当てのないはかない約束をしているのである。しかしこの時の別れが〈私〉と先生・奥さんとの永遠の別れとなった。このことについては後にあらためて検討するが、短い言葉のやりとりの中に、先生を思う奥さんの哀切な心情が溢れている。

12　思想家としての先生

〈私〉は一途に先生を慕い尊敬し、その忠告を受け容れようとする。しかし〈私〉が先生から具体的にどのような指導を受け、どのような卒業論文を書いたのか、などについては描かれていない。〈私〉は専ら先生の言葉に熱心に耳を傾けて、そこから学ぼうとしている。「個人の立場」と「人道の立場」、「動と静」として要約される考え方が、これまでの検討では、先生の思想の中核をなしている。〈私〉がその点を理解していたことは、以上の考察によって明らかにしえたであろう。〈私〉は先生を、学校の教授以上に評価すると言う。

年の若い私は稍ともすると一図になり易かつた。少なくとも先生の眼にはさう映つてゐたらしい。私には学校の講義よりも先生の談話の方が有益なのであつた。教授の意見よりも先生の思想の方が有難いのであつた。とゞの詰りをいへば、教壇に立つて私を指導して呉れる偉い人々よりも只独りを守つて多くを語らない先生の方が偉く見えたのであつた。

「あんまり逆上ちや不可ません」と先生がいつた。

「覚めた結果として左右思ふんです」と答へた時の私には充分の自信があつた。其自信を先生は肯がつて呉れなかつた。

「あなたは熱に浮かされてゐるのです。熱がさめると厭になります。私は今のあなたから夫程に思はれるのを、苦しく感じてゐます。然し是から先の貴方に起るべき変化を予想して見ると、猶苦しくなります」

「私はそれ程軽薄に思はれてゐるんですか。それ程不信用なんですか」

「私は御気の毒に思ふのです」

「気の毒だが信用されないと仰しやるんですか」（上十四 38.14-39.11）

〈私〉が尊敬の念を言葉にすると、先生は警戒するごとくであった。尊敬されるのは苦痛であると言って拒否さえする。その理由として、「是から先の貴方に起るべき変化を予想して見ると、猶苦しくなります」と言う。先生に対する〈私〉の尊敬が変化することを恐れる、と言うのである。

「信用しないつて、特にあなたを信用しないんぢやない。人間全体を信用しないんです」

（上十四 39.14）

恐ろしい言葉である。「人間全体を信用しない」と先生は言う。

「ぢや奥さんも信用なさらないんですか」と先生に聞いた。

先生は少し不安な顔をした。さうして直接の答を避けた。

「私は私自身さへ信用してゐないのです。つまり自分で自分が信用出来ないから、人も信用できないやうになつてゐるのです。自分を呪ふより外に仕方がないのです」

「さう六づかしく考へれば、誰だつて確かなものはないでせう」

「いや考へたんぢやない。遣つたんです。遣つた後で驚ろいたんです。さうして非常に怖くなつたんです」（上十四 40.4-10）

先生は次々に謎に満ちた言葉を発する。「私自身さへ信用してゐない」から「人も信用できない」と言う。しかも、そう考えたのではなく、実際に「遣った」結果なのだと言う。

話が剣呑になって来た時、奥さんが襖の陰で先生を呼んだ。話の途中でなぜ奥さんが先生を呼んだのかについて説明はない。しかし、これまで検討したところから容易に推測されうるように、〈私〉を拒否するかのような先生の言葉を聞いて、奥さんが心配して先生を呼んだのであろう。しかし先生はすぐに戻って来て、そのまま話を続けた。そして、自分を信用するな、と〈私〉に言う。

「兎に角あまり私を信用しては不可ませんよ。今に後悔するから。さうして自分が欺むかれた返報に、残酷な復讐をするやうになるものだから」（上十四 40.15–41.1）

先生を信用するな、と〈私〉に忠告する。信用して尊敬しても、欺かれたと解った時に残酷な復讐をするようになるから、と。実は、先生自身がそれを「遣つた」と言う。謎めいた言葉である。驚いた〈私〉は、「そりや何ういふ意味ですか」と尋ねた。

「かつては其人の膝の前に跪づいたといふ記憶が、今度は其人の頭の上に足を載せさせやうとするのです。私は未来の侮辱を受けないために、今の尊敬を斥ぞけたいと思ふのです。私は今より一層淋しい未来の私を我慢する代りに、淋しい今の私を我慢したいのです。」（上十四 41.3–5）

かつてはその人を尊敬したにもかかわらず、後にその人を侮辱するようになる。「先生と私」においても、先生は次のように語っている。

そんな鋳型に入れたやうな悪人は世の中にある筈がありませんよ。平生はみんな善人なんです、少なくともみんな普通の人間なんです。（上二十八 79.1–2）

普通の人間、平生の善人が悪人に変ずる。尊敬していたにもかかわらず、一転して侮辱を加えることが起こる。その実例は、後に遺書の中に描かれている。先生はKを自分の下宿に引き取ろうとした。先生はKの求道的精神を尊敬していたので、Kの経済的窮状を見かねて彼に懇願した。

> 私は彼の剛情を折り曲げるために、彼の前に跪まづく事を敢てしたのです。さうして漸との事で彼を私の家に連れて来ました。（下二十二 210.12-13）

しかし後に、先生はKを裏切ることになる。先生が〈私〉に「跪づく」云々と語った時、先生は、直接的には、Kに対する自分の振る舞いを念頭に置いていたのであろう。Kは後に自殺した。Kの「前に跪きながら、後に足蹴にした」のと同様の関係が、将来、先生と〈私〉との間でも起こるのを、先生は恐れている。

ただし、先生は先生と特定の他者との関係に限定してこの問題を考えているのではないらしい。「跪づく」云々の言葉に続けて、もっと普遍的な性格を帯びていることを、次のように述べている。

> 自由と独立と己れとに充ちた現代に生れた我々は、其犠牲としてみんな此淋しみを味はわなくてはならないでせう」
> 私はかういふ覚悟を有つてゐる先生に対して、云ふべき言葉を知らなかつた。（上十四 41.5-

8）

つまり、先生一個人だけの問題ではなく、現代に生きる人間に共通の、避けられない問題であると言う。これは一体どういう意味なのであろうか。平生は善人であっても悪人に変ずると言った先生は、その原因について、「金さ君。金を見ると、どんな君子でもすぐ悪人になるのさ」（上二十九 82.11）と語っている。先生がそう語る背景には、後に遺書に描かれるように、先生の両親が健在であった間は尊敬の念をもって接していた叔父が、両親の死後は一転して遺産を横領したという事件があった。

叔父に裏切られたことを深い怨みに思っていた先生が、次には自らKを裏切ることになった。そして次には、先生自身が〈私〉によって足蹴にされるのではないか、と恐れている。このように、尊敬が侮蔑や裏切りに変わるという連鎖が存在するということを、先生は凝視している。しかし、それ自体は先生個人の上に起こった問題である。どうしてそれが、現代人の避けられない宿命であると、先生は言うのだろうか。しかも単に現代人と言っているのではない。「自由と独立と己れとに充ちた現代に生れた我々」と述べている。

ここには論理の飛躍があるように見えるけれども、実際には決して飛躍ではないし、非論理でも、大袈裟な言い方なのでもない。『心』では概念的に整理された形で思想を明示的に語ることはない。(16) 先生自身は思想として把握しており、その立場から〈私〉に語っているのであるけれども、それを思想として語るのではなく、思想を生み出すに至った生（なま）の現実をありのままに描こうとしているのである。漱石はそれを丹念に描いている。しかし、「心」の内部で何が起こっているのか、それは描かない。と言うよりも、描けない。そこに「一人称による語り」の特徴がある。前にも述べたように、漱石が『心』において一人称による語りで通しているのは、それを意図している。言葉で説明するのは事実そのままではなくて、すでに事態を客観化しているのである。作者が「一人称による語り」に徹しようとするのは、現実の事態を当事者の眼でありのままに語ろうとしているからである。

　しかし、その結果として『心』は、実質的にほとんど理解困難な作品とされて来ている。作者はなぜ敢えてこのような方法を取ったのであろうか。思想と現実との間には、ずれが存在するからである。人が生きているのは現実である。本来、思想は現実に照らし合わせて検証されなければならない。実証を伴わない思想は真とも偽とも判断しがたい。しかし現実とは無関係に観念・思想が独り歩きして、現実よりも思想の方が優位にあると考えられやすい。特に日本ではその傾向が顕著である。漱石は青年時代から、これに正面から異を唱えて来た。

〈私〉は先生の言葉に対してさっそく、次のように、問題点を指摘している。

　先生の人間に対する此覚悟は何処から来るのだらうか。たゞ冷たい眼で自分を内省したり現代を観察したりした結果なのだらうか。先生は坐つて考へる質の人であつた。先生の頭さへあれば、斯ういふ態度は坐つて世の中を考へてゐても自然と出て来るものだらうか。私には左右ばかりとは思へなかつた。先生の覚悟は生きた覚悟らしかつた。火に焼けて冷却し切つた石造家屋の輪廓とは違つてゐた。私の眼に映ずる先生はたしかに思想家であつた。けれども其思想家の纏め上げた主義の裏には、強い事実が織り込まれてゐるらしかつた。自分と切り離された他人の事実でなくつて、自分自身が痛切に味はつた事実、血が熱くなつたり脈が止まつたりする程の事実が、畳み込まれてゐるらしかつた。（上十五 42.1–8）

〈私〉の眼から見た先生は思想家であるが、先生は思想を、完成された概念の構築物、自分と切り離してもそれだけで存在するもの、とは考えていなかった。思想は「生きた覚悟」であるらしい、と〈私〉は言う。その思想自体が「自分と切り離された他人の事実」にもとづくものではなく、その中に「自分自身が痛切に味はつた事実」が「畳み込まれてゐるらし」い。簡単に言えば、先生は他人の思想の単なる受け売りをしているのではない、らしい。〈私〉はそう考えた。

「火に焼けて冷却し切つた石造家屋の輪廓」の、「輪廓」という表現がまことに痛烈である。漱石自身建築家を志した時期もあったから、建築が立地・目的・美意識・構想・設計・素材・加工技術など、あらゆる面を総合して初めて可能であることを承知していた。しかも石造の素材である石は、今はもとより冷却してはいても、かつては火に焼けて煮えくりかえっていた。それに対して、他人が建てた建築の「輪廓」だけを見ようとすることは、遺書に述べられることになる、「間に合せ」の借り着という考え方に対応している。

なお、比喩としての石造家屋について「火に焼けて」というのに対応するように、「血が熱くなつたり脈が止まつたりする程の」「痛切に味はつた事実」と述べているが、これは仏教で説かれる

「火宅」の思想を背景にしていると見ることができる。『三四郎』の中で、大学生活をひととおり見渡した三四郎について、「三四郎には三つの世界が出来た」(『三四郎』四の八、『漱石全集』第五巻363.13)という。第一の世界は遠い故郷であり、第三は東京という現実の世界である。それに対して第二の世界は大学という世界である。「第二の世界のうちには、苔の生えた錬瓦造りがある」(『三四郎』364.4)。「苔の生えた錬瓦造り」は『心』の「火に焼けて冷却し切つた石造家屋」に相当する。煉瓦を焼いた火の熱はここにはすでになく、苔生している。「このなかに入るものは、現世を知らないから不幸で、火宅を逃れるから幸である。広田先生は此内にゐる。野々宮君も此内にゐる」(『三四郎』364.11-13)。

火宅はしばしば仏典に説かれるけれども、特に『法華経』を通じてよく知られている。『法華経』では「三界」を火宅に喩え、燃える大邸宅の中で気がつかずに遊びに夢中になっている子供を父親が救出する物語を譬喩として説いている。三四郎の眼には随所にちらちらと火宅の炎が映る。それに気づきながらも若い三四郎はすぐに忘れる。『三四郎』の中で現実に火宅の苦を味わっているのは美禰子である。美禰子は三四郎の前で「迷える羊」を口にし、また三四郎に書き送った。しかし三四郎は美禰子を身近に感じて喜ぶだけで、少しも美禰子の心の火宅を理解しない。美禰子は結婚してしまう。最後の展覧会の場面で美禰子を描いた肖像画を見た三四郎は、ようやく美禰子が迷える羊であること、身をもって火宅の苦しみを味わっていることを理解する。(17)

漱石にとって現実世界の実相は火宅にほかならなかった。〈私〉は先生の代弁をする形で、漱石の思想を語っている。

先生自身も遺書の中で、思想は借り着ではすまされないと、次のように述べている。

> 私は倫理的に生れた男です。又倫理的に育てられた男です。其倫理上の考は、今の若い人と大分違つた所があるかも知れません。然し何(ど)う間違つても、私自身のものです。間に合せに借りた損料着ではありません。（下二 157.10–12）

借り着ですませようとか、間に合わせの借り着に自分の体の方を合わせようとするようなことはしない、と先生は言う。講演「私の個人主義」（大正三年十一月二十五日）にも次のように述べている。

> けれどもいくら人に賞められたつて、元々人の借着をして威張つてゐるのだから、内心は不安です。手もなく孔雀の羽根を身に着けて威張つてゐるやうなものですから。それでもう少し浮華を去つて摯実(しじつ)に就かなければ、自分の腹の中は何時迄(いつまで)経つたつて安心は出来ないといふ事に気がつき出したのです。（『漱石全集』第十六巻 594.3–6）

これは漱石の信念であった。前に引用したように、「先生は時々昔しの同級生で今著名になつてゐる誰彼を捉へて、ひどく無遠慮な批評を加へる事があつた」（上十一 30.14–31.1）と〈私〉は述べていた。ここで「無遠慮な批評」と言っているのは、思想家としての先生の立場から、地に足の着かぬ借り物の思想を振りかざすことに対して、批評を加えていたのであろう。戦前にドイツから亡命して東北大学教授（一九三六―一九四一在任）に就任した哲学者カール・レーヴィット（Karl Löwith, 1897-1973）は、日本の哲学者は一階では普通の日本人の生活をし、二階で哲学の研究をすると批評した。一階と二階とが隔てられている、と言うのである。漱石は、生まれながらに、このような生き方はできなかった。先生には漱石自身の投影がある。

〈私〉は種々考えた挙げ句に、「是は私の胸で推測するがものはない。先生自身既にさうだと告白してゐた」（上十五 42.9）と確認した。しかし理解を超えたものが残っている。

たゞ其告白が雲の峰のやうであつた。私の頭の上に正体の知れない恐ろしいものを蔽ひ被せた。さうして何故それが恐ろしいか私にも解らなかつた。告白はぼうとしてゐた。それでゐて明らかに私の神経を震はせた。（上十五 42.9–12）

〈私〉は「正体の知れない恐ろしいもの」を感じながらも、先生の「告白はぼうとしてゐた」と述べるにとどまっている。しかし問題の所在、この小説の主題の方向は指し示そうとしている。〈私〉はなおも、「かつては其人の膝の前に跪づいたといふ記憶」云々の言葉の意味を考え続けている。

私は先生の此人生観の基点に、或強烈な恋愛事件を仮定して見た。（無論先生と奥さんとの間に起つた)。先生がかつて恋は罪悪だといつた事から照らし合せて見ると、多少それが手掛りにもなつた。然し先生は現に奥さんを愛してゐると私に告げた。すると二人の恋から斯んな厭世に近い覚悟が出やう筈がなかつた。「かつては其人の前に跪づいたといふ記憶が、今度は其人の頭の上に足を載せさせやうとする」と云つた先生の言葉は、現代一般の誰彼に就いて用ひられるべきで、先生と奥さんの間には当てはまらないものゝやうでもあつた。(上十五 42.13-43.3)

「恋は罪悪だ」と先生は言った。その言葉が真実であるならば、犯した罪悪の結果として、尊敬に代わって侮蔑を受けるのは当然であろう。「現代一般の誰彼に就いて」であれば、〈私〉は先生の意見を一応肯定していることになる。しかし「現代一般の誰彼」とは、先生と同じような個々人を指すにとどまるはずである。それに対して先生は「自由と独立と己れとに充ちた現代に生れた我々」(上十四 41.5-6)と言っており、単なる個々人ではなく、現代という時代を見通している。両者ははっきり区別される。これは、ここに示されている〈私〉の理解が、遺書の内容を充分には反映していないことを意味する。これは一例であるが、重大な点について、〈私〉はすべて遺書に譲って、「先生の秘密」を一切明かしていない。〈私〉の果たすべき役割は、読者の関心を先生の遺書に向けて導くことにある。

13　憎悪と復讐

〈私〉は卒業の前年の暮れに父親の病気のために帰郷した。年が明けて帰京すると、六月の卒業を控えて卒業論文に精力を注いだ。どういう学問の分野であるかは書かれていないが、遺書の中に「貴方は現代の思想問題に就いて、よく私に議論を向けた」（下二 157.13）、「思想界の奥へ突き進んで行かうとするあなた」（下八 173.9）と書かれているから、思想について、しかも先生と同じような視点から研究しようとしていたのであろう。

> 私の選択した問題は先生の専門と縁故の近いものであつた。私がかつてその選択に就いて先生の意見を尋ねた時、先生は好いでせうと云つた。狼狽した気味の私は、早速先生の所へ出掛けて、私の読まなければならない参考書を聞いた。先生は自分の知つてゐる限りの知識を、快よく私に与へて呉れた上に、必要の書物を二三冊貸さうと云つた。然し先生は此点について毫も私を指導する任に当らうとしなかつた。
>
> 「近頃はあんまり書物を読まないから、新らしい事は知りませんよ。学校の先生に聞いた方が好いでせう」（上二十五 69.11-70.3）

〈私〉の卒論のテーマは「先生の専門と縁故の近いもの」であったから、先生の知っていることは快く教えてくれたほか、必要な書物を二、三冊貸そうと言った。しかし先生は「毫も私を指導する任に当らうとしなかつた」ばかりでなく、「学校の先生に聞いた方が好いでせう」と言う。

先生のこの態度は漱石と同じで、漱石は教師を辞めると同時に、学校の教師のように指導者として振る舞うことを止めている。若者から手紙で英語や英文学について訊ねられても、学校の先生に聞きなさいと答えている。ここでの先生と同様である。

卒論の締め切りは四月末であった。〈私〉は締め切り日に間に合わせることができた。卒論を提出して〈私〉は自由の身になった。さっそく、久しぶりに先生を訪ねた。

> 私は書き上げた自分の論文に対して充分の自信と満足を有つてゐた。私は先生の前で、しきりに其内容を喋々した。先生は何時もの調子で、「成程」とか、「左右ですか」とか云つてくれたが、それ以上の批評は少しも加へなかつた。私は物足りないといふよりも、聊か拍子抜けの気味であつた。(上二十六 72.8-11)

先生は、〈私〉が自信をもって語る卒論の内容に対して、特に批評を加えることはなかった。〈私〉は拍子抜けの気味であったが、先生は自己の原則を守って、論文の審査員でもあるかのような振る舞いを慎んだ。(もしも先生が本音を吐いたならば、かなり厳しい批判の言葉になったはずである。この点については、次の「両親と私」の章で取り上げることにする。)

開放感から「生々してゐた」〈私〉は、その日、「青く蘇生らうとする大きな自然の中に、先生を誘ひ出さうとした」（上二十六 72.12-13）。一時間後には、「市を離れ」た「郊外」を歩いていた。すると細い道に出た。その道は「若葉に鎖(と)ざされたやうに蓊鬱(こんもり)した小高い一構(ひとかまえ)」に通じている。「門の柱に打ち付けた標札に何々園」と書かれている。「個人の邸宅でない事がすぐ知れた」。「植木屋ですね」と〈私〉は言った。

しかし、その場所は植木屋一般のイメージとは違って、かなり広壮である。「植込の中を一うねりして奥へ上ると左側に家があつた」。誰もいないので、断らずにそのまま「奥の方へ進んだ」。

躑躅(つつじ)が燃えるやうに咲き乱れてゐた。先生はそのうちで樺色(かばいろ)の丈の高いのを指して、「是は霧島でせう」と云つた。

芍薬(しゃくやく)も十坪あまり一面に植付けられてゐたが、まだ季節が来ないので花を着けてゐるのは一本もなかつた。此芍薬畠の傍にある古びた縁台のやうなものゝ上に先生は大の字なりに寐た。私は其余つた端(はじ)の方に腰を卸して烟草を吹かした。先生は蒼い透き徹るやうな空を見てゐた。私は私を包む若葉の色に心を奪はれてゐた。其若葉の色をよく〳〵眺めると、一々違つてゐた。同じ楓の樹でも同じ色を枝に着けてゐるものは一つもなかつた。細い杉苗の頂に投げ被せてあつた先生の帽子が風に吹かれて落ちた。（上二十六 73.13-74.5）

私はすぐ其帽子を取り上げた。所々に着いてゐる赤土を爪で弾きながら先生を呼んだ。
「先生帽子が落ちました」

「ありがたう」（上二十七 74.7-9）

すぐに気づくように、『心』の冒頭に描かれていた鎌倉の海岸における出会いの場面とよく似た情景が再現されている。海岸の大きな風景に匹敵するほど豊かな樹木に包まれた「大きな自然」（上二十六 72.12）の中に、二人はいる。

しかし二人の関係は初対面の当時とは違って、深まっている。先生が突然、〈私〉の家には財産があるのか、と踏み込んだ質問をしてきたので、「先生は何うなんです」（上二十六 75.7）と尋ねた。〈私〉は先生がどうして遊んで暮らしていられるのか、かねてから疑問ではあったけれども、遠慮して聞かずにいた。

〈私〉の家がある程度の資産家であることは、冒頭のところで資産家の友人と比較して語られていた。地方から上京して大学に学ぶ学生の中には、恵まれた家庭の子弟が少なくなかった。そのために、そのまま東京で活躍しても、財産の相続・管理が大きな課題であった。例えば漱石より少し後輩の俳人飯田蛇笏は、資産管理のために郷里へ引き上げている。〈私〉もすぐ後に兄から同じことを求められることになる。

資産には相続をめぐる争いもある。先生の頭の中にあったのは遺産の相続争いの方であった。〈私〉は次のように述べている。

私は先生が私のうちの財産を聞いたり、私の父の病気を尋ねたりするのを、普通の談話——

胸に浮かんだ儘を其通り口にする、普通の談話と思つて聞いてゐた。所が先生の言葉の底には両方を結び付ける大きな意味があつた。先生自身の経験を持たない私は無論其処に気が付く筈がなかつた。（上二十七 77.3-6）

〈私〉は先生の言葉を聞きながら、先生は単に自分の「胸に浮かんだ儘を其通り口にする」だけだと思っていた。先生が自分自身のことと〈私〉のこととの「両方を結び付け」ていることには気がつかなかった、と〈私〉は言う。なぜなら当時の〈私〉は「先生自身の経験を持たな」かったから、つまり、まだ遺書を読んではいなかったからである、と。これは「第一の時間」に即して述べているのであって、これを書いている〈私〉自身は「第二の時間」において、当時の自分自身について、「気が付く筈がなかつた」と批評的に見ている。

先生は遊んでいて暮らせる程度の財産はあると言う。「けれども決して財産家じゃありません」（上二十七 75.14）と言ってから、奇妙な行動をとった。

此時先生は起き上つて、縁台の上に胡坐をかいてゐたが、斯う云ひ終ると、竹の杖の先で地面の上へ円のやうなものを描き始めた。それが済むと、今度はステツキを突き刺すやうに真直に立てた。

「是でも元は財産家なんだがなあ」

先生の言葉は半分独言のやうであつた。（上二十七 76.1-5）

竹の杖で円を描いてから真っ直ぐに立てるという不思議な行動が、何らかの象徴的な意味を表しているのではないかと、種々の推測がなされている。[18] しかし、それを裏づける充分な根拠・典拠に欠けており、何かの寓意と見ることはできないようである。むしろ、先生の躊躇と決断を象徴すると見るべきであろう。

遺産相続問題は、『心』が描くいくつかの問題の中の一つである。先生はすぐ後に、それについて語っている。それは先生の生涯にとって特別に重要な意味をもっていた。これもまた先生の「心の秘密」に属している。先生はこれまで〈私〉に、恋の問題を中心にして語ってきたが、ここからもう一つの問題に移ろうとしている。それを〈私〉に話すべきか否か。円を描くのはその迷いを、杖を真っ直ぐに突き立てる行動は決断を、それぞれ表していると理解してよいと思われる。かつては、若い娘が恥じらったりとまどったりすると、畳に「の」の字を書いた。また、火鉢が日用品であった時代には、火箸が気分を表す小道具として用いられた。屋外であったために「杖」が小道具として用いられただけで、先生の「円」はこれに類するものと見てよいであろう。[19]

先生は次のように〈私〉に忠告を与えている。

「君のうちに財産があるなら、今のうちに能(よ)く始末をつけて貰つて置かないと不可(いけな)いと思ふがね、余計な御世話だけれども。君の御父さんが達者なうちに、貰うものはちやんと貰つて置くやうにしたら何(ど)うですか。万一の事があつたあとで、[20] 一番面倒の起るのは財産の問題だか

ら」(上二十八 77.8-10)

遺産は「公正に」相続されたか否かが問題になる。その結果、相続することになった財産の多寡が問題になる。遺産相続においてそれが大事な問題であることは変わらない。先の言葉にあったように、先生は「是でも元は財産家なんだがなあ」(上二十七 76.4)と呟いていた。しかし先生が最もこだわるのはその点ではなかった。先生は〈私〉に家族の人数、親類の有無、叔父叔母の様子など、要するに相続に関与するであろう人々について聞いたあとで、次のように尋ねた。


「みんな善い人ですか」

「別に悪い人間といふ程のものもゐないやうです。大抵田舎者ですから」

「田舎者は何故悪くないんですか」

私は此追窮に苦しんだ。然し先生は私に返事を考へさせる余裕さへ与へなかつた。

「田舎者は都会のものより、却つて悪い位なものです。それから、君は今、君の親戚なぞの中(うち)に、是といつて、悪い人間はゐないやうだと云ひましたね。然し悪い人間といふ一種の人間が世の中にあると君は思つてゐるんですか。そんな鋳型に入れたやうな悪人は世の中にある筈がありません。平生はみんな善人なんです、少なくともみんな普通の人間なんです。それが、いざといふ間際に、急に悪人に変るんだから恐ろしいのです。だから油断が出来ないんです」

(上二十八 78.10-79.3)

その時、犬の声がして子供が現れた。そこで先生の話も中断してしまった。〈私〉が気になったのは次の点であった。

先生の話のうちでたゞ一つ底迄聞きたかつたのは、人間がいざといふ間際に、誰でも悪人になるといふ言葉の意味であつた。単なる言葉としては、是丈でも私に解らない事はなかつた。然し私は此句に就いてもつと知りたかつた。（上二十九 80.12-14）

植木屋を後にして二、三町来た時に、〈私〉は先生に向かって尋ねた。


「さき程先生の云はれた、人間は誰でもいざといふ間際に悪人になるんだといふ意味ですね。あれは何ういふ意味ですか」

「意味といつて、深い意味もありません。――つまり事実なんですよ。理窟ぢやないんだ」

「事実で差支ありませんが、私の伺ひたいのは、いざといふ間際といふ意味なんです。一体何んな場合を指すのですか」

先生は笑ひ出した。恰も時機の過ぎた今、もう熱心に説明する張合がないと云つた風に。

「金さ君。金を見ると、どんな君子でもすぐ悪人になるのさ」（上二十九 82.5-11）

先生は財産相続問題をめぐる経験にもとづいて、金を見ると誰でも悪人になると言う。田舎者だから善人だと考えている〈私〉のうちに、先生は若き日の自分自身を見ていたかも知れない。そして、鋳型に入れたような悪人がいるわけではない、いざという間際に悪人に変わるのだ、と言う。〈私〉は先生の話に、先生の実体験の裏づけがあることを知らない。だから先生の返事が単なる一般論に過ぎないものに聞こえて、すっかり興味を失ってしまった。

私には先生の返事があまりに平凡過ぎて詰らなかつた。先生が調子に乗らない如く、私も拍子抜けの気味であつた。（上二十九 82.12-13）

金を見れば君子でも豹変するという先生の話は、〈私〉には単なる一般論にしか聞こえなかった。先生の過去には遺産という「金」を巡る醜い争いがあった。しかし〈私〉には遺産相続は切実な問題にはなっていなかった。眼の前にまだ「金」を見ていないから、〈私〉は「詰らな」い話だと思って興味を失った。「金」を見れば誰でも欲望に駆り立てられて「悪人になる」という先生の説を、裏側から証明しているようなものである。

私は澄ましてさつさと歩き出した。いきほひ先生は少し後れ勝（がち）になつた。先生はあとから「おい〳〵」と声を掛けた。

「そら見給へ」

「何をですか」
「君の気分だつて、私の返事一つですぐ変るぢやないか」
待ち合はせるために振り向いて立ち留まつた私の顔を見て、先生は斯う云つた。（上二十九 82.13–83.3）

先生が遺産相続を巡って「悪人」の問題を持ち出しているのは、悪人の出現によって自分の相続分が減ったことを言いたいためだけではない。むしろ先生の心に深い傷を受けたことの方に力点がある。そのことが、先生の人生に致命的・運命的な影響を及ぼすことになった。遺書の最初にそのことを述べているが、ここでは〈私〉は遺書の内容を完全に伏せたまま、先生の言葉だけを伝えるにとどめている。先生自身がすぐ後で、遺書よりも烈しい調子で、〈私〉に語ることになるからである。

しばらく歩いた後で〈私〉は次のように先生に語った。

「先生はさつき少し昂奮なさいましたね。あの植木屋の庭で休んでゐる時に。私は先生の昂奮したのを滅多に見た事がないんですが、今日は珍らしい所を拝見した様な気がします」（上三十 83.11–12）

財産問題や悪人論、〈私〉の病気の父の死後のことなどを口にする先生について、〈私〉は「先生の口気は珍らしく苦々しかつた」（上二十八 78.5）と記している。〈私〉の言う通り、先生は「昂奮」していたのかも知れないが、実際にはそれほど昂奮していたように描かれてはいない。ところが昂奮というこの言葉が、先生を昂奮させることになった。

「私は先刻そんなに昂奮したやうに見えたんですか」

「そんなにと云ふ程でもありませんが、少し……」

「いや見えても構はない。実際昂奮するんだから。私は財産の事をいふと屹度昂奮するんです。君には何う見えるか知らないが、私は是で大変執念深い男なんだから。人から受けた屈辱や損害は、十年立つても二十年立つても忘れやしないんだから」

先生の言葉は元よりも猶昂奮してゐた。然し私の驚ろいたのは、決して其調子ではなかつた。寧ろ先生の言葉が私の耳に訴へる意味そのものであつた。先生の口から斯んな自白を聞くのは、いかな私にも全くの意外に相違なかつた。私は先生の性質の特色として、斯んな執着力を未だ嘗て想像した事さへなかつた。私は先生をもつと弱い人と信じてゐた。さうして其弱くて高い処に、私の懐かしみの根を置いてゐた。一時の気分で先生にちよつと盾を突いて見やうとした私は、此の言葉の前に小さくなつた。先生は斯う云つた。

「私は他に欺むかれたのです。しかも血のつゞいた親戚のものから欺むかれたのです。私は決してそれを忘れないのです。私の父の前には善人であつたらしい彼等は、父の死ぬや否や許しがたい不徳義漢に変つたのです。私は彼等から受けた屈辱と損害を小供の時から今日迄脊負はされてゐる。恐らく死ぬ迄脊負はされ通しでせう。私は死ぬ迄それを忘れる事が出来ないんだから。然し私はまだ復讐をしずにゐる。考へると私は個人に対する復讐以上の事を現に遣(や)つてゐるんだ。私は彼等を憎む許(ばかり)ぢやない、彼等が代表してゐる人間といふものを、一般に憎む事を覚えたのだ。私はそれで沢山だと思ふ」

私は慰藉(いしゃ)の言葉さへ口へ出せなかつた。（上三十 84.10–85.13）

右の引用の最後に「私は慰藉の言葉さへ口へ出せなかつた」と述べている通り、日頃の先生からは想像もつかない烈しい言葉の羅列である。そもそも漱石の書いた文章とさえ思えないほど異様な心理が、ここに描かれている。

第一に、親類に欺かれて財産を奪われた。その「屈辱や損害は、十年立つても二十年立つても忘れ」ないほど、先生は「執念深い」。だから「財産の事をいふと屹度昂奮する」。これを聞いた〈私〉は意外の感に打たれた。〈私〉は先生を弱くて高い人だと信じて、そこに先生に対する「懐かしみの根を置いてゐた」。

第二に、先生を欺いた親類は、「父の前には善人であつたらしい」が、「父の死ぬや否や許しがたい不徳義漢に変つた」。金を見ると誰でも悪人に変わる、と先生は語っていたが、単なる平凡な一般論ではなく、切実な体験であった。

さらに第三に、「小供の時から今日まで」この「屈辱と損害」を「脊負はされてゐる」、と先生は言う。「死ぬ迄それを忘れる事が出来ない」。

「然し」、と先生は続ける。「私はまだ復讐をしずにゐる」、と。復讐という言葉を先生が口にするとは、〈私〉ならずとも、読者の誰もが想像できないはずである。この場合の復讐は、当然、先生に屈辱と損害を与えた個人に対する復讐を意味するはずである。その復讐はまだしていない、と言う。しかし、「私は個人に対する復讐以上の事を現に遣つてゐる」と言う。「私は彼等を憎む許ぢやない」、すなわち屈辱と損害を与えた「彼等」を憎むだけではない、「彼等が代表してゐる人間というものを、一般に憎む事を覚えたのだ」と言う。これが第四である。人間を憎む、と先生は言う。

先生の語る言葉を聞いて、〈私〉は何も言えなかった。〈私〉は直接奥さんの口から、先生は人間が嫌いなのだ、と聞いていた（上十六、特に十七。「奥さんの告白」参照）。ところが先生自身は「嫌う」どころか、「憎む」という言葉を使っている。先生が心の奥底にあるものを吐き出すように語った言葉を聞いて、〈私〉は「先生の口から斯んな自白を聞くのは、いかな私にも全くの意外に相違なかつた」と述べている。

復讐の実行として、現に人間を憎んでいる、と先生は言う。それにもかかわらず、実態としては、先生の方が世間から身を引いているに過ぎない。他者あるいは人間一般に対して憎悪をぶつけたり、顕わな形で復讐するのではなく、自分の方が他者・世間から身を引いている。それを復讐と呼んでいる。内心と行動とが逆方向を示している。この特徴が重要である(21)。

あまりに過激な表現に驚くほかないが、先生の心理構造はここに述べられていることがすべてと見るべきではない。遺書にはさらに重要な恋愛事件が描かれることになるが、先生はその事件のいわば心理的遠因が、ここに言う屈辱的な事件にある、と考えているのである。

先生が遺産相続問題で「昂奮」するのは、単に財産に対する執着心からなのではない。欺かれて遺産を失ったのは事実である。しかし事件は裁判で決着している。先生にとって、問題の本質はそういう所にあったのではない。事件の客観的な「事実」そのものは、先生にとってあくまでも一つの事実にすぎない。その事実の裏側に、先生にとってはそれよりも遥かに重要で痛切なもう一つの事実がある。それは、「心」に受けた傷である。「小供の時から今日迄脊負はされ」、「恐らく死ぬ迄脊負はされ通し」であろう、と言っているのは、心の傷を指しているのである。それならばどのような形で心に傷を負ったのであろうか。

しかし先生はそれについて、遺書においても明示的に述べることはしない。明示的に述べたとしたならば、それは「思想」を言葉で語ることにほかならないが、作者は「思想」という、抽象化された形で述べることを、あくまでも避けているからである。

表現が過激であるために、この文章だけを見ると、先生の精神状態を疑いたくなるかも知れないが、先生自身は自分の心理構造を承知しているから、「私は医者にも誰にも診て貰ふ気にはなりませんでした」（下五十四 293.15–294.1）と遺書で述べている。この点は、遺書を考察する際にさらに検討することにしたい。

14 「あなたは本当に真面目なんですか」

二人は市の外（はず）れから電車に乗った。電車を降りると間もなく別れた。その時には先生は、いつもより晴れやかになっていた。

其時私は先生の顔を見て、先生は果して心の何処で、一般の人間を憎んでゐるのだらうかと疑(うたぐ)つた。その眼、その口、何処にも厭世的の影は射してゐなかつた。（上三十一 86.7–9）

先生にはまだ隠された秘密がある、と〈私〉は思った。

私は思想上の問題に就いて、大いなる利益を先生から受けた事を自白する。然し同じ問題に就いて、利益を受けやうとしても、受けられない事が間々(まま)あつたと云はなければならない。先生の談話は時として不得要領に終つた。其日(そのひ)二人の間に起つた郊外の談話も、此不得要領の一例として私の胸の裏(うち)に残つた。（上三十一 86.10–13）

そこで「無遠慮な私は、ある時遂にそれを先生の前に打ち明けた」（上三十一 86.14）、と〈私〉は述べている。「ある時」とあるだけで、いつのことかは不明であるが、郊外に散歩した時とは別の時になる。

〈私〉は先生を思想家として尊敬していた。先生の思想は単なる抽象的概念の構築物としての思想ではなく、自身の経験に裏打ちされた思想である、と〈私〉は考えていた（上十五。「思想家としての先生」参照）。〈私〉は、今、その問題を先生にぶつけて、答えを求めた。先生は次のように語った。

「あなたは私の思想とか意見とかいふものと、私の過去とを、ごちや〳〵に考へてゐるんぢやありませんか。私は貧弱な思想家ですけれども、自分の頭で纏(まと)め上げた考(かんがえ)を無暗(むやみ)に人に隠しやしません。隠す必要がないんだから。けれども私の過去を悉(ことごと)くあなたの前に物語らなくてはならないとなると、それは又別問題になります」

「別問題とは思はれません。先生の過去が生み出した思想だから、私は重きを置くのです。二つのものを切り離したら、私には殆んど価値のないものになります。私は魂の吹き込まれてゐない人形を与へられた丈(だけ)で、満足は出来ないのです」(上三十一 87.5-11)

先生の思想は先生の過去が生み出したものである、と〈私〉は言う。人生を生きた体験を通じて思想が形成される、と言うのである。〈私〉は鋭く問題点を衝いている。先生も遺書の中で、自分の思想は「間に合せに借りた損料着」(下二 157.12) ではない、と言っている。借りもの、一時的な間に合わせ、ではないと言う。

一般にはむしろその反対に、体系的な思想はそれだけで自立的に存在すると考えられている。だからこそ日本では海外の新しい思想を、その思想の「根」とは無関係に、競って輸入してきた。文明開化とは新しい文明の輸入にほかならなかった。後に小林秀雄は、文芸批評家たちが「あらゆる意匠を凝(こ)らして登場」しなければならない事情を批判的に考察して、「様々なる意匠」(初出『改造』

昭和四年九月号）を書いた。流行の思想を身につけて、上辺だけ着飾っている、という批判である。現代では、少なくとも外見上は、さらに華やかに競い合っていると言うべきであろう。

さて、〈私〉は、思想には体験の裏付けがあるはずだと考えている。だから〈私〉は先生の実体験を知りたい、と迫った。

先生はあきれたと云つた風に、私の顔を見た。巻烟草を持つてゐた其手が少し顫へた。

「あなたは大胆だ」

「たゞ真面目なんです。真面目に人生から教訓を受けたいのです」

「私の過去を訐いてもですか」

訐くといふ言葉が、突然恐ろしい響を以て、私の耳を打つた。私は今私の前に坐つてゐるのが、一人の罪人であつて、不断から尊敬してゐる先生でないやうな気がした。先生の顔は蒼かつた。

「あなたは本当に真面目なんですか」と先生が念を押した。「私は過去の因果で、人を疑りつけてゐる。だから実はあなたも疑つてゐる。然し何うもあなた丈は疑りたくない。あなたは疑るには余りに単純すぎる様だ。私は死ぬ前にたつた一人で好いから、他を信用して死にたいと思つてゐる。あなたは其たつた一人になれますか。なつて呉れますか。あなたは腹の底から真面目ですか」

「もし私の命が真面目なものなら、私の今いつた事も真面目です」

私の声は顫へた。

「よろしい」と先生が云つた。「話しませう。私の過去を残らず、あなたに話して上げませう。其代り……。いやそれは構はない。然し私の過去はあなたに取つて夫程(それほど)有益でないかも知れませんよ。聞かない方が増(まし)かも知れませんよ。それから、――今は話せないんだから、其積(そのつもり)でゐて下さい。適当の時機が来なくつちや話さないんだから」

私は下宿へ帰つてからも一種の圧迫を感じた。（上三十一 87.12-88.14）

鬼気迫る対話である。〈私〉は先生を尊敬する故に、先生の思想をその根底から理解したい。単なる好奇心で研究するのではない。人生に基礎を置いて思想を構築するということを、教訓として真面目に学びたい、と言う。ところが先生は「私の過去を許(あば)いてもですか」と問い返す。「不断から尊敬してゐる先生」が、重い罪を秘めている「罪人」のように蒼い顔をしている。

先生は、「あなたは本当に真面目なんですか」と念を押す。〈私〉は夏の鎌倉海岸での出会い以来、学生時代の三年間を通じて、その人を先生として私淑して来た。その〈私〉に対して先生はこのように念を押した上で、実は「過去の因果で、人を疑りつけてゐる。だから実はあなたも疑つてゐる」のだと言う。何気ない言葉のようであるけれども、疑いの根には過去の因果があるという。その過去が遺書において描かれることになる。

さらに先生は「あなたは疑るには余りに単純すぎる様だ」と語っている。卒業を目前にひかえた学生に向かって「あまりに単純すぎる様だ」という批評は、いかにも軽視した評価と思われるかも知れない。しかし先生からすれば、最高の評価なのである。遺書に述べられるように、人間の真の貴さは、疑うことを知らない生まれながらの「鷹揚」（下三158.14）にある。先生は悲惨な体験を通じて鷹揚さを失い、その結果として痛恨の思いで生きてきた。先に、〈私〉が先生に近づいて行く場面について検討した際に、筆者は〈私〉のことを「無邪気な子犬のように、何の成心もなさそうな〈私〉」と表現したが、遺書にある「鷹揚」を念頭に置いてそう表現したのである。幼子の持つ生まれながらの、無垢の鷹揚さである。また、先生が奥さんを人生の悲惨さから隔離して保護しようとしているのも、奥さんの無垢の本性が傷つかないようにするためである。

さらに先生は次のように言う。「私は死ぬ前にたつた一人で好いから、他（ひと）を信用して死にたいと思つてゐる」。先生は、人間を嫌い、人間を憎み、人間に復讐しつつある、と言った。それは極めて過激な言葉であるが、その実質的な意味は、ここに言うように「人間を信じない」「人間を信じることができない」ことにほかならないのである。それが先生にとって「人間に対する復讐」であった。

しかし先生の本心からの痛切な願いは、人間本来の姿において他者と触れ合いたい、人を信じたい、というところにある。「あなたは其たつた一人になれますか。なつて呉れますか。あなたは腹の底から真面目ですか」という言葉は、大仰のように聞こえるかも知れない。しかし個人主義がはびこる時代において、神を持たない人間は一体何を頼りに生きたらよいのか。人間の本然の姿に戻ることによって、初めてそれは可能である、と先生は考えている。禅宗では「以心伝心」という表現がある。双方の心は清らかでなければならない。法華経の「唯仏与仏」も同じ意味になる。究極の真理は仏と仏との間においてのみ分かち合うことができる。自己と他者との間を繋ぐ真の通路は、その次元においてのみ開ける。そう述べている。このようにして、『行人』の一郎の課題であった絶対的孤独を克服しようとしているのである。

もとより先生は仏教術語を振り回すことはしない。しかし『心』の先生の思想には、このような思想構造が組み込まれている。漱石は先生について、日常的な日本語だけで、体験に裏付けられた思想を表現しようとしている。この問題は、遺書の検討の際にも別の角度から再び述べるが、思想の全体像については本書「第二部」において詳しく述べることにしたい。

右の引用の中で〈私〉は、「もし私の命が真面目なものなら、私の今いつた事も真面目です」と先生に答えている。先生の思想の根底にあるものは先生の生涯であり、先生の命である。それを聞きたいと言う以上は、〈私〉も自分の命にかけて真面目であることを誓わなければならない。

このような対話の後に、先生は〈私〉に、先生の過去を残らず話す約束をした。しかし直接話す機会は、結局、なかった。先生は遺書を書いて〈私〉に送ることになる。もともとこの小説が「先生の遺書」のタイトルのもとに書き起こされたように、遺書がこの小説の眼目になっている。

15　最後の晩餐

〈私〉の卒業を祝って夫妻は夕食を御馳走してくれた。祝宴が終わりに近づいた頃、数日後に帰京する〈私〉は暇乞いの言葉を述べた。

「又当分御目にかゝれませんから」

「九月には出て入らつしやるんでせうね」

私はもう卒業したのだから、必ず九月に出て来る必要もなかつた。然し暑い盛りの八月を東京迄来て送らうとも考へてゐなかつた。私には位置を求めるための貴重な時間といふものがなかつた。

「まあ九月頃になるでせう」（上三十四 95.4-9）

奥さんは「九月には出て入らつしやるんでせうね」と言った。卒業した〈私〉には「必ず九月に出て来る必要もなかった」。また、就職運動をする気もなかった。晩餐の席で「是から何をする気ですか」と先生に聞かれて、〈私〉は次のように答えている。

「本当いふと、まだ何をする考へもないんです。実は職業といふものに就いて、全く考へた事がない位なんですから。だいち何れが善いか、何れが悪いか、自分が遣つて見た上でないと解らないんだから、選択に困る訳だと思ひます」（上三十三 93.1-3）

奥さんはこれを聞いて、「財産があるからそんな呑気な事を云つてゐられるのよ」と評する。しかし学問を続ける気持ちはあるらしい。〈私〉は郷里にいても書物を読もうとしている。そして次のように述べている。

> 私は東京を立つ時、心のうちで極めた、此夏中の日課を顧みた。私の遣つた事は此日課の三ヶ一にも足らなかつた。私は今迄も斯ういふ不愉快を何度となく重ねて来た。然し此夏程思つた通り仕事の運ばない例も少なかつた。（中十一 132.2-4）

ここでの「日課」は研究計画を意味しているのであろう。兄からも「本を読む丈なら、田舎でも充分出来るし、それに働らく必要もなくなるし、丁度好いだらう」（中十五 145.1）と言われた。〈私〉は九月に上京することを考えているけれども、大学院への進学については言及がない。卒業しながら、将来の具体的な計画は何も決まっていない。しかし、それは作者が不親切なわけではなくて、〈私〉個人の問題は『心』では特に取り上げる必要がないからである。〈私〉の視線は常に先生に向けられている。それが『心』における〈私〉に課せられた役割である。

郷里に帰ってから、すぐに東京に戻って、暑い八月を東京で過ごす必要もなかった。奥さんにもその辺の事情は解っていたはずである。したがって〈私〉が郷里に去ってしまえば、必ず再び訪ねて来るという保証は何もないことになる。ところが、先生には自分から世の中に出る気はまったくない。〈私〉との連絡が途絶えたならば、先生を生きた世界と繋ぐ細い糸も断ち切られてしまうであろう。奥さんにはそのことが気懸かりであったから、「九月には出て入らつしやるんでせうね」と問いかけた。そして九月頃には出て来るであろうという返事を得て、少し息をついた。

「ぢや随分御機嫌よう。私達も此夏はことによると何処かへ行くかも知れないのよ。随分暑さうだから。行つたら又絵端書でも送つて上げませう」（上三十四 95.10–11）

これは、前にも述べたように、奥さんの言葉である。先生が自分から〈私〉に連絡を取ることはありえない。それでも〈私〉との間の連絡を取ろうとするならば、旅先からの絵端書くらいしかない。旅行なら今後も、これまで通りに夫婦で行くことはあるであろう。その機会を利用すれば、先生と〈私〉とを繋ぐ細い糸を保てるかも知れない。

逆に〈私〉が奥さんに問うた。

「何ちらの見当です。若し入らつしやるとすれば」

先生は此問答をにや〱笑つて聞いてゐた。

「何まだ行くとも行かないとも極めてゐやしないんです」（上三十四 95.12–14）

不確かな予定を当てにして、〈私〉と先生との間のか細い繋がりを結ぶしかない奥さんの言葉の裏には、別れを前にした哀切な思いが込められている。実際、これが永遠の別れになることを思えば、なおさらである。

次いで先生は、〈私〉の父の病気のことを話題にした。そして突然、先生は奥さんに向かって

「静、御前はおれより先へ死ぬだらうかね」と言い出した。どちらが先かについて、夫妻の間でしばらく会話が続き、その話題の延長で、先生の両親がほとんど同じ日に亡くなったことを奥さんが話した（上三十五 98.13）。先生は「静、おれが死んだら此家(このうち)を御前に遣らう」（上三十五 99.7）と言う。夫妻の間でしばらく問答があってから、奥さんが次のように引き取ってこの会話は打ち切られた。

「おれが死んだら、おれが死んだらつて、まあ何遍仰しやるの。後生だからもう好い加減にして、おれが死んだらは止して頂戴。縁喜でもない。あなたが死んだら、何でもあなたの思ひ通りにして上げるから、それで好いぢやありませんか」

先生は庭の方を向いて笑つた。然しそれぎり奥さんの厭がる事を云はなくなつた。（上三十五 100.3–6）

奥さんの言葉はその場の弾みとも言えるであろう。しかしここでの「死」は抽象論ではない。〈私〉の父親は現に病んでいて、先生はその病が油断のならないものであることを注意している。その上で奥さん自身が先生の両親の死を口にした。両親の死が先生の人生に決定的な意味を有したことが、遺書で明らかにされることになる。ここで語られている死は、ここにいる三人の身の上に重くのしかかっている死である。その文脈の中で、先生は自分の死を口にした。夫妻のどちらが先に死ぬか。

「然しもしおれの方が先へ行くとするね。さうしたら御前何うする」

「何うするつて……」

奥さんは其所で口籠つた。先生の死に対する想像的な悲哀が、ちよつと奥さんの胸を襲つたらしかつた。けれども再び顔をあげた時は、もう気分を更へてゐた。

「何うするつて、仕方がないわ、ねえあなた。老少不定つていふ位だから」

奥さんはことさらに私の方を見て笑談らしく斯う云つた。（上三十四 97.14-98.4）

死は老少不定である。死は運命である。先生が先に死ぬようなことがあっても、それは仕方のないことだ。奥さんはそう答えている。何気ない会話のように見えながら、奥さんの言葉は先生にとっては大きな意味を持つ。先生の胸の中には自身の死の想念が去来していた。奥さんのこの言葉を聞いて、先生は心に期するものがあった。奥さんの母親が病気になって死んだ時、奥さんは先生に次のように訴えた。

母は死にました。私と妻はたつた二人ぎりになりました。妻は私に向つて、是から世の中で、頼りにするものは一人しかなくなつたと云ひました。（下五十四 292.9-10）

先生は死を考え続けて来たけれども、奥さんを一人残して死ぬ決心がつかなかった。

私は今日に至る迄既に二三度運命の導いて行く最も楽な方向へ進まうとした事があります。然し私は何時でも妻に心を惹かされました。さうして其妻を一所に連れて行く勇気は無論ないのです。妻に凡てを打ち明ける事の出来ない位な私ですから、自分の運命の犠牲として、妻の天寿を奪ふなどゝいふ手荒な所作は、考へてさへ恐ろしかつたのです。私に私の宿命がある通り、妻には妻の廻り合せがあります。二人を一束にして火に燻べるのは、無理といふ点から見ても、痛ましい極端としか私には思へませんでした。

同時に私だけが居なくなつた後の妻を想像して見ると如何にも不憫でした。母の死んだ時、是から世の中で頼りにするものは私より外になくなつたと云つた彼女の述懐を、私は腸に沁み込むやうに記憶させられてゐたのです。(下五十五 295.14-296.7)

先生が今まで生きながらえてきたのは奥さんのためであった、と言う。

私は妻のために、命を引きずつて世の中を歩いてゐたやうなものです。(下五十五 296.12-13)。

しかし最後の晩餐の夜、奥さんは、先生が先に死んだとしても、それは運命だから仕方がない、宿命を受け入れるしかないと語り、先生の死を容認する心の用意があるかのように語った。奥さんのために生きて来た先生は、ようやく、奥さんの運命を自分の運命から切り離すことができると考えた。

晩餐の夜、奥さんの言葉を聞いて、先生は「庭の方を向いて笑つた」（上三十五 100.6）。説明は一切なされないけれども、先生は機が熟しつつあるのを感じた。なお、後に遺書で明かされることになるけれども、先生が自殺を決意したきっかけも、奥さんが冗談めかして口にした、「殉死でもしたら可からう」（下五十五 297.4-5）という言葉にあった。

先生は、奥さんを一人で残しても大丈夫だと思った。「私は妻を残して行きます。私がゐなくなつても妻に衣食住の心配がないのは仕合せです」（下五十六 298.14）と遺書に書いている。この一連の描写は、乃木大将の殉死を念頭に置いてなされている。乃木大将は自分一人で死ぬつもりで遺書を書いたけれども、最後の場面で夫人が夫の決意を知って一緒に死ぬことになった。先生は奥さんには奥さんの命があると考えていた。

先に引用したように、先生は「庭の方を向いて笑つた」。そしてこれまで続いた「死」の話題は打ち切られ、〈私〉は席を立ち、夫妻は玄関まで送って来た。

　「御病人を御大事に」と奥さんがいつた。
　「また九月に」と先生がいつた。
　私は挨拶をして格子の外へ足を踏み出した。（上三十五 100.8-10）

この会話は何気ないようではあるが、注意すべき点がある。最初に〈私〉が暇乞いの言葉を述べた時には、奥さんが〈私〉に九月に上京するかと尋ね、先生が父親の病気のことを尋ねた。ところが、ここでは夫妻の言葉が入れ替わっている。先に奥さんが「御病人を御大事に」と言い、先生が「また九月に」と言った。奥さんがそう言ったので先生はこう言った、それだけのことのように、さりげなく描かれている。しかし単にそれだけであったならば、先生の挨拶はもう少し違った形でなされたであろう。〈私〉は不確かな形で「まあ九月頃になるでせう」と曖昧に答えて、時期を確定的に言ってはいない。単純に〈私〉の言葉を受けて先生が応じただけであったならば、その言葉通りに「九月頃に」とでも言うべきであろう。ここには微妙なずれがある。

このずれには重要な意味がある。むしろ先生の方が〈私〉に対して、「また九月に」と断定的に時期を指定していると解することができる。先生は単に儀礼的な挨拶をする人ではない。〈私〉には、期日を決めて是非とも上京しなければならない理由は存在しなかった。〈私〉は、これまで通りに先生を尊敬して接することしか考えていなかったであろう。特別な利害関係を超越した関係である。ただ、就職はまだ決まっていなかったし、どういう職業につきたいかにも触れていない。家に財産があるなら無理に就職するには及ばないではないか、と先生は言う。しかし帰省してみると両親が〈私〉の就職について心配するので、嫌々ながら先生に就職の斡旋を依頼した。そして先生からの返事がいつ来るかが、帰省中の一つの関心事になったけれども、兄は先生と同様に、〈私〉が郷里に残って親の資産を管理してくれないかと言う。したがって就職問題は、〈私〉にとって切実な問題ではなかったのである。〈私〉が再び上京するとしても、当面予定された重要な目的はなかった。

これに反して先生には〈私〉を待つ理由があった。〈私〉に告白するという約束が、まだ残されているからである。それがいつであるか、また先生が告白するために二人が会うのか否かも、話されたことはない。その点について〈私〉が知るはずはない。ところが就職の斡旋を依頼した後に、先生から電報が届いた。「一寸会ひたいが来られるか」（中十二 136.13）という内容のものである。〈私〉は、就職問題についての連絡にしては少しおかしいと考えた。そこで電報と手紙で、父親の病状から今は上京できない旨を伝えた。先生からは「来ないでもよろしい」という電報が来た（中十三 137.8-9）。先生はこの頃に、私に会って告白することを考えていたと言える。しかし〈私〉への告白は遺書の形で行おうと決心した。

明治天皇が崩御したのは七月三十日であった、と公式発表がなされた。後に述べるように、その時先生は奥さんに「もし自分が殉死するならば」と冗談交じりに語っている。そして大葬が行われた九月十三日に乃木大将が殉死した。先生はそれから「二三日して」「自殺する決心をした」。決心をしてから「もう十日以上」の間、主として遺書を書くために費やした（下五十六）。したがって九月の末に、先生は遺書を〈私〉に送ったことになる。

先生が去り行く〈私〉に「また九月に」と言ったのには、暗黙のうちにこのような目論見があったと考えてよい。

ところで、「自殺する決心」が乃木大将の殉死の直後になされたとしても、それ以前から先生は死を考えていた。最後の晩餐における会話は、先生の死を前提にして描かれている。またそう考えなければ、〈私〉が先生宅を辞する時の次の描写は理解できない。

「また九月に」と先生がいつた。

私は挨拶をして格子の外へ足を踏み出した。玄関と門の間にあるこんもりした木犀(もくせい)の一株が、私の行手を塞ぐやうに、夜陰のうちに枝を張つてゐた。私は二三歩動き出しながら、黒ずんだ葉に被はれてゐる其梢(そのこずえ)を見て、来るべき秋の花と香(か)を想ひ浮べた。私は先生の宅(うち)と此木犀とを、以前から心のうちで、離す事の出来ないものゝやうに、一所に記憶してゐた。私が偶然其樹の前に立つて、再びこの宅の玄関を跨ぐべき次の秋に思を馳せた時、今迄格子の間から射してゐた玄関の電燈がふつと消えた。先生夫婦はそれぎり奥へ這入(はいっ)たらしかつた。私は一人暗い表へ出た。(上三十五 100.9–15)

ここに描かれているのは、〈私〉が玄関を出て二、三歩足を運ぶ間の出来事である。まだ門にたどり着いてもいない。

〈私〉は玄関と門の間にある一本の木犀を見上げて、この秋に再訪するときに咲かせているはずの花と香を思った。以前から〈私〉の心のうちで、「先生の宅」とこの「木犀」を「離すことの出来ないもの」のように記憶していた、と言う。足繁く通うたびにそう感じていたのであろう。しかし〈私〉は今初めて、この時に、この木犀について語っている。

その口吻は、雑司ヶ谷の墓地で先生と会った時の大銀杏を想起させる。

先生は高い梢を見上げて、「もう少しすると、綺麗ですよ。此木がすつかり黄葉して、こゝいらの地面は金色の落葉で埋まるやうになります」と云つた。先生は月に一度づゝは必ず此木の下を通るのであつた。（上五 14.14-15.2）

秋になると綺麗な金色であたり一面を包む大銀杏。その大銀杏は墓地と離して考えることができない。先生は毎月その銀杏の木の下を通る。

今、〈私〉が、秋には花を咲かせいい香りを漂わせる木犀を眼の前にして、この木犀と先生の家とは離しては考えられないと語る時、墓地の大銀杏のことも心に思い浮かべていたであろう。

ところが先生宅の玄関を出てまだ間もないのに、「再びこの宅の玄関を跨ぐべき次の秋に思を馳せ」ている〈私〉の眼の前で、玄関の明かりがふっと消えた。〈私〉の再訪を打ち消すかのように。〈私〉は闇の中に佇んでいる。「先生夫婦はそれぎり奥へ這入たらしかつた」。先生夫妻は闇の中に沈んで行った。〈私〉は闇の中を「一人暗い表へ出た」。

この描写は、読む者に異様な印象を与える。客人が玄関の戸を閉めて間もない時に、玄関の明かりが消える。これは常識ではありえない失礼なことである。

ここには象徴的な意味が託されていると見るべきであろう。偶然の出会いから〈私〉が先生の家に出入りするようになったが、〈私〉が訪れることがなかったならば、先生の存在そのものが他者の知る所とはなりえなかった。先生は他者に対して、自分の内部から光を放つことを拒んでいる人であったからである。その意味において、先生は他者にとって「暗黒」と同じである。

その先生の内部に照明を当てることになったのが、〈私〉にほかならない。先生と〈私〉の出会いは真夏の太陽が照りつける海岸においてであったが、それがこの別れの場面と照応しているのである。先生にとって〈私〉は、先生の暗黒に光を射し込む太陽であった。〈私〉が先生の内部を照らし出す役割を演じたのである。〈私〉の存在によって初めて先生の存在が知られた。その〈私〉が大学を卒業して帰省しようとしている。今、〈私〉は先生が卒業を祝ってくれた晩餐を終えて、先生宅を辞そうとしている。〈私〉が玄関を出てしまって、そのまま永遠の別れとなれば、もはや外から射し込んで先生の内部を照らす光はなくなる。先生の内部から外に向かって放たれる光は、もともとなかった。〈私〉が去れば、先生は再びもとの暗黒に戻るだけである。「先生夫婦はそれぎり奥へ這入たらしかつた」。〈私〉は先生の家の門を出て「一人暗い表へ出た」。

こう語る〈私〉は、これが先生に直接会う最後の機会となったことを、もちろん知っている。先生の没後にこれを書いているのである。知っていて、ここでそのことを書き添えることはしなかった。読者には解ることだからである。先生との永遠の別れを象徴的に描くにとどめておいたのである。

こうして作者は、先生と〈私〉の出会いと別れを象徴的に描いた。先生は生きて再び〈私〉に会うことがなかった。この一連の描写には、〈私〉の卒業を祝う晩餐の席における「死」に関わる会話も含めて、先生の死の影が黒々と背景に存在する。

遺書の最後の方で述べているように、先生は事件以来、「死んだ気で生きて行かうと決心」（下五十四 294.7）した。実際に心が死へと傾くことがあった。

何時も私の心を握り締めに来るその不可思議な恐ろしい力は、私の活動をあらゆる方面で食ひ留めながら、死の道丈を自由に私のために開けて置くのです。（下五十五 295.11-12）

それは〈私〉と出会ったときも同様だったのだと言う。

記憶して下さい。私は斯んな風にして生きて来たのです。始めて貴方に鎌倉で会つた時も、貴方と一所に郊外を散歩した時も、私の気分に大した変りはなかつたのです。私の後には何時でも黒い影が括ツ付いてゐました。私は妻のために、命を引きずつて世の中を歩いてゐたやうなものです。貴方が卒業して国へ帰る時も同じ事でした。（下五十五 296.10-13）

〈私〉と鎌倉で会った時も、それから何年も経って〈私〉の卒業を晩餐をもって祝ってくれた時も、先生は死の影を背負っていたと言う。

それならば九月の再会を約束したのは何故であるのか。

九月になつたらまた貴方に会はうと約束した私は、嘘を吐いたのではありません。全く会ふ気でゐたのです。秋が去つて、冬が来て、其冬が尽きても、屹度会ふ積でゐたのです。（下五十五 296.13-15）

九月の再会を約束したのは嘘だったのではない、と言う。秋が来て、冬が去っても、きっと会うつもりでいたと言う。なぜなら先生には、〈私〉に会わなければならない「約束」があったからである。そのために会おうとした。

実際、先生は〈私〉に会おうと考えた。しかし〈私〉の方が、先生からの問い合わせに対して、病気の父親の看護を優先させた。約束を破る結果を招いた原因は〈私〉にあった。結局、会うという約束は果たせなかったが、会う目的である先生の「告白」は、遺書によって実現した。

したがって先生は「九月」に期するところがあったのである。作者は一連の事態を視野に入れながら、「九月」に向かって筆を進めつつ、先生と〈私〉との実際の今生の別れが「最後の晩餐」の夜であったことを、明確に描いた。

なお、「両親と私」の章に次の描写がある。明治天皇が崩御したので、黒布を町で買って来て、それをつけた国旗を門の脇に立てかけた。それを眺めながら、〈私〉が先生のことを思った後のことである。

> 私は又一人家のなかへ這入つた。自分の机の置いてある所へ来て、新聞を読みながら、遠い東京の有様を想像した。私の想像は日本一の大きな都が、何(ど)んなに暗いなかで何んなに動いてゐるだらうかの画面に集められた。私はその黒いなりに動かなければ仕末のつかなくなつた都会の、不安でざわ〳〵してゐるなかに、一点の燈火の如くに先生の家を見た。私は其時此燈火

が音のしない渦の中に、自然と捲き込まれてゐる事に気が付かなかつた。しばらくすれば、其灯も亦ふつと消えてしまふべき運命を、眼の前に控えてゐるのだとは固より気が付かなかつた。

（中五 117.5–10）

〈私〉が先生の自殺を知るのは、これよりも後のことである。天皇が崩御して服喪のために大都会が暗く閉ざされた中に、〈私〉は先生の家の一点の灯火を見る。しかしその時にはまだ「此燈火が音のしない渦の中に、自然と捲き込まれてゐる」、つまり先生が殉死することになり、「しばらくすれば、其灯も亦ふつと消えてしまふべき運命」にある、とは気がついていなかった、と述べている。ここにある、先生の家の「一点の燈火」が「ふつと消えてしまふ」という表現が、上述の、最後の別れの場面と重なり合っていることは明白であろう。〈私〉は玄関でのあの別れが、先生との永別を象徴していたことを、遺書を読んだ後で、知ったのである。

第二章　両親と私

1　郷里という「現実世界」

第二章は、〈私〉が先生に別れて郷里に帰り、そこで先生の遺書を手にするまでを描いている。そして、東京へ向かう汽車の中で、先生の遺書の冒頭部分を読むところで第二章が終わり、第三章「先生と遺書」では遺書そのものが掲げられて、遺書が終わるところで『心』は終わっている。したがって、〈私〉が帰郷してから郷里でどのように過ごしたかが、第二章の主題である。

『心』という小説全体から見れば、第一章と第三章に圧倒的な重みがあることは明白であるから、両章に挟まれた第二章の意義は軽いと思われがちである。しかし作者は極めて明確な構想のもとに、丹念に「書き込んで」（初刊本「序」）いる。

親の臑噛り（すねかじり）である〈私〉が、卒業証書を携えて郷里に帰るのは当然のことである。東京の大学を卒業した人間は田舎の人々の眼には眩しいほどの存在であり、当然立身出世が約束されているものと期待されている。しかし期待が満たされなければ、それはいつでも冷たい批判に変わりうる。両親はこのような田舎の価値観に縛られざるをえない。

〈私〉は大学は卒業したけれども、その後の進路は何も決まっていない。東京での学生生活は実質的には先生との交流が中心であったから、東京で〈私〉を包んでいた世界は、いわば先生の世界にほかならなかった。その先生は「高等遊民」的な生活を送っており、田舎の価値観の対極にある。

漱石の作品に登場する人物には「高等遊民」のイメージが結びつくことが少なくない。その代表的存在は『それから』の代助である。事業家である父親の援助があるので、大学を出ていながら職業にも就かずに悠々と一家を構えている。『心』の〈私〉も、冒頭に実家が地方の資産家であると語っている上に、卒業後の就職について全く考えようとしていない。〈私〉の尊敬する先生は親の遺産で生活しており、これまでに働いた経験が全くない。大学を卒業したのに就職について何も考えていない〈私〉は、奥さんと次の会話を交わしている。

「少し先生にかぶれたんでせう」
「碌なかぶれ方をして下さらないのね」（上三十三 93.8-9）

〈私〉は帰省後に、先生に就職の斡旋を依頼する手紙を出した。その手紙について先生は遺書の中で次のように述べている。

宅に相応の財産があるものが、何を苦しんで、卒業するかしないのに、地位々々といつて藻掻き廻るのか。私は寧ろ苦々しい気分で、遠くにゐる貴方に斯んな一瞥を与へた丈でした。(下―154.8-10)

このような背景があるために、『心』の読者は〈私〉に対しても、高等遊民のイメージを抱きやすい。〈私〉は学生気分が抜けていないために職業に関してかなり呑気でいたけれども、いつまでも高等遊民的でいることが許される実状にはなかったことが、「両親と私」において描かれている。父は死病を持っており、そのために〈私〉は在学中にも郷里に呼び戻されている。父のイメージは何となく弱々しい。しかし父親が家父長制の家族制度における家長であることに変わりはなかった。〈私〉は次男である。次男坊の〈私〉が大学を出してもらいながら就職も決まっていないことが、父親には考えられないことであった。息子を厳しく叱りつけるような場面はないけれども、地方に通有の観念を引き合いに出しながら、しかるべき社会的地位を得て相応の収入を図るのでなければ恥だ、という意識が父親にはあった。

先生の世界とは全然異なる世界がここにはある。在学中は父も当然のこととして経済的援助を与えていたが、卒業して帰郷した以上は〈私〉は家長である父に服従せざるをえない。〈私〉は父親に促されるままに、職探しをするほかなかった。〈私〉はそのために再び上京しようとするが、暫くの間の学資援助を父親に求めている。「先生と私」の章における〈私〉の高等遊民的イメージは、学生であるが故に許されていた「モラトリアム」にほかならなかったのである。

故郷に帰った〈私〉は、そういう「現実世界」に直面せざるをえなかった。郷里に帰って、〈私〉は先生と離れているという事実を切実に感じるようになる。〈私〉の心は先生から離れていない。その意味では「動いてはいない」。しかし空間的には先生から離れている。そこから〈私〉は絶えず「淋しさ」を覚える。その「淋しさ」は、かつて先生が「予言」したように、先生から離れて他に向かわせることはなかった。反対に、ますます先生に向かわせることになった。

第一章「先生と私」において、〈私〉は先生を知り、先生を尊敬し、先生の思想を学んだ。そして先生の思想が、「自分自身が痛切に味はつた事実」にもとづいて構築されたものであることを確信した。先生以外の人々の思想が「火に焼けて冷却し切つた石造家屋の輪廓」に過ぎないのに対して、先生は「火に焼け」る火宅の現実を見つめ続けていることも、〈私〉は確信していた。（上十五）

しかしそれは、あくまでも先生に関する理解であるにとどまっていて、〈私〉自身が先生と同じ姿勢で思索していることを意味するものではない。大学での〈私〉の研究は哲学であったらしい。先生に導かれながら卒業論文をまとめた。「自分の論文に対して充分の自信と満足を有つてゐた」（上二十六 72.8）にもかかわらず、〈私〉の説明を聞く先生の方は、

> 先生は何時（いつ）もの調子で、「成程（なるほど）」とか、「左右（そう）ですか」とか云つてくれたが、それ以上の批評は少しも加へなかつた。私は物足りないといふよりも、聊（いささ）か拍子抜けの気味であつた。（上二十六 72.9-11）

先生がことさら批評を加えなかったのは、自分自身が教育者・指導者の立場にないことを自覚していたからであるが、他方、論文の内容そのものも決して充分ではなかったのであろう。〈私〉自身が次のように述べている。

> 他のものは余程前から材料を蒐めたり、ノートを溜めたりして、余所目にも忙がしさうに見えるのに、私丈はまだ何にも手を着けずにゐた。私にはたゞ年が改たまつたら大いに遣らうといふ決心丈があつた。私は其決心で遣り出した。さうして忽ち動けなくなつた。今迄大きな問題を空に描いて、骨組丈は略出来上つてゐる位に考へてゐた私は、頭を抑えて悩み始めた。私はそれから論文の問題を小さくした。さうして練り上げた思想を系統的に纏める手数を省くために、たゞ書物の中にある材料を並べて、それに相当な結論を一寸付け加へる事にした。（上二十五 69.5–10）

これでは、思想に取り組む先生の姿勢を高く評価しているにもかかわらず、〈私〉自身はまさに先生が批判する方法でお茶を濁していることになる。引用の最後にある「相当な結論を一寸付け加へ」たとしても、先生の眼から見ればお手軽と映らざるをえないであろう。

〈私〉が先生の思想を自分自身の問題として、自分の内面から考えるようになったのは、帰郷するために東京を離れ、先生と別れてからであった。先生と離れたことで、〈私〉は〈私〉自身が問題に直面するごとに、先生との会話を思い起こしながら、先生の思想に対する理解を内面的に深めようとすることになる。作者はそのような明確な構想のもとに、「両親と私」の章を書き進めている。〈私〉が心の中で先生と交わす対話の課題は、「人間の軽薄さ」である。『心』では、「軽薄」という言葉が重い意味を持って何度か使われている。最初は、〈私〉が足繁く先生の許を訪ねて来ることをめぐってである。

「あなたは熱に浮かされてゐるのです。熱がさめると厭になります。私は今のあなたから夫(それ)程(ほど)に思はれるのを、苦しく感じてゐます。然し是から先の貴方に起るべき変化を予想して見ると、猶(なお)苦しくなります」（上十四 39.6–8）

先生は自分を自覚している。そして、その眼で〈私〉を見ている。〈私〉は勝手に先生を高く評価して訪ねて来るけれども、先生は「是から先の貴方に起るべき変化を予想」している。すなわち、やがて〈私〉が先生の正体を知ったならば、先生のもとから離れるに違いない。先生にとって、単に「研究的」な眼で正体を知られるのも苦しいし、その上で自分のもとから離れてゆかれるのも苦しい。

それに対して〈私〉は抗議する。

「私はそれ程軽薄に思はれてゐるんですか。それ程不信用なんですか」（上十四 39.9）

先生自身は変わらない。しかし先生に対する〈私〉の見方はやがて変わるに違いない。先生はそう見ている。そして変わることが「軽薄」と呼ばれている。

〈私〉は先生に対して、自分は軽薄ではないと断固として抗議した。しかし帰郷する汽車の中で反省してみると、自分は軽薄かも知れないと気づく。「考へてゐるうちに自分が自分に気の変りやすい軽薄ものゝやうに思はれて来た」(上三十六 103.5–6)。〈私〉がそう反省した理由は次のように述べられている。

> 此冬以来父の病気に就いて先生から色々の注意を受けた私は、一番心配しなければならない地位にありながら、何(ど)ういふものか、それが大して苦にならなかつた。私は寧ろ父が居なくなつたあとの母を想像して気の毒に思つた。其位だから私は心の何処(どこ)かで、父は既に亡くなるべきものと覚悟してゐたに違(ちがい)なかつた。(上三十六 102.12–15)

父の病気について、〈私〉は真剣に考えていなかったことに気づく。兄は九州で職に就いているから、急場の間に合うとは限らない。学生で比較的に自由のきく〈私〉が、父の心配をしなければならない立場にいるはずであった。しかし父の病気は「大して苦にならなかつた」。父が亡くなった後の母は気の毒に思ったが、「父は既に亡くなるべきものと覚悟してゐた」に違いなかった。

ところが兄に手紙を書いた時の自分は、それとはまた異なっていた。

九州にゐる兄へ遣つた手紙のなかにも、私は父の到底（とても）故（もと）の様な健康体になる見込のない事を述べた。一度などは職務の都合もあらうが、出来るなら繰り合せて此夏位（ぐらい）一度顔丈（だけ）でも見に帰つたら何（ど）うだと迄書いた。其上年寄が二人ぎりで田舎にゐるのは定めて心細いだらう、我々も子として遺憾の至であるといふやうな感傷的な文句さへ使つた。私は実際心に浮ぶ儘（まま）を書いた。
（上三十六 102.15–103.4）

兄への手紙にはこのように、父と母とに対する、子としての情愛のこもった配慮を書いた。「実際心に浮ぶ儘を書いた」のである。その時の自分に偽りはなかった。「けれども」、と〈私〉はさらに次のように反省する。

けれども書いたあとの気分は書いた時とは違つてゐた。（上三十六 103.4）

書いてしまった後は、また別の気分になっていた。その時、その時の自分の心を点検してみると、時に応じて変化して行く有様に否応なく気づかざるをえない。明らかに心は前後で矛盾しており、しかも矛盾を矛盾とも自覚せずに変化して行く。

私はさうした矛盾を汽車の中で考へた。考へてゐるうちに自分が自分に気の変りやすい軽薄

ものゝやうに思はれて来た。私は不愉快になつた。（上三十六 103.5-6）

〈私〉の気づきの内容は極めて具体的で簡明である。多くの場合において人間は同様に行動していると言えるであろう。〈私〉はここでようやく、先生が「動く」と言った言葉の意味に思い当たったのであろう。「動く」という先生の言葉を聞いた時には、〈私〉は自分の心が先生から他へと動くという意味に理解するだけであったけれども、実はそれだけではなくて、心が刻々と動き変化していくことをも指していることに気づいた。先生の前では〈私〉は自分は軽薄ではないと否定したけれども、あらためて自分自身を反省してみると、まさに軽薄そのものであり、自己認識が間違っていたことに気づいた。ただ気づいただけではなく、〈私〉は「不愉快」になった。

　ここで言う「不愉快」は、ある事実との関係に限られた単なる気分を表すものではない。自分はそれほど軽薄な存在であったのか、という意味の不愉快である。〈私〉という存在そのものの軽薄さを自覚することによって生じた不愉快である。同じ論理によって、自分だけでなく、軽薄な存在という限りにおける人間そのものを不愉快と見ることへと、展開していかざるをえない。

2　仏教の無常観

〈私〉はここまで自分自身を反省することによって、先生が話していた問題を自分自身に引きつけて理解することができるようになった。心は変化する、ということの最も深刻なケースが裏切りであった。先生は自分でも「遣ってしまった」のだと言う。〈私〉は先生の言葉を単に言葉として思い起こすのではなく、先生の心情を追体験するような切実さをもって「不愉快」にならざるをえなかった。先生の心の底に燃え盛る「火宅の炎」が、〈私〉の眼にも映るようになった。

火宅の現実問題が死にほかならない。〈私〉は迫り来る父親の死の問題を考えながら、先生夫妻の会話を思い出した。〈私〉が自分自身を軽薄だと気づいたのは、父親の病気と死に対する自分の態度にもとづいてであった。しかし先生夫妻も、夫妻のどちらが先に死ぬかについて言葉を交わしていた。

> 私は又先生夫婦の事を想ひ浮べた。ことに二三日前晩食（ばんめし）に呼ばれた時の会話を憶ひ出した。
> 「何（ど）つちが先へ死ぬだらう」
> 私は其晩先生と奥さんの間に起つた疑問をひとり口の内で繰り返して見た。さうして此疑問には誰も自信をもつて答へる事が出来ないのだと思つた。然し何方（どつち）が先へ死ぬと判然（はつきり）分つてゐたならば、先生は何うするだらう。奥さんは何うするだらう。先生も奥さんも、今のやうな態度でゐるより外に仕方がないだらうと思つた。（死に近づきつゝある父を国元に控えながら、此私が何うする事も出来ないやうに）。私は人間を果敢（はか）ないものに観じた。人間の何うする事も出来ない持つて生れた軽薄を、果敢ないものに観じた。（上三十六 103.6–15）

晩餐の最後に先生夫妻は「どちらが先に死ぬか」をめぐって話していた。それについては誰も確実に答えることはできない。しかし、もしも解っていたとしても、「今のやうな態度でゐるより外に仕方がない」のではないか、と〈私〉は思った。そして「此私が何うする事も出来ないやうに」とも言う。

この文章を、〈私〉は「第一の時間」の中で書いていると見てよいであろう。先生の遺書がここには反映されていないからである。「先生と私」の最後に述べたように、先生はもともと確固とした信念を持っていたけれども、奥さんのために生きながらえて来た。しかしこの時の奥さんの言った言葉が、先生を自殺の決断へと押し進める最初の契機になった。この事実が、〈私〉のこの文章には反映されていない。そのために、この文章を読んだ読者は、先生自身はこの点でどうだったのかを確認したいと思うことになる。〈私〉も同じ思いに駆られるであろう。つまり、作者はこのように描くことによって、先生に対する認識において欠落している点のあることを〈私〉が自覚して、先生をもっと深く理解したいと、思慕の念をさらに強めることを意図している。それが第二章を通ずる基本的な主題であり、〈私〉の願望の最終的な実現として、遺書が届くことになる。

先の引用文に戻る。〈私〉は、死の問題を眼の前にしながら、実際には「何うする事も出来ない」、そういう「人間を果敢ないものに観じた」と言う。この表現では、人間の無力さを果敢ないと観じたことになる。しかしこれに続いて、「人間の何うする事も出来ない持つて生れた軽薄を、果敢ないものに観じた」と言い換えている。ここでは「軽薄」に力点が置かれている。どうしようもない「軽薄」、しかもその「軽薄」は「人間の持つて生れた」もの、生まれつき人間に具わっている「軽薄」であると認めている。

この一連の叙述の背景には仏教の無常観を見ることができる。漱石は特別の術語も使わずに平易に述べている。その中で特に「観じた」という言葉遣いは、明らかに仏典にもとづいている。「観じた」という語は『心』の中ではここだけに用いられており、他は大部分が「観察」で、それ以外では人生観、観念、楽観的、外観があるだけである。「観じた」という表現は仏教用語としては極めて普通の語であって、作者は意図してこの語をここに用いている。〈私〉は人間存在の軽薄を「観じた」、はっきりと認識した、と言っている。

次に〈私〉は「果敢ない」という和語を使っている。これは仏教の術語「無常」に相当する。唐木順三氏は著書『無常』において、「はかない」という語について詳細に論じている。今、〈私〉は「心」が移り行き変化する事実にもとづいて「果敢ない」と言う。日本人が「はかない」と言う時には、情緒的に無常感にひたる傾向が強いのに対して、〈私〉は「不愉快」を覚えている。これは、仏教において、無常をただちに「苦」と観ずることに通じる。「無常なるものは苦である」ということは仏教の定説である。

無常であり、常に変化しているならば、単に「軽薄」に「動く」だけであって、人間の支えとなる確かな基礎は存在しない。不変で確かな、恒常的な、永遠なるものは、そこには存在しない。生きる頼り・よすがとなるものは存在しない。仏典でも無常なものに「信を保つべからず」（不可保信）[1]「恃むべからず」（不可恃）[2]と説かれる。

無常な人間の現実に対して、単に軽薄に対処しているにすぎない自分に気づいても、〈私〉はそれを「何うする事も出来ない」。それを、「人間の何うする事も出来ない持つて生れた軽薄」として認識した時、「不愉快」を覚えた、ということは、〈私〉が先生の考え方に少し目を開いたことを意味する。〈私〉は無常観を、単に他からの受け売りとしてではなく、自分の存在そのものの反省にもとづいて確認している。

こうして〈私〉はようやく、先生の思想をその根源・核心から理解したいと欲することになる。この願望自体は直接的に表明されることはないが、郷里にいながら、淋しさを訴えて、遠く先生を求めている。それが郷里における〈私〉の姿として描かれることになる。

3　卒業祝いの中止

〈私〉は大学を卒業して両親のいる郷里に帰った。両親は喜んだ。父は「卒業が出来てまあ結構だ」と何度も言った。〈私〉は「大学位卒業したつて、それ程結構でもありません。卒業するものは毎年何百人だつてあります」（中一 104.14-105.1）と答えた。すると父は次のように言った。

「つまり、おれが結構といふ事になるのさ。おれは御前の知つてる通りの病気だらう。去年の冬御前に会つた時、ことによるともう三月か四月位なものだらうと思つてゐたのさ。それが何ういふ仕合せか、今日迄斯うしてゐる。起居に不自由なく斯うしてゐる。そこへ御前が卒業して呉れた。だから嬉しいのさ。折角丹精した息子が、自分の居なくなつた後で卒業してくれるよりも、丈夫なうちに学校を出てくれる方が親の身になれば嬉しいだらうぢやないか。大きな考を有(も)つてゐる御前から見たら、高(たか)が大学を卒業した位で、結構だ〳〵と云はれるのは余り面白くもないだらう。然しおれの方から見て御覧、立場が少し違つてゐるよ。つまり卒業は御前に取つてより、此おれに取つて結構なんだ。解つたかい」（中一 105.6–13）

卒業という一つの事実をめぐって、〈私〉と父の見方はまったく異なっている。〈私〉は父の心に触れようともしていなかった。そのことを〈私〉は恥じた。

また、「父は平気なうちに自分の死を覚悟してゐた」（中一 105.14–15）と覚る。しかし母に言わせれば、「そりや、御前、口でこそさう御云(おい)ひだけれどもね。御腹(おなか)のなかではまだ大丈夫だと思つて御出(おいで)のだよ」（中二 108.9–10）。父も〈私〉同様に「軽薄」である。

しかし父が死ねば、「古い広い田舎家」（中二 108.15）に母一人が残されることになる。「其儘(そのまま)で立ち行くだらうか」（中二 109.1）。

また、卒業祝いとして客を招かねばならないと両親は言う。彼らは「飲んだり食つたりするのを、最後の目的として遣つて来る」（中三 109.14）。〈私〉はそれが子供の時から嫌いだった。それは、例えば、兄の大学卒業の時の経験を指している（中十四 141.12–14）。しかし両親の手前、はっきりとは言いかねて、「あんまり仰山な事は止して下さい」（中三 109.13）と言って辞退した。父は「呼ばなくつても好いが、呼ばないと又何とか云ふから」、「東京と違つて田舎は蒼蠅(うるさ)いからね」（中三 110.8,11）と、村人の考え方を無視することはできないと言う。〈私〉もやむなく受け容れて日取りも決めた（中三 111.15–112.1）。

〈私〉の心から先生が去ることはなかった。帰郷しても〈私〉には、本を読むくらいしかすることがなかった。あちこちの友達に手紙を書いてから先生にも書いた。

> 私は固より先生を忘れなかつた。原稿紙へ細字で三枚ばかり国へ帰つてから以後の自分といふやうなものを題目にして書き綴つたのを送る事にした。（中四 113.3-4）

ただし、先生に宛てて書いた手紙の内容自体はとりとめもないことでしかなかった。

> 其癖その手紙のうちには是といふ程の必要の事も書いてないのを、私は能く承知してゐた。たゞ私は淋しかつた。さうして先生から返事の来るのを予期してかゝつた。然し其返事は遂に来なかつた。（中四 113.13-15）

ここに「先生を忘れなかつた」、さらに「私は淋しかつた」と書かれている。「淋しい」という言葉は、第一章における「淋しいから動く」という先生の言葉を前提にしている。先生は〈私〉が先生から離れて行くであろうと予言していたが、〈私〉は「淋しい」からますます先生に向かって心を動かす。第二章では、実際に先生との対話として描かれなくても、このような形で〈私〉は先生と内的に対話している。「淋しい」という言葉を〈私〉はこの後にも何度も繰り返し、その度に先生に手紙を書こうとしているのは、このような内的対話がなされていたことを意味する。

さて、以上の時間的な経緯について次のように述べている。

> 私が帰つたのは七月の五六日で、父や母が私の卒業を祝ふために客を呼ばうと云ひだしたのは、それから一週間後であつた。さうして愈と極めた日はそれから又一週間の余も先になつてゐた。（中五 116.4-5）

祝宴の予定日は七月二十日過ぎということになる。ところで、明治天皇の病気は二十一日の新聞で報道された。新聞を見た父は祝宴について「まあ御遠慮申した方が可からう」（中三 112.5）と言った。そして祝宴は中止になった。天皇の病状は新聞に逐次報道された。父の病気も次第に重くなった。

明治天皇は七月三十日に崩御し、三十一日の新聞が報道した。

> 崩御の報知が伝へられた時、父は其新聞を手にして、「あゝ、あゝ」と云つた。
> 「あゝ、あゝ、天子様もとう〳〵御かくれになる。己も……」（中五 116.8-9）

「己も」の後には、この先それほど永くはない、という覚悟が込められていたのであろう。しかし当時の雰囲気を考えれば、そこには「自分も天子さまの後を追って」というニュアンスも含まれていると見るのは、極めて自然であろう。作者はここで、それとなく時代背景としての殉死の観念を暗示している。

〈私〉は国旗につける黒布を町で買って来て、門の脇に旗を立てた。

　私は又一人家のなかへ這入つた。自分の机の置いてある所へ来て、新聞を読みながら、遠い東京の有様を想像した。私の想像は日本一の大きな都が、何んなに暗いなかで何んなに動いてゐるだらうかの画面に集められた。私はその黒いなりに動かなければ仕末のつかなくなつた都会の、不安でざわ〳〵してゐるなかに、一点の燈火の如くに先生の家を見た。私は其時此燈火が音のしない渦の中に、自然と捲き込まれてゐる事に気が付かなかつた。しばらくすれば、其灯も亦ふつと消えてしまふべき運命を、眼の前に控えてゐるのだとは固より気が付かなかつた。

（中五 117.5–10）

この箇所は前にも引用したけれども、この文章の後半は遺書を読んだ後で書かれたことを明瞭に示している。右の文章に続けて次のように述べる。

　私は今度の事件（祝宴の中止—引用者補足）に就いて先生に手紙を書かうかと思つて、筆を執りかけた。私はそれを十行ばかり書いて已めた。書いた所は寸々に引き裂いて屑籠へ投げ込んだ。（先生に宛てゝさう云ふ事を書いても仕方がないとも思つたし、前例に徴して見ると、とても返事を呉れさうになかつたから）。私は淋しかつた。それで手紙を書のであつた。さうし

て返事が来れば好いと思ふのであつた。（中五 117.11-15）

その間に友人が、地方の中学教員の口があると伝えてくれた。しかし地方へは〈私〉も行く気がない。

「そんな所へ行かないでも、まだ好い口があるだらう」
斯ういつて呉れる裏に、私は二人が私に対して有つてゐる過分な希望を読んだ。迂闊な父や母は、不相当な地位と収入とを卒業したての私から期待してゐるらしかつたのである。（下六 118.10-12）

先生は財産のある者が敢えて就職することはないと忠告していた。しかし大学を出れば相当の地位と収入が得られるのではないか、と郷里の人々は見ている。そういう世間体から、両親は〈私〉が早く相当の地位を得ることを期待している。父の遠くない死、そして父の死後に一人残される母のことを考えれば、深刻な現実が眼前に迫っている。それにもかかわらず両親が〈私〉に就職することを求めるのは、どれほど世間体が大事であるとはいえ、いかにも「軽薄」には違いない。

卒業したら就職するのだという観念にもとづいて、両親は〈私〉に迫る。

「御前のよく先生々々といふ方にでも御願したら好いぢやないか。斯んな時こそ」

母は斯うより外に先生を解釈する事が出来なかつた。其先生は私に国へ帰つたら父の生きてゐるうちに早く財産を分けて貰へと勧める人であつた。卒業したから、地位の周旋をして遣(や)らうといふ人ではなかつた。

「其先生は何をしてゐるのかい」と父が聞いた。

「何にもして居ないんです」と私が答へた。

私はとくの昔から先生の何もしてゐないといふ事を父にも母にも告げた積(つもり)でゐた。さうして父はたしかに夫(それ)を記憶してゐる筈であつた。

「何もしてゐないと云ふのは、また何(ど)ういふ訳かね。御前がそれ程尊敬する位な人なら何か遣つてゐさうなものだがね」

父は斯ういつて、私を諷(ふう)した。父の考へでは、役に立つものは世の中へ出てみんな相当の地位を得て働らいてゐる。必竟(ひつきよう)やくざだから遊んでゐるのだと結論してゐるらしかつた。

「おれの様な人間だつて、月給こそ貰つちやゐないが、是でも遊んでばかりゐるんぢやない」

父はかうも云つた。私は夫でもまだ黙つてゐた。

「御前のいふ様な偉い方なら、屹度(きつと)何か口を探して下さるよ。頼んで御覧なのかい」と母が聞いた。

「いゝえ」と私は答へた。

「ぢや仕方がないぢやないか。何故頼まないんだい。手紙でも好いから御出しな」（中六

119.11-120.13）

父はそう言ったかと思うと、正反対のことを口にする。

父は死後の事を考へてゐるらしかつた。少なくとも自分が居なくなつた後のわが家を想像して見るらしかつた。

「小供に学問をさせるのも、好し悪しだね。折角修業をさせると、其小供は決して宅へ帰つて来ない。是ぢや手もなく親子を隔離するために学問させるやうなものだ」

学問をした結果兄は今遠国にゐた。教育を受けた因果で、私は又東京に住む覚悟を固くした。斯ういふ子を育てた父の愚痴は、もとより不合理ではなかつた。永年住み古した田舎家の中に、たつた一人取り残されさうな母を描き出す父の想像はもとより淋しいに違ひなかつた。（中七121.4-10）

〈私〉は「東京に住む覚悟を固くした」と言うけれども、帰郷する以前には具体的な考えを持ってはいなかった。立身出世を信じて疑わない父親の意見に従うという形で、そう考えたというに過ぎない。そうして東京へ出られることを〈私〉は喜んだ。

わが家は動かす事の出来ないものと父は信じ切つてゐた。其中に住む母も亦命のある間は、動かす事の出来ないものと信じてゐた。自分が死んだ後、この孤独な母を、たつた一人伽藍堂(がらんどう)のわが家に取り残すのも亦甚(またはなはだ)しい不安であつた。それだのに、東京で好い地位を求めろと云つて、私を強ひ(し)たがる父の頭には矛盾があつた。私は其矛盾を可笑(おか)しく思つたと同時に、其御蔭で又東京へ出られるのを喜こんだ。(中七 121.11–122.1)

〈私〉はさっそく先生に宛てて手紙を書いたことを母に告げた。

「さうかい、夫(それ)ぢや早く御出し。そんな事は他(ひと)が気を付けないでも、自分で早く遣るものだよ」

母は私をまだ子供のやうに思つてゐた。私も実際子供のやうな感じがした。

「然し手紙ぢや用は足りませんよ。何(ど)うせ、九月にでもなつて、私が東京へ出てからでなくつちや」

「そりや左右(そう)かも知れないけれども、又ひよつとして、何んな好い口がないとも限らないんだから、早く頼んで置くに越した事はないよ」(中七 122.10–15)

九月にでもなったら上京しようと〈私〉は言う。先生との別れの時にも九月ということは話題になっていた。しかし具体的な根拠は何もなかった。今も、先生からの返事を当てにした上で、九月と言っている。

4　軽薄さと哀愁

卒業後の〈私〉にとって、帰郷すること以外には何の予定もなく、ほとんど空白であったことになる。現実にそんなことがありうるとは、ほとんど考えられないと言わねばならない。しかも実際にこのように物語られているのは、〈私〉が主人公となって動くような物語を、作者は構想していなかったことを意味する。〈私〉の関心事は先生以外にはなかった。それが『心』という小説において、〈私〉に課せられた役割である。

なお、ここで付言しておきたい。「両親と私」の最後の箇所で、〈私〉は死の近い父を見棄てるかのようにして、東京行きの汽車に乗ってしまう。もしも〈私〉の留守中に父が死んだとすれば、大きな難題が起こるに違いない。しかし、『心』の描き方を見れば、あくまでも〈私〉の関心が先生に注がれ、両親も、就職問題という観点から、そういう〈私〉の後押しをしていることは、疑いのない事実である。

〈私〉は心の中で絶えず父と先生を比較している。以上の引用からも明らかなように、父は正反対の、矛盾したことを、平気で〈私〉に向かって言い続けている。もとより、親子の情愛から出た言葉であるけれども、「軽薄」と呼ばれても仕方がない。

作者は〈私〉を、父か先生か、という選択の極限状況に追い込みながら、先生に向かって走るように描いている。したがって、『心』に描かれた以後の、「その後の〈私〉」（父の死後の問題のみならず、奥さんとの「結婚」など）を想定して、そこから『心』を読み返さなければ、『心』は理解できないという論理は、成立しないであろう。

さて〈私〉は、先生からすぐにも返事がくる、と母に請け合った。

> 「えゝ。兎に角返事は来るに極つてますから、さうしたら又御話ししませう」
> 私は斯んな事に掛けて几帳面な先生を信じてゐた。私は先生の返事の来るのを心待に待つた。けれども私の予期はついに外れた。先生からは一週間経つても何の音信もなかつた。（中七 123.1-3）

次の記述は、〈私〉の心に交錯する思いの複雑さを描いている。

> 私は時々父の病気を忘れた。いつそ早く東京へ出てしまはうかと思つたりした。其父自身もおのれの病気を忘れる事があつた。未来を心配しながら、未来に対する所置は一向取らなかつた。私はついに先生の忠告通り財産分配の事を父に云ひ出す機会を得ずに過ぎた。（中七 123.8-10）

死を眼の前にしているはずの父の病気を、〈私〉も時々忘れ、父も忘れる。もしも死んだならば必ず起こる遺産相続の問題などについて、何の処置も取っていない。人間が現実に如何に「軽薄」であるかという事実を描いている。

八月はすでに過ぎて、九月に入った。〈私〉は父親の言葉に従う形で東京へ出ようとした。父親の言葉はこれまで通りの矛盾をはらんだまま、いつまでも繰り返される。作者はこれを意図して丹念に描いている。

九月始めになつて、私は愈（いよいよ）又東京へ出やうとした。私は父に向つて当分今迄（いままで）通り学資を送つて呉れるやうにと頼んだ。

「此所（ここ）に斯（こ）うしてゐたつて、あなたの仰（おつ）しやる通りの地位が得られるものぢやないですから」

私は父の希望する地位を得るために東京へ行くやうな事を云つた。

「無論口の見付かる迄で好いですから」とも云つた。

私は心のうちで、其口は到底私の頭の上に落ちて来ないと思つてゐた。けれども事情にうとい父はまた飽く迄も其反対を信じてゐた。

「そりや僅（わずか）の間の事だらうから、何（ど）うにか都合してやらう。其代り永くは不可（いけな）いよ。相当の地位を得次第独立しなくつちや。元来学校を出た以上、出たあくる日から他（ひと）の世話になんぞなるものぢやないんだから。今の若いものは、金を使ふ道だけ心得てゐて、金を取る方は全く考へてゐないやうだね」

父は此外にもまだ色々の小言を云つた。その中には、「昔の親は子に食はせて貰つたのに、今の親は子に食はれる丈だ」などゝいふ言葉があつた。それ等を私はたゞ黙つて聞いてゐた。小言が一通済んだと思つた時、私は静かに席を立たうとした。父は何時行くかと私に尋ねた。私には早い丈が好かつた。

「御母さんに日を見て貰ひなさい」

「さう為ませう」

其時の私は父の前に存外大人しかつた。私はなるべく父の機嫌に逆はずに、田舎を出やうとした。父は又私を引き留めた。

「御前が東京へ行くと宅は又淋しくなる。何しろ己と御母さん丈なんだからね。そのおれも身体さへ達者なら好いが、この様子ぢや何時急に何んな事がないとも云へないよ」（中八 123.12-125.3)

以上が、郷里における問題のほぼ全体である。目前に迫る死を見詰めながら、しかも人間は、どうしようもない軽薄さのままに生きている。もとより不安がないわけではない。〈私〉を再び東京に送り出せば、後に残る夫婦二人だけの淋しく心細い生活が待っている。立身出世主義に固まっている田舎の精神風土に何の疑念もなく身を任せて、現実の自己を見つめることがない。そこで〈私〉は次のように述べる。

私は出来るだけ父を慰さめて、自分の机を置いてある所へ帰つた。私は取り散らした書物の間に坐つて、心細さうな父の態度と言葉とを、幾度か繰り返し眺めた。私は其時又蟬の声を聞いた。其声は此間中聞いたの（油蟬―引用者補足）と違つて、つく〳〵法師の声であつた。私は夏郷里に帰つて、煮え付くやうな蟬の声の中に凝と坐つてゐると、変に悲しい心持になる事がしば〳〵あつた。私の哀愁はいつも、此虫の烈しい音と共に、心の底に沁み込むやうに感ぜられた。私はそんな時にはいつも動かずに、一人で一人を見詰めてゐた。（中八 125.4-9）

油蟬の声がつくつく法師の声に変わる。この蟬の声が心の底に沁み込むように感じられたと言う。芭蕉の句が背景にあることは言うまでもない。「私は夏郷里に帰つて」と書いているから、例年の夏のこととして述べている。「煮え付くやうな蟬の声の中に凝と坐つてゐると、変に悲しい心持になる事がしば〳〵あつた」という。「変に悲しい心持」はすぐに「哀愁」と言い換えられている。そして「私の哀愁はいつも、此虫の烈しい音と共に、心の底に沁み込むやうに感ぜられた」と言う。「変に悲しい心持」「哀愁」と言って、「淋しさ」とは言っていない。〈私〉は意識して書き分けていると見てよい。

さらに「私はそんな時にはいつも」と続けている。これは例年の夏のことを意味している。「淋しさ」ではなく、「哀愁」が、蟬の声と共に、岩ならぬ心の底に沁み込むのを感じる時、「いつも動かずに、一人で一人を見詰めてゐた」。直前に「凝と坐つてゐる」と書かれているので、「動かずに」がそれと同じ意味に取られやすいが、この語は「見詰めてゐた」に掛かるのであるから、目を逸らさずに凝っと見詰めた、という意味でなければならない。「動かずに」という表現は先生の言葉に由来していることが明らかである。したがって「一人で」は、もとより〈私〉自身のことであるが、「一人を」が先生を指すことに疑いがない。例年の夏にそういうことがあった、と言うのである。先生の言う「淋しさ」の意味は解っていなかったけれども、「動く」の意味は理解していたことが示されている。つまり、先生の言葉の表面的な意味しか理解できていなかったことを告白している。

　これに対して、右の引用に続く次の文章は今度の帰郷の時のことを述べている。

> 私の哀愁は此夏帰省した以後次第に情調を変へて来た。油蟬の声がつく〳〵法師の声に変る如くに、私を取り巻く人の運命が、大きな輪廻（りんね）のうちに、そろ〳〵動いてゐるやうに思はれた。私は淋しさうな父の態度と言葉を繰り返しながら、手紙を出しても返事を寄こさない先生の事をまた憶ひ浮べた。先生と父とは、丸で反対の印象を私に与へる点に於て、比較の上にも、連想の上にも、一所に私の頭に上り易かつた。（中八 125.10–14）

此夏に帰省してから、これまでの「哀愁」が「次第に情調を変へて来た」と言う。その意味するところが「哀愁」から「淋しさ」への変化であることは、容易に理解されるであろう。すでに帰郷の途上で「淋しさ」の意味を自覚しているから、同じ蟬の声を聞きながら、例年感じたそこはかとない「哀愁」が「淋しさ」の明確な自覚に変わった。「私は淋しさうな父」を一方に考えながら、

「先生の事」を「憶ひ浮べた」。当然、「淋しさうな父」に対して、淋しそうな先生を念頭に置いているけれども、その点は意図的に省略されている。その理由は、「先生と父とは、丸で反対の印象」を与えると述べている点に求められる。

具体的には次のように述べている。

私は殆んど父の凡ても知り尽してゐた。もし父を離れるとすれば、情合(あい)の上に親子の心残りがある丈であつた。先生の多くはまだ私に解つてゐなかつた。話すと約束された其人の過去もまだ聞く機会を得ずにゐた。要するに先生は私にとつて薄暗かつた。私は是非とも其所(そこ)を通り越して、明るい所迄行かなければ気が済まなかつた。先生と関係の絶えるのは私にとつて大いな苦痛であつた。私は母に日を見て貰つて、東京へ立つ日取を極めた。（中八 125.15–126.4）

〈私〉は、「殆んど父の凡ても知り尽してゐた」と言い切っている。思い切った言い方であるが、「淋しさの底」を想定すれば、〈私〉の関心の所在・問題点が明確になるであろう。父の淋しさは底が知れているが、「先生の多くはまだ私に解つてゐなかつた」。「先生は私にとつて薄暗かつた」という表現は、先生が秘密を話そうと約束しながら、最後の別れの際に、暗黒の中に沈んでいった場面を思い起こさせる。

「淋しい」、「動く」など、先生が語った多くの言葉が、〈私〉の心の中で一つに関連づけられて、その焦点に先生の過去、先生の秘密が位置することが次第に明らかになってきた。もとより〈私〉

は、自分自身の反省から先生に対する理解を深めているのであって、先生を自分の心の底に見詰めている。自他を切り離した上で、他者としての先生を「研究的に」考えているわけではない。先生の秘密を知ることは〈私〉自身の問題、すなわち「軽薄」に対処するために不可欠なのである。

5　乃木大将の殉死

〈私〉が東京へ出かけることは家族の勧めるところでもあり、また〈私〉自身もそうしたかった。ところが出発予定日の二日前に父が倒れた（中九）。当日になってもまだ〈私〉がいるのを見て、父は次のように言った。


「御前は今日東京へ行く筈ぢやなかつたか」と父が聞いた。

「えゝ、少し延ばしました」と私が答へた。

「おれの為にかい」と父が聞き返した。

私は一寸（ちよつと）躊躇した。さうだと云へば、父の病気の重いのを裏書するやうなものであつた。私は父の神経を過敏にしたくなかつた。然し父は私の心をよく見抜いてゐるらしかつた。

「気の毒だね」と云つて、庭の方を向いた。（中九 127.7–12）

病状は一週間以上、特に変化がないままだった。兄と妹に事情を連絡した。経過がよくなかったので、電報を打った（中十）。こういう状況の中でも、母は〈私〉の就職のことを心配していた。

> 「先生からまだ何とも云つて来ないかい」と聞いた。
> 母は其時の私の言葉を信じてゐた。其時の私は先生から屹度返事があると母に保証した。然し父や母の希望するやうな返事が来るとは、其時の私も丸で期待しなかつた。私は心得があつて母を欺むいたと同じ結果に陥つた。
> 「もう一遍手紙を出して御覧な」と母が云つた。（中十一 133.1-5)

母と〈私〉の問答はなおも続く。

> 「手紙を書くのは訳はないですが、斯ういふ事は郵便ぢやとても埒は明きませんよ。何うしても自分で東京へ出て、ぢかに頼んで廻らなくつちや」
> 「だつて御父さんがあの様子ぢや、御前、何時東京へ出られるか分らないぢやないか」
> 「だから出やしません。癒るとも癒らないとも片付かないうちは、ちやんと斯うしてゐる積です」
> 「そりや解り切つた話だね。今にも六づかしいといふ大病人を放ちらかして置いて、誰が勝手に東京へなんか行けるものかね」（中十一 133.10-134.1)

〈私〉には母の気持ちが理解できなかったが、母には母の考えがあった。

私は始め心のなかで、何も知らない母を憐れんだ。然し母が何故斯(こ)んな問題を此(この)ざわ〳〵した際に持ち出したのか理解出来なかつた。私が父の病気を余所(よそ)に、静かに坐つたり書見したりする余裕のある如くに、母も眼の前の病人を忘れて、外(ほか)の事を考へる丈、胸に空地(すきま)があるのか知らと疑(うたぐ)つた。其時「実はね」と母が云ひ出した。

「実は御父さんの生きて御出(おいで)のうちに、御前の口が極つたら嘸(さぞ)安心なさるだらうと思ふんだがね。此様子ぢや、とても間に合はないかも知れないけれども、夫(それ)にしても、まだあゝ遣つて口も慥(たしか)なら気も慥なんだから、あゝして御出(おいで)のうちに喜こばして上げるやうに親孝行をおしな」

憐れな私は親孝行の出来ない境遇にゐた。私は遂に一行の手紙も先生に出さなかつた。（中十一 134.2-9)

実家の存立そのものが危惧されるさなかに、母は自身を含む実家の危機をよそに、〈私〉の就職が決まるだけで父が安心すると考えて、親孝行を迫る。〈私〉は進退に窮した。

電報を受け取って兄が帰って来た。妹は妊娠していたので夫が来た。その後、乃木大将が殉死した。九月十三日朝、乃木将軍は大礼服を身につけて夫人とともに参内してから帰宅した。その夜八時頃、霊柩の宮城出発を告げる号砲が鳴り響いた。それを合図に夫妻は自刃した。翌十四日の朝刊がこれを報じた。

乃木大将の死んだ時も、父は一番さきに新聞でそれを知つた。

「大変だ大変だ」と云つた。

何事も知らない私達は此突然な言葉に驚ろかされた。

「あの時は愈頭が変になつたのかと思つて、ひやりとした」と後で兄が私に云つた。「私も実は驚ろきました」と妹の夫も同感らしい言葉つきであつた。（中十二 135.14–136.3）

乃木大将の殉死の報が、自らの死を目前にしている父親の心にも深く響いた。恐らく、同じその日に、「突然私は一通の電報を先生から受取つた」（中十二 136.8–9）。電報には「一寸会ひたいが来られるかといふ意味が簡単に書いてあつた」（中十二 136.13）。母は就職の件ではないかと言う。しかし〈私〉にはそうだとは思えなかった。と言って、他の用件も思い浮かばなかった。前に引用したように、「油蟬の声がつく〳〵法師の声に変る如くに、私を取り巻く人の運命が、大きな輪廻のうちに、そろ〳〵動いてゐるやうに思はれた」（中八 125.10–11）。しかし先生の運命には思い及ばなかった。兄などを呼び寄せておきながら、自分が上京するわけには行かない。父の病状などを簡単に付け加えて、行けないという電報を打つとともに、手紙に詳しい事情を書いて出した（中十二）。

「手紙を出して二日目にまた電報が私宛で届いた」（中十三 137.8）。二日目ということは、先生が乃木大将の殉死を新聞で知り、〈私〉の電報を見てから、この電報を打ったことになる。「それには来ないでもよろしいといふ文句だけしかなかつた」（中十三 137.8–9）。〈私〉は、先生はその電報を〈私〉の手紙が着く前に打ったに違いないと考えた（中十三 137.14–138.2）。〈私〉は重ねて、

> 私の手紙を読まない前に、先生が此電報を打つたといふ事が、先生を解釈する上に於て、何の役にも立たないのは知れてゐるのに。（中十三 138.3–4）

と述べている。現に先生の身の上に起きていることを、〈私〉は知るよしもなかった。しかし先生の遺書を見れば、先生は〈私〉からの手紙も読んだ上でこの電報を打っていた。〈私〉が「私を取り巻く人の運命」に心を奪われている一方で、先生は先生自身の運命の決断に心を奪われて、〈私〉の父の病気のことにまで配慮する余裕がなかったことがわかる（下一 154.15–156.1）。〈私〉は先生の遺書を読んだ上でこれを書いているけれども、「第一の時間」の中で書くにとどめている。

父は浣腸で気分がよくなったらしかった。母は父を慰めたい一心で、嘘をつく。

> 父は医者の御蔭で大変楽になつたといつて喜こんだ。少し自分の寿命に対する度胸が出来たといふ風に機嫌が直つた。傍（そば）にゐる母は、それに釣り込まれたのか、病人に気力を付けるためか、先生から電報のきた事を、恰（あたか）も私の位置が父の希望する通り東京にあつたやうに話した。傍にゐる私はむづがゆい心持がしたが、母の言葉を遮（さえぎ）る訳にも行かないので、黙つて聞いてゐた。

病人は嬉しさうな顔をした。

「そりや結構です」と妹の夫も云つた。

「何の口だかまだ分らないのか」と兄が聞いた。

私は今更それを否定する勇気を失つた。自分にも何とも訳の分らない曖昧な返事をして、わざと席を立つた。（中十三 139.6–15）

重篤な病人を前にして、病人と周囲の人々との思惑は、真実からは離れて行くように見える。


父の病気は最後の一撃を待つ間際迄進んで来て、其所でしばらく躊躇するやうに見えた。家のものは運命の宣告が、今日下るか、今日下るかと思つて、毎夜床に這入つた。

（中略）兄の頭にも私の胸にも、父は何うせ助からないといふ考があつた。何うせ助からないものならばといふ考もあつた。我々は子として親の死ぬのを待つてゐるやうなものであつた。然し子としての我々はそれを言葉の上に表はすのを憚かつた。さうして御互に御互が何んな事を思つてゐるかをよく理解し合つてゐた。

「御父さんは、まだ治る気でゐるやうだな」と兄が私に云つた。

実際兄の云ふ通りに見える所もないではなかつた。近所のものが見舞にくると、父は必ず会ふと云つて承知しなかつた。会へば屹度、私の卒業祝ひに呼ぶ事が出来なかつたのを残念がつた。其代り自分の病気が治つたらといふやうな事も時々付け加へた。（中十四 140.2–3, 141.4–11）

その合間に兄と〈私〉、そして母の交わす言葉は焦点から外れている。


「御前是から何うする」と兄は聞いた。私は又全く見当の違つた質問を兄に掛けた。

「一体家の財産は何うなつてるんだらう」

「おれは知らない。御父さんはまだ何とも云はないから。然し財産つて云つた所で金としては高の知れたものだらう」

母は又母で先生の返事の来るのを苦にしてゐた。

「まだ手紙は来ないかい」と私を責めた。（中十四 142.7–12）

6　兄との会話

しかしそれでも兄は、相続という現実問題に触れようとした。父はまだ生きており、父から相続について何の話もないことは前に述べられていた。したがってここでの会話も極めて皮相なものにすぎない。

「御前此所へ帰つて来て、宅の事を監理する気はないか」と兄が私を顧みた。私は何とも答へなかつた。

「御母さん一人ぢや、何うする事も出来ないだらう」と兄が又云つた。兄は私を土の臭を嗅いで朽ちて行つても惜しくないやうに見てゐた。

「本を読む丈なら、田舎でも充分出来るし、それに働らく必要もなくなるし、丁度好いだらう」

「兄さんが帰つて来るのが順ですね」と私が云つた。

「おれにそんな事が出来るものか」と兄は一口に斥けた。兄の腹の中には、世の中で是から仕事をしやうといふ気が充ち満ちてゐた。

「御前が厭なら、まあ伯父さんにでも世話を頼むんだが、夫にしても御母さんは何方かで引き取らなくつちやなるまい」

「御母さんが此所を動くか動かないかゞ既に大きな疑問ですよ」

兄弟はまだ父の死なない前から、父の死んだ後に就いて、斯んな風に語り合つた。（中十五 144.12-145.8)

兄は先生のことを話題にした。兄には先生のことは理解できないだろうと〈私〉は考えていた。

「先生先生といふのは一体誰の事だい」と兄が聞いた。

「こないだ話したぢやないか」と私は答へた。私は自分で質問して置きながら、すぐ他の説明を忘れてしまふ兄に対して不快の念を起した。

「聞いた事は聞いたけれども」

兄は必竟聞いても解らないと云ふのであつた。私から見ればなにも無理に先生を兄に理解して貰ふ必要はなかつた。けれども腹は立つた。又例の兄らしい所が出て来たと思つた。

先生々々と私が尊敬する以上、其人は必ず著名の士でなくてはならないやうに兄は考へてゐた。少なくとも大学の教授位だらうと推察してゐた。名もない人、何もしてゐない人、それが何処(どこ)に価値を有つてゐるだらう。兄の腹は此点に於て、父と全く同じものであつた。けれども父が何も出来ないから遊んでゐるのだと速断するのに引きかへて、兄は何か遣れる能力があるのに、ぶら〳〵してゐるのは詰らん人間に限ると云つた風の口吻を洩らした。

「イゴイストは不可(いけな)いね。何もしないで生きてゐやうといふのは横着な了簡だからね。人は自分の有つてゐる才能を出来る丈働らかせなくつちや嘘だ」

私は兄に向つて、自分の使つてゐるイゴイストの意味が能く解るかと聞き返して遣りたかつた。（中十五 142.14-143.13）

名もなく、何にもしていない人の、どこに価値があると言えるのか。その点では父と兄は共通していた。世の中でこれから仕事をしようという気力の充満している兄にも、田舎で自立して生きてきた父にも、先生のような生き方は理解を超えている。しかし〈私〉の眼には、多くの人が果敢(はか)ない人生を果敢なく生きているのに対して、先生だけは異なる何かを持っているように見える。〈私〉はそう確信しているけれども、それを兄に説明することはできなかった。〈私〉自身がまだ先生を充分には知っていないからである。しかし兄が先生を「イゴイスト」と呼ぶのに対して、〈私〉は強く反発せざるを得なかった。先生はおよそエゴイストの範疇に入らない人である。〈私〉も、果敢ない現実世界をただ果敢なく生きることに、ますます抵抗感を強めている。

父の病状は次第に進行しつつあった。

> 父は時々譫言（うはこと）を云ふ様になつた。
> 「乃木大将に済まない。実に面目次第がない。いへ私もすぐ御後（おあと）から」
> 斯（こ）んな言葉をひよい〳〵出した。母は気味を悪がつた。（中十六 145.10–12）

父の意識の中では、明治天皇の病の時から引き続いている殉死のニュアンスが、次第に強まっているらしい。母は気味悪がった。

両親の間でも、父には母に対する別れの意識があった。しかし母は母で、父の言葉を素直に受けるとともに、同時に、夫婦の過去を想起し、感慨を覚える。

> （母は―引用者補足）成るべくみんなを枕元へ集めて置きたがつた。気のたしかな時は頻りに淋しがる病人にもそれが希望らしく見えた。ことに室（へや）の中を見廻して母の影が見えないと、父は必ず「御光（おみつ）は」と聞いた。聞かないでも、眼がそれを物語つてゐた。私はよく起（た）つて母を呼びに行つた。「何か御用ですか」と、母が仕掛た用を其儘（そのまま）にして置いて病室へ来ると、父はたゞ

母の顔を見詰める丈で何も云はない事があつた。さうかと思ふと、丸で懸け離れた話をした。突然「御光御前にも色々世話になつたね」などと優しい言葉を出す時もあつた。母はさう云ふ言葉の前に屹度涙ぐんだ。さうして後では又屹度丈夫であつた昔の父を其対照として想ひ出すらしかつた。

「あんな憐れつぽい事を御言ひだがね、あれでもとは随分酷かつたんだよ」

　母は父のために箒で脊中をどやされた時の事などを話した。今迄何遍もそれを聞かされた私と兄は、何時もとは丸で違つた気分で、母の言葉を父の記念のやうに耳へ受け入れた。（中十六 145.12–146.8）

事態は差し迫っているように見えるけれども、父の口からは遺言らしいものが告げられない。

　父は自分の眼の前に薄暗く映る死の影を眺めながら、まだ遺言らしいものを口に出さなかつた。

「今のうち何か聞いて置く必要はないかな」と兄が私の顔を見た。

「左右だなあ」と私は答へた。私はこちらから進んでそんな事を持ち出すのも病人のために好し悪しだと考へてゐた。二人は決しかねてついに伯父に相談をかけた。伯父も首を傾けた。

「云ひたい事があるのに、云はないで死ぬのも残念だらうし、と云つて、此方から催促するのも悪いかも知れず」

話はとう〳〵愚図々々になつて仕舞つた。そのうちに昏睡が来た。（中十六 146.9–15）

7　先生からの郵便物

この時に先生からの郵便物が届いた。

其時兄が廊下伝(づたい)に這入(はいっ)て来て、一通の郵便を無言の儘(まま)私の手に渡した。（中十六 147.14–15）

しかし〈私〉は、落ちついて封を切る余裕がなかった。

其日は病気の出来がことに悪いやうに見えた。私が厠(かわや)へ行かうとして席を立つた時、廊下で行き合つた兄は「何所(どこ)へ行く」と番兵のやうな口調で誰何(すいか)した。

「何(ど)うも様子が少し変だから成るべく傍にゐるやうにしなくつちや不可(いけ)ないよ」と注意した。

私もさう思つてゐた。懐中した手紙は其儘(そのまま)にして又病室へ帰つた。（中十七 148.7–10）

〈私〉はしばらく病室にいた。やがて父が昏睡状態に陥ったので、郵便物を開けて見るために自分の部屋に来た。

それは病人の枕元でも容易に出来る所作には違なかつた。然し書かれたものゝ分量があまりに多過ぎるので、一息にそこで読み通す訳には行かなかつた。私は特別の時間を偸(ぬす)んでそれに充てた。

私は繊維の強い包み紙を引き掻くやうに裂き破つた。中から出たものは、縦横に引いた罫の中へ行儀よく書いた原稿様のものであつた。さうして封じる便宜のために、四つ折に畳まれてあつた。私は癖のついた西洋紙を、逆に折り返して読み易いやうに平たくした。（中十七 149.3-8）

『心』の半分に相当する分量が原稿用紙に書かれている。「四つ折りに畳まれてあつた」と書かれているが、実際に四つ折りにするのは無理であろう。また、これだけの分量をこのような状況の中で一気に読み通すことは不可能である。

私はそわ〳〵しながらたゞ最初の一頁を読んだ。其頁は下(しも)のやうに綴られてゐた。

「あなたから過去を問ひたゞされた時、答へる事の出来なかつた勇気のない私は、今あなたの前に、それを明白に物語る自由を得たと信じます。然し其自由はあなたの上京を待つてゐるうちには又失はれて仕舞ふ世間的の自由に過ぎないのであります。従つて、それを利用出来る時に利用しなければ、私の過去をあなたの頭に間接の経験として教へて上げる機会を永久に逸するやうになります。さうすると、あの時あれ程堅く約束した言葉が丸で嘘になります。私は

已を得ず、口で云ふべき所を、筆で申し上げる事にしました」（中十七 149.12-150.4）

〈私〉はこの手紙が何のために書かれたかを理解した。しかし疑問を抱いた。〈私〉の心の中で、先生の運命と父の運命とが重なり合って来る。

先生は何故私の上京する迄待つてゐられないだらう。
「自由が来たから話す。然し其自由はまた永久に失はれなければならない」
私は心のうちで斯う繰り返しながら、其意味を知るに苦しんだ。私は突然不安に襲はれた。私はつゞいて後を読まうとした。其時病室の方から、私を呼ぶ大きな兄の声が聞こえた。私は又驚ろいて立ち上つた。廊下を馳け抜けるやうにしてみんなの居る方へ行つた。私は愈父の上に最後の瞬間が来たのだと覚悟した。（中十七 150.8-13）

医者が来て浣腸をした。父は少し落ちついたらしい。医者は帰り際に、何かあったらいつでも呼ぶように言った。〈私〉は部屋に戻った。

今度呼ばれゝば、それが最後だといふ畏怖が私の手を顫はした。私は先生の手紙をたゞ無意味に頁丈剝繰つて行つた。私の眼は几帳面に枠の中に嵌められた字画を見た。けれどもそれを読む余裕はなかつた。拾ひ読みにする余裕すら覚束なかつた。私は一番仕舞の頁迄順々に開けて見て、又それを元の通りに畳んで机の上に置かうとした。其時不図結末に近い一句が私の眼に這入つた。

「此手紙があなたの手に落ちる頃には、私はもう此世には居ないでせう。とくに死んでゐるでせう」

私ははつと思つた。今迄ざわ〳〵と動いてゐた私の胸が一度に凝結したやうに感じた。（下十八 151.10–152.2）

〈私〉がこの手紙を手にする頃には、先生はすでに死んでいるであろうという、決定的な言葉が書かれていた。〈私〉は夢中で、手紙からある文字を探し求めた。

私は又逆に頁をはぐり返した。さうして一枚に一句位づゝの割で倒に読んで行つた。私は咄嗟の間に、私の知らなければならない事を知らうとして、ちら〳〵する文字を、眼で刺し通さうと試みた。其時私の知らうとするのは、たゞ先生の安否だけであつた。先生の過去、かつて先生が私に話さうと約束した薄暗いその過去、そんなものは私に取つて、全く無用であつた。私は倒まに頁をはぐりながら、私に必要な知識を容易に与へて呉れない此長い手紙を自烈たさうに畳んだ。（中十八 152.2-7）

先生の安否を確認できる文字を探し求めた。「先生の安否だけ」が知りたかった。〈私〉はそう書いている。先生が〈私〉に話すと約束した先生の過去、「そんなものは私に取つて、全く無用であつた」、先生の安否だけが気懸かりだった、と。

先生から離れていることに絶えず「淋しさ」を覚えていた〈私〉にとって、これは極めて自然な気持ちであった。先生が絶対的に不在となるということは、〈私〉には考えられなかった。それに比べれば、先生が〈私〉に約束したことは取るに足りないものであった。先生に対する絶対的な帰投が表明されている。それだけに先生が書いてくれた手紙を、〈私〉は決して「研究的に」読むことはない。先生の命の証として読まなければならない。先生は遺書に書いている。

> あなたは私の過去を絵巻物のやうに、あなたの前に展開して呉れと逼(せま)つた。私は其時心のうちで、始めて貴方を尊敬した。あなたが無遠慮に私の腹の中から、或生きたものを捕(つら)まへやうといふ決心を見せたからです。私の心臓を立ち割つて、温かく流れる血潮を啜(すす)らうとしたからです。（下二 158.2-5）

〈私〉が先生に求めたのは、死んだ文字を研究的に読むことではない。先生の心臓に流れる血を、生きたまま啜ろうとしたのである、と。単に研究的なのではない経験の授受というものを、先生と〈私〉との間ではこのように了解していた。

父の病室は静かであった。〈私〉は自分の部屋に戻り、汽車の時刻表を調べた。それから医者の家へ駆け込んだ。「私は医者から父がもう二三日保(も)つだらうか、其所のところを判然(はつきり)聞かうとした」

(中十八 152.15-153.1)。しかし医者は留守だった。すぐに俥で停車場へ急いだ。そこで母と兄に手紙を書いて、車夫に自宅へ届けさせた。そして東京行きの汽車に飛び乗ってしまった。そうして「先生の手紙を出して、漸く始から仕舞迄眼を通した」(中十八 153.7)。

〈私〉が登場するのはここまでである。もちろん遺書の中で、先生は〈私〉に対して呼びかけながら語ることになる。しかし〈私〉は先生と再会する機会を持たないまま、先生は自殺した。

第三章　先生と遺書

1　遺書を書くに至った経緯

遺書では、先生は生い立ちから始まって自殺に至るまで、生涯をその時系列に沿って語っている。ところで先生は罪ということをしきりに口にするけれども、何を指して罪と呼んでいるのか、従来の読み方では、本質的な問題が全く読み取られていない。

また、最後に先生は「明治の精神に殉死する」と言うけれども、なぜ、明治の精神に殉じなければならないのか、明治の精神とは何であるのかが、明らかにされていない。結局、従来の研究では、『心』という小説は何を描いているのかも判然としない有様である。

前二章について、以上において、遺書をも参照しながら、かなり丁寧に検討したので、遺書そのものに関しては、いくつかの問題点に集中して考察を進めたい。

遺書の冒頭の部分で、先生は〈私〉との約束を果たすためにこれを書いたと述べている。この箇所は「両親と私」（中十七）の中に出ている。それに続く遺書の全体が、第三章「先生と遺書」である。

最初に、〈私〉が郷里から先生に出した就職斡旋依頼の手紙のことが書かれている。〈私〉は両親などの希望もあって先生に依頼したのであったが、先生は、

> 遺憾ながら、其時の私には、あなたといふものが殆んど存在してゐなかつたと云つても誇張ではありません。（下一 154.5–6）

と語っている。この時の先生は、自分自身にどう始末をつけるべきかに思い煩っていた。

> 実をいふと、私はこの自分を何うすれば好いのかと思ひ煩らつてゐた所なのです。此儘人間の中に取り残されたミイラの様に存在して行かうか、それとも……其時分の私は「それとも」といふ言葉を心のうちで繰り返すたびにぞつとしました。馳足で絶壁の端迄来て、急に底の見えない谷を覗き込んだ人のやうに。（下一 153.14–154.4）

先生が世間から逼塞しているありさまを、「人間の中に取り残されたミイラ」と表現している。遺書の最後に「死んだ気で生きて」きたと書いていることは、「先生と私」の検討の際にも取り上げておいた。遺書において先生は、自己の内面的な世界の実態を自分の言葉で語ることになる。

「それとも」と言うのは自殺を意味する。先生は遺書の最後で自殺することを伝えている。二者択一の深刻な煩悶の中にいた。死んだ気で生きていくか、それとも自殺するか。先生の苦悩はハムレットの To be or not to be. を想起させる。

さらに先生は、いずれとも潔く決断することができない自分自身について、「私は卑怯でした。さうして多くの卑怯な人と同じ程度に於て煩悶したのです」（下一 154.4）と続けている。実際には、生きたいという強い意欲があったのである。また、奥さんを一人残して自殺するのも忍びない、という理由もあった。自分の罪の問題をそのままにしておいて、煩悶を繰り返していることを、卑怯だと呼んでいるのである。

それならば、先生の罪は法律上の罪なのであろうか。ドストエフスキーの『罪と罰』で、ラスコーリニコフは金貸しの老婆を殺してしまう。これは明らかに法律上の罪である。ラスコーリニコフの罪の意識は、法律上の問題と不可分である。それに対して『心』の先生の罪はどうなのであろうか。評家の議論はその点で極めて曖昧である。そもそも何が罪であるのかさえ明確にされていない。

後に遺書の検討を通じて明らかになるように、法律的な罪ではない。先生が自分を卑怯だと言うのは、あくまでも心の問題としてであって、倫理的に卑怯だという意味である。先生は〈私〉に向かって「私は精神的に癇性なんです。それで始終苦しいんです」と語っている。それに対して〈私〉は「俗にいふ神経質といふ意味か、又は倫理的に潔癖だといふ意味か、私には解らなかつた」（上三十二 90.9–12）と感想を述べるに留まっている。しかし遺書で、先生ははっきりと「私は倫理的に生れた男です。又倫理的に育てられた男です」（下二 157.10）と述べている。「卑怯」と言ってもあくまでも倫理的な意味においてである。罪の問題を解決しないでいるために、生きようとする意欲を前に進めることができないまま、惰性で生きている自分の姿を批判しているのである。

先生は自分自身の問題に煩悶し切っていたために、〈私〉に対して心を配る余裕がなかった。しかし先生は煩悶に結論を下した。そして〈私〉に最初の電報を打った。〈私〉がその電報を受けた日の新聞に、乃木大将の殉死の記事が載っていたことは「両親と私」の章に描かれていた。

あの時私は一寸貴方に会ひたかつたのです。それから貴方の希望通り私の過去を貴方のために物語りたかつたのです。(下一 154.15-155.1)

これは、卑怯であった自分に最終的な決断を下そうと決意したことを意味する。遺書の最初に、そして最後に語られるように、自殺の決意である。ところが〈私〉から、今は上京できないという返電があった。「私は失望して永らくあの電報を眺めてゐました」(下一 155.2-3)。〈私〉にすべてを語ろうとした心の緊張が断ち切られて「失望」しただけではないはずである。重大な決意をもって〈私〉に語ろうとしたにもかかわらず、果たして〈私〉が本当にそれにふさわしい人物であろうか、という疑念をも含んでいたはずである。なぜなら、それよりも前に、〈私〉は先生に就職の斡旋を依頼する手紙を出していたからである。その手紙を読んだ先生は、次のように〈私〉を見ていた。「宅(うち)に相応の財産があるものが、何を苦しんで、卒業するかしないのに、地位々々といつて藻掻(もが)き廻るのか。私は寧ろ苦々しい気分で、遠くにゐる貴方に斯んな一瞥を与へた丈でした」（下一 154.8–10）。会いたいという先生の電報に対して、〈私〉はそっけない返電で応じただけであった。先生は失望した。

〈私〉からすぐに事情を説明する手紙が届いた。

> 私は実際あの電報を打つ時に、あなたの御父さんの事を忘れてゐたのです。其癖あなたが東京にゐる頃には、難症だからよく注意しなくつては不可いと、あれ程忠告したのは私ですのに。私は斯ういふ矛盾な人間なのです。或は私の脳髄よりも、私の過去が私を圧迫する結果斯んな矛盾な人間に私を変化させるのかも知れません。私は此点に於ても充分私の我を認めてゐます。あなたに許して貰はなくてはなりません。（下一 155.6–11）

明らかに先生は、一時的にせよ、〈私〉を誤解していた。ここに「私の我」という言葉が用いられている。自分のことにかかりきりになれば、他者の事情は思慮の外に置かれてしまう。先生は「我」をそういう意味で使っている。通常、我とか我執と言えば、ギラギラするような我欲、他者を征服し圧倒したいという、肥大した特別な自我だけを想定して考えがちである。しかし先生は、ごく日常的な場面においても我が働いていると反省している。先生に先生の事情があるように、〈私〉にも〈私〉の事情がある。自分の都合・視点だけで他を推し量ろうとするのは我にほかならない。

> あなたの手紙、——あなたから来た最後の手紙——を読んだ時、私は悪い事をしたと思ひました。それで其意味の返事を出さうかと考へて、筆を執りかけましたが、一行も書かずに已めました。何うせ書くなら、此手紙を書いて上げたかつたから、さうして此手紙を書くにはまだ時機が少し早過ぎたから、已めにしたのです。私がたゞ来るに及ばないといふ簡単な電報を再び打つたのは、それが為です。（下一 155.12-156.1）

〈私〉に対する先生の誤解は解けたけれども、父親の病気を考えれば〈私〉に会う機会は先にならざるをえない。そこで、会う機会が来るまで待てなくなった先生は手紙を書こうと考えて、「来るには及ばない」という電報を打った。

〈私〉は先生からのこの電報を受け取った時、手紙はまだ先生の手元に届いていないはずだと考えた（中十三 137.14）。しかし先生は手紙を見て電報を打ったと述べている。時間的にどうなのであろうか。〈私〉は先生からの電報を見て返電を打つとともに、「其日のうちに」（中十二 137.3-4）詳しい事情を書いた手紙を出した。先生からの電報は「手紙を出して二日目」（中十三 137.8）に届いたという。当時の郵便事情は、特に東京市内では、消印が二時間刻みであったことを見ると、配達が極めて迅速で、信頼されていたのであろう。漱石の書簡を見ると、「明日の夕食」への招待を郵便で出している。漱石に文学博士の学位記を授与するから「明日午前中」に文部省に出頭せよ、という郵便が平気で出されている。今日なら、電話でもどうかと思うであろう。それほど郵便の迅速さに対する信頼があった。電報については言うまでもない。それが、地方にいる〈私〉との感覚の違いとなって表れているのであろう。

　先生が告白の文章を書こうと思った理由は、一つには〈私〉との約束である。が、筆を執っても思うようには進まない。

> 殆んど世間と交渉のない孤独な人間ですから、義務といふ程の義務は、自分の左右前後を見廻しても、どの方角にも根を張つて居りません。故意か自然か、私はそれを出来る丈切り詰めた生活をしてゐたのです。けれども私は義務に冷淡だから斯うなつたのではありません。寧ろ鋭敏過ぎて刺戟に堪へる丈の精力がないから、御覧のやうに消極的な月日を送る事になつたのです。だから一旦約束した以上、それを果さないのは、大変厭な心持です。私はあなたに対して此厭な心持を避けるためにでも、擱いた筆を又取り上げなければならないのです。（下二 156.7–13）

〈私〉の兄は先生を「イゴイスト」だと評した。先生は、「義務に冷淡」なのではなく、「寧ろ鋭敏過ぎて刺戟に堪へる丈の精力がない」のだと言う。これは前述の「内的抗争」を指している。しかし自分から〈私〉に対して「一旦約束した以上、それを果さない」のは、約束という義務に背くことであるから、避けたいと考えていた。

約束した以上はそれを果たさなければ「大変厭な心持です」と言う。しかし、告白の文章を書くのは、それだけのためではないとも言う。

2 梵天勧請

其上私は書きたいのです。義務は別として私の過去を書きたいのです。私の過去は私丈の経験だから、私丈の所有と云つても差支ないでせう。それを人に与へないで死ぬのは、惜いとも云はれるでせう。私にも多少そんな心持があります。たゞし受け入れる事の出来ない人に与へる位なら、私はむしろ私の経験を私の生命と共に葬つた方が好いと思ひます。実際こゝに貴方といふ一人の男が存在してゐないならば、私の過去はついに私の過去で、間接にも他人の知識にはならないで済んだでせう。私は何千万とゐる日本人のうちで、たゞ貴方丈に、私の過去を物語りたいのです。あなたは真面目だから。あなたは真面目に人生そのものから生きた教訓を得たいと云つたから。（下二 156.14-157.7）

先生だけの経験がある。それを是非人に伝えたい。しかし、「受け入れる事の出来ない人に与へる位なら」ば、自分の生命と共に葬ってしまう方がいい。ところが「貴方」がいる。「あなたは真面目」である。「真面目に人生そのものから生きた教訓を得たい」と言った。「あなた」は「受け入れる事の出来」る人であろう。「たゞ貴方丈」に伝えたい。

このような物語の構成は、仏伝における「梵天勧請」を想起させる。仏陀は悟りを開いたが、それを理解できる者はいないであろうから、沈黙したまま命を絶とうと考えた。すると梵天が現れて、人類のために是非とも説法してほしいと懇願する。仏伝の中の有名なエピソードである。漱石は梵天勧請の物語形式を念頭に置いていたに違いない[1]。ただし漱石は神話的形式を取ることなく、一人の「真面目な」青年を選んで、彼に語りかけた。

さて、先生は遺書の中で〈私〉を「貴方」「あなた」と呼んでいる。そして「たゞ貴方丈に」語りたいのだと言う。その理由は「あなたは真面目だから」、「真面目に人生そのものから生きた教訓を得たいと云つたから」。

前二章の検討によって、〈私〉の役割は先生の遺書に読者の注意を喚起することにあると述べた。〈私〉はひたすら先生を尊敬し、先生は立派な思想家であると讃えて、先生の秘密、先生の実像が最後に示されるのを期待していた。先生は今、〈私〉に対する約束を果たそうとして、「たゞ貴方丈に」と語っている。この「貴方」は無論、前二章の語り手であった〈私〉を指している。

しかしあらためて考えるならば、〈私〉の「無名性」がここで重要な意味を持っていることに気づかされる。前二章において、一人称の「私」で語り続ける〈私〉の言葉を読み続けてきた読者は、「先生と遺書」において先生が「貴方」と呼びかける時、「貴方」が〈私〉を指していることは、もとより承知している。そして遺書で先生が描き出す過去のドラマを読んでいるのが〈私〉であることも当然承知している。『心』はあくまでも先生と〈私〉との間の物語である。しかし、それにもかかわらず、遺書を読む〈私〉の位置を、読者が占めることも可能である。むしろ作者は「真面目な〈私〉」と同様の「真面目さ」をもって、読者が『心』を読んでほしいと願っている、と考えてよいであろう。

読者自身が先生から「貴方」と呼びかけられているかのように、構成されている。先生は「貴方に」語るのだと言うけれども、「真面目に」「教訓を得たい」と考えて読む読者ならば、誰でもその「貴方」になりうる。作者はそういう意図のもとに、この作品を構想していると理解すべきであろう。

一見すると、先生と〈私〉との間の、その意味では閉じた関係における物語でありながら、開かれた関係をも可能にする表現形式をとっている。先生の「教訓」は〈私〉という作中の一人の青年のためだけに与えられたのではなく、開かれており、作者はそれだけの普遍的な意義のある作品であることを自負していると言える。

このように考察するならば、青年が繰り返し懇願した結果として貴重な教訓が与えられるという作品の構想は、仏陀に対する「梵天勧請」に比することができる。もとより漱石が仏陀を自負していたと言おうとするのではない。実際には悟りとは正反対の挫折の告白である。しかしその挫折は、重大な真実への目覚めでもある。

3　借り着の思想を排す

先生がこれから語ろうとする過去は決して明るいものではない。

　私は暗い人世の影を遠慮なくあなたの頭の上に投げかけて上(あげ)ます。然し恐れては不可(いけま)せん。暗いものを凝(じっ)と見詰めて、その中から貴方の参考になるものを御攫(おつか)みなさい。私の暗いといふのは、固(もと)より倫理的に暗いのです。(下二 157.8-10)

「暗い人世の影」と言う。直前に先生は「私の過去は私丈の経験」であり、「私丈の所有」だと述べていた(下二 156.14-157.1)。それを「暗い人世の影」と表現していることになる。「人世」は近世以降に用いられるようになった表現であって、「人生」と特に区別はないと『日本国語大辞典』(見出し語「人生・人世」参照)は記している。北村透谷(一八六八〜一八九四)の「恋愛は人世の秘(ひ)鑰(やく)なり、恋愛ありて後人世あり」(『厭世詩家と女性』一八九二年)における「人世」は「人生」と同義であろう。

　漱石作品には人生も人世も用いられているが、『心』について見ると、「人世」としては「あなた(=〈私〉—引用者注)のいふ人世観」(上十九 53.5)の用例がある。また「人生」としては「私は先生の此人生観の基点に、或強烈な恋愛事件を仮定して見た」(上十五 42.13)、「たゞ真面目なんです。真面目に人生から教訓を受けたいのです」(上三十一 87.14)という用例がある。「人生」は個人的側面を強調し、「人世」は世の中における人間という普遍的側面を含意する、と見ることができる。したがって「暗い人世の影」は、先生の個人的経験であるにもかかわらず、それが同時に普遍的な意味を持つことを意図している、と解してよいであろう。そうでなければ、〈私〉のための「教訓」とはなりえないはずである。作者は意識して両語を使い分けている。

　先生は〈私〉の思想の捉え方を批判して、次のように述べる。

> 私は倫理的に生れた男です。又倫理的に育てられた男です。其倫理上の考は、今の若い人と大分違つた所があるかも知れません。然し何う間違つても、私自身のものです。間に合せに借りた損料着ではありません。だから是から発達しやうといふ貴方には幾分か参考になるだらうと思ふのです。貴方は現代の思想問題に就いて、よく私に議論を向けた事を記憶してゐるでせう。私のそれに対する態度もよく解つてゐるでせう。私はあなたの意見を軽蔑迄しなかつたけれども、決して尊敬を払ひ得る程度にはなれなかつた。あなたの考へには何等の背景もなかつたし、あなたは自分の過去を有つには余りに若過ぎたのです。（下二 157.10–158.1）

思想は経験にもとづかなければならない、と先生は言う。先生は、自分の思想がどのような過去の経験にもとづくものであるかをこれから語ろうとするに当たって、それは「間に合せに借りた損料着」ではない、と言う。

　これまで先生は特にあらたまった形で「思想」を語ってはいないし、〈私〉も紹介していないので、突然このように言われても、理解に苦しむに違いない。それはまた〈私〉の困惑でもあった。先生との対話において〈私〉は、「現代の思想問題に就いて」よく議論を吹きかけたと先生は書いている。恐らく〈私〉は「……哲学」や「……主義」など、概念の構築物としての「理論」を問題にしていたのであろう。しかし先生から見れば、〈私〉の議論には「何等の背景もなかった」。議論のための議論にとどまっていて、経験の裏付けのもとに理論の当否を論ずるとか、経験にもとづいて理論を組み立てる、というのではなかった、と先生は言う。先生は〈私〉の卒業論文に対しては直接には何も言わなかったけれども、今の批評がそのまま〈私〉の卒業論文に対する批評としても当てはまることは、すでに検討した通りである。

思想を論ずる場合に経験が重要であるという先生の指摘を言い換えれば、経験は単に経験の領域に留まるのではない、ということになる。すでに「軽薄」について検討したが、いくら経験を重ねても、軽薄なままに流れている限りは思想に結晶することがない。思想は経験にもとづいて構築されるものである。しかし一旦構築された思想は、今度は経験による検証に晒されなければならない。これは「……哲学」や「……主義」の忠実な信奉者には無縁のことである。彼らはエピゴーネンに過ぎないからである。インデペンデントな思想家は、絶えず経験に照らして思想を検証せざるをえない。思想と経験との間にこのように相表裏する関係が存在すると確信している人にとって、その言動は思想に支えられ、思想を体現することになる。例えば「Kに対する裏切り」などの「行為」は、先生にとってそのまま思想的な問題にほかならなかった。右の引用文において先生が言おうとしているのは、思想がこのような重い意味を持つことについてである。

年齢の若さ、経験の不足は誰しも避けられないが、それを補いうるものがある、と先生は言う。

> 私は時〴〵笑つた。あなたは物足なさうな顔をちよい〳〵私に見せた。其極あなたは私の過去を絵巻物のやうに、あなたの前に展開して呉れと逼つた。私は其時心のうちで、始めて貴方を尊敬した。あなたが無遠慮に私の腹の中から、或生きたものを捕まへやうといふ決心を見せたからです。私の心臓を立ち割つて、温かく流れる血潮を啜らうとしたからです。其時私はまだ生きてゐた。死ぬのが厭であつた。それで他日を約して、あなたの要求を斥ぞけてしまつた。私は今自分で自分の心臓を破つて、其血をあなたの顔に浴せかけやうとしてゐるのです。私の鼓動が停つた時、あなたの胸に新らしい命が宿る事が出来るなら満足です。(下二 158.1–8)

肉薄する〈私〉に、先生は真面目さを見た。先生にとって自分の過去を語ることは自身の死を意味する。その事情は遺書の最後に明らかになるが、先生は〈私〉の熱意を評価した。先生の経験は〈私〉の中で新しい命を得ることができると確信した。

先生の経験には普遍的な意義があるから、真面目にこれを受け容れる人がいさえすれば、その経験は生かされることになる。それを先生は「血」の論理で語る。

先生の語る言葉は異様な響きを帯びている。しかし古来、最も大切なものは限られた人にのみ伝授されて来た。秘伝、口伝と称されるものがそれである。単なる公開は拡散して消滅する可能性の方が大きい。中でも「血脈」と呼ばれる継承方式は、血の継承になぞらえて伝承を確かなものにしようとする。

作者漱石が開祖として開宗宣言をしようとしているわけではないけれども、『心』が提起している問題は、仏教思想史に照らしても極めて重大な意味をもっていることは事実である。その点は次第に明らかになるであろう。また、先生は自分の過去を語ろうとするならば、自分は死ななければならないと言う。なぜそうなるのかということも、遺書の最後に明らかにされる。

以上は先生の遺書の「前書き」、序論に当たる。「先生と遺書」の連載第三回から、遺書の本題に入る。

4　鷹揚の喪失

先生は生涯を、時系列に沿って語っている。最初に次のように書き出している。

「私が両親を亡くしたのは、まだ私の廿歳(はたち)にならない時分でした。(下三 158.10)

もちろん、これは先生の独白でなく、〈私〉に向かって書いているのである。先生の両親が亡くなったとき、先生はまだ二十歳になっていなかった。そう言われると、〈私〉が先生に出逢ったのとほぼ同年齢の時であったことが、直ちに想起される。先生は両親の死後高等学校に入学し、大学入学時に奥さんの家に下宿した。〈私〉が鎌倉海岸で先生と知り合ったのは、高等学校を卒業して大学に入学する直前であった。先生はちょうどその前後の年齢の時に、運命的な人生の転機を迎えた。先生にとって〈私〉は、年齢的にその頃の自分を見るようであったに違いない。

右の文章に続いて、直ちに重要な問題が記される。

> 何時か妻があなたに話してゐたやうにも記憶してゐますが、二人は同じ病気で死んだのです。しかも妻が貴方に不審を起させた通り、殆んど同時といつて可い位に、前後して死んだのです。実をいふと、父の病気は恐るべき腸窒扶斯でした。それが傍にゐて看護をした母に伝染したのです。
>
> 私は二人の間に出来たたつた一人の男の子でした。宅には相当の財産があつたので、寧ろ鷹揚に育てられました。私は自分の過去を顧みて、あの時両親が死なずにゐて呉れたなら、少なくとも父か母か何方か、片方で好いから生きてゐて呉れたなら、私はあの鷹揚な気分を今迄持ち続ける事が出来たらうにと思ひます。(下三 158.10–159.3)

相当の財産のある家に一人っ子として生まれ、鷹揚に育てられた。鷹揚という言葉が愛惜を込めて二度使われている。もしも両親か片方だけでも生きていてくれたら、「あの鷹揚な気分」を「今迄持ち続ける事が出来たらうにと思」うと書いている。「今迄」、つまり遺書を書いている今現在の時点でそう嘆いている。自殺しようとしている先生にとって、鷹揚の喪失はそれほど致命的な問題であった。それならば先生は、いつその鷹揚を失ったのであろうか。鷹揚を失った代償として何を得たのであろうか。重大な問題であるから、先生はその経緯を詳しく語っている。順を追って丁寧に検討することにしたい。

> 私は二人の後に茫然として取り残されました。私には知識もなく、経験もなく、また分別もありませんでした。(下三 159.4-5)

突然このような境遇に突き落とされたのであるから、前もって何の知識も経験もなかったのは、当然である。「分別もありませんでした」と加えているのは、まったく未知の状況において、自主的・主体的にどのように対処すべきか、という「分別」もなかったことを言おうとしている。この「分別」の語には重要な意味が込められており、「分別」は、実際にはこの遺書全体を貫いている概念である。先生は詳しく描き出している。

次の引用では具体的に語られている。長い段落なので、便宜上、数字を付して区分した。

> 父の死ぬ時母は傍(そば)に居る事が出来ませんでした。(一)母の死ぬ時、母には父の死んだ事さへまだ知らせてなかつたのです。母はそれを覚つてゐたか、又は傍(はた)のものゝ云ふ如く、実際父は回復期に向ひつゝあるものと信じてゐたか、それは分りません。(二)母はたゞ叔父に万事を頼んでゐました。其所(そこ)に居合せた私を指さすやうにして、「此子をどうぞ何分」と云ひました。私は其前から両親の許可を得て、東京へ出る筈になつてゐましたので、母はそれも序(ついで)に云ふ積(つもり)らしかつたのです。それで「東京へ」とだけ付け加へましたら、叔父がすぐ後を引き取つて、「よろしい決して心配しないがいゝ」と答へました。(三)母は強い熱に堪へ得る体質の女なん

でしたらうか、叔父は「確かりしたものだ」と云つて、私に向つて母の事を褒めてゐました。(四) 然しこれが果して母の遺言であつたのか何うだか、今考へると分らないのです。(五) 母は無論父の罹つた病気の恐るべき名前を知つてゐたのです。さうして、自分がそれに伝染してゐた事も承知してゐたのです。けれども自分は屹度此病気で命を取られると迄信じてゐたかどうか、其所になると疑ふ余地はまだ幾何でもあるだらうと思はれるのです。(六) 其上熱の高い時に出る母の言葉は、いかにそれが筋道の通つた明かなものにせよ、一向記憶となつて母の頭に影さへ残してゐない事がしば〳〵あつたのです。(七) だから……然しそんな事は問題ではありません。たゞ斯ういふ風に物を解きほどいて見たり、又ぐる〳〵廻して眺めたりする癖は、もう其時分から、私にはちやんと備はつてゐたのです。それは貴方にも始めから御断りして置かなければならないと思ひますが、其実例としては当面の問題に大した関係のない斯んな記述が、却つて役に立ちはしないかと考へます。貴方の方でもまあその積で読んで下さい。(八) 此性分が倫理的に個人の行為やら動作の上に及んで、私は後来益他の徳義心を疑ふやうになつたのだらうと思ふのです。それが私の煩悶や苦悩に向つて、積極的に大きな力を添へてゐるのは慥ですから覚えてゐて下さい。(下三 159.5–160.9)

父が死んだ後、母が死ぬ直前に交わされた母と叔父のやりとりを、先生は思い起こしている。病気の母の言葉は断片的である。母の真意が何であったのか、叔父は母の真意を本当に理解しようとしていたのか、先生にはよく解らない。そして、よくわからない真相をめぐって、あれこれと考えあぐんでいる。ところが（七）で、「然しそんな事は問題ではありません」と述べている。事柄の真相は自分以外のところにある。だから真相を確かめるのであれば、しかるべき手段によらなければならない。もっとも、この場合そのような手段も見出しがたいであろう。しかし先生が反省し問題にしているのはそのことではない。客観的な真実の把握に努めるのではなく、「斯ういふ風に物を解きほどいて見たり、又ぐる〳〵廻して眺めたりする」ことへの反省である。そしてこの「癖は、もう其時分から、私にはちやんと備はつてゐたのです」と確認している。このような「反省と自覚」は、もとより母の死の当時のことではない。当時は自覚することなしにそのような「癖」に翻弄されていた。自覚したのは、悲劇が起こった後のことであった。

　ここに描かれている先生の自画像が、『彼岸過迄』の須永そのままであることに、誰しも容易に気づくであろう。須永は「内にとぐろを巻」く癖に気づき、反省した。反省はしたけれども、「内に」留まり、「他者」に向かうことはなかった。ところが先生は、気づかないままに他者に向かい、「遣ってしまった」。「遣ってしまった」失敗の内容が（八）である。この癖を「此性分」と言い換えて、「此性分が倫理的に（他の—引用者補足）個人の行為やら動作の上に及んで、私は後来益他の徳義心を疑ふやうになつたのだらうと思ふのです」。かつて先生は〈私〉に語ったことがある。「いや考へたんぢやない。遣つたんです。遣つた後で驚ろいたんです。さうして非常に怖くなつたんです」（上十四 40.9–10）。先生は遺書の冒頭で、その問題を〈私〉に明らかにしようとしているのである。

　遺産問題は大事である。しかし相続した遺産の多寡以上に、このような「性分」にこそ先生は、生涯の悔恨を認めているのである。（七）の末尾では「貴方の方でもまあその積で読んで下さい」と婉曲に言いながら、（八）の最後では「覚えてゐて下さい」と念を押しているのは、ここに遺書の眼目があるからである。

先生の叙述には以上のように、遺産問題の金銭的側面を相対化する見方があることは確かである。そこから遺産問題は事実ではなく、先生の幻想に過ぎないのではないかという意見があるが、それは正しくない。遺産問題を妄想・幻想と見なすべき根拠は皆無と言ってよい。先生（そして漱石）が問題にするのは、遺産問題に関する先生の対応の仕方である。それはまた、現実問題に直面して、いかに生きるべきかという具体的な問題である、と言い換えてもよい。

以上において先生が述べたことは自己反省に属するが、ここから具体的な問題についての描写に移り、その後に再び自己反省に戻って来る。そこで実際に起こった出来事について見ておかなければならない。

「兎に角たつた一人取り残された私は、母の云ひ付け通り、此叔父を頼るより外に途はなかつたのです。叔父は又一切を引き受けて凡ての世話をして呉れました。さうして私を私の希望する東京へ出られるやうに取り計つて呉れました。（下四 161.4-6）

父の弟である叔父は隣の市に住んでいて事業家として成功した。父は家督を相続し田舎紳士に安住していたので、活動家の叔父を讃えていた。

> 此位私の父から信用されたり、褒められたりしてゐた叔父を、私が何うして疑がふ事が出来るでせう。私にはたゞでさへ誇になるべき叔父でした。父や母が亡くなつて、万事其人の世話にならなければならない私には、もう単なる誇ではなかつたのです。私の存在に必要な人間になつてゐたのです。（下四 163.8–11）

先生が東京へ出ると、約束通り叔父家族が、無人となった先生の家に移り住んだ。

> 子供らしい私は、故郷を離れても、まだ心の眼で、懐かしげに故郷の家を望んでゐました。固より其所にはまだ自分の帰るべき家があるといふ旅人の心で望んでゐたのです。休みが来れば帰らなくてはならないといふ気分は、いくら東京を恋しがつて出て来た私にも、力強くあつたのです。私は熱心に勉強し、愉快に遊んだ後、休みには帰れると思ふその故郷の家をよく夢に見ました。（下五 164.13–165.2）

先生が自分のことを「子供らしい私」と呼んでいるのは、「鷹揚な私」と言っているに他ならない。先生が家に帰るのは休暇の時だけである。その時には子供たちも田舎の家にいた。普段は学校があるから市に住んでいるのかも知れない。実際に叔父家族がどう生活しているのかを先生は知らなかった。それでも帰省すると、皆が迎えてくれるのが嬉しかった。

みんな私の顔を見て喜こびました。私は又父や母の居た時より、却つて賑やかで陽気になつた家の様子を見て嬉しがりました。叔父はもと私の部屋になつてゐた一間を占領してゐる一番目の男の子を追ひ出して、私を其所へ入れました。座敷の数も少なくないのだから、私はほかの部屋で構はないと辞退したのですけれども、叔父は御前の宅だからと云つて、聞きませんでした。（下五 165.6–9）

最初の夏休みの帰省に時に、叔父叔母が二人がかりで先生に、結婚して早く家督を相続せよと何度も迫った。高等学校に入ったばかりの先生はもちろん承諾しなかった。ところが次の夏休みの帰省の時には、叔父は再び結婚を迫ってきた。その相手というのが叔父の娘であった。しかも先生の父との間に約束があったとまで言う。「その女を貰つて呉れゝば、御互のために便宜である、父も存生中そんな事を話してゐた、と叔父が云ふのです」（下六 167.8–9）。それは先生には初耳だった。しかし全然ありえないこととも思えなかった。

私もさうすれば便宜だとは思ひました。父が叔父にさういふ風な話をしたといふのも有り得べき事と考へました。然しそれは私が叔父に云はれて、始めて気が付いたので、云はれない前から、覚つてゐた事柄ではないのです。だから私は驚ろきました。驚ろいたけれども、叔父の希望に無理のない所も、それがために能く解りました。私は迂闊なのでせうか。（下六 167.9–12）

鷹揚というのはこういうところを指している。ありのままに受け容れる。疑ったり、あるいは先回りをして警戒したりすることがない。しかし三度目の帰省の時には、全員の様子がおかしかった。それに気づいた先生は次のように考えた。

> 私の性分として考へずにはゐられなくなりました。何うして私の心持が斯う変つたのだらう。いや何うして向ふが斯う変つたのだらう。私は突然死んだ父や母が、鈍い私の眼を洗つて、急に世の中が判然見えるやうにして呉れたのではないかと疑ひました。私は父や母が此世に居なくなつた後でも、居た時と同じやうに私を愛して呉れるものと、何処か心の奥で信じてゐたのです。尤も其頃でも私は決して理に暗い質ではありませんでした。然し先祖から譲られた迷信の塊も、強い力で私の血の中に潜んでゐたのです。今でも潜んでゐるでせう。（下七　169.15-170.5)

ここでは複雑な内容を一息に描いている。「私の心持」が変わった。変わったのは相手の態度が変わったことによる、と言う。相手が変わったことに気づいて自分も変わった。そして「急に世の中が判然見えるやうに」なったと表現している。このような眼を獲得できたのは、「突然死んだ父や母が、鈍い私の眼を洗つて」くれたからではないかと考えた。「私は父や母が此世に居なくなつた後でも、居た時と同じやうに私を愛して呉れるものと、何処か心の奥で信じてゐたのです」。

しかしそのように考えたのは「私の性分として」である、と引用の最初に述べている。この一句で、当時考えた内容を、現在の先生が全面的に否定することを意味している。続いてこれを「先祖から譲られた迷信の塊」と呼んでゐる。先生が獲得した眼は、先祖伝来の迷信の塊でしかなかった、と言うのである。先生の眼、性分、そしてこの議論の冒頭に出て来た分別は同じ意味を表している。鷹揚を喪失した結果として得たものがそれだと言うのである。

漱石は鷹揚と新しい眼とを対照的に描くことによって、鷹揚、すなわち自他不二・自他一体的に生きていた先生が、疑いを契機として、自他分離・主客対立の構図、すなわち仏教の説く「分別」に目覚めたことを表している。分別によって世界を明瞭に認識できるようになったと思ったのは、実はとんでもない間違いであったと、これを書いている先生は、言おうとしている。

しかし当時の先生は、もとよりそこに気づいてはいない。新しい眼、分別によって世界を明瞭に捉えることができたと思った。そして現実の人間の世界が分別によって成り立っていることも疑いない。そこで、これを両親のみならず、「先祖から譲られた」ものと確信した。遺書を書いている先生は過去を顧みて、その「迷信」が「強い力で私の血の中に潜んでゐたのです。今でも潜んでゐるでせう」と反省している。

分別の根源は無明にある。漱石は青年時代に眼病を患ったことがあり、盲目に重ねて繰り返し無明を嘆いていた。箱根で詠んだ漢詩につぎのように言う。

三年猶患眼　　三年　猶お眼を患う

何處好醫盲　　何れの処か　好し　盲を医さん（明治二十三年、箱根）

（『漱石全集』第十八巻 16.5）

また血を吐いた子規に、次の漢詩を送っている。

漱石又枕石　　漱石　又た枕石
固陋歡吾癡　　固陋　吾が癡を歓ぶ
君痾猶可癒　　君が痾（子規の肺結核）は猶お癒す可きも
僕癡不可醫　　僕が癡は医す可からず（明治二十三年八月末、子規宛[2]）

（同 14.2）

癡は無明のことである。無明は漱石にとって抽象概念ではなく、眼が見えないことであった。その眼は肉眼に限らない。心の眼でもある。講演「私の個人主義」（大正三年）の中で漱石は、大学を卒業した後の自分について、次のように述べている。

私は此世に生れた以上何かしなければならん、と云つて何をして好いか少しも見当が付かない。私は丁度霧の中に閉ぢ込められた孤独の人間のやうに立ち竦んでしまつたのです。さうして何処からか一筋の日光が射して来ないか知らんといふ希望よりも、此方から探照燈を用ひてたつた一条で好いから先迄明らかに見たいといふ気がしました。所が不幸にして何方の方角を眺めてもぼんやりしてゐるのです。ぼうつとしてゐるのです。恰も嚢の中に詰められて出る事の出来ない人のやうな気持がするのです。私は私の手にたゞ一本の錐さへあれば何処か一ヶ所突き破つて見せるのだがと、焦燥り抜いたのですが、生憎其錐は人から与へられる事もなく、又自分で発見する訳にも行かず、たゞ腹の底では此先自分はどうなるだらうと思つて、人知れず陰鬱な日を送つたのであります。（「私の個人主義」『漱石全集』第十六巻 592.6–13）

人生の先が見通せないことを、「霧の中に閉ぢ込められた孤独の人間」にたとえている。「一本の錐さへあれば何処か一ヶ所突き破つて」すっきり見通すことができるのだが、という表現は、いかにも具体的である。もっとも、霧と言われても濃霧の経験がなければ実感できないかも知れないが、濃霧や、目も開けられない吹雪の中では、それこそ西も東も解らなくなる。先を見通せないという実体験を、漱石は無明に結び付けて考えている。実生活は実生活であって、思想や仏教を実生活とは切り離して、単なる理論体系として捉えるような考え方は、漱石には無縁であった。

分別もつかず、どうしてよいか途方に暮れた先生は新しい眼を得て、世界がよく見えるようになったことを喜んだ。しかし、それは根本的な誤りであった、と先生は言う。ただしそれは後年になって気づいたのであって、当時は眼を与えてくれたことを両親に感謝した。

私はたつた一人山へ行つて、父母の墓の前に跪づきました。半は哀悼の意味、半は感謝の心持で跪いたのです。さうして私の未来の幸福が、此冷たい石の下に横はる彼等の手にまだ握られてでもゐるやうな気分で、私の運命を守るべく彼等に祈りました。貴方は笑ふかも知れない。私も笑はれても仕方がないと思ひます。然し私はさうした人間だつたのです。(下七 170.6-9)

先生は両親の庇護のもとに鷹揚に育てられた。その鷹揚さは失われ、代償として新しい眼を獲得したけれども、この眼も両親・先祖から受け継いだものだと信じていた。墓参して両親に感謝した。「貴方は笑ふかも知れない」と先生は書いている。「然し私はさうした人間だつたのです」と自分の過去を確認している。

そう考えるのがなぜ誤りであるのかと言えば、自他不二を喪失し、主客が対立するところに分別が成立するが、分別の根源にあるのは無明だからである。そして無明に対処することは、各人の責任である。ところが先生は父母の墓にお参りして感謝を捧げ、自分の運命を守ってくれるように祈願している。

5　『大乗起信論』の説く無明

叔父の裏切りは世界を見る先生の眼を一新した。突然、世界が変わり、新たな世界が生じた。先生はそう感じた。世界がこのように急激に一変するという経験が実際にありうることを、初めて女性に目覚めた時の体験を例に挙げて述べている。

私の世界は掌を翻へすやうに変りました。尤も是は私に取つて始めての経験ではなかつたのです。私が十六七の時でしたらう、始めて世の中に美くしいものがあるといふ事実を発見した時には、一度にはつと驚ろきました。何遍も自分の眼を疑つて、何遍も自分の眼を擦りました。さうして心の中であゝ美しいと叫びました。十六七と云へば、男でも女でも、俗にいふ色気の付く頃です。色気の付いた私は世の中にある美しいものゝ代表者として、始めて女を見る事が出来たのです。今迄其存在に少しも気の付かなかつた異性に対して、盲目の眼が忽ち開いたのです。それ以来私の天地は全く新らしいものとなりました。

私が叔父の態度に心づいたのも、全く是と同じなんでせう。俄然として心づいたのです。何の予感も準備もなく、不意に来たのです。不意に彼と彼の家族が、今迄とは丸で別物のやうに私の眼に映つたのです。私は驚ろきました。（下七 170.10-171.4）

初めて女性の美しさに目覚めた時の新鮮な感動を描いている。初めて気づいたことを「盲目の眼が忽ち開いた」と表現している。さらに「それ以来私の天地は全く新らしいものとなりました」と言う。それまでの世界が一変して、そこに新たな天地が創造されたかのような描き方である。

先生に対する叔父の影響もそれと同様であったと言う。「俄然として心づいたのです」と言う。それに重ねて「何の予感も準備もなく、不意に来たのです」とも言う。そして「不意に彼と彼の家族が、今迄とは丸で別物のやうに私の眼に映つたのです」と述べる。

先生は、自分が一人の人間として自立するに至るまでを、以上のように描いている。この叙述には「忽ち」という語が最初に用いられ、続いて「俄然として」「何の予感も準備もなく」「不意に」と、何度も同義語が重ねられている。明らかに作者はこの語に重要な意味を託しているのである。

これは無明が起こることについて述べているにほかならない。無明は忽ち起こる。この説は『大乗起信論』（以下『起信論』と略す）に説かれている。『起信論』は仏教哲学の概論書として、現代に至るまで読み継がれてきた重要な書物である。『起信論』は漢訳（真諦訳と実叉難陀訳）のみが存在し、インドの原典もチベット語訳も存在しない。そのために、どこで成立したかが今なお議論されている。しかし中国・日本において非常に重視されてきた重要な文献である。

わが国最初の近代的な大学は、明治十年（一八七七）に設立された東京大学であった。創立当初は東京大学の文科大学（文学部の前身）には、仏教学などの講座はまだ設置されていなかったため、一般講義の形で仏典講読の科目が開設され、そこで最初に取り上げられたテキストが『起信論』であった。漱石も『起信論』を読んでいたことは疑いない。[3]

『起信論』は心の哲学を説いている。心を「衆生心」、すなわち「衆生の心」と名づけているが、[4]心として理解してよい。そしてこれを「衆生の自性清浄心（本来清浄な心）」とも呼んでいる。[5]人間の心は「本来清らかな心」であると説く。「清浄」とはあらゆる差別を超えているということである。「自性清浄」である心そのものは「不生不滅」であって、われわれが現に見ている様々な差別から成り立っている「一切の境界の相は無い」。なぜなら、「一切諸法（という差別相）はただ妄念によって差別されているだけ」だからである。「心の念を離れたならば、一切の境界の相は無い」[6]。「妄念」とか「心の念」と呼ばれるものは、分別にほかならない。「心真如」自体に即するならば、そこには言説・名字（言語による表現、名称による区別）はなく、心が思い描くことのできる対象（心縁）は存在しない。[7] 分別が働くということは、「ことば」を与えることである。ことばは世界を差別化し、それによって一切を区分するから、鮮明な輪郭をもつ世界像を浮かび上がらせることになる。

漱石はこの自性清浄心に「鷹揚」を重ね合わせて述べている、と理解してよい。また〈私〉の心が最初から先生と不二の関係にあると描かれていたが、これは〈私〉の心が先生との間では差別的・分別的な見方を超えていることを意味する。漱石は難解な仏教哲学を、人生と無関係の理論体系と見るのではなく、人生の具体的な現実に即して理解しようとしているのである。

心に「念」がある場合と、ない場合とで大きく異なることになるが、『起信論』はこれを衆生心の「真如」としての面と、「生滅」としての面とによって説明する。「真如」は本来のあり方、真理という意味である。心の本来的なあり方が心真如である。しかし心は念によって生滅・変化することになる。そこで『起信論』はこれを心生滅と呼ぶ。心には「心真如門」と「心生滅門」という二つの側面があることになる。[8] 〈私〉は自分の心がいかにも「軽薄」であることに気づいて驚くが、浮薄で絶えず頼りなく変化するのは心生滅門に対応する。

以上のように、心には二つの側面がある。この二つの側面は別々に独立して存在するわけではない。「大海の水が風によって波動するとき」、「水の相」と「風の相」とを切り離すことはできない。しかし「水は動性ではないから、若し風が止めば、（水の）動相は滅するが、湿性（水の本質）は不壊である」。[9] 水に波を起こす風に相当するものが「無明」である。「衆生の自性清浄心は無明の風によって動ずる」[10]。無明が真如としての心を動かして、生滅現象する心（＝世界）が生ずる。「忽然として念が起こる。これを無明と名付ける」[11]。「念」が起こっているということが、無明が起こり働いていることにほかならない。そして念が起こるということは、直前に述べたように、現実世界が差別的に成立・展開していることにほかならない。このことを仏教では、心が世界を生み出すと説く。

心生滅においては、波立つ水が波だけで水がないということはありえないように、「不生不滅」（＝自性清浄心）が「生滅」と和合しており、両者は非一非異（同一ではないけれども、相互にまったく異なる別のものでもない）である[12]。それ故に生滅する心において、念の有無によって覚・不覚が区別される。覚は念を離れているが、これは仏陀・如来にほかならない。それに対して念を離れないのが不覚であり、一切の衆生がそれである[13]。日常的な常識的な考え方では、念のある方が覚で、念のない方が不覚であると思いやすいが、仏教ではそれと正反対である。

繰り返し言えば、先生は次のように述べていた。「私は突然死んだ父や母が、鈍い私の眼を洗つて、急に世の中が判然見えるやうにして呉れたのではないかと疑ひました」（下七 170.1–2）。ここに「突然」「判然見える」という表現があることの意味は、容易に理解されるであろう。そうして急にはっきりと見えるようになったということは、そこに新しい世界が成立したことに等しい。先生は言う。「私の世界は掌を翻へすやうに変りました」（下七 170.10）。そして「今迄其存在に少しも気の付かなかつた異性に対して、盲目の眼が忽ち開いたのです。それ以来私の天地は全く新らしいものとなりました」（下七 170.15–171.1）と付け加えている。無明とは「忽然として念が起こる」

ことである、という説は『起信論』の説である。漱石が「突然」とか「忽ち」と表現しているのは、『起信論』によっていると言ってよい。

先生は新しい眼を授けられたことを両親に感謝した。しかし後に反省した時、この眼を「迷信の塊」と断定していたのは、それが分別すなわち不覚であり、分別は無明に起因するものであることを自覚したからである。そして先生がそのことを自覚したのは悲劇的な恋愛事件の後であった。

また、先生の奥さんの名である「静」をも含めて、『心』には動と静の問題が説かれているが、これもまた『起信論』に説かれている。すなわち、「覚するときは不動である[14]。不動であるから、「常に静にして、起の相があることはない[15]」。そして「不動であれば見ることがない[16]」。「不覚によって心は動ずる[17]」。「動ずることによって見る[18]」。

このような心論を漱石は、単なる理論としての心の形而上学とは考えずに、現実問題を考える上で重要な指針になると理解していた。漱石はあくまでも自分自身の現実に立脚して考えようとする。ただし、漱石における「動と静」の問題は『起信論』のみによるのではない。深刻な実体験が、漱石の眼をあらためて『起信論』に向けさせることになったのである。そのことについては、第二部において詳しく検討したい。

先に引用した段落の最後は「私は驚ろきました」（下七 171.4）と結ばれていた。先生は目の前に突然現出した新しい世界を見ている。驚きをもって、もとより喜びをもって、また、両親に対する感謝の念をもって。しかし先生自身は、これから描こうとするその後の人生が、実は無明にもとづく失敗の人生であったことを自覚している。したがって先生の遺書は、無明の発現によって道を踏み誤った人生の記録なのである。叔父の裏切りが無明を発現させる最初の契機であった。叔父の裏切りに対して先生が強い憤りを覚えるのはそのためである。そして一度発現した無明は、その後も先生に襲いかかって、先生の生涯を破滅に導いた。それ故にこそ、叔父に対する先生の怨みは極めて深いのである。先生の憤りは性格的な異常性を思わせるほど烈しいけれども、憤りが以上のような思想構造の中に位置を占めていることを理解すれば、それがどれほど烈しくてもまだ足りないであろう。

青春時代の漱石が無明の嘆きを繰り返していたことは前述した。漱石はそれほど切実に、無明を克服したいと願ったのである。第二部で述べるように、漱石は自分の先達を法然に見出すことになる。

6　小石川の下宿

はっきりと叔父の裏切りに気づいた先生は、次のように決断した。

さうして此儘（このまま）にして置いては、自分の行先が何（ど）うなるか分らないといふ気になりました。（下七 171.4-5）

先生はこのような事態に立ち至って、父母に対する責任上も、父の遺産について確かめる必要を感じた。しかし叔父は忙しいのでなかなか話す機会がなかった。ようやく話す機会を得ても、「叔父は何処(どこ)迄(まで)も私を子供扱ひにしやうとします。私はまた始めから猜疑の眼で叔父に対してゐます」(下八 172.10–11)。結局、親戚が仲介に入り、友人に畠地の処分を依頼して、それきり故郷との縁を切ってしまった(下九)。

遺産を叔父に横領されたけれども、先生が手にすることのできた金額は、生活に不自由することのないほどであった。「実をいふと私はそれから出る利子の半分も使へませんでした」(下九 176.8)。そこで下宿を出て一戸を構えてみようと考えて、散歩がてら探しに出たところ、駄菓子屋のおかみさんから小石川の素人下宿のことを教えられた。おかみさんの話では、その家の主人は日清戦争だかで死んだと言う。以前は市ヶ谷の士官学校の近くに住んでいたが、邸が広すぎたので一年ばかり前にここへ引っ越して来た。戦争未亡人の家で、ほかにはその一人娘と下女だけがいた。先生はそこに移った(下十)。

戦死した主人は「鳥取か何処かの出」(上十二 33.2) であったが、母親は「まだ江戸といつた時分の市ヶ谷で生れた」(下十二 33.3)。市ヶ谷には親類の家があるともいう(下三十五 243.8)。母娘にとって市ヶ谷は縁の深い土地であったが、下宿屋を始めるために小石川に引っ越して来た。

これは物語の実年代を推定する根拠となる。日清戦争で戦死したのは明治二十七年頃と見ることができる。家が広すぎるために引っ越したとされるが、小石川に越して下宿屋を始めたのには、夫の死去にともなう経済的理由もあったであろうから、引っ越した時期は戦死からそれほど遠くない一、二年くらい後のことかも知れない。それが先生の移り住む一年前であるから、先生が住み始めたのは明治三十年前後に当たると見て大過ないであろう。Kの自殺、先生の大学卒業、ならびに結婚は明治三十三年前後になる。そして先生が自殺したのは、明治四十五年が大正に改元された九月であり、Kの自殺から数えると十二年後くらいである。また〈私〉は明治四十五年の夏に大学を卒業しているから、〈私〉が先生と知り合ったのは明治四十二年の夏であり、この年はKの自殺から数えて九年ほど後のこととなる。[19]

さて、先生は心に深い傷を負って、裏切った叔父たちを敵視しただけでなく、人類全体が同様に敵であると考えていた。

「私の気分は国を立つ時既に厭世的になつてゐました。他(ひと)は頼りにならないものだといふ観念が、其時骨の中迄染み込んでしまつたやうに思はれたのです。私は私の敵視する叔父だの叔母だの、その他の親戚だのを、恰も人類の代表者の如く考へ出しました。汽車へ乗つてさへ隣のもの丶様子を、それとなく注意し始めました。たまに向(むかふ)から話し掛けられでもすると、猶(なほ)の事警戒を加へたくなりました。私の心は沈鬱でした。鉛を呑んだやうに重苦しくなる事が時々ありました。それでゐて私の神経は、今云つた如くに鋭どく尖(とが)つて仕舞つたのです。（下十二182.2-7）

叔父の裏切りに遭って深く傷つけられた心には、すべての他者に対する疑いと警戒心が染みこんでいた。

先生は新しい下宿の美しい娘に次第に心を惹かれていく。まだ若く、学校に通っている。先生は御嬢さんに対する関心を強めながら、奥さんと御嬢さんが先生に好意的であることとも相まって、下宿での生活に馴染んでいった。しかし先生自身の性分は変わっていない。

　私は小石川へ引き移つてからも、当分此緊張した気分に寛ぎを与へる事が出来ませんでした。私は自分で自分が恥づかしい程、きよと〳〵周囲を見廻してゐました。不思議にもよく働らくのは頭と眼だけで、口の方はそれと反対に、段々動かなくなつて来ました。私は家のものゝ様子を猫のやうによく観察しながら、黙つて机の前に坐つてゐました。時々は彼等に対して気の毒だと思ふ程、私は油断のない注意を彼等の上に注いでゐたのです。おれは物を偸まない巾着切見たやうなものだ、私は斯う考へて、自分が厭になる事さへあつたのです。（下十二 182.11–183.2）

例えば、ある時、奥さんは先生を「鷹揚な方」（下十二 183.14）だと言って褒めた。「其時正直な私は少し顔を赤らめて、向ふの言葉を否定しました」（下十二 183.15–184.1）。現在の自分の心境を自覚している先生は「鷹揚」と言われて、恥じるしかなかった。すると奥さんは「あなたは自分で気が付かないから、左右御仰るんです」（下十二 184.1）と言う。先生は内心で自分のどこが鷹揚に映るのかを考える。そして「金銭にかけて、鷹揚だつたかも知れません」（下十二 184.7）と思う。奥さんは、役所へ勤める人などを下宿させるつもりで人に世話を頼んでいたらしい。そういう人であれば「俸給が豊(ゆたか)でなくつて、已(やむ)を得ず素人屋に下宿する位の人」（下十二 184.4）に違いない。そういう人たちと比較すれば、「私は金銭にかけて、鷹揚だつたかも知れません。然しそれは気性の問題ではありませんから、私の内生活に取つて殆んど関係のないのと一般でした。奥さんはまた女丈(だけ)にそれを私の全体に推し広げて、同じ言葉を応用しやうと力(つと)めるのです」（下十二 184.7–9）。

例えばこのように、先生は相手の言うことを素直に受け入れるのではなく、屈折したものの考え方をする。こういう「気性」、つまり「癖」「性分」について、先生は〈私〉に向かって「覚えてゐて下さい」（下三 160.9）と念を押していたのである。そして遺書を読む上でこれが大事な要点であることを、先生は繰り返し説いている。

しかし「奥さんの此態度が自然私の気分に影響して来ました。しばらくするうちに、私の眼はもと程きよろ付かなくなりました。（中略）私の神経は相手から照り返して来る反射のないために段々静まりました」（下十三 184.11–185.1）。先生は奥さんがどっしり構えているので、次第に心の安らぎを覚えるようになった。そう言いながらも、「気性」は働きをやめてはいない。

> 奥さんは心得のある人でしたから、わざと私をそんな風に取り扱つて呉れたものとも思はれますし、又自分で公言する如く、実際私を鷹揚だと観察してゐたのかも知れません。私のこせつき方は頭の中の現象で、それ程外へ出なかつたやうにも考へられますから、或は奥さんの方で胡魔化されてゐたのかも解りません。（下十三 185.2–5）

先生は自分が、どこまで行っても行き着くことのない「ぐるぐる廻り」の中にいることを自覚している。しかし他方では、時間の経過とともに家族とも親しさを増すようになった。

> 私の心が静まると共に、私は段々家族のものと接近して来ました。奥さんとも御嬢さんとも笑談(じょうだん)を云ふやうになりました。（下十三 185.6-7）

先生は「私の心が静まる」と書いているが、「性分」は消失していない。機会をつかんでは鎌首をもたげてくる。先生と奥さん・御嬢さんは始終会話し、御嬢さんが一人で先生の部屋へ来て、長々と話し込むこともあった。「それでゐて御嬢さんは決して子供ではなかつたのです。私の眼には能(よ)くそれが解つてゐました。能く解るやうに振舞つて見せる痕迹さへ明らかでした」（下十三 187.3-4）。親密さの度合いを増しながらも、他方では相手の心理を推し量ろうと「ぐるぐる廻り」をやめられない。

奥さんは、御嬢さんが先生に近づくのを承知していながら、他方では警戒しているように見える、と先生は感じる。

> 奥さんは滅多に外出した事がありませんでした。たまに宅を留守にする時でも、御嬢さんと私を二人ぎり残して行くやうな事はなかつたのです。それがまた偶然なのか、故意なのか、私には解らないのです。私の口からいふのは変ですが、奥さんの様子を能(よ)く観察してゐると、何

だか自分の娘と私とを接近させたがつてゐるらしくも見えるのです。それでゐて、或場合には、私に対して暗に警戒する所もあるやうなのですから、始めて斯(こ)んな場合に出会つた私は、時々心持をわるくしました。（下十四 187.10–188.1）

このような描写も、どこまで客観性があるのか保証がない。先生の「ぐるぐる廻り」の結果である可能性の方が高い。後にKを引き取ると、御嬢さんとKだけを残して奥さんが留守にすることがあり、先生は自分に対する対応との違いが意味するであろうことについて、悩むことになる。先生は、奥さんの様子に観察の眼を光らせているのである。神経が静まっているように見えるのは表面だけで、心の内部では探偵のような探索の眼で見ている。

右の引用に続く次の段落でも、奥さんの態度について思案し続けている。

私は奥さんの態度を何方(どっち)かに片付(かたづけ)て貰ひたかつたのです。頭の働きから云へば、それが明らかな矛盾に違ひなかつたからです。然し叔父に欺むかれた記憶のまだ新らしい私は、もう一歩踏み込んだ疑ひを挟(さしは)さまずには居られませんでした。私は奥さんの此態度の何方(どっち)かが本当で、何方かゞ偽(いつわり)だらうと推定しました。さうして判断に迷ひました。たゞ判断に迷ふばかりでなく、何でそんな妙な事をするか其意味が私には呑み込めなかつたのです。（下十四 188.2–6）

「叔父に欺むかれた記憶」が先生の心に深く染みついている。そのために、なにかにつけて人に疑いを抱かざるをえない。しかし疑う理由は奥さんの方にあると、責任を奥さんに帰している。

奥さんに対するのとは反対に、御嬢さんに対しては信仰に近い愛を持っていた、と言う。

> 私は其人に対して、殆んど信仰に近い愛を有(も)つてゐたのです。私が宗教だけに用ひる此言葉を、若い女に応用するのを見て、貴方は変に思ふかも知れませんが、私は今でも固く信じてゐるのです。本当の愛は宗教心とさう違つたものでないといふ事を固く信じてゐるのです。私は御嬢さんの顔を見るたびに、自分が美くしくなるやうな心持がしました。御嬢さんの事を考へると、気高い気分がすぐ自分に乗り移つて来るやうに思ひました。もし愛といふ不可思議なものに両端(はじ)があつて、其高い端には神聖な感じが働いて、低い端には性慾が動いてゐるとすれば、私の愛はたしかに其高い極点を捕(つら)まへたものです。私はもとより人間として肉を離れる事の出来ない身体(からだ)でした。けれども御嬢さんを見る私の眼や、御嬢さんを考へる私の心は、全く肉の臭(におい)を帯びてゐませんでした。(下十四 188.10–189.3)

先生はかつて〈私〉に、愛は神聖である、と語ったことがある。先生の体験的事実がここに述べられている。御嬢さんに対する愛は信仰に近いと言う。本当の愛は宗教心とさほど違わない。御嬢さんの顔を見ると自分が美しくなり、お嬢さんのことを考えると気高い気分が自分に乗り移ってくるように思われる。そう先生は感じている。そして先生は御嬢さんに対する愛が「全く肉の臭を帯びてゐ」ないことに気づく。

これは『心』を理解する上で最も重要な箇所の一つである。愛の両端に、神聖な信仰と性慾があり、先生の愛は信仰に近く、性慾の要素は全くなかった、と言う。このように書かれれば、読者は先生の愛が純粋な愛であったことを納得してしまう。しかし両端はあくまでも両極端であって、実際には片方の端から他方の端まで、濃淡を異にする無限に多様な愛の形があるはずである。ところが、そのことは読者の意識に上ることがない。読者は最初から、先生の愛が神聖な愛であったと納得させられてしまう。

この両端だけで愛を考えたならば、両端の中間にあるはずのものがすべて欠落してしまうことになる。両端のみを挙げることによって欠落してしまうものとは、先生と御嬢さんとの間の、人格的・人間的な触れ合いである。御嬢さんに対して神聖な愛を抱いたという、あくまでも「先生にとっての事実」があるだけで、先生が神聖な愛にもとづいて御嬢さんと人格的な関係を確立してゆくという過程が脱落している。

この点は先生と〈私〉との関係を想起すれば明らかであろう。〈私〉にとって自分と先生とは、最初から「一つ」であった。〈私〉自身は先生と自他不二の関係にもとづいて、先生に対する理解を深めていった。ところが御嬢さんに対して、先生は神聖な愛を抱きながら、先生の愛はあくまでも先生の内なる愛であって、その愛が先生と御嬢さんとを人格的に結び付けて、御嬢さんとの間に自他不二を確立する方向へと進展することがない。

先生は『彼岸過迄』の須永と酷似している、と先に指摘しておいた。須永は常に自分の「内にとぐろを巻」いて、他者はその「とぐろ」の外にあり、須永が他者と人格的に触れ合うことは不可能であった。須永はその事実に苦悩していた。しかし須永が一方的に他者を信仰的に愛したならば、どのような悲劇が結果するであろうか。それが『心』で描かれることになる悲劇である。

先生は御嬢さんに対して神聖な愛を抱いた。「十六七の時」に美しい女性を見て、「私の天地は全く新らしいものとなりました」(下七 171.1)と述べていたが、この時も神聖な愛で、先生の世界は一変したのであろう。先生は自分が御嬢さんを愛していることを確認すると、見方が変わってきた。奥さんが先生を警戒しているように見たのは、実は奥さんは「自分が正当と認める程度以上に、二人が密着するのを忌むのだと解釈したのです」(下十四 189.12-13)。そう「解釈」して先生は納得した。そう考えると奥さんの心配は無用である。先生は御嬢さんに必要以上に近づく気がないからである。「入らぬ心配だと思ひました。しかし奥さんを悪く思ふ気はそれから無くなりました」(下十四 189.14-15)。御嬢さんへの愛も先生の主観の内部だけのものであり、先生が御嬢さんとの人格的な触れ合いを深めることが、『心』の世界から完全に脱落する。そして読者もこの問題には眼を塞がれて、忘れ去ることになる。

現実問題としても、小説としても、これはいささか特殊な設定だと思われるかも知れない。しかし御嬢さん(後の奥さん)は「静」でなければならないから、現実の問題に巻き込まれてはならない。そのために、作者はこのように配慮しているのである。

こうして先生は家族との間に一定の関係を作り上げた。一段落した先生は次のように総括している。

「私は奥さんの態度を色々綜合して見て、私が此所の家で充分信用されてゐる事を確めました。しかも其信用は初対面の時からあつたのだといふ証拠さへ発見しました。他を疑ぐり始めた私の胸には、此発見が少し奇異な位に響いたのです。私は男に比べると女の方がそれ丈直覚に富んでゐるのだらうと思ひました。同時に、女が男のために欺まされるのも此所にあるのではなからうかと思ひました。奥さんを左右観察する私が、御嬢さんに対して同じやうな直覚を強く働らかせてゐたのだから、今考へると可笑しいのです。私は他を信じないと心に誓ひながら、絶対に御嬢さんを信じてゐたのですから。それでゐて、私を信じてゐる奥さんを奇異に思つたのですから。（下十五 190.2-9）

ここでは奥さんの直覚と先生の直覚を取りあげている。直覚という言葉は、〈私〉の場合にも用いられていた。分別とは別に、本質を正しく見抜く直覚があると先生は言う。奥さんは先生の鷹揚を直覚によって見抜いていた。先生もまた直覚によって御嬢さんを見抜いていた。

先生自身はあいかわらず「他を信じない」と誓っていたけれども、もとよりその「性分」は分別であって、分別は直覚とは別の次元に属する。しかし現実には分別を働かせていながら、分別を超えて直覚が働くことがある。

『起信論』の覚と不覚で言えば、覚と不覚は本来別のものではない。同じ心の二つの側面である。そして両者は截然と切り離されて働いているわけではなく、実際にはないまぜになって機能している。だから先生は御嬢さんに対して直覚を働かせて絶対的に信仰しているつもりでも、疑惑という分別によって直覚が圧倒されることもありうる。この点について先生は、簡潔ながらも核心を衝いた説明を施していると言ってよい。詳しい教理的な問題については第二部で考察することにしたい。

7 「狐疑」にとりつかれて

先生と奥さん・御嬢さんとの関係が、一応定まったことになる。奥さんは先生を直覚的に信用している。先生は基本的に「他を信じない」から、奥さんが先生を信じていることを理解はしても、先生の直覚は奥さんには働かず、「私を信じてゐる奥さんを奇異に思つ」ている。つまり、先生は奥さんを信じていない。これが先生から見た、奥さんとの関係である。ところが御嬢さんに対しては、先生は「絶対に御嬢さんを信じてゐた」。

奥さんは先生の郷里のことを聞きたがった。先生も最後にはすべてを話した。奥さんは感動し、御嬢さんは泣いた。それからは先生を、自分の親戚の若い者か何かのように遇した。先生の眼から見ると、奥さんは御嬢さんを先生と結婚させたい意志があるらしい。すると先生の心に猜疑心が起こってきた。奥さんは狡猾な策略家なのではないか。経済的な利害という点で先生と特殊な関係を結ぶのは、奥さんにとって決して損ではない。

しかし御嬢さんに対しては強い愛があるから、奥さんに対して警戒感を抱いても、大した苦痛ではなかった。ところが、御嬢さんも策略家なのではないか、という疑問を抱き始める。そうでありながら、他方では御嬢さんを固く信じて疑わなかった。信念と迷いの途中に立って、絶体絶命のように行き詰まった（下十五）。

疑念をかき立てられた理由はいろいろある。その一つとして、茶の間か御嬢さんの部屋で男の声が聞こえることがあった。低い声で話しているので、話の内容は分からないが、「神経に一種の昂奮を与へる」（下十六 193.9）。客が帰った後で御嬢さんや奥さんに聞いても、極めて簡単な返事をするだけであった。

> 彼等は笑ひました。それが嘲笑の意味でなくつて、好意から来たものか、又好意らしく見せる積(つもり)なのか、私は即坐に解釈の余地を見出し得ない程落付(おちつき)を失つてしまふのです。さうして事が済んだ後で、いつまでも、馬鹿にされたのだ、馬鹿にされたんぢやなからうかと、何遍も心のうちで繰り返すのです。（下十六 194.3-6）

先生は、一方で親戚の者のような親しい扱いを受けながら、他方では知らされない秘密があることに苛立つ。そして馬鹿にされたのではないか、という屈辱を味わう。そんな屈折した心理の中で、「思ひ切つて奥さんに御嬢さんを貰ひ受ける話をして見やうかといふ決心をした事がそれ迄に何度となくありました」（下十六 194.8-10）。結婚を考えた根拠として、先生は次のように述べている。

> 私は自由な身体でした。たとひ学校を中途で已(や)めやうが、又何処(どこ)へ行つて何(ど)う暮らさうが、

或は何処の何者と結婚しやうが、誰とも相談する必要のない位地に立つてゐました。（下十六194.7–8）

先生はまったくの自由人であって、先生の自由を拘束する如何なる束縛も存在しない。結婚したいと思えば誰と結婚しても、支障が生ずることはない。結婚したいという先生の意志を妨げるような客観的な条件は、何一つ存在しない。したがって、問題は先生の意志にかかっている。そう述べている。

先生は客観的にはまったく自由であった。そして御嬢さんとの結婚を申し出ようとも考えた。しかしそうしなかったのは次の理由による、と言う。

然し私は誘(おび)き寄せられるのが厭でした。他(ひと)の手に乗るのは何よりも業腹(ごうはら)でした。叔父に欺(だ)まされた私は、是から先何(ど)んな事があつても、人には欺まされまいと決心したのです。（下十六194.13–15）

騙されまいとして身構えざるを得ない。その結果、一歩も前に踏み出すことができない。猜疑心が先生の心を引き裂く。叔父の裏切りに遭って鷹揚さを失ったことを、先生が嘆く理由がここにある。

そのうちに奥さんが着物を拵(こしら)えたらどうか、と言った。先生は御嬢さんにも買ってあげようという気になって、三人で日本橋に出かけた。級友に見つかったらしく、学校に出ると「何時妻を迎へたのか」とからかわれた（下十七 197.7）。学校から帰ってその話をした。

> 奥さんは笑ひました。然し定めて迷惑だらうと云つて私の顔を見ました。私は其時腹のなかで、男は斯んな風にして、女から気を引いて見られるのかと思ひました。奥さんの眼は充分私にさう思はせる丈の意味を有つてゐたのです。私は其時自分の考へてゐる通りを直截に打ち明けて仕舞へば好かつたかも知れません。然し私にはもう狐疑といふ薩張りしない塊がこびり付いてゐました。私は打ち明けやうとして、ひよいと留まりました。さうして話の角度を故意に少し外らしました。（下十八 197.11-198.2）

奥さんは笑い、「定めて迷惑だらう」と言って先生の顔を見た。先生は後になって、「自分の考へてゐる通りを」、すなわち御嬢さんを下さいと「直截に打ち明けて仕舞へば好かつたかも知れ」ない、と後悔している。いい機会だったはずである。「奥さんの眼は充分私にさう思はせる丈の意味を有つてゐたのです」。しかし「狐疑」にとりつかれている先生が、奥さんの言葉を聞いて最初に感じたのは、「男は斯んな風にして、女から気を引いて見られるのか」ということであった。そして、打ち明けようとする心を押しとどめてしまった。「機会を逸したと同様の結果に陥いつてしま」った（下十八 198.12）。

学校で冷やかされた話を傍で聞いていた御嬢さんは、「あんまりだわとか何とか云つて笑つた」

(下十八 198.14)。奥さんばかりでなく、御嬢さんも先生が何と言うか、次の言葉に期待していたのかも知れない。しかしこのような成り行きに、御嬢さんは「何時の間にか向ふの隅に行つて、脊中を此方へ向けてゐ」る（下十八 198.14–15)。「御嬢さんが此問題について何う考へてゐるか、私には見当が付きませんでした」（下十八 195.1–2)。先生と御嬢さんとの間は、作者が設定した通り、一定の隔たりを保ったままである。

先生の語りが、自分の内面を中心にしていることに注意しなければならない。奥さんや御嬢さんが実際にどう考えているかは、先生が紹介する断片的な言葉から窺い知ることができるだけで、奥さんや御嬢さんの内面が直接的に語られることは皆無である。しかし、「狐疑」にとりつかれている先生の言葉の端々にも、奥さんや御嬢さんが先生に寄せる思いは、断片的ながらも、窺い知ることができる。ただ、先生の「狐疑」が厚い壁となって、心と心の交流を妨げている。そして「狐疑」の形を取って現れる「無明」が、真実・実相の認識を妨げている。

8　魔が差す

「奥さんと御嬢さんと私の関係が斯うなつてゐる所へ、もう一人男が入り込まなければならない事になりました」（下十八 199.10–11）という言葉に導かれて、Kが登場することになる。

其男が此家庭の一員となつた結果は、私の運命に非常な変化を来してゐます。もし其男が私の生活の行路を横切らなかつたならば、恐らくかういふ長いものを貴方に書き残す必要も起らなかつたでせう。私は手もなく、魔の通る前に立つて、其瞬間の影に一生を薄暗くされて気が付かずにゐたのと同じ事です。自白すると、私は自分で其男を宅(うち)へ引張つて来たのです。(下十八 199.11-14)

「其男」がKと呼ばれることになるが、それを説明する前に、先生が「魔」という言葉を用いていることに注意したい。Kが先生の「生活の行路」を「横切」り、その結果としてKは自殺し、先生の生涯に暗い影を落とすことになった。だから、ここで用いられている「魔」という言葉はKを指していることは自明である、と理解されることがある。しかし『心』のどこにも、先生が親友を魔と呼ばなければならない理由を見出すことはできない。先生は毎月の命日に墓参を繰り返している。「魔」のために墓参することは考えられない。

ここで先生が魔について述べていることは、「魔が差す」という慣用句を敷衍(ふえん)したものと見るべきである。魔が通り過ぎるその「瞬間の影」、魔の影が一生に影響を及ぼす、と言うのは「魔が差す」ということを言い換えているのである。念のために「魔が差す」を辞書で見ると、次のように説明されている。

心の中に悪魔がはいったように、ふと悪念を起こす。思いもよらない出来心を起こす。＊浄瑠璃・冥土の飛脚―下「根性に魔がさいて金を誤り」(『日本国語大辞典』小学館、第一版、一九七

五年）

悪魔が心に入りこんだように、ふとふだんでは考えられないような悪念を起こす。（『広辞苑』岩波書店、第六版、二〇〇八年）

①ふと悪い気を起こす

②日頃の本人からは考えられない失敗や事故を招いた理由を、定かでない外在的なものに求める語。（『新明解国語辞典』三省堂、第六版、二〇〇五年）

先生の文章では、「私は手もなく、魔の通る前に立つて、其瞬間の影に一生を薄暗くされて気が付かずにゐたのと同じ事です」と書かれている。最後に「同じ事です」と言うのは、これがKを指す直接的な表現ではなく、「比喩」であることを意味している。眼の前を通り過ぎる魔がその瞬間に影を落とした。Kはちょうどそれと同じ影響を先生に及ぼした、と譬喩的に表現したのである。先生は他者の本質を問題にすることがない。他者との関わりにおいて、他者の本質を直接問うことなく、先生はあれこれと思い巡らす。御嬢さんとの関係についてと同様である。先生の思案は、先生の性分が描き出す主観的な想像にすぎない。だからKが先生に及ぼした影響は「影」でしかない。しかしその影は、先生にとって決して幸運を意味しなかった。そこで魔が差したと表現したのである。親友でありながら、先生がKと真の意味における人格的な交流をしていなかったことが、このような結果を招くことになる。

仏陀の伝記の中にも悪魔が登場する。悪魔は釈尊が悟りを開くのを妨げようとする。神話的構想力が悪魔を登場させるのである。一般の日常生活でも魔が大きな力を振るって犯罪を犯させることを、加賀乙彦氏は『悪魔のささやき』(集英社新書、二〇〇六年)の中で多数の症例を上げて述べている。Kとの関係において先生が「魔が差す」と表現するのは、決して異例なことではない。

Kを引き取ったことが引き金になって、先生の心に魔が差した。二つのことは関連を持ちながら、二つが同一のことなのではない。魔は無明であると簡明に理解してよい。無明は忽然として起こる。Kを引き取ったことが契機となって、先生の心の中に無明が暗躍し始めた。しかし無明がどれほど暗躍しようとも、人はそれを無明とは自覚しない。むしろ明らかな知性の躍動と考えて、ますます鋭く知性に磨きをかけて働かせようとする。その結果として、無明の底知れぬ陥穽に落ち込んで行く。しかも落ち込んで行きながら、一向にそのことに「気が付かずにゐた」。先生は先に「先祖から譲られた迷信の塊も、強い力で私の血の中に潜んでゐたのです。今でも潜んでゐるでせう」(下七 170.4-5)と述べていた。

先生はKを引き取りたいと奥さんに相談した。すると奥さんはよせと言う。その理由は明確でなかった。先生には引き取らなければならない理由があったので、「私は私の善いと思ふ所を強ひて断行し」た(下十八 200.2-3)。

もっとも、奥さんが反対した理由は、後に紹介されている。

前にも話した通り、奥さんは私の此所置に対して始めは不賛成だつたのです。下宿屋ならば、一人より二人が便利だし、二人より三人が得になるけれども、商売でないのだから、成るべくなら止した方が好いといふのです。私が決して世話の焼ける人でないから構ふまいといふと、世話は焼けないでも、気心の知れない人は厭だと答へるのです。それでは今厄介になつてゐる私だつて同じ事ではないかと詰ると、私の気心は初めから能く分つてゐると弁解して已まないのです。私は苦笑しました。すると奥さんは又理窟の方向を更へます。そんな人を連れて来るのは、私の為に悪いから止せと云ひ直します。何故私のために悪いかと聞くと、今度は向ふで苦笑するのです。（下二十三 211.6–13）

本当の理由は最後にある「私の為に悪いから止せ」というところにあったのであろう。先生がこの家に移り住んでからKを引き取るまでに、ほぼ一年半が経っている。未亡人である奥さんにすれば、ようやく一人娘の御嬢さんの将来に見通しがつきそうな時期に来ていた。親類縁者という面倒な係累のいない先生との婚姻は、奥さんにとって好都合と言えた。こういう大事な時期に先生がわざわざ若い男を引き取ると言い出せば、奥さんが抑えようとするのは極めて当然のことである。『心』のここまでの描写から見て、このように想像することは誤りではないであろう。というよりも、実状はかくのごとくであったと確認しておくことは、Kの問題を考察する上でも大事な点である。先生と御嬢さんの間に婚約などという話はまだないのであるから、奥さんはKを入れることに反対であっても、真の理由をはっきりと口にすることは憚られる。結局先生は自分の独断で事を進めた。

何度か指摘してきたように、漱石は徹底して先生の「心の世界」を描くことに限定している。奥さんや御嬢さんの「心」を描こうとはしていない。折りに触れて、わずかに最小限の描写がなされるにとどまる。しかし点綴されるその記述には、物語の全体を理解する上で不可欠の重要な意味が託されている。

9　Kの境遇

Kは浄土真宗の寺の次男であった（下十九 200.7）。父親はKが自殺した時も健在であったが（下五十 283.11）、長男の兄が寺を嗣いでいた（下二十二 208.8）。姉は他に嫁いでいたが、経済的には余裕のない家であった（下二十二 208.14–209.1）。Kは中学の時に義兄の世話で、義兄の親類に当たる医者の家に養子に出された（下二十一 207.14）。実母はすでに亡く、Kは継母に育てられた（下二十二 208.4–5）。その家は医者の老夫婦だけで子供はいなかった。Kの家族関係は以上の通りである。

先生はKと同郷で、小さい時から仲好しだった（下十九 200.5）。先生は新潟県の出身である（上十二 33.4）。その地方は本願寺派の勢力の強い所で、物質的な面については檀家がよく面倒をみてくれるので、真宗の寺はたいてい豊かであったと先生は述べている（下十九 200.9）。Kの生まれた家も相応に暮らしていたけれども、Kを「東京へ修業に出す程の余力があつたか何(ど)うか知りません」（下十九 200.13–14）と言う。先生の書きぶりには、Kを養子に出したことについて、何か含むところがある。

それは経済的な問題だけではない。寺に育ったKは中学時代から哲学や宗教に関心が深く、その後の勉学ぶりから、「普通の坊さんよりは遥かに坊さんらしい性格を有つてゐたやうに見受けられます」（下十九 201.15–202.1）と先生は見ている。それなのになぜ、医者の家に養子に出したのか、という疑問を先生は抱いていたのかも知れない。「彼の父は云ふ迄もなく僧侶でした。けれども義理堅い点に於て、寧ろ武士に似た所がありはしないかと疑はれます」（下二十一 208.1–2）。

Kは中学の時に医者の家に養子に出され、先生とともに東京の高等学校に入った。先生はKと同じ下宿で同じ部屋で生活した。Kは常に精進という言葉を使い、精進に徹していた。先生はKを常に畏敬していた。養父母は医学の勉強をさせるつもりであったけれども、Kは養父母には無断で、医者にならない決心をしていた。それでは養父母を欺くことになる、と先生が言うと、「左右だ」と答え、「道のためなら、其位の事をしても構はない」（下十九 202.3–4）とKは言い切る。先生は、「道」という言葉の意味は「恐らく彼にも能く解つてゐなかつたでせう」と推測しつつも、「この漠然とした言葉が尊とく響いた」と書いている。養父母を欺くという問題があるにしても、「道」を掲げて若者らしく理想に向かって精進する姿に、先生もKに共感し賛成した。賛成する以上は、万一の場合には自分に責任の生ずることも覚悟していた（下十九）。

三年目の夏にKは、養家へ手紙で真実を伝えた（下二十）。養家も実家も怒った。養子縁組を解消してKは実家に復籍した。しかし実家はKを、事実上勘当してしまった。Kは夜学校の教師でもしながら大学で勉強するから、学資の心配はないと言う。先生も責任を感じるけれども、気位の高いKのことであるから、黙って様子を見ることにした。

養子縁組の解消と復籍をめぐる問題で、Kが連絡を取ったのは姉の夫であった。養子の世話をしたのが義兄であったということもあるけれども、継母よりもこの姉がKの母親代わりであったことと深く関係している。それにしても、父親や実兄は全然現れない。先生がKに同情し、さらには「Kの味方をする気にな」った（下二十一 207.10）背景には、そういう事情もあったのかも知れない。言葉には出さないながら、先生はKのために内心で義憤を感じていたのであろう。

Kの生い立ちが漱石自身と重なり合っていることは、指摘するまでもないであろう。実母が亡くなっていること、健在の兄の存在感が皆無に近いこと、経済的に余裕のないはずがないにもかかわらず養子に出したこと、養家から離縁されて復籍したこと、離縁されるに当たって養育費を養家に弁償したこと。これらの点で両者は共通する。先生がKの父に対して批判的な口吻を漏らしているのは、作者漱石の心情の表れと見ることができる。

Kのモデルについていくつかの意見が出されているが、以上のごとくであるから、生い立ちという点では、漱石は自分自身をモデルにしたと考えてよい。

なお、養家との関係という点では、Kも漱石も結果的に養家と断絶することになるが、Kが自覚的に養父母を裏切ったのに対して、漱石は裏切ることはなかった。しかし漱石と養父母の関係は、それ自体が大きな問題であり、漱石自身がどのように考えていたかについては、別の機会に検討することにしたい。

Kは大学一年の時に実家に復籍し、二年の中頃まで自活していたが、身体や精神に疲労が蓄積していた。卒業までに残り少ない時期であり誰でも焦るけれども、Kの焦慮は普通以上であった（下二十二 209.14–15）。先生は「当分身体を楽にして、遊ぶ方が大きな将来のために得策だと忠告し」た（下二十二 210.1–2）。Kは「たゞ学問が自分の目的ではない」、「意志の力を養つて強い人になるのが自分の考だ」（下二十二 210.4–5）と言う。Kの現状では意志が強いどころか、神経衰弱に罹っている。先生は至極同感の様子を見せて、「自分もさういふ点に向つて、人生を進む積だつたと遂には明言しました」（下二十二 210.8–9）。そして最後に、「Kと一所に住んで、一所に向上の路を辿つて行きたいと発議しました」（下二十二 210.11）。ようやくKは同意した。先生は次のように述べている。「私は彼の剛情を折り曲げるために、彼の前に跪まづく事を敢てしたのです」（下二十二 210.12）。

同じ言葉を、先生は〈私〉に語っていた。「かつては其人の膝の前に跪づいたといふ記憶が、今度は其人の頭の上に足を載せさせやうとするのです」（上十四 41.3–4）。〈私〉が先生を尊敬して近づくことに対して言った言葉である。将来〈私〉が自分の頭に足を載せることになりはしまいか、そういう危惧を先生は抱いていた。かつて先生は、Kを迎え入れるためにKの前に跪いた。その経験から〈私〉にそのように言ったのである。

こうして先生は、自分の下宿にKを引き取った。当然下宿代の問題がある。親元からの仕送りのないKには収入がない。といって、先生がその費用を現金で彼に渡せば「独立心の強い」（下二十三 212.1）Kは躊躇するであろう。そう考えて、金の話はKには一切しなかった。またKの経済的実状について奥さんに一言も打ち明けずに（下二十三 212.2–3）、二人分の費用を彼の知らぬ間に先生がそっと奥さんの手に渡した（下二十三 212.1-2）。先生はそれまでの生活でも、遺産から出る利子の半分も使わなくてもすむほどであったから（下九 176.8）、Kの分を負担する余裕は充分にあった。

また、Kを引き取る以上は、奥さんと御嬢さんにKの世話をしてもらわなければならない。先生はKの身の上について話した。

> 私はたゞKの健康に就いて云々しました。一人で置くと益（ますます）人間が偏窟になるばかりだからと云ひました。それに付け足して、Kが養家と折合の悪かつた事や、実家と離れてしまつた事や、色々話して聞かせました。私は溺れかゝつた人を抱いて、自分の熱を向ふに移してやる覚悟で、Kを引き取るのだと告げました。其積（そのつもり）であたゝかい面倒を見て遣つて呉れと、奥さんにも御嬢さんにも頼みました。私はここ迄来て漸ゝ（ようよう）奥さんを説き伏せたのです。（下二十三 212.4-8）

先生はようやく奥さんと御嬢さんを説得した。奥さんと御嬢さんはKに「親切」にしてくれた。Kに対する二人の親切を「私に対する好意から来たのだと解釈した私は、心のうちで喜びました」（下二十三 212.11-12）。

先生は境遇がKとよく似ていると感じていたのであろう。Kが養子に出された上に勘当までされている事情は、郷里と断絶している先生自身と同じような境遇にある。しかし二人の心境が似ているかどうかは別である。先生は裏切った叔父を敵として憎んでいた。それに対してKが実父や養父、あるいは義母に対してどのような感情を抱いていたか、実は何の言及もない。しかし先生は、Kが自分と同様に精神的に傷ついている者と見なし、「氷を日向へ出して溶かす工夫をしたのです。今に融けて温かい水になれば、自分で自分に気が付く時機が来るに違ないと思つたのです」（下二十三 213.7–8）。「私は奥さんからさう云ふ風に取扱かはれた結果、段々快活になつて来たのです。それを自覚してゐた私は、今それをKのために応用しやうと試みたのです」（下二十四 213.10–11）。

そこで先生は、奥さんや御嬢さんにいろいろと頼み事をした。「私は蔭へ廻つて、奥さんと御嬢さんに、成るべくKと話しをする様に頼みました。私は彼の是迄通つて来た無言生活が彼に祟つてゐるのだらうと信じたからです」（下二十五 216.4–5）。こうした試みについて先生は、「ある意味から見て実際彼の軽蔑に価してゐたかも知れません」（下二十五 217.6）と認める。なぜならば、

> 彼の眼の着け所は私より遥かに高いところにあつたとも云はれるでせう。私もそれを否みはしません。然し眼だけ高くつて、外が釣り合はないのは手もなく不具です。私は何を措いても、此際彼を人間らしくするのが専一だと考へたのです。いくら彼の頭が偉い人の影像で埋まつてゐても、彼自身が偉くなつて行かない以上は、何の役にも立たないといふ事を発見したのです。私は彼を人間らしくする第一の手段として、まづ異性の傍に彼を坐らせる方法を講じたのです。さうして其所から出る空気に彼を曝した上、錆び付きかゝつた彼の血液を新らしくしやうと試みたのです。（下二十五 217.6–12）

先生の計画は次第に成功した。Kは「自分以外に世界のある事を少しづゝ悟って行くやうでした」(下二十五 217.14)。何度も指摘してきたように、先生はあくまでも先生の眼で世界を見ている。Kの自身はほとんど何も語らない。

先生がそうであったように、人間らしさを回復するには女性の力が大きい。Kを女性の傍に坐らせることで、彼の血液を新しくしようとした。試みは成功して、Kは次第に女性に対して眼を開くようになった。先生自身は御嬢さんのことで夢中になっていたが、御嬢さんとのことはKには打ち明けなかった(下二十五 218.5-6)。

今迄書物で城壁をきづいて其中に立て籠つてゐたやうなKの心が、段々打ち解けて来るのを見てゐるのは、私に取つて何よりも愉快でした。私は最初からさうした目的で事を遣り出したのですから、自分の成功に伴う喜悦を感ぜずにはゐられなかつたのです。私は本人に云はない代りに、奥さんと御嬢さんに自分の思つた通りを話しました。二人も満足の様子でした。(下二十五 218.7-10)

計画通りKが元気を取り戻してくるのを見て、先生も、そして奥さんも御嬢さんも満足した。

10　嫉妬

先生がある日、いつもより帰りが遅いことがあった。門の格子を開けると、Kの部屋から御嬢さんの声がした。格子を締めた。声は止んだ。玄関で手間のかかる編み上げ靴の紐を解いている間、Kの部屋では誰の声もしなかった。「私は変に思ひました」。勘ちがいかと思った。先生とKの部屋は八畳と四畳の続き部屋である。Kの部屋は四畳間で、先生の部屋はKの部屋を通ってその奥にある。間は襖で仕切られている。

然し私がいつもの通りKの室(へや)を抜けやうとして、襖を開けると、其所に二人はちやんと坐つてゐました。Kは例の通り今帰つたかと云ひました。御嬢さんも「御帰り」と坐つた儘(まま)で挨拶しました。私には気の所為(せい)か其簡単な挨拶が少し硬いやうに聞こえました。何処かで自然を踏み外してゐるやうな調子として、私の鼓膜に響いたのです。私は御嬢さんに、奥さんはと尋ねました。私の質問には何の意味もありませんでした。家(いえ)のうちが平常より何だかひつそりしてゐたから聞いて見た丈(だけ)の事です。

奥さんは果して留守でした。下女も奥さんと一所に出たのでした。だから家(うち)に残つてゐるのは、Kと御嬢さん丈だつたのです。私は一寸(ちよつと)首を傾けました。今迄長い間世話になつてゐたけれども、奥さんが御嬢さんと私だけを置き去りにして、宅(うち)を空けた例(ためし)はまだなかつたのですから。私は何か急用でも出来たのかと御嬢さんに聞き返しました。御嬢さんはたゞ笑つてゐるのです。私は斯んな時に笑ふ女が嫌（きらい）でした。若い女に共通な点だと云へばそれ迄かも知れませんが、御嬢さんも下らない事に能く笑ひたがる女でした。然し御嬢さんは私の顔色を見て、すぐ不断の表情に帰りました。急用ではないが、一寸用があつて出たのだと真面目に答へました。下宿人の私にはそれ以上問ひ詰める権利はありません。私は沈黙しました。（下二十六 219.10–220.9）

誰もいない家の中で御嬢さんがKと二人だけで話している。先生には予想外の出来事であった。奥さんは先生と御嬢さんを残して留守にしたことはなかった。変な感じがした。

一週間ほどして、またKと御嬢さんだけでいたことがあった。

「一週間ばかりして私は又Kと御嬢さんが一所に話してゐる室（へや）を通り抜けました。其時御嬢さんは私の顔を見るや否や笑ひ出しました。私はすぐ何が可笑（おか）しいのかと聞けば可（よ）かつたのでせう。それをつい黙つて自分の居間迄来て仕舞つたのです。だからKも何時（いつ）ものやうに、今帰つたかと声を掛ける事が出来なくなりました。御嬢さんはすぐ障子を開けて茶の間へ入つたやうでした。

夕飯（ゆうめし）の時、御嬢さんは私を変な人だと云ひました。私は其時も何故変なのか聞かずにしまひました。たゞ奥さんが睨（にら）めるやうな眼を御嬢さんに向けるのに気が付いた丈（だけ）でした。（下二十

七 221.8–13)

Kと御嬢さんとの関係がおかしい。先生はそう考え始めた。そうして「私のKに対する嫉妬は、其時にもう充分萌(きざ)してゐたのです」(下二十七 223.3–4)。

大学二年目が終わって夏休みに旅行に出ようと考えた。Kは行きたくないと言う。しかしK一人を残して行く気にはなれない。Kと家のものが親しくなっていくのを見るのが、あまりいい心持ちではなかった。「私が最初希望した通りになるのが、何で私の心持を悪くするのかと云はれゝば夫(それ)迄(まで)です。私は馬鹿に違ないのです」(下二十七 223.13–14)。結局、二人は房州へ行くことにした。

Kは神経衰弱が大分よくなっていたらしい。先生の方は段々過敏になってくる。Kは落ちついていた。その自信が、Kが前途に光明を見出した結果であれば、世話をした甲斐がある。「けれども彼の安心がもし御嬢さんに対してであるとすれば、私は決して彼を許す事が出来なくなるのです」(下二十八 226.4–5)。

Kは、先生が御嬢さんを愛している素振りにまったく気がつかないようであった(下二十八 226.5–6)。先生は「思ひ切つて自分の心をKに打ち明けやうとし」た(下二十九 226.10)。しかし打ち明けることができなかった。

鯛ノ浦で誕生寺を訪ね、Kは住持に会って日蓮について聞いていた。先生は関心がなかった。寺を辞してからもKは日蓮のことを話していたが、先生は黙ってしまった。すると翌日の晩に、夕食後、昨日の先生の態度を不快に思っていたKは、難しい議論を始めた。そして「精神的に向上心がないものは馬鹿だ」と言った（下三十 231.9)。ところが先生の胸には、「御嬢さんの事」をめぐってKに対する「蟠（わだか）ま」りがあるので、先生に対するKの「侮蔑に近い言葉をたゞ笑つて」すませるわけにはいかなった（下三十 231.11-12)。後に先生は、Kのこの言葉をK自身に投げ返すことになるが、その伏線がここにある。先生はKの発言に対して「人間らしいといふ言葉」を使って反論した（下三十一 231.14)。この点で先生とKとは立場を異にしていた。Kは先生の反論に対して、もしも先生が、昔の「霊のために肉を虐げたり、道のために体（たい）を鞭（むちう）つたりした所謂（いわゆる）難行苦行の人」（下三十一 232.11-13)を知っていたならば、そんな攻撃はしないだろう、と言った。

その晩はそのまま寝てしまった。翌日からまた歩きだしたが、先生は「人間らし」さなどという「抽象的な言葉を用ひる代りに、もつと直截で簡単な話をKに打ち明けてしまへば好かつた」（下三十一 233.2-3)と考えて、せっかくの機会を逃がしたことを後悔する。

帰宅すると、先生は御嬢さんの態度が前とは少し変わっているのに気がついた。旅から帰った二人を世話するのに、「御嬢さんが凡て私の方を先にして、Kを後廻しにするやうに見えたのです」（下三十二 234.11-12)。「私は心の中（うち）でひそかに彼に対する愷歌（がいか）を奏したのです」（下三十二 235.1-2)。

九月の中頃から学校が始まった。いつ帰っても、御嬢さんがKの室にいることはなかった。十月の中頃、その日は先生の方がKよりも帰宅が早いはずであったが、玄関の格子を開けるとKの声がする。同時に御嬢さんの笑い声が響いた。その日は手間のかかる靴ではなかったので、すぐに部屋の襖を開けるとKがいるだけで、御嬢さんの姿はなかった。「私は恰（あたか）もKの室（へや）から逃れ出るやうに去る其後姿をちらりと認めた丈でした」（下三十二 235.14-15)。Kは気分が悪くて休んだのだと言う。

間もなく御嬢さんが茶を持つて来て呉れました。其時御嬢さんは始めて御帰りといつて私に挨拶をしました。私は笑ひながらさつきは何故逃げたんですと聞けるやうな捌(さば)けた男ではありません。それでゐて腹の中では何だか其事が気にかゝるやうな人間だつたのです。御嬢さんはすぐ座を立つて縁側伝ひに向ふへ行つてしまひました。然しKの室の前に立ち留まつて、二言三言内と外とで話しをしてゐました。それは先刻(さつき)の続きらしかつたのですが、前を聞かない私には丸で解りませんでした。（下三十二 236.1-7）

先生の目には、御嬢さんの態度はますます露骨になるように見えた。先生とKがともに在宅している時でも、Kの部屋の縁側に来てKの名を呼び、部屋に入ってゆっくりしている。郵便や洗濯物を届けることがあるにしても、「是非御嬢さんを専有したいといふ強烈な一念に動かされてゐる私には、何(ど)うしてもそれが当然以上に見えたのです」（下三十二 236.11-12）。

十一月の寒い雨の降る日、帰宅すると誰もいないKの部屋には火鉢に継ぎたての火があるのに、自分の部屋の火鉢には火種が尽きていた。奥さんが来て着替えを手伝い、Kの火鉢を持って来てくれた。その日はKの方が遅く帰るはずであったが、Kは帰宅して再び出て行ったのだと言う。先生はしばらく読書をしてから、賑やかな所へ行きたくなった。しばらく行くとKと行き会った。しかもKの後ろには御嬢さんがいた。

嫉妬に苦しめられた先生は、「奥さんに御嬢さんを呉れろと明白な談判を開かうかと考へた」（下三十四 240.15–241.1）。以前は「他の手に乗るのが厭だといふ我慢」（下三十四 241.3–4）が働いていた。しかしKが来てからは「御嬢さんがKの方に意があるのではなからうかといふ疑念が絶えず私を制するやうになつたのです」（下三十四 241.5–6）。「斯んな訳で私はどちらの方面へ向つても進む事が出来ずに立ち竦んでゐました」（下三十五 242.5）。

大学三年目の歳が明けて、奥さん、御嬢さん、それに先生とKとで歌留多をすることになった。御嬢さんはKに加勢して先生に当たるありさまになった。「私は相手次第では喧嘩を始めたかも知れなかつたのです」（下三十五 243.5–6）。御嬢さんが歌留多に熱中している光景が目に見えるようである。その御嬢さんとKは手を組んでいる。「幸ひにKの態度は少しも最初と変りませんでした。彼の何処にも得意らしい様子を認めなかつた私は、無事に其場を切り上げる事が出来ました」（下三十五 243.6–7）。

しかしゲームはヴァーチャルな世界でのイメージの遊びであるだけに、想像の翼を自由に限りなく広げることができる。先生の眼には映らなかったけれども、Kにとってこの経験は鋭い刺激だったに違いない。それから二、三日後、奥さんと御嬢さんが市ヶ谷の親類へ出かけた。先生とKはまだ学校が始まらないので、家にいた。Kは先生の部屋に来て、奥さんと御嬢さんのことについていつまでもいろいろと質問した。先生は「何故今日に限ってそんな事ばかり云ふのか」と尋ねた。すると彼は突然黙ってしまった。「口元の肉が顫へるやうに動いてゐ」た（下三十六 245.4）。そしてKは、御嬢さんに対する切ない恋を打ち明けた。「私は彼の魔法棒のために一度に化石されたやうなものです」（下三十六 245.11–12）。

11　Kの覚悟

Kの本心を告白された先生も、愛する御嬢さんのことであるだけに困った。ある日図書館にいると、Kがやって来て散歩に誘う。二人で龍岡町から池の端へ出て、上野公園に入った。（〈私〉が先生とここを散歩した時、男女の二人連れを〈私〉が冷やかしたと先生から叱責された場所である。）Kは自分のことをどう思うかと先生に聞いた。「自分の弱い人間であるのが実際恥づかしい」。「迷つてゐるから自分で自分が分らなくなつてしまつた」ので、先生に「公平な批評を求めるより外に仕方がない」と言う（下四十 257.2-4）。

Kは養家事件などでも意志の強い人のはずであった。しかし眼の前のKは弱々しい。「Kが理想と現実の間に彷徨してふら〳〵してゐるのを発見した」（下四十一 258.3）先生は、Kの「虚に付け込ん」（下四十一 258.4）で、「精神的に向上心のないものは馬鹿だ」（下四十一 258.7）と、房州旅行の際にKが先生に言った言葉を投げ返した。

それについて先生は次のように述べている。

> 是は二人で房州を旅行してゐる際、Kが私に向つて使つた言葉です。私は彼の使つた通りを、彼と同じやうな口調で、再び彼に投げ返したのです。然し決して復讐ではありません。私は復讐以上に残酷な意味を有(も)つてゐたといふ事を自白します。私は其一言(いちごん)でKの前に横たはる恋の

行手を塞がうとしたのです。（下四十一 258.7–10）

「復讐」ではなくて、「復讐以上に残酷な意味を有つてゐた」と述べている。復讐であれば恋の成就・不成就にとどまるが、それ「以上に残酷な意味」と言っているのは、Kの行為がKの宗教的心情そのものと矛盾するではないか、という指摘を指しているからであろう。先生はそれが「残酷」であることまでは承知していたが、Kにとって存在に関わる重大な意味をもつことまでは思い及ばなかった。あくまでも恋に盲目になっていて、恋の次元でしか考えていなかった、と先生は告白している。

Kは精進という言葉を好んだが、Kの信条によれば、精進の中には禁欲も含まれ、特に「慾を離れた恋そのもの」（下四十一 259.2）、つまり精神的な恋であってさえも、道の妨げとされていた。先生は「単なる利己心」（下四十一 259.10–11）から、同じ言葉を再びKに投げつけた（下四十一 259.12）。先生の意図に反して、Kは向上心をあくまでも宗教的な意味に理解した。Kは「僕は馬鹿だ」（下四十一 259.15）と言って、それきり消沈してしまった。

先生の思いとKの自責とは平行線を辿っている。Kは「迷っている」から先生に相談したいと言ってこの会話が始まったのであった。Kはこの話はもうやめようと言った。先生とは話が嚙み合わないからである。しかし先生はなおも追求した。「君の心でそれを止める丈の覚悟がなければ。一体君は君の平生の主張を何うする積なのか」（下四十二 261.9–10）

すると彼は卒然「覚悟？」と聞きました。さうして私がまだ何とも答へない先に「覚悟、——覚悟ならない事もない」と付け加へました。（下四十二 261.14–15）

覚悟という言葉を聞いた先生は、Kが恋を断念するものと考えた。「自覚とか新らしい生活」（下四十三 263.2）というような文字はまだなかった時代である。Kが自分の過去を簡単に切り捨てることは考えられない。「彼には現代人の有たない強情と我慢があ」る（下四十三 263.9–10）と、先生はKを見ていた。ところがその夜、先生が寝てしまうとKが境の襖を二尺ほど開けて先生を呼んだ。「もう寐たのか」（下四十三 264.7）というだけであった。洋燈（ランプ）を背にして黒い影法師が立っていた。翌朝二人で一緒に学校に向かった。途中先生は、昨夜の一件について何か話すことがあるのではないか、と追求した。しかしKは、そうではないと言うだけであった。先生は「覚悟」の意味が、先生の理解したのとは違って、「御嬢さんに対して進んで行くといふ意味」に解釈した（下四十四 266.6–7）。Kは果断だから、先生も「最後の決断が必要だ」（下四十四 266.9）と考えた。

原文に従って二人の会話を追った。以上の会話の中に決定的な問題が提示されている。しかし当時の先生自身はそのことに気づいていなかった。先生は恋愛事件の後で気づいたのである。だから遺書を書いている先生はもちろん自覚している。先生は事態の本質に気づかなかった当時の先生の立場で遺書を書き続けているので、何が問題であるのかについては本章の最後で述べることにしたい。

一週間後、先生は仮病をつかって学校を休み、Kも御嬢さんもいない時に、「奥さん、御嬢さんを私に下さい」（下四十五 268.8–9）と言った。奥さんは驚いた顔も見せなかった。「あんまり急ぢやありませんか」などと言いながらも、「宜ござんす」（下四十五 268.13, 269.5）と承諾した。しかし御嬢さんとの婚約をどうやってKに伝えたらよいのか、またどうすれば自分の犯した卑怯な行為を誰にも知られずにすむのか、先生は思い悩んだ。

> 私は仕方がないから、奥さんに頼んでKに改めてさう云つて貰はうかと考へました。無論私のゐない時にです。然しありの儘を告げられては、直接と間接の区別がある丈で、面目のないのに変りはありません。と云つて、拵え事を話して貰はうとすれば、奥さんから其理由を詰問されるに極つてゐます。もし奥さんに総ての事情を打ち明けて頼むとすれば、私は好んで自分の弱点を自分の愛人と其母親の前に曝け出さなければなりません。真面目な私には、それが私の未来の信用に関するとしか思はれなかつたのです。結婚する前から恋人の信用を失ふのは、たとひ一分一厘でも、私には堪え切れない不幸のやうに見えました。
>
> 　要するに私は正直な路を歩く積で、つい足を滑らした馬鹿ものでした。もしくは狡猾な男でした。さうして其所に気のついてゐるものは、今の所たゞ天と私の心だけだつたのです。然し立ち直つて、もう一歩前へ踏み出さうとするには、今滑つた事を是非とも周囲の人に知られなければならない窮境に陥いつたのです。私は飽くまで滑つた事を隠したがりました。同時に、何うしても前へ出ずには居られなかつたのです。私は此間に挟まつてまた立ち竦みました。

(下四十七 274.3–14)

「正直な路」を歩こうとしながら、つい踏み外してしまった。今、真実を知っているのは「天と私の心だけ」である。しかし「もう一歩前へ踏み出」して婚約を推し進めようとすれば、真実が周囲の人に知られざるをえない。と言って、「前へ出」るのをやめるわけにはいかない。

先生はこの段階で深い後悔の念に襲われている。しかし、先生自身はそこで立ち竦んでいる間に、Kが自殺するという事件が起きてしまう。

五、六日経って、奥さんがKに話した。Kの態度に変化は生じなかった。Kは奥さんに「何か御祝ひを上げたいが、私は金がないから上げる事が出来ません」(下四十七 275.14–15)と言ったという。それから二日後の土曜の晩に、Kは自殺した(下四十八 276.10–11)。

遺書が机の上に置かれていた。

> 手紙の内容は簡単でした。さうして寧ろ抽象的でした。自分は薄志弱行で到底行先の望みがないから自殺するといふ丈なのです。それから今迄私に世話になつた礼が、極あつさりした文句で其後に付け加へてありました。世話序に死後の片付方も頼みたいといふ言葉もありました。奥さんに迷惑を掛けて済まんから宜しく詫をして呉れといふ句もありました。国元へは私から知らせて貰ひたいといふ依頼もありました。必要な事はみんな一口づゝ書いてある中に御嬢さ

んの名前丈は何処にも見えませんでした。私は仕舞迄読んで、すぐKがわざと回避したのだと気が付きました。然し私の尤も痛切に感じたのは、最後に墨の余りで書き添へたらしく見える、もつと早く死ぬべきだのに何故今迄生きてゐたのだらうといふ意味の文句でした。（下四十八 278.5-12)

大事な「手紙」であるが、先生は手紙をそのままここに写しているわけではない。急いで内容を読み取り、自分に関わりのあることが書かれていないか。そんな気ぜわしさが感じられる。一人称の語りの特性を徹底させている、と言える。自殺の理由らしきものは、薄志弱行で将来の見込みがない、ということだけであった。抽象的だと先生は思った。具体的な事実の記載がない、という意味であろう。先生がもっとも痛切に感じたのは、「もっと早く死ぬべきだのに何故今迄生きてゐたのだらう」という意味の文句だった。御嬢さんの名前がどこにも記されていないことに、先生はひとまずほっとした。

この「手紙」については後にあらためて検討しなければならないが、手紙の内容についてこのように述べている先生は、自分の利害関係、自分の立場だけから手紙を読んでおり、Kの言葉の意味を正確には理解していない、ということだけを指摘しておきたい。

自殺という事件が巻き起こすであろう社会的反響を考えた時、手紙の内容が「抽象的」であることに、先生はほっと一息ついた。しかし心の中は暗澹としていた。Kの自殺を知った直後、先生は深く後悔した。「もう取り返しが付かないといふ黒い光が、私の未来を貫ぬいて、一瞬間に私の前に横はる全生涯を物凄く照らしました」（下四十八 277.11-12）。そして友の死骸を眺めながら、運命の恐ろしさを感じていた。

> 私は少しも泣く気にはなれませんでした。私はたゞ恐ろしかつたのです。さうして其恐ろしさは、眼の前の光景が官能を刺戟して起る単調な恐ろしさ許ではありません。私は忽然と冷たくなつた此友達によつて暗示された運命の恐ろしさを深く感じたのです。（下四十九 279.5-8）

「暗示された運命の恐ろしさ」を先生は予感した。ここから後は結末まで、駆け足に近い形で簡略に描かれている。

葬儀のために国元からKの父と兄が来た。先生はKと雑司ヶ谷近辺をよく散歩したが、Kは大変気に入っていたので、冗談半分に、死んだらここへ埋めてやろうと約束した。先生は、「生きてゐる限り、Kの墓の前に跪まづいて月々私の懺悔を新たにしたかつた」（下五十 283.15-284.1）ので、父・兄にそう言うと、「今迄構ひ付けなかつた」のに、先生が「万事世話をして来たといふ義理」もあってか、先生の希望を聞いてくれた（同 284.1-2）。

新聞にはKの自殺について、父兄から勘当されて厭世観に陥って自殺したとか、気が狂って自殺したとか書かれているだけであった。御嬢さんのことなどについて書いたものはなかった（下五十一 284.10-285.5）。

12 「運命の冷罵」

それから間もなく今の家に引っ越した（下五十一 285.6-8）。引っ越して二カ月後に大学を卒業し、それから半年も経たないうちに御嬢さんと結婚した（下五十一 285.9-10）。事件があった年の秋から暮れあたりになるのであろう。

> 外側から見れば、万事が予期通りに運んだのですから、目出度（めでたい）と云はなければなりません。奥さんも御嬢さんも如何にも幸福らしく見えました。私も幸福だつたのです。（下五十一 285.10-12）

最後に述べているように、先生も「幸福だった」。ただし、「外側から見れば」という条件がついている。そこで内面的にはどうだったのかについて、次のように述べている。

> けれども私の幸福には黒い影が随（つ）いてゐました。私は此幸福が最後に私を悲しい運命に連れて行く導火線ではなかろうかと思ひました。（下五十一 285.12-13）

先述の「予感」はまだ具体的な形を得てはいないが、なお尾を引いている。事件が事件であったから、一般論としてもそれはやむを得ないと、一応は言える。しかし先生の裏切りとKの自殺は、表面的には以上のごとくであるが、内面的に見ると重大な問題をはらんでいる。実質的には以上の描写の中にすでに描かれているけれども、それが先生の意識に上り、はっきりした自覚となった時、「心」の問題が顕在化することになる。『心』は駆け足で幕を閉じるが、重要な内容がここに集約されている。

　裏切りとKの自殺のことが先生の頭から離れなかったけれども、先生は佇むだけで、具体的にどう処すべきか、決めかねていた。その理由は問題の本質が、当時の先生にも曖昧だったからである。先生が結婚に期待を抱いていたのも、問題の本質を理解できていなかったからである。先生は結婚することによって鬱陶しい気分から解放されて、新しい未来が開けてくるのではないかという期待を抱いていた。

> 年来の希望であつた結婚すら、不安のうちに式を挙げたと云へば云へない事もないでせう。然し自分で自分の先が見えない人間の事ですから、ことによると或は是が私の心持を一転して新らしい生涯に入る端緒（いとくち）になるかも知れないとも思つたのです。（下五十二 287.1–3）

　この時点では、時が解決してくれるのではないかと、先生は漠然と考えていたのである。ところが、事態は一変することになった。先生は〈私〉から、「私はそれ程軽薄に思はれてゐるんですか。それ程不信用なんですか」と問われて、「信用しないって、特にあなたを信用しないんぢやない。

人間全体を信用しないんです」（上十四 39.14）と答えていた。その理由として、「私は私自身さへ信用してゐないのです。つまり自分で自分が信用出来ないから、人も信用できないやうになつてゐるのです。自分を呪ふより外に仕方がないのです」（上十四 40.6–7）と述べていた。先生は自分自身を信用できないと言う。なぜ先生は自分が信用できないのであろうか、また先生はいつそう考えるようになったのであろうか。

先生は結婚によって、あるいは人生に新しい転機が生まれるかも知れないと考えていたにもかかわらず、実際は期待に反していた。

> 所が愈（いよいよ）夫として朝夕妻（さい）と顔を合せて見ると、私の果敢（はか）ない希望は手厳しい現実のために脆（もろ）くも破壊されてしまひました。私は妻と顔を合せてゐるうちに、卒然Kに脅（おびや）かされるのです。つまり妻が中間に立つて、Kと私を何処迄も結び付けて離さないやうにするのです。妻の何処にも不足を感じない私は、たゞ此一点に於て彼女を遠ざけたがりました。（下五十二 287.3–7）

奥さんの顔を見ていると、急にKに脅かされるのだと言う。奥さんが間に立って、先生をKに結び付けて離さない、と言う。奥さんを見ているとKを意識せざるをえない、と言ってもいいであろう。これは何を意味するのであろうか。結婚後、何が起こったのであろうか。

初めて雑司ヶ谷の墓地へ奥さんと行った時のことが、これと重大な関係にある。先生は〈私〉に「自分の妻さへまだ伴れて行つた事がないのです」（上六 19.1）と語っていたが、一度だけ奥さんと墓参したことがある。

> 結婚した時御嬢さんが、——もう御嬢さんではありませんから、妻と云ひます。——妻が、何を思ひ出したのか、二人でKの墓参をしやうと云ひ出しました。私は意味もなく唯ぎよつとしました。何うしてそんな事を急に思ひ立つたのかと聞きました。妻は二人揃つて御参りをしたら、Kが嘸喜こぶだらうと云ふのです。私は何事も知らない妻の顔をしけじけ眺めてゐましたが、妻から何故そんな顔をするのかと問はれて始めて気が付きました。
>
> 私は妻の望通り二人連れ立つて雑司ヶ谷へ行きました。私は新らしいKの墓へ水をかけて洗つて遣りました。妻は其前へ線香と花を立てました。二人は頭を下げて、合掌しました。妻は定めて私と一所になつた顚末を述べてKに喜こんで貰ふ積でしたらう。私は腹の中で、たゞ自分が悪かつたと繰り返す丈でした。（下五十一　285.14–286.7）

二人は墓参をした。Kが死んでから七、八カ月、あるいはそれ以上たってからのことである。墓地は先生が決めて墓の手配も先生がした。その墓に、これまで一度も奥さんを連れて行ったことがなかったというのも、妙なことである。奥さんから二人で墓参をしようと言われて先生は「意味もなく唯ぎよつとしました」と言う。先生が、奥さんをKの墓から隔てておきたいという意志を持っていたことは明らかであろう。

これに続く次の箇所は、衝撃的である。

> 其時妻はKの墓を撫でゝ見て立派だと評してゐました。其墓は大したものではないのですけれども、私が自分で石屋へ行つて見立たりした因縁があるので、妻はとくに左右云ひたかつたのでせう。私は其新らしい墓と、新らしい私の妻と、それから地面の下に埋められたKの新らしい白骨とを思ひ比べて、運命の冷罵を感ぜずにはゐられなかつたのです。私はそれ以後決して妻と一所にKの墓参りをしない事にしました。（下五十一 286.8-12）

この短い文章にすべてが凝縮されている。奥さんはKの墓を撫で、立派だと言う。墓は先生が自分で見立てたものであった。それを奥さんは讃えているらしい。先生はこの場面を目にして「運命の冷罵」を感じた、と言う。そして、それ以後は決して奥さんと一緒にKの墓参はしないことにした、と述べている。なぜであろうか。

奥さんはKの墓を撫でている。この構図のまま、ここで時間を停めてその場面に注目して見よう。Kの死後数カ月後に初めてKの墓にお参りした奥さんは、Kに寄り添いKを愛撫しているように見える。奥さんは亡きKを愛しんでいるように見える。それを見た先生は、その瞬間に、嫉妬に狂っていた頃を想起して、心に嫉妬の炎が燃え上がったに違いない。ところが嫉妬の炎が燃え上がるよりも早く、次の瞬間に奥さんの発した言葉が、先生の心に冷水を浴びせかけ、先生の心を凍りつかせてしまった。

奥さんはKの墓石を撫でながら、先生を讃えている。墓石の下にはKが眠っている。その墓石は先生が建てたものである。「墓石を撫でている」奥さんの心には、墓石の下に眠るKではなく、墓石を建てた先生がいたのである。亡き親友のために墓まで建てた、友情に篤い先生を讃えている。一瞬にして事態を理解した先生は、決定的な衝撃を受けた。絶望的な悔恨に襲われた。そのことを簡潔に「運命の冷罵」と表現したのである。

御嬢さん（当時）がKの世話をしたのは、先生からそうするように依頼されたからである。不遇なKに対して友情に篤い先生を、御嬢さんは、むしろ、未来の夫として頼もしく思っていた。奥さんが二人で墓参りすると言い出したのも、同じ気持ちからであった。しかし、そのKは、今は石の下で白骨と化している。奥さんの言葉を聞いた瞬間に、先生はぞっとして、「運命の冷罵」を感じた。

先生はこの瞬間に、Kとの過去のすべてを思い起こした。

先生は奥さんと御嬢さんにKの世話を頼んだが、それも尋常の頼み方ではなかった。

> 私は溺れかゝつた人を抱いて、自分の熱を向ふに移してやる覚悟で、Kを引き取るのだと告げました。其積（そのつもり）であたゝかい面倒を見て遣つて呉れと、奥さんにも御嬢さんにも頼みました。
> （下二十三 212.6–8）

あまつさえ先生は、「私は蔭へ廻つて、奥さんと御嬢さんに、成るべくKと話しをする様に頼みました」（下二十五 216.4）。「私は成るべく、自分が中心になつて、女二人とKとの連絡をはかる様に力めました」（下二十五 216.15）。「今迄書物で城壁をきづいて其中に立て籠つてゐたようなKの心が、段々打ち解けて来るのを見てゐるのは、私に取つて何よりも愉快でした」（下二十五 218.7–8）。

奥さんと御嬢さんは、先生の依頼を受けてKの面倒を見ていた。ところが奥さんの留守中に、御嬢さんがKの部屋で二人だけで話していたのに気づいてから、先生の心の中に疑念と嫉妬が芽生えた。そのことがあって一週間ほど後に、Kと御嬢さんが話をしている部屋を先生は通り抜けた。「其時御嬢さんは私の顔を見るや否や笑ひ出しました」（下二十七 221.8–9）。しかし先生は「何が可笑しいのかと聞けば可かつた」のに、黙ったまま自分の部屋に入ってしまった。御嬢さんはすぐにKの部屋を引き上げた。そして夕食の時、「御嬢さんは私を変な人だと云ひました」（下二十七 221.12）。

先生は御嬢さんが笑った時も、なぜ笑ったのかを聞かなかった。またなぜ先生を変な人と言うのか、とも聞かなかった。ただこのときは「奥さんが睨めるやうな眼を御嬢さんに向けるのに気が付いた」（下二十七 221.13）と述べるだけである。

御嬢さんは、Kの世話をしてくれという先生の依頼の通りに実行しているに過ぎなかった。ところが先生にはそれが気に入らないらしい。御嬢さんにすれば納得がいかないのは当然である。御嬢さんはKの部屋から引き上げて来て、奥さんに不平を訴えたに違いない。しかし奥さんは事を荒立てることを避けて、御嬢さんをたしなめるだけだったのであろう。御嬢さんにすれば、Kの世話をして先生の不興を買うのでは、どうにも理屈に合わないから、このままにはできない、と考えたのであろう。夕食の席で、本人を前にして「変な人」と口にしてしまったのには、そのような事情があったからに違いない。奥さんはすでに御嬢さんの気持ちを承知していたけれども、たしなめようと御嬢さんを睨んだ。

『心』は先生の心の世界を描いているが、稀に、このように先生以外の人物の考えが漏れ出ることがある。御嬢さんの訴えを聞いていたはずの奥さんは、若い者の間に起こりがちな思いがけない行き違いに、うすうす気づいていたのであろう。奥さんにすれば、こういうことが起こりうるから、Kを引き取ることに反対したのだ、という思いがあったであろう。

奥さん・御嬢さんの胸の内は、『心』の中ではほとんど語られない。『心』はあくまでも先生の一人称の語りであるから、先生以外の人物の内面は描かれない。しかし御嬢さん・奥さんに関するこのような極めて断片的な描写が、わずかに先生の心の外の世界を写し取っている。

先生は自分から奥さん・御嬢さんに対して、Kに親切にしてくれるよう依頼していた。だから、Kに対する奥さん・御嬢さんの親切は、すべて「自分に対する好意」から出ていると解釈していた。

奥さんと御嬢さんは、親切に彼の荷物を片付ける世話や何かをして呉れました。凡てそれを私に対する好意から来たのだと解釈した私は、心のうちで喜びました。――Kが相変らずむつちりした様子をしてゐるにも拘はらず。(下二十三 212.11-13)

ここに先生の「喜び」の主我性が顕著に示されている。先生が中心にいて、奥さん・御嬢さんがKの世話をする。先生はその構図が実現しつつあることを単純に喜んでいる。この文章の最後に、

K自身は不機嫌そうにしているにも「拘はらず」、先生はKとは対照的に「心のうちで喜びました」と述べている。先生はKのためを思ってKを引き取ったのではあるけれども、先生の主我的構図が完全であるためには、Kはこの構図の通りの序列・秩序の中に組み入れられていなければならない。その構図が安定している限りにおいて、先生はKを安心して見ていることができる。

Kは先生の下宿に移ってから、次第に奥さん・御嬢さんとも打ち解けるようになった。先生は「彼は自分以外に世界のある事を少しづゝ悟って行くやうでした」（下二十五 217.14）と安心して見ている。

先生はこの構図を基準にして、この家におけるKの位置を考えていた。例えば、房州旅行から帰った時の様子を、先生は念入りに描いている。

> 宅（うち）へ着いた時、奥さんは二人の姿を見て驚ろきました。二人はたゞ色が黒くなつたばかりでなく、無暗（むやみ）に歩いてゐたうちに大変瘠（や）せてしまつたのです。奥さんはそれでも丈夫さうになつたと云つて賞めて呉れるのです。御嬢さんは奥さんの矛盾が可笑しいと云つて又笑ひ出しました。旅行前時々腹の立つた私も、其時丈（だけ）は愉快な心持がしました。場合が場合なのと、久し振（ぶり）に聞いた所為（せい）でせう。（下三十一 234.3-7）
>
> 「それのみならず私は御嬢さんの態度の少し前と変つてゐるのに気が付きました。久し振で旅から帰つた私達が平生の通り落付（おちつ）く迄には、万事に就いて女の手が必要だつたのですが、其

> 世話をして呉れる奥さんは兎に角、御嬢さんが凡て私の方を先にして、Kを後廻しにするやうに見えたのです。それを露骨に遣られては、私も迷惑したかも知れません。場合によつては却つて不快の念さへ起しかねたらうと思ふのですが、御嬢さんの所作は其点で甚だ要領を得てゐたから、私は嬉しかつたのです。つまり御嬢さんは私だけに解るやうに、持前の親切を余分に私の方へ割り宛てゝ呉れたのです。だからKは別に厭な顔もせずに平気でゐました。私は心の中でひそかに彼に対する愷歌を奏したのです。（下三十二 234.9–235.2）

このような関係は、実は、奥さん・御嬢さんにとっては最初から最後まで変わらなかった。しかし疑念と嫉妬の虜になった先生には、自分が設定した構図が自分で見えなくなってしまった。その具体的事実を、今ここで一つ一つ指摘する必要はないであろう。ここでは結婚を申し入れた時の描写だけを取り上げておきたい。

初めて『心』を読んだ時、先生の語るままに『心』を読み進んで来ると、先生が突然奥さんに「御嬢さんを下さい」と言った時の先生の切羽詰まった気分は、それなりに、よく理解できた。しかし奥さんの返事が、率直な喜びの表現もなく、しかも極めて簡単で、十五分もかからないで（下四十五 269.8）承諾したという、あまりにもあっけない様子に、異様な感じを抱かされたものである。奥さんも御嬢さんも、先生よりはKに親しみを抱いているらしい描写が続くから、承諾がいかにも「急変」と感じられて、異様に思われた。しかも「本人の意嚮さへたしかめるに及ばないと明言しました」（下四十五 269.10）とか、「親類は兎に角、当人にはあらかじめ話して承諾を得るのが順序らしい」と先生が念を押すと、奥さんは「大丈夫です。本人が不承知の所へ、私があの子を遣る筈がありませんから」(下四十五 269.11-13) と答えている。

こういう場面を見ると、非常に不自然でグロテスクにさえ思われ、作者は無理をして結末を急いでいるのではないか、という疑いさえ抱いたものである。しかしよく考えて見ると、読者はもっぱら先生が語る通りに、先生の心の世界ばかりを読まされてきたのである。視点を換えて、奥さん・御嬢さんの方に立場を移して考えれば、前に述べた通り、奥さんは御嬢さんを先生と結婚させてもいいという前提で、御嬢さんとともに、先生の依頼通りKの世話をしていた。奥さんは先生の申し入れの唐突さには驚きながらも、婚約そのものについては早くから腹を決めていた。だから、何の問題もなく、先生の申し出を受け入れた。

ただ、奥さんも、先生とKの関係について薄々察していたことは疑いない。奥さんがKに婚約成立を話したところ、Kが知らなかったので、なぜ先生は親友に話していなかったのかと問う場面がある (下四十七 274.15-275.4)。しかし先生を問い詰めることはしていない。Kが自殺した時も、動ずることなくてきぱきと処理した。奥さんは軍人の未亡人として、無用な言葉は呑み込んで、大局的判断だけは誤らないように、気持ちを張り詰めていたのであろう。

13　愛の二面性

雑司ヶ谷の墓地の場面に戻ろう。奥さんはKの墓石を撫でながら、親友が死んだ後まで友情を注ぎ続ける先生を讃えている。友情に篤い先生の依頼でKの世話をした。そういう構図が簡潔ながらも鮮明に描き出されている。先生は瞬時に気づいて、ぞっとせざるをえなかった。本来あるべき構図に代わって、今そこにある構図は、「新らしい墓と、新らしい私の妻と、それから地面の下に埋められたKの新らしい白骨」（下五十一 286.10–11）である。気が付いた時には、Kは白骨に化しており、今となっては取り返しがつかない。

先生は自分から提案した構図にもとづいて、人間関係という一つの世界を構築しておきながら、そこに展開された人間関係の中に自分自身が巻き込まれ、疑念と嫉妬に盲目となって、その挙げ句に、Kの自殺という、当初の意図とは正反対の結果を招いてしまった。

自分の意志で世界を構築しながら、その世界の中で自分自身が迷路に迷い込む。自分で自分の心を信じることができなくなる。自分が信じられなくなる。先生が自分自身を信じることができない、と語っていたのは、その意味である。

心は心によって欺かれる、と言えば、衝撃的であるが、仏教ではもっとも基本的な考え方である。『起信論』については先に紹介したが、『華厳経』の「三界は一心の作」という言葉もよく知られている。心が作り出した世界の中で、そのことを知らない人間は、悩み苦しんでいるのである。無明はそれほどに根深い問題であることを、漱石は痛切な悔恨をもって、描いているのである。

先生は、真実を奥さんに話すことができなかった。

私は一層思ひ切つて、有の儘を妻に打ち明けやうとした事が何度もあります。然しいざといふ間際になると自分以外のある力が不意に来て私を抑え付けるのです。私を理解してくれる貴方の事だから、説明する必要もあるまいと思ひますが、話すべき筋だから話して置きます。其時分の私は妻に対して己を飾る気は丸でなかつたのです。もし私が亡友に対すると同じやうな善良な心で、妻の前に懺悔の言葉を並べたなら、妻は嬉し涙をこぼしても私の罪を許してくれたに違ないのです。それを敢てしない私に利害の打算がある筈はありません。私はたゞ妻の記憶に暗黒な一点を印するに忍びなかつたから打ち明けなかつたのです。純白なものに一雫の印気でも容赦なく振り掛けるのは、私にとつて大変な苦痛だつたのだと解釈して下さい。（下五十二 287.13–288.5）

『心』の中には、Kとの関係で、奥さん（当時の御嬢さん）に対する先生の憎悪に満ちた言葉が多数記されている。Kが自殺した原因について話すとすれば、奥さんの行動が先生にどのような影響を及ぼしていたかを話さなければならない。Kに対する奥さん自身の態度が、奥さんとしては先生に対してなんら疚しさを感じなければならない点がなく、先生が想像したのとは全然別であっても、実際に先生の嫉妬心を煽り、Kの恋情を掻き立て、Kの自殺を招いたという事実は、否定することができない。

ところが奥さんは、何が起こっていたかを全く知らなかった。そのことは「先生と私」において、〈私〉が直接奥さんに確かめていた通りである。何も知らないままに、奥さんもこの事件に巻き込まれていた。何にも知らない「純白」な奥さんに、実は、と残酷な話をすることは、先生には堪えられなかった。奥さんの心はいつまでも「純白」のままでおきたかった。「静」を無理に「動」に転じさせてはならない、と先生は確信していた。しかし奥さんの不満は解消されないし、そこから生ずる苦しみを先生は引き受けなければならない。しかも先生自身は、誰からも理解されない孤独の中に沈むことになる。

先生は大学を卒業し、結婚した。しかし一度も就職することはなかった。遺産があったので、就職しなくても生活ができたということもあるけれども、社会に出て働く気にはなれなかった。奥さんと二人で暮らしながら、先生は心に秘密を抱えたまま、ひっそりと生きていた。そのことが奥さんには不満であったが、先生は奥さんに理由を説明することができなかった。静かに暮らしながら、先生は誰にも理解されることのない孤独の中に閉じ籠もって、生きてきた。

世の中で自分が最も信愛してゐるたつた一人の人間すら、自分を理解してゐないのかと思ふと、悲しかつたのです。理解させる手段があるのに、理解させる勇気が出せないのだと思ふと益(ますます)悲しかつたのです。私は寂寞でした。何処(どこ)からも切り離されて世の中にたつた一人住んでゐるやうな気のした事も能(よ)くありました。(下五十三 291.2-5)

ここで先生は「信愛」という言葉を使っている。この言葉は『心』ではここに一度出ているだけで、漱石の他の作品には用いられていないようである。岩波版『漱石全集』第二十八巻の索引には、「信愛」の項目そのものが立てられていない。小学館版『日本国語大辞典』の「信愛」の項には「信じ愛すること」と説明し、出典として明治十二年刊のリットン作・織田純一郎訳『花柳春話』五の「マルツラバース（この小説の主人公――引用者補足）の履歴を見て、其信愛する所果たして玆に在るを知るべし」と、『心』の今の箇所を挙げている。他に漢籍として『韓非子』「孤憤」、『宋史』「胡瑗伝」から例文を引証している。『諸橋漢和大辞典』は「信じいつくしむ」と説明し、『荀子』「仲尼」、『韓非子』「孤憤」、『漢書』「王莽伝」から例文を挙げてる。また中村元『仏教語大辞典』（第二巻九三六頁 d）では「妻が夫に愛されること」（『五分律』、大正蔵第二二巻一〇一頁上中）と説明している。仏典には、信愛の用例はこの他にも多数ある。

『心』では先生が奥さんを信愛している、という用法である。奥さん（当時は御嬢さん）に対する先生の愛は「神聖な愛」であり、それはまた恋でもあった。ところが先生は御嬢さんに対して神聖な愛を抱きながら、同時に深い疑い・嫉妬に襲われてもいた。「神聖な愛」は言葉としては崇高のごとくでありながら、疑念や嫉妬を排除できない。先生が信愛という言葉を用いているのは、疑い・嫉妬を克服して、単に愛するだけでなく信じていることを表している。しかもこの場合の「信」は盲目的な信ではなく、御嬢さん、そして今は奥さんとなっている人に対する確信を伴った信である。

漱石は二種類の愛を分けて用いていることになる。興味深いことに、『倶舎論』に同じような問題が述べられていることを指摘しておきたい。

愛には二種類ある。汚れた愛と、汚れ無き愛とである。汚れた愛とは貪りであって、妻子等に対する愛の如くである。汚れ無き愛とは信であって、師や長上に対する愛のごとくである。

「愛有二。一有染汚。二無染汚。有染謂貪如愛妻子等。無染謂信如愛師長等」(『阿毘達磨倶舎論』巻第四、大正蔵第二九巻、二二頁上)。

汚れた愛は貪欲であるという。「恋は罪悪ですよ」と語る先生は、「神聖」だと思っていた恋が実は貪欲にもとづくものであることを自覚したのである。そして奥さんの心が汚れのないことを確信するとともに、汚れのないままに保ちたいと願う愛を、信愛と呼んでいることになる。もっとも、漱石が『倶舎論』の説にもとづいてこのように述べている、と断定はできない。むしろ、一般に愛そのものがこのような二重性・二面性を帯びている。罪悪である可能性をはらむ恋が、信愛において浄化された愛となる。

14　Kはなぜ自殺したのか

自分の心が信じられなくなってから、先生はKの自殺の原因について、あらためて考え直している。

厳しく精進を誓ってきたにもかかわらず、Kは御嬢さんとの恋に陥ってしまった。Kにとってこの事実は、ありうべからざること、許されざることであった。問題はKの恋の挫折ではなかったのである。御嬢さんとの恋を実現できるか否かではなかった。決して女性に心を移してはならないという宗教的・絶対的な誓いを、知らぬ間にKは破ってしまっていた。そこに気がついて、Kは自分の「心」が信じられなくなった。それが問題のすべてである。自分で自分の心を信じることができない。気がつけば、自分の心が自分を裏切っていた。「自分は薄志弱行」だと遺書に書いていたのは、そのことを指していたのである。自分が信じられない。無一物のKにとって、自分を信じて精進することだけが生きる頼りであった。その自己を、自分の心を、信じることができない。これでは道のために努力するつもりでいても、「到底行先の望みがない」と考えざるをえなかったのは当然である。Kは自身の内に、底知れぬ空洞を見てしまった（下四十八）。

Kは養父母を裏切っていた。Kは自覚的にこの裏切りを犯した。「道のためなら、其位の事をしても構はない」（下十九 202.3-4）という強烈な自負があったからである。養子縁組を解消されても、実家に復籍はしたものの事実上の勘当を受けても、同じ自負の念から、平然としていることができた。先生に一切の経済的負担をかけながら、Kは堂々としていて、少しも引け目を感じるようなことはなかった。Kはひたすら自分の道を見据えて動ずることがなかった。しかしその自分自身を、自分の心を信じることができなければ、もはやKには何も残されたものがなくなる。先生に裏切られる前に、Kは自分自身に裏切られたのである。

Kは、先生に御嬢さんへの愛を告白した後に、先生を誘って上野の公園を散歩した。その時Kは、自分が「弱い人間であるのが実際恥づかしい」、「迷つてゐるから自分で自分が分らなくなつてしまつた」と告白し、先生に「公平な批評を求めるより外に仕方がない」と言った（下四十 257.2-3）。Kはこの時すでに、問題の本質を自覚していたと見ることができる。自覚はしたけれども、どうすべきか迷っていた。先生は「Kが理想と現実の間に彷徨してふら〳〵してゐるのを発見した」。そして「精神的に向上心のないものは馬鹿だ」（下四十 258.3-8）と、房州旅行の際にKが先生に言った言葉を返した。さらに「君の平生の主張を何うする積なのか」（下四十 261.10）と言い切った。先生は自分の恋の成就しか念頭になかったから、こう言えばKは恋を断念して「道」に向かうであろうと確信していた。

しかしKは、それ以上に深く自分自身を疑い、自分自身を信じることができなくなっていた。「迷つてゐる」「自分自身が分らなくなつてしまつた」という言葉の意味は、先生が予想したように、恋に向かって進むか退くかという選択肢の問題ではなく、自分自身に対する根本的な疑いを指している。

このような「迷い」に陥っている時に先生が投げ返した言葉は、最後のとどめとなった。Kは「覚悟、――覚悟ならない事もない」（下四十二 261.15）と答えた。先生はこれを、Kが恋の実現に向かって突っ走る「覚悟」を意味すると解釈したが、それは間違いであった。Kは先生から図星を指されて、それまでの迷いが吹っ切れた。Kの覚悟とは、自己矛盾を率直に認める覚悟以外にはありえない。

Kが先生に語った言葉の中に「弱い人間」という言葉がある。これはKの遺書にあった「薄志弱行」と同じことである。Kは御嬢さんへの恋を先生に告白してしまってから、恋の虜になっていることを客観的に反省していた。そうして自分が間違った道に陥ってしまっているのではないかと迷っていた。その点を先生から突かれて、Kははっきり自覚した。

死ぬ直前のKがどう考えていたのか、「Kの心」はどうであったのかに先生が気づいたのは、結婚した後のことである。はじめ先生は、Kは失恋のために死んだと考えていた。しかし先生が自分自身についての認識を改めるに及んで、Kのことも考え直した。

> 同時に私はKの死因を繰り返し〳〵考へたのです。其当座は頭がたゞ恋の一字で支配されてゐた所為(せい)でもありませうが、私の観察は寧ろ簡単でしかも直線的でした。Kは正しく失恋のために死んだものとすぐ極めてしまつたのです。(下五十三 291.6–8)

ところがよく考えて見ると、そうではないことに思い至った。

> しかし段々落ち付いた気分で、同じ現象に向つて見ると、さう容易(たやす)くは解決が着かないやうに思はれて来ました。現実と理想の衝突、――それでもまだ不充分でした。私は仕舞にKが私のやうにたつた一人で淋(さむ)しくつて仕方がなくなつた結果、急に所決したのではなからうかと疑がひ出しました。(下五十三 291.8–11)

先生はここで、「Kが私のやうにたつた一人で淋しくつて仕方がなくなつた結果」、自殺したのではないか、と思い至った。つまり、Kは先生と同様に、自分自身の心を信じられなくなって自殺したのではないかと考えるようになった。

先生は自分自身の反省にもとづいてKを理解することができた。そのKは自殺した。そうであるならば、先生自身の行く手に待っているのも、Kの場合と同じなのではなかろうか。

> さうして又慄（ぞつ）としたのです。私もKの歩いた路を、Kと、同じやうに辿つてゐるのだといふ予覚が、折々風のやうに私の胸を横過（よこぎ）り始めたからです。（下五十三 291.11-13）

実際、Kが自殺したように、先生も最後に自殺する。

15　人間の罪

先生は世間から切り離されて、逼塞して生きてきた。しかしその先生にも新しい生への可能性がなかったわけではない。そのことはすでに「先生と私」の検討の中でも触れておいたように、先生は遺書の中で「私の親切には箇人を離れてもつと広い背景があつたやうです」、「大きな人道の立場から来る愛情」、「人間の為」に（下五十四）という普遍的な観点からの行動が可能ではないか、と考えるに至った。あらためてその箇所を引用しておく。

「其内妻(そのうちさい)の母が病気になりました。医者に見せると到底癒らないといふ診断でした。私は力の及ぶかぎり懇切に看護をしてやりました。是は病人自身の為でもありますし、又愛する妻の為でもありましたが、もつと大きな意味からいふと、ついに人間の為でした。私はそれ迄にも何かしたくつて堪らなかつたのだけれども、何もする事が出来ないので已(やむ)を得ず懐手(ふところで)をしてゐたに違ありません。世間と切り離された私が、始めて自分から手を出して、幾分でも善い事をしたといふ自覚を得たのは此時でした。私は罪滅しとでも名づけなければならない、一種の気分に支配されてゐたのです。（下五十四 292.2-8）

「世間と切り離された」、世間から逼塞していた先生が、自分から積極的に善い事をしたという「自覚」を、初めて持つことができた。罪人という自覚を持ちながら、「人間の為」にできることがあるのではないか。「罪滅し」として生きて行くことができるのではないか、という可能性を感じた。

　しかしそれでも、先生はそこに安らかな心境を見出すことはできなかった。先生の心の内部はさらに突き崩されていった。

私の胸には其時分から時々恐ろしい影が閃きました。初めはそれが偶然外から襲つて来るのです。私は驚ろきました。私はぞつとしました。然ししばらくしてゐる中(うち)に、私の心が其物凄い閃めきに応ずるやうになりました。しまひには外から来ないでも、自分の胸の底に生れた時から潜んでゐるものゝ如くに思はれ出して来たのです。私はさうした心持になるたびに、自分の頭が何うかしたのではなからうかと疑つて見ました。けれども私は医者にも誰にも診て貰ふ気にはなりませんでした。

私はたゞ人間の罪といふものを深く感じたのです。(下五十四 293.11-294.2)

先生の言う罪は単なる観念的な罪ではない。先生は引用の最後で「人間の罪」という言い方をしている。先生の罪はKとの関係において自覚されたものであり、その限りでは先生に固有のものである。しかしそれが「人間の罪」として自覚されるようになったということは、Kとの関係において自覚された「罪の構造」そのものが、Kとの関係という特殊な条件に制約されているのではなく、「人間に宿命的な構造」にほかならない、という自覚に深まっていたことを意味する。人間そのものの宿命として、そのような「罪の構造」が存在しており、Kとの場合に自覚された罪はその具体的な、特殊な事例にすぎない。「人間の罪」であると自覚された以上は、罪の意識が先生の存在の底に深く根を張り、先生の存在全体を覆い尽くしてしまう。

其感じが私をKの墓へ毎月行かせます。其感じが私に妻の母の看護をさせます。さうして其感じが妻に優しくして遣れと私に命じます。(下五十四 294.2-3)

ここまでは、前に引用した所と同じである。しかし、それが「人間の為」という地平に広がっていくのではなく、罪の意識が先生の全存在を覆い尽くしてしまう。

私は其感じのために、知らない路傍の人から鞭たれたいと迄思つた事もあります。斯うした階段を段々経過して行くうちに、人に鞭たれるよりも、自分で自分を鞭つ可きだといふ気になります。自分で自分を鞭つよりも、自分で自分を殺すべきだといふ考が起ります。私は仕方がないから、死んだ気で生きて行かうと決心しました。（下五十四 294.3-7）

「自分から手を出して、幾分でも善い事を」（下五十四 292.6）することができるかも知れないという、わずかに開きかけた生きる道も、罪の意識が閉ざしてしまう。「善い事」をするどころか、「自分で自分を殺すべきだ」という考えに陥ってしまう。「死んだ気で生きて行」くしかない。そう決心した。

先生の義母（奥さんの母）が亡くなったのは、結婚後どのくらい経ってからかは明らかでない。単に「其内」というだけである。しかし「さう決心してから今日迄何年になるでせう」（下五十四 294.8）と先生は述べている。以来、大部分の時間をそういう生活で過ごしてきたことになる。

しかし自分では「死んだ気で生きている」つもりでいても、外からの刺激に内面が呼応しようとすることがある。

「死んだ積で生きて行かうと決心した私の心は、時々外界の刺戟で躍り上がりました。然し

> 私が何の方面かへ切つて出やうと思ひ立つや否や、恐ろしい力が何処からか出て来て、私の心をぐいと握り締めて少しも動けないやうにするのです。さうして其力が私に御前は何をする資格もない男だと抑え付けるやうに云つて聞かせます。すると私は其一言で直ぐたりと萎れて仕舞ひます。しばらくして又立ち上がらうとすると、又締め付けられます。私は歯を食ひしばつて、何で他の邪魔をするのかと怒鳴り付けます。不可思議な力は冷かな声で笑ひます。自分で能く知つてゐる癖にと云ひます。私は又ぐたりとなります。（下五十五 294.13–295.5）

外からの刺激に対して先生は内部から応じようとする。ところが恐ろしい力が先生の心を握り締める。そして、「御前は何をする資格もない男だ」と抑圧する。先生の内面は消沈するしかない。それが繰り返される。

先生の義母が病気になった時が、その最初であったと見てよいであろう。病人を看病することで生きる希望が開けそうになったが、すぐに打ち砕かれた。「しばらくして又立ち上がらうとすると、又締め付けられます」と述べているように、そういう経験を何度も重ねてきた。何度も締めつけられた結果として、死んだ気で生きようとしてきた。

> 波瀾も曲折もない単調な生活を続けて来た私の内面には、常に斯うした苦しい戦争があつたものと思つて下さい。妻が見て歯痒がる前に、私自身が何層倍歯痒い思ひを重ねて来たか知れない位です。私がこの牢屋の中に凝としてゐる事が何うしても出来なくなつた時、又その牢屋

を何うしても突き破る事が出来なくなつた時、必竟私にとつて一番楽な努力で遂行出来るものは自殺より外にないと私は感ずるやうになつたのです。貴方は何故と云つて眼を睜るかも知れませんが、何時も私の心を握り締めに来るその不可思議な恐ろしい力は、私の活動をあらゆる方面で食ひ留めながら、死の道丈を自由に私のために開けて置くのです。動かずにゐれば兎も角も、少しでも動く以上は、其道を歩いて進まなければ私には進みやうがなくなつたのです。

（下五十五 295.6–13）

先生の生活は外面的には単調そうに見えても、内面では「苦しい戦争」、内面の葛藤を繰り返してきた。その端緒が義母の病気と死であったことは、先に検討した通りである。その経験から先生は、「死んだ気で生きて行かう」と心に決めたのであった。

しかし「死んだ気で生きて」いても、外からの刺激があれば、それに呼応して心は躍り上がろうとする。心の躍動は生きようとする意志の表れにほかならない。しかもそれが押し潰されてしまう。「死んだ気で生きて」いく気でいながら、時に心が躍り上がると、その心が押さえ付けられてしまう。そういう苦しみを味わなければならない。その苦しさを免れようとすれば、自殺するしかない。

右の引用の初めに、「妻が見て歯痒がる前に、私自身が何層倍歯痒い思ひを重ねて来たか知れない位です」と述べている。これに相当する場面は「先生と私」の中にも何度も描かれていた。例えば先生夫妻の諍いがその一例である。先生は「私は今日に至る迄既に二三度運命の導いて行く最も楽な方向へ進まうとした事があります」（下五十五 295.14）と述べているが、〈私〉との出会いがその「二三度」のうちの最後の場合に当たることは疑いない。先生は〈私〉との交流を深めながら、心の内では熾烈な葛藤を続けつつ、その先に死が待っているのを見ていたことになる。

過去に先生が自殺を考えながら実行に移せなかったのは、奥さんのことを考えたからである、と言う。先生には先生の運命があるように、奥さんには奥さんの運命がある。奥さんを道連れにすることはできない。といって、奥さんを一人残すこともできない。

「記憶して下さい。私は斯んな風にして生きて来たのです」、と先生は〈私〉に呼びかける。先生が鎌倉で〈私〉に遭った時も、郊外を散歩した時も、先生の後ろには黒い影が付いて来ていたのだと言う（下五十五 296.10–12）。

16　先生はなぜ自殺したのか

九月になつたらまた貴方に会はうと約束した私は、嘘を吐（つ）いたのではありません。全く会ふ気でゐたのです。秋が去つて、冬が来て、其冬が尽きても、屹度（きつと）会ふ積（つもり）でゐたのです。（下五十五 296.13–15）

先生には〈私〉に会わなければならない約束があった。しかしその「約束」を果たそうとすれば、重要な条件が存在していたことは言うまでもない。自分の経験のすべてを〈私〉に語って、牢獄か

ら自由になりたい、ということである。それは、自殺することにほかならない。先生は、

「それから、――今は話せないんだから、其積でゐて下さい。適当の時機が来なくつちや話さないんだから」（上三十一 88.12-13）

と〈私〉に語っていた。ところが、明治天皇が崩御した。先生の心は現実の死に一気に傾斜する。先生は次のように考えた。

　其時私は明治の精神が天皇に始まつて天皇に終つたやうな気がしました。最も強く明治の影響を受けた私どもが、其後に生き残つてゐるのは必竟時勢遅れだといふ感じが烈しく私の胸を打ちました。（下五十五 297.1-3）

「私ども」は明治の精神の影響を最も強く受けたのであるから、明治の終焉とともに取り残されて、時勢遅れにならざるをえない、と言う。先生は「明白さまに妻にさう云」った。「妻は笑つて取り合ひませんでしたが、何を思つたものか、突然私に、では殉死でもしたら可からうと調戯ひました」。殉死という言葉が突然、奥さんの口から出た。

〈私〉の郷里で病気の父が、「私もすぐ御後から」と口走った頃に当たる。殉死は世の中を支配しようとしていた雰囲気でもあった。先生は奥さんの冗談を聞いて殉死という言葉を記憶の底から取

り出した。「もし自分が殉死するならば、明治の精神に殉死する積だ」（下五十六 297.9）と奥さんに言った。先生も「無論笑談に過ぎなかつた」（下五十六 297.9–10）と言うけれども、殉死という言葉を口にしてみて、「古い不要な言葉に新らしい意義を盛り得たやうな心持がした」（下五十六 297.10–11）。

明治天皇の大葬の夜、合図の号砲が聞こえた。「私にはそれが明治が永久に去つた報知の如く聞こえ」（下五十六 297.13）たと先生は言う。翌日になってわかったことであるけれども、「それが乃木大将の永久に去つた報知にもなつてゐた」。「私は号外を手にして、思はず妻に殉死だ〳〵と云ひました」（下五十六 297.13–298.1）。

乃木大将の遺書を新聞で読むと、「西南戦争の時敵に旗を奪られて以来、申し訳のために死なう〳〵と思つて、つい今日迄生きてゐたといふ」意味のことを知った。

> 乃木さんが死ぬ覚悟をしながら生きながらへて来た年月を勘定して見ました。西南戦争は明治十年ですから、明治四十五年迄には三十五年の距離があります。乃木さんは此三十五年の間死なう〳〵と思つて、死ぬ機会を待つてゐたらしいのです。私はさういふ人に取つて、生きてゐた三十五年が苦しいか、また刀を腹へ突き立てた一刹那が苦しいか、何方が苦しいだらうと考へました。
>
> それから二三日して、私はとう〳〵自殺する決心をしたのです。（下五十六 298.4–9）

なぜ、自殺しなければならないのかについて、先生は〈私〉に次のように述べている。

私に乃木さんの死んだ理由が能く解らないやうに、貴方にも私の自殺する訳が明らかに呑み込めないかも知れませんが、もし左右だとすると、それは時勢の推移から来る人間の相違だから仕方がありません。或は箇人の有つて生れた性格の相違と云つた方が確かも知れません。（下五十六 298.9–12）

先生は「私に乃木さんの死んだ理由が能く解らないやうに」と言う。しかし乃木大将は遺書に書いている通り、明確な自覚にもとづく明治天皇に対する殉死であった。それを「私に能く解らない」と書くのは、一般に、自殺の原因などは、厳密な意味では、本当のところが解りにくいと言えば言えるからであろう。そしてそれは、「貴方にも私の自殺する訳が明らかに呑み込めないかも知れません」を導くための、韜晦ではないだろうか。

乃木大将は西南戦争において軍旗を奪われた。軍隊が国家の重大な任務を背負っているのと同様に、軍旗にも重大な意義がある。軍旗は天皇から連隊に下賜されるが、代替のきかないものである。国旗は誰でも作れるが、連隊の軍旗は一つしかない。その点が国旗と本質的に相違する。その軍旗を奪われた。西南戦争は内戦であったとは言え、当時は国内的にも国際的にも深刻な問題があり、勝敗の帰趨は日本の将来に大きな関わりを持っていた。その罪を許された乃木大将は、明治天皇の恩に報いるべく、殉死した。乃木大将の遺書はそう述べている。先生は、乃木大将が三十五年も死ぬ機会を待って生きてきたことに、深い感動を覚えていた。

ちなみに、森鷗外が乃木大将の殉死直後に、「興津弥五右衛門の遺書」を書いて『中央公論』に発表したことはよく知られている。この作品が鷗外晩年の新たな作家活動にとって、大きな意義を持つことは明らかではあるけれども、乃木大将の殉死に触発されて書かれたにしては、不思議の感を抱かざるを得ない。興津弥五右衛門は一小藩の主君から、茶事に用いる「珍しい品」を買い求めることを命じられて、同輩の横田清兵衛と共に長崎に出向いた。たまたま伽羅の香木の本木と末木とが売りに出ていて、どちらを買うかで二人は争った。横田の提案に従って武術で決着をつけることになり、弥五右衛門は横田を斬り殺した。弥五右衛門の言い分は次のごとくであった。

> 某はただ主命と申す物が大切なるにて、主君あの城を落とせと仰せられ候わば、鉄壁なりとも乗り取り申すべく、あの首を取れと仰せられ候わば、鬼神なりとも討ち果たし申すべくと同じく、珍しき品を求め参れと仰せられ候えば、この上なき名物を求めん所存なり。

主君は弥五右衛門の罪を許して重用し、後に弥五右衛門は主君に殉死することになった。鷗外は「鉄壁なりとも」というところに、旅順攻略を暗示しているのかも知れない。それにしても、弥五右衛門を乃木大将の事績に比べて考えることは、不自然ではないかと思われる。

一方、漱石は、明治天皇に殉死する乃木大将に対して、『心』の先生を「明治の精神に殉死」させるという、いわば同等の扱いをしている。実際に漱石の意識においては、この「同等の扱い」は決して大げさな、破格なものではない。ともあれ、漱石は同時代に照準を合わせているが、鷗外は敢えて焦点をずらしているかのように見える。日清・日露の戦争には乃木大将のみならず、鷗外自身も軍医として出征していたにもかかわらず、「興津弥五右衛門の遺書」からは現代史そのものが掻き消されており、漱石との相違は明白であると思う。鷗外の歴史小説を高く評価する立場から見れば、このような相違は問題にもなりえないということなのであろうが、漱石との比較において見過ごすことのできないこの相違は、鷗外理解の上でも重要な意味をもつと思われる。

さて、先生は明治天皇に殉死するのではなく、明治の精神に殉死すると言う。その違いはどこにあるのだろうか。先生は「明治の精神が天皇に始まつて天皇に終つたやうな気がしました」と言う。「天皇」に注目しているのではなく、天皇が君臨した「時代」を見ている。先生は国立の高等学校・大学に学んでおり、また国民である限りにおいて、広義には君恩を蒙っていたけれども、直接国家の高官などの地位に就いたことはない。天皇とその時代のうちで、先生は時代の方に力点を置いて考えていた。

天皇の崩御を一つの時代の終焉として受け止めようとする先生の感覚は、現代においても生きている。年号に対して日本人が抱く感覚、と言い換えることもできる（もっとも、「二十世紀」、「二十一世紀」という欧米風の括り方を重視する傾向もあるけれども）。

先生はさらに「時勢遅れ」という意識も持っていた。再び引用すると、「最も強く明治の影響を受けた私どもが、其後に生き残つてゐるのは必竟時勢遅れだといふ感じが烈しく私の胸を打ちました」（下五十五）と言う。

一つの時代が終わって、その後も生き残る人は多い。多いというよりも、殉死者以外のすべての人がそうである。そうして過ぎ去った時代を、折に触れては思い出し、懐かしく偲ぶこともある。例えば、「降る雪や明治は遠くなりにけり」（中村草田男『長子』昭和十一年刊）の句はよく知られている。時代が変わるのは仕方のないことであり、人は変わりゆく時代に沿って生きなければならない。しかしまた、新しい時代に背を向ける生き方もないわけではない。例えば、永井荷風は江戸趣味をこよなく愛したから、堂々と江戸趣味を生きようとした。荷風には世の中が変わろうとも、自分が「時代遅れ」だなどという感覚は微塵もなかった。

一体、先生の言う「時勢遅れ」の感覚とは何であろうか。

実は、先生は前に進みたいのである。外からの刺激があれば、これに応じようとする力が先生の心の中から働く。ところが、同時に、それを抑圧する強い力もまた働いてきて、「御前にその資格はない」と冷水を浴びせかける。先生は前に進みたくても進むことができない。新しい時代に向かって進むことができなければ、古い時代の枠の中に閉じ籠もっているほかない。その結果として、「時代遅れ」のままでいるしかない。

ところが先生は、「時代遅れ」として生きることを拒否したがっている。再び引用する。「私がこの牢屋の中に凝としてゐる事が何うしても出来なくなつた時、又その牢屋を何うしても突き破る事が出来なくなつた時、必竟私にとつて一番楽な努力で遂行出来るものは自殺より外にないと私は感ずるやうになつたのです」（下五十五 295.8-10）。

先生は時代と共に生きたい人であった。むしろ、時代に先んじて生きたい人であった。先生は

〈私〉の眼の前で、同時代者を烈しく批判していた。やむを得ずひっそりと暮らしていながら、先生の素顔はそこにある。逼塞して生きてきたはずの先生の胸の中に、烈しい意欲が煮えたぎっている。そして、煮えたぎった極において、先生は自殺せざるをえなかった。

しかし先生はなぜ、あえて「明治の精神に殉死」する、と言わなければならなかったのであろうか。先生の「罪」は本当に「殉死」にふさわしいのであろうか。その問題については『心』が一応答えている。〈私〉の父は殉死を思っていたし、奥さんも、冗談にせよ、殉死を口にしていた。その延長上に先生の殉死を位置づけることは可能である。しかし「明治の精神」に殉死するというのは、特別な意味を込めているはずであって、このような時代の風潮としての殉死とは、明らかに異質であると言わなければならない。物語としては、先生が殉死したことに納得はできても、「明治の精神に殉死した」ということの意味は、別に考えなければならないであろう。この問題は第二部で考察したい。

第二部　漱石の挫折と再生

第一章　修善寺の大患と思想的挫折

1　小宮豊隆の解釈

『心』の〈表層〉としての「物語」が、「恋」を頂点として描かれていることには疑問の余地がない。先生に無心に近づこうとする〈私〉に対して、先生は「あなたの心はとつくの昔から既に恋で動いてゐるぢやありませんか」（上十三 36.4-5）、「あなたは物足りない結果私の所に動いて来たぢやありませんか」と指摘する（上十三 36.11）。先生によれば、人間の心は「もの足りなさ」のために「動」いて、最終的には「恋に上る」（上十三 36.13）のである。そして、心が動いて上り詰めた頂点にある「恋」は「神聖」なものである、と先生は告白している。

先生は自身の恋の経験について、それが「殆んど信仰に近い愛」（下十四 188.10-11）であったと言う。先生はここでは「愛」の字を用いている。「本当の愛は宗教心とさう違つたものでないといふ事を固く信じてゐる」（下十四 188.12-13）。「もし愛といふ不可思議なものに両端（はじ）があつて、其高い端には神聖な感じが働いて、低い端には性慾が動いてゐるとすれば、私の愛はたしかに其高い極点を捕まへたものです」（下十四 188.15–189.1）。

先生は自身の愛を極度に高い、神聖な、宗教的な境地として見ている。

私は御嬢さんの顔を見るたびに、自分が美くしくなるやうな心持がしました。御嬢さんの事を考へると、気高い気分がすぐ自分に乗り移つて来るやうに思ひました。（下十四 188.13–15）

しかしそのような愛が、先生の存在の全体を充たす幸福なありさまが『心』の中で描かれているわけではない。愛は直ちに疑いを生み出し、遂には罪悪に転化してしまったからである。先生は〈私〉に、「恋は罪悪ですよ」（上十二 35.10）と語っている。あらためて〈私〉が「恋は罪悪ですか」と問うと、「罪悪です。たしかに」（上十三 36.1–2）と答えたばかりでなく、「然し気を付けないと不可ない。恋は罪悪なんだから」（上十三 37.9）と重ねて念を押している。〈私〉には、先生の言う意味がよく理解できなかったために議論を続けるが、最後に先生は「此問題はこれで止めませう。とにかく恋は罪悪ですよ、よござんすか。さうして神聖なものですよ」（上十三 38.9–10）と言って、話を切り上げた。

先生の語っていることに偽りはない。先生にとって恋は性慾を超えた、神聖なものであった。熱心な求道者Kについても同様であったに違いない。先生もKも、神聖な恋に心を奪われるとともに、その恋が罪悪にほかならなかった。文字通り恋は神聖であり、同時に罪悪である。

実際に物語はその通りに運ばれている。Kも先生も恋に陥った挙げ句に、最後には自殺している。「物語」としての『心』は、決して愛・恋を肯定的には見ていない。否定的に見ている。近代的恋愛観では、北村透谷のように恋愛を最高度に賛美する。しかし『心』の漱石は、恋を単純に賛美しない。恋には罪悪という他の一面があることを注視していた。「物語」としての『心』の骨格は以上のごとくである。

　ところで、漱石の高弟と自他共に認める小宮豊隆は、岩波書店版『漱石全集』の刊行に尽力するとともに、詳細な伝記『夏目漱石』三巻を著して、漱石を後世に伝えるための文献資料を整備した。小宮豊隆の功績は不滅である。しかし『漱石全集』の全巻に執筆した「解説」は、漱石の文学と思想を、極めて表面的・常識的次元において捕らえるにとどまっている。小宮豊隆は、『心』を上述の恋愛の構造においてしか読み取っていなかった。小宮豊隆は次のように述べている。

> 『彼岸過迄』の須永の問題が、『行人』の一郎に来て、更に深められたと言ひ得るならば、『心』の先生の問題は、須永も一郎も知らない、仮令（たとい）知つてゐたとしても、竟（つい）に是ほどの深さに於いて経験する事の出来なかつた、深刻な事実の経験から生れ出た、問題であると言ひ得るであらう。『心』の中の先生は、自分の中に動く嫉妬に策励されて、自分の最も親しい、最も尊敬する、高貴な友人を売り、死に至らしめ、さうして自分は恋の勝利者としての、自覚に酔つてゐたのだからである。さうしてその事実が、次第に先生の心を蝕み始めるのだからである。（旧版『漱石全集』第六巻、昭和四十一年、五九九頁）

もとより「物語」の次元においてはそのように見ることができる。小宮豊隆は、続いて次のように述べている。

勿論三百代言的に言へば、先生は必ずしも、その友人Kを殺したのではないと、言へない事はない。先生が御嬢さんを自分のものにする為に、競争相手であるKの灸所を突いて、Kが自分と競争する事を沮(はば)んだといふ事は事実であつた。また先生がKの先き廻りをして、奥さんに向つて、御嬢さんを下さいと申し込んだ事にも、疑ひがない。然しその為だけで、果してKが自刃したかどうかには、疑問の余地がまだ十分にある。(同、五九九頁)

しかしKの問題自体はこれ以上掘り下げて考察されることがなく、先生の裏切りに焦点を絞って論じていく。

然し先生にとつて重大な事は、自分が、自分の最も尊敬する、最も親しい友人の恋愛の、競争相手となつたといふ事、その為め、高貴に恋愛してゐる、高貴な相手の、丁度その高貴な所につけ入つて、相手を手も足も出せない位置に置いたといふ事、のみならずその相手を出し抜いて、陰でこそこそ仕事をして、自分だけが得をしようとしたといふ事、——一口に言へば、自分がさういふ、さもしい、見下げ果てた人間に、いつのまにか成り下がつたといふ事であつた。

殊に相手は、自刃してしまつたのである。仮令(たとい)相手が、その為だけで自刃したのではなかつたとしても、自分が、高貴なものを世の中から滅ぼし去る、重なる機縁となつたといふ自覚だけからでも、先生が自分を、赦すべからざる罪人であると感じるのは、当然であつた。（同、五九九～六〇〇頁）

Kを単純に「高貴」と讃え、Kの恋愛を「高貴に恋愛してゐる」と称賛し、先生の罪は「高貴なものを世の中から滅し去る、重なる機縁とな」ったところにある、とするのでは、「物語」の骨格すら捕らえているとは言えない。小宮豊隆の理解に従えば、Kとの対比の上で、「先生は、恋愛の為に嫉妬し、嫉妬の為に己を卑くし、己を卑くした為に罪を犯した。その点で先生は、少くとも、精神上の大罪人である。是は言ふまでもない」（同、六〇〇頁）ことになる。小宮豊隆はKの自殺の原因について曖昧さを残したまま、先生の罪だけに焦点を絞り、「おれは策略で勝つても人間としては負けたのだ」と感じているところに、「既に当時先生の中に、十分高貴なものが存在してゐたといふ事を証明する」（同、六〇〇～六〇一頁）と解し、「自分の中の高貴なもの」に気づきながらも、「当時の先生には、余りに邪魔な」「私」・「己惚」・「自尊心」がありすぎたと結論し（同、六〇一頁）、Kの遺書を発見した時、先生は「ついに私を忘れる事が出来」なかったと書いている文を引証する（同、六〇一頁）。

先生の「裏切り」を中心におく解釈は小宮豊隆に限らず、『日本近代文学大事典』（日本近代文学館編著、講談社、昭和五十九年）はもとより、『心』解釈のスタンダードと言ってよい。小宮豊隆は先生の「私」をさらに強調して、そこから「我執」の問題が漱石晩年の中心課題になるとするけれども、その解釈に従うならば、先生は御嬢さんをKに譲るべきであった、と『心』の作者は言おうとしている、という結論になるであろう。漱石の恋愛観を極めて通俗的な次元で理解しようとすれば、こういう結果は避け得ないし、それでは『それから』の代助以前に戻ることになりかねない。

小宮豊隆は漱石文学の中心に我執の問題があったと見ているが、我執に関する小宮豊隆の理解は以上に見た通り、通俗的な次元を少しも超えるものではなく、到底作品分析にもとづく解釈と言えるものではなかった。この点は、残念ながら、仏教的立場から漱石を論ずる人々にも共通している。『心』の「物語」は『心』の〈表層〉である。物語には「形式」が不可欠である。若い頃の漱石は、森鷗外が『舞姫』などにおいて、それまでの日本の文学作品には見られなかった新しい「形式」を採用していることを高く評価し、その点で鷗外を模範として仰いでいた。

物語の形式と内容という点で、一つのエピソードを取り上げたい。『心』の次の連載に志賀直哉の作品が予定されていた。ところが間際になって直哉は連載を辞退してきた。辞退する者に強いて書かせることは不可能であるが、新聞社としては非常に困った事態である。漱石は代替案をもっていたが、ともかくも志賀の辞退を朝日新聞の編集担当者に円満に納得させなければならない。そこで漱石は、次のような手紙を書いている。

> 志賀の断り方は道徳上不都合で小生も全く面喰ひましたが芸術上の立場からいふと至極尤もです。今迄愛した女が急に厭になつたのを強ひて愛したふりで交際をしろと傍からいふのは少々

残酷にも思はれます。（大正三年七月十五日付・山本松之助宛書簡『漱石全集』第二十四巻 308.2-4）

志賀は女性問題から辞退を申し出たわけではない。しかし急遽善後策を講じなければならない厄介な問題である。そこで漱石は、譬喩的に男女関係を持ち出すことによって、「そういうことなら、仕方がないな」と了解させようとしている。

これは一例にすぎない。漱石にとって「物語」は作品の「形式」であった。文学作品は形式としての物語に終わるものではなく、形式の中に盛り込むべき内容としての「思想」がなければならない。

小宮豊隆が理解する漱石の思想は、極めて表面的・通俗的なものにすぎなかった。小宮豊隆は晩年の漱石文学における「我執」の問題を重視するが、通俗的な我執の観念を振りまわすだけで、漱石の問題として捕らえていない。

『心』の恋愛観が恋愛を神聖なものとして賛美することで終わるのではなく、恋愛は罪悪であるとも見ている点を無視すべきではない。漱石が恋愛をそのように見る根拠は、「動と静」の理論にある。「動」について先生は「先生と私」の中で論じていた。この理論によれば、「動」は罪悪なのである。漱石は「動」を表現する物語の形式として恋愛を取り上げているに過ぎない。先生は〈私〉と哲学的な議論を重ねていた。〈私〉はその内容を紹介していないけれども、恋愛論だけではない。漱石は、思想を物語として描くために恋愛を取り上げているに過ぎない。

2　大患で得たもの

それならば、「動と静」の思想とは何であろうか。修善寺の大患において漱石が得たものがこれであった。『思ひ出す事など』の中に次の記述がある。

始めて読書欲の萌(きざ)した頃、東京の玄耳君から小包で酔古堂剣掃と列仙伝を送つて呉れた。（『思ひ出す事など』六 373.7、『漱石全集』第十二巻）

第六章はこのように書き出して『列仙伝』についていろいろ述べているが、今は必要な箇所に限って取り上げる。

然し挿画よりも本文よりも余の注意を惹いたのは巻末にある附録であつた。是は手軽にいふと長寿法とか養生訓とか称するものを諸方から取り集めて来て、一所に並べたものゝ様に思はれた。尤も仙に化するための注意であるから、普通の深呼吸だの冷水浴だのとは違つて、頗(すこぶ)る抽象的で、実際解るとも解らぬとも片の付かぬ文字であるが、病中の余にはそれが面白かつたと見えて、其二三節をわざ〳〵日記の中に書き抜いてゐる。日記を検(しら)べて見ると「静これを性となせば心其中(うち)にあり、動これを心となせば性其中にあり、心生ずれば性滅し、心滅すれば性

> 生ず」といふ様な六づかしい漢文が曲がりくねりに半頁ばかりを埋めてゐる。(『思ひ出す事など』六 374.8-14)

特にコメントは加えていない。しかしこれに続けて、

> 其時の余は印気の切れた万年筆の端を撮んで、ペン先へ墨の通ふ様に一二度揮るのが頗る苦痛であつた。実際健康な人が片手で樫の六尺棒を振り廻すよりも辛い位であつた。夫程衰弱の劇しい時にですら、わざ〳〵と斯んな道経めいた文句を写す余裕が心にあつたのは、今から考へても真に愉快である。(『思ひ出す事など』六 374.15-375.3)

と述べているのは、病後の衰えた体力を振り絞ってでも、これを書き留めずにはいられなかったという、特に重要な意味を認めていたことになる。さらに続けている。

> 子供の時聖堂の図書館へ通つて、徂徠の蘐園十筆を無暗に写し取つた昔を、生涯にたゞ一度繰り返し得た様な心持が起つて来る。昔の余の所作が単に写すといふ以外には全く無意味であつた如く、病後の余の所作も亦殆んど同様に無意味である。さうしてその無意味な所に、余は一種の価値を見出して喜んでゐる。長生の工夫のための列仙伝が、長生もしかねまじきほど悠長な心の下に、病後の余から斯く気楽に取扱はれたのは、余に取つて全くの偶然であり、又再び

来るまじき奇縁である。(『思ひ出す事など』六 375.3-8)

『列仙伝』を写す行為を少年時代の記憶と重ねて、「無意味」な行為であると強調している。しかしその書を送られてこの頁にめぐり遭った「偶然」を「奇縁」と呼んで、実は、重い意味を軽い言葉の陰に隠している。

『列仙伝』は劉向の撰である。漱石が見たのは本来の『列仙伝』だけではなく、これに「挿画」(=『有象列仙全伝』『思ひ出す事など』六 374.6 に対する注、七一一頁参照)を併せた上に、さらに「巻末」に「附録」を加えたものであるという。私はこの形態の『列仙伝』を見ていないけれども、漱石が『思ひ出す事など』に引用した文章は、この「附録」の中にあったと述べている。この文章自体は『太上大通経』(詳しくは『太上洞玄霊宝天尊説大通経』)の中にあり、漱石は書き下しにしているが、原文は次のごとくである。

静為之性心在其中矣
動為之心性在其中矣
心生性滅心滅性現

(『道蔵』第五巻、八九七頁)

原文には右の引用文の最後に「如空無相　湛然円満(空の如く無相　湛然として円満)」の八字があるが、漱石はこれを引用していない。なお注釈書『太上大通経註』(李道純註)が存在するので、右の原文の下に、それに対する註を括弧の中に入れて引用しておく。

静為之性　（寂然不動）　　心在其中矣　（感而遂通）

動為之心　（見物便見心）　性在其中矣　（無物心不見）

心生性滅　（心生種種法生）　心滅性現　（心滅種種法滅）

（『道蔵』第二巻、七一二頁）

これは道教の文献ではあるけれども、思想的に仏教と極めて近い。故鎌田茂雄博士は『道蔵内仏教思想資料集成』（大蔵出版社、一九八六年、一六八～一六九頁）に『太上大通経註』を収めている。

ここでは静＝性、動＝心と位置づけられている。最後の第三句「心が生ずれば性は滅する。心が滅すれば性が現れる」においては、心と性は対立的に描かれている。『註』によれば、「心が生ずれば種々の法が生ずる。心が滅すれば種々の法が滅する」ことである。ここで「法」は仏教語であって、第二句の『註』にある「物」、万物のことである。心は種々の対象を持つが、心が滅すれば対象も滅する。したがって第二句の初めに「動、これを心と為せば」というのは「物を見ている」ことであり、「物を見ている」ということは実は「心を見ている」ことに他ならない（見物便見心）。第二句の後半では動＝心の状態であっても、そこには性が存在しており、その性に即すれば「物はなく、心も見ることがない」。「物を見る」は仏教語の分別に当たる。はっきりと物が見える、明確に認識するなどというのは、実は分別に過ぎない。静＝性においては「寂然として不動」であり、そこにある心は分別を働かせるのではなく、「感じて遂通する」。

漱石が、このような趣旨の文章に出会って、乏しい体力を振り絞るようにしてこれを書き留めたのは、意識して働かせようとする心は真の心（性）ではない、というところに強く惹かれたからである。

『大乗起信論』については第一部において検討したが、内容的には『大通経』と近似している。ただし『起信論』は、「無明」の働きを重視している点が重要である。『心』の先生は、無明によって「動」き始めた「心」が、世界を鮮やかに照らし出すことに感動していた。漱石の学生時代に『金七十論』や『起信論』は大学の講義で取り上げられ、狩野亨吉など、漱石の友人たちが研究論文を発表していた。漱石も『金七十論』や『起信論』を、友人たちの論文とともに読んでいたと考えてよい。

3　「自己本位」の崩壊

漱石は修善寺でこの文章に巡り会った。そして失われた体力を振り絞るようにして、これを日記に書き留めたのは、挫折からくる絶望的な気分に陥っていた時に、一条の光明をここに見出したからである。修善寺の大患は漱石にとって深刻な体験であった。「徹頭徹尾明瞭な意識を有して注射を受けたとのみ考へていた余は、実に三十分の長い間死んでゐたのであつた」（『思ひ出す事など』十二 396.15-397.1）。意識が連続していたと信じて疑わなかったにもかかわらず、吐血後三十分間も意識を失っていた。そのことに気づかなかった。この体験から、死後には意識は存在しない、と結論した。漱石にとって「自己」とは意識に他ならなかった。「自己本位」の「自己」は、究極的・根底的な意識であって、それは永遠である、と考えていた。ところが、死後には意識は存在しないことを、自らの体験によって認めざるをえない、と判断した漱石は、「自己本位」の思想が根本から挫折した、と結論せざるをえなかった。

イギリス留学時代に、漱石は「自己本位」の立場によって、自分の人生観・文学観を確立しようとした。そして依るべき「自己」を「純粋意識」に求めた。純粋意識は、特に『草枕』に詳しく述べられている。『草枕』はインドの哲学書『金七十論』を骨格にすえて構想された哲学的な作品である。

『金七十論』はインドのサーンキヤ哲学の文献であって、真諦三蔵が漢訳した。サンスクリット語の原典は失われて今日に伝わらないが、中国・日本ではよく読まれた。明治時代になって東京大学が創立されると、井上哲次郎が「印度哲学史」の講義の中でこれを取り上げている。漱石も井上哲次郎の「印度哲学史」の講義は聞いていた。インドの最古の宗教聖典『ヴェーダ（Veda）』に関する漱石の聴講メモが残っており、メモにはサンスクリット語の文字（デーヴァナーガリー文字）も記されている。[1] また漱石は、

永き日や韋陀を講ずる博士あり　　井ノ哲の事　　（『漱石全集』第十七巻 108.1）

という俳句を詠んでいる。井ノ哲とは井上哲次郎のニックネームであった。この句の中の「韋

陀」は『ヴェーダ』のことである。

漱石の意識論は『草枕』に詳しく描かれているが、究極的な意識を、私は「純粋意識」と名づけた。漱石は純粋意識の思想を足場にして『文学論』を書き、さらに講演「文芸の哲学的基礎」（明治四十年四月）においては、唯識思想や西田幾多郎『善の研究』の意識論とも共通性の強い思想を述べている。

大事な問題なので、少し漱石の文章を引用して確認しておきたい。まず『草枕』に次のように述べられている。

> 去れど一事に即し、一物に化するのみが詩人の感興とは云はぬ。ある時は一瓣の花に化し、あるときは一双の蝶に化し、あるはウオーヅウオースの如く、一団の水仙に化して、心を沢風（たくふう）の裏（うち）に撩乱せしむる事もあらうが、何とも知れぬ四辺の風光にわが心を奪はれて、わが心を奪へるは那物（なにもの）ぞとも明瞭に意識せぬ場合がある。ある人は天地の耿気（こうき）に触るゝと云ふだらう。ある人は無絃の琴（きん）を霊台に聴くと云ふだらう。又ある人は知りがたく、解しがたきが故に無限の域に儃佪（せんかい）して、縹緲のちまたに彷徨すると形容するかも知れぬ。何と云ふも皆其人の自由である。わが、唐木（からき）の机に凴（よ）りてぽかんとした心裡の状態は正にこれである。
>
> 余は明かに何事をも考へて居らぬ。又は慥（たし）かに何物をも見て居らぬ。わが意識の舞台に著るしき色彩を以て動くものがないから、われは如何なる事物に同化したとも云へぬ。去れども吾は動いて居る。世の中に動いても居らぬ、世の外にも動いて居らぬ。只何となく動いて居る。

花に動くにもあらず、鳥に動くにもあらず、人間に対して動くにもあらず、只恍惚と動いて居る。

強ひて説明せよと云はるゝならば、余が心は只春と共に動いて居ると云ひたい。あらゆる春の色、春の風、春の物、春の声を打つて、固めて、仙丹に練り上げて、それを蓬莱の霊液に溶いて、桃源の日で蒸発せしめた精気が、知らぬ間に毛孔から染み込んで、心が知覚せぬうちに飽和されて仕舞つたと云ひたい。普通の同化には刺激がある。刺激があればこそ、愉快であらう。余の同化には、何と同化したか不分明であるから、毫も刺激がない。刺激がないから、窈然として名状しがたい楽がある。風に揉まれて上の空なる波を起す、軽薄で騒々しい趣とは違う。目に見えぬ幾尋の底を、大陸から大陸迄動いてゐる灝洋たる蒼海の有様と形容する事が出来る。只夫程に活力がない許りだ。然しそこに反つて幸福がある。偉大なる活力の発現は、此活力がいつか尽き果てるだらうとの懸念が籠る。常の姿にはさう云ふ心配は伴はぬ。常よりは淡きわが心の、今の状態には、わが烈しき力の銷磨しはせぬかとの憂を離れたるのみならず、常の心の可もなく不可もなき凡境をも脱却して居る。淡しとは単に捕へ難しと云ふ意味で、弱きに過ぎる虞を含んでは居らぬ。沖融とか澹蕩とか云ふ詩人の語は尤も此境を切実に言い了せたものだらう。（『草枕』第六章、『漱石全集』第三巻 73.11–75.3）

画工は机に向かって坐しながら、山の春に陶酔感を覚えている。その心境を分析してみせる。意識は対象と同化していない。対象の意識はない。あらゆる対象を離れていながら、悠揚として迫らぬ心境を楽しんでいる。引用の最後に「沖融とか澹蕩」という漢語を引き合いに出して、その境地を伝えようとしている。

漱石はこのような「意識」が、人間の極限にあるものと考えていた。私はこれを「純粋意識」と名付けた。(2)

『草枕』はインドのサーンキヤ哲学を下敷きにして書かれているにもかかわらず、漱石の意識論にはサーンキヤ哲学と根本的な相違がある。漱石は、対象を意識するような意識を超えて、対象を意識しない意識を、いわば意識そのもの、純粋意識として認めようとする。けれども、漱石が「自己本位」の「自己」とみなすような、「われ」や「自己」の観念を伴う意識は、サーンキヤ哲学では、意識の次元に属するものであって、意識や自己観念を超えたときに、はじめて意識から切り離された、「純粋精神」そのものが明らかになる、と考えている。

対象を意識する意識も、対象を意識しない意識(純粋意識)も、カテゴリーとしては、共に意識に属する。それに対して純粋精神は、意識とはまったく別のカテゴリーに属する。そして意識が世界を創り出す。サーンキヤ哲学は純粋精神と意識(及び意識から創り出される世界)の二元論を説いている。一方に自己観念や意識、さらには対象のすべてを含めて一つの原理とし、他方に純粋精神を立てる。したがって漱石の意識論は純粋精神を欠いていることとなる。換言すれば、漱石は純粋意識を純粋精神と同一視していたのである。

漱石が『大通経』の「性と心」の理論に注意を引かれたのは、漱石のそれまでの意識論が、いわば「心」だけを考えていたことに気づかされたからである。『大通経』が心と性とを明確に区別していることには重要な意味がある。漱石は自分の盲点にすぐに気づいたのであろう。同時に純粋精神あるいは「性」は、自身の意識論では捕らえきれないことにも気づいた。「自己本位」の思想の誤りに気づいたのである。

漱石が『草枕』の意識論を重視していたことは、『虞美人草』によっても知ることができる。その中に次のような文章がある。

> あとは静（しずか）である。静かなる事定（さだま）つて、静かなるうちに、わが一脈の命を託すると知つた時、此大乾坤のいづくにか通ふ、わが血潮は、粛々と動くにも拘はらず、音なくして寂定裏（じゃくじょうり）に形骸を土木視して、しかも依稀（いき）たる活気を帯ぶ。生きてあらん程の自覚に、生きて受くべき有耶（うや）無耶（むや）の累（わずらい）を捨てたるは、雲の岫（しゅう）を出で、空の朝な夕なを変はると同じく、凡ての拘泥を超絶したる活気である。古今来（らい）を空しうして、東西位（い）を尽くしたる世界の外なる世界に片足を踏み込んでこそ――それでなければ化石になりたい。（中略）遐（はるか）なる心を持てるものは、遐なる国をこそ慕へ。（『虞美人草』一、『漱石全集』第四巻 16.4-14）

この描写は『草枕』と同質の思想を表している。ただ、「世界の外なる世界に片足を踏み込んでこそ」と言うところに、意識論を超えようとする意図を見出すことができるが、漱石はその点について確信が持てなかったのであろう。「それでなければ化石になりたい」と逃げている。省略した箇所では、「化石」を受けて「死」について述べている。念のために省略した部分を次に引用しておく。

それでなければ死んで見たい。死は万事の終である。又万事の始めである。時を積んで日となすとも、日を積んで月となすとも、月を積んで年となすとも、詮ずるに凡てを積んで墓となすに過ぎぬ。墓の此方側（こちらがわ）なる凡てのいさくさは、肉一重の垣に隔てられた因果に、枯れ果てたる骸骨に入らぬ情けの油を注して、要なき屍に長夜の踊をおどらしむる滑稽である。（『虞美人草』一 16.10-14）

「世界の外なる世界」を、漱石は納得の行く形で把握することができずに、化石になるか死ぬか、と言っている。純粋精神を含む哲学的な世界観の構図を捉え切れていない。そのために漱石流の意識論で処理していた。

漱石の意識論は『文学論』にも説かれているが、それについては次章を参照されたい。

ところが修善寺の大患において、この純粋意識の思想が崩れた。純粋意識の思想が崩壊したことによって、漱石は「自己本位」の立場をも反省せざるをえなくなった。そういう思想の危機的状況に陥っていた時に、『大通経』に出会った。漱石には『大通経』の意味がすぐに理解できた。『思ひ出す事など』の中では、「子供の時」の記憶を引き合いに出すなどして、ごくさりげなく述べているけれども、窮地にあった漱石にとっては大きな救いであった。過去の豊かな蓄積があったからこそ、ほんのわずかな句に接しただけで、そこに新しい光明、自分の誤りを正す道を直ちに見出すことができたのである。

ところで、「自己本位」について漱石は、大正三年（一九一四）十一月二十五日に学習院輔仁会で行った講演「私の個人主義」において語っている。『心』の連載を終えた後のことである。しかも「自己本位」をイギリス留学時代のこととして語っているのであるから、それ以来、『心』の出版後においても「自己本位」は変わらなかった、と誰もが信じて疑わない。私は拙著『漱石文学の思想』第二部の副題を「自己本位の文学」とし、その最後に「自己本位」が挫折することに一言だけ触れて、『門』までが「自己本位の文学」であることを述べておいた。しかし、漱石の「自己本位」が留学時代以来変わることがなかったという通説を、信じて疑わない大部分の人々にとって、筆者の漱石理解は信じがたいものであったに違いない。

「自己本位」は「自己」を「本位」とするという意味であり、「自己」が「他己」に対する「自己」であるとすれば、漱石にとって「自己本位」が生涯変わらなかったのは当然である。漱石が奴隷のように他者に従属することは想像すらできない。『心』の先生でさえ、同時代者を痛烈に批判していた。講演「私の個人主義」では、漱石は「自己本位」を「他人本位」に対比して用いている。これは学習院での講演であり、将来社会の指導的立場に就く学生に向かって、自律的に生きるべきことを説いている。責任ある立場に立つ者は「他人本位」であってはならない、「自己本位」であるべしと、自分の半生を顧みながら説いている。そのような文脈の中での「自己本位」であるから、一般的な意味を持っているのは当然である。

しかしその場合であっても、現代日本について考えるならば、幕末までは「内発的に展開して来たのが、急に自己本位の能力を失つて外から無理押しに押されて否応なしに其云ふ通りにしなければ立ち行かないといふ有様になつたのであります、夫が一時ではない、四五十年前に一押し押されたなりじつと持ち応へてゐるなんて楽な刺戟ではない」(「現代日本の開化」、『漱石全集』第十六巻430.15-431.1)と述べており、西洋文明の圧力に対抗する日本の開化の「自己本位」を念頭に置いている。したがって自己本位の「自己」とは何かが問題にされなければならない。

漱石は「純粋意識」としての「自己」把捉に到達し、それを基礎にして文学活動を展開することができた。しかし修善寺の大患が大きな転機となった。『太上大通経』の言葉と比較するならば、確かに純粋意識の状態は「動」、すわち「心生ずれば性滅する」ではないとしても、「静」すなわち「寂然不動」とは言い切れないところがある。「動」中の「性」、すなわち「物もなく、心も見ることがない」でもない。なぜなら、漱石の場合は常に「意識」を離れず、意識は「自己」の意識を伴っている。決して「自己」を突き抜けてはいない。

前述のように、三四郎が、美禰子が火宅の苦しみを味わっていることを理解した時には、すでに美禰子は結婚していた。美禰子は『それから』では三千代として登場する。三千代は代助の親友と結婚しているが、親友は三千代と共に東京に戻ってくる。三千代は今も火宅の人である。代助は三千代を救おうと決意する。そのために父や兄から絶縁され、社会からも制裁を受けることを辞さない。代助は火宅の世界をしっかりと見据えて、三千代を火宅から救おうとする。街に飛び出した代助は、文字通り火宅の中を行く。次の記述は、一般には代助の「発狂」と解されることが多いが、

ざるをえない。『彼岸過迄』でも『行人』でも、主人公にとって他者との距離は埋めがたく、主人公は絶対的な孤独の牢獄の中に閉じ込められている。『心』も同じ状況を引き継いでいるけれども、作者はここでは新しい地平を切り開いている。『彼岸過迄』と『行人』の主人公が背負っている最大の問題を、先生の「私」に集約していることである。『心』の先生は、終始「私」という一人称で語っている。「遺書」は先生の見た世界、先生が考え、疑い、迷う世界を描いている。その世界は、本質的には他者とかかわらない、完全に先生の内的な世界であるから、先生の「心」の中をありのままに映し出している。

「遺書」は、まさに「私」の世界、「私」そのものを、赤裸々に描いている。「広告文」には「自己の心」という言葉が用いられていたが、「自己の心」の実相、「自己」のありのままの姿が、露骨なまでに描き出されている。第一部で述べたように、小説『心』は、心は心を欺くという主題を描いていた。先生は「私は私自身さへ信用してゐないのです」と〈私〉に語っていた。これは完全な「自己」否定を意味する。「自己本位」の崩壊が、これほどまでに明白に語られているのである。そして「自己本位」の否定は、とりもなおさず「私」の否定にほかならない。先生の「私」は完全に否定されている。これが「則天去私」の「去私」に当たることは、明らかであろう。

第二章　誰がなぜ殉死したのか

1　「模倣と独立」の決意

先生はなぜ明治の精神に殉死しなければならなかったのか。この場合の明治の精神とは何を意味するのかについて、種々の議論がなされている。しかし先生を離れて、単に「明治の精神」とは何かを問い続けても、結論は得られない。明治天皇に殉死した乃木大将には明治天皇との間に特別な関係が存在したように、先生にも明治の精神と特別な関係が存在したはずである。

ところが先生自身には、「明治の精神に殉死」すべき明確な理由は見出せないことを確認せざるをえない。先生は個人的な経験を通じて、心は信用することができないという結論に到達した。その結論は一般的に誰の心にでも当てはまるものでもあるから、それだけでは特に先生が明治の精神に殉死しなければならない理由とするには、飛躍がありすぎる。しかし漱石自身の思想的挫折という事実を考慮するならば、問題を先生から作者自身に移して考察すべきということになる。先生の殉死は、漱石自身の殉死を文学作品によって表現したのではないか、という問題である。漱石は、先生の姿を借りて、殉死した。

漱石は『門』までは、純粋意識の思想を中核に据えて作品や論文を発表した。その思想が実は間違っていたと自覚したとき、これからの執筆活動をどうすべきかについて迷わざるをえなかった。大正二年（一九一三）十二月十二日に第一高等学校で行った講演「模倣と独立」において、漱石は決意を、間接的な形で、表明している。

元来私はかう思ふ、法律上罪になることであつても、罪を犯した人間が、ありの儘にその経路を現はし得たなら、ありの儘にイムプレスし得たなら罪悪は最早ないのであると、それを然か思はせる一番いゝのは、ありの儘をありのまゝに書き得た小説である、そのものを書き得る人は、如何なる悪事を行ふたにせよ、秘しもせずに、洩らしも抜かしもせずに書いたなら、その功徳によつて彼は成仏することが出来ると思ふがどうだらう、それぢや法律はいらぬかと云ふと、そう云ふ意味ではない、如何に不道徳なことでも、その経過をすつかり書き得たなら、その罪は充分に消える丈の証明をなし得たのである、故にインデペンデントの人は恕すべしと云ふたが、此の意味よりも恕することが出来る、然しかゝるインデペンデントの人は恕すべき、或る時は、尊ぶべきものかも知れぬが、その代り、独立の精神は非常に強烈でなくてはならぬ、のみならず、その背後には深い背景を背負つた思想、感情がなくてはならぬ、若しこれなくば徒らにインデペンデントでフリーで成功を望むことは出来ない。（「模倣と独立」、『漱石全集』第二十五巻 66.14-67.7。これは第一高等学校『校友会雑誌』に掲載されたもの。従来の『漱石全集』所収の講演筆記は新しい全集では「参考資料」として第二十六巻に収められている。右の引用箇所は後者では 330.10-331.5に相当する。）

人間の自覚が一歩先きに来るもの、後れて来るものがあると、先きの人によりて後の者が刺戟される、この強さがなくてはならぬ、（「模倣と独立」、『漱石全集』第二十五巻 67.13-14。第二十六巻 332.6-9 参照。）

ここでは「インデペンデントの人」は、漱石自身を指していると解してよい。模倣は人の後を行くことであるが、独立は人に先んじて人を導くものである。独立して行く者には間違えるということが起こりうる。しかし、人の未だかつてしなかったことをしようとしたのであるから、失敗したとしてもそれをありのままに描いたならば、その罪は消えて、その人は成仏できるのだ、と漱石は考えている。『心』はそういう意図のもとに、懺悔として書かれた小説である。

このように見れば、「明治の精神に殉死する」のは、漱石にとって「必然性」があることは容易に理解されるであろう。漱石が間違いを犯したのは、過った「自己」観念を本位とする「自己本位」についてであった。その「自己本位」の確信は、イギリス留学中に到達したのだと講演「私の個人主義」の中で述べていた。イギリス留学時代に漱石が考えていたのは、何を自分の人生の課題とすべきかということであった。『文学論』はその結実であったが、それは一つの成果に過ぎず、壮大な意欲を持っていた。次に引用する留学先からの手紙は、「私も当地着後（去年八九月頃より）より一著述を思ひ立ち目下日夜読書とノートをとると自己の考を少し宛かくのとを商買に致候」（『漱石全集』第二十二巻 253.14-15）と書いている。つまり、明治三十四年（一九〇一）八、九月頃以来の構想であることを意味する。

先づ小生の考にては「世界を如何に観るべきやと云ふ論より始め夫より人生を如何に解釈すべきやの問題に移り夫より人生の意義目的及び其活力の変化を論じ次に開化の如何なる者なるやを論じ開化を構造する諸原素を解剖し其聯合して発展する方向よりして文芸の開化に及す影響及其何物なるかを論ず」る積りに候（明治三十五年三月十五日付中根父上（＝漱石の岳父）宛書簡、『漱石全集』第二十二巻 254.2-5）[1]

漱石は当時の「現代」を眼中において、留学中の研究を構想していた。その文中にもあるように、中心は「開化」にある。そして漱石自身に最も直接的に関係のある「文芸の開化」の問題が、最後に置かれている。全体として見れば、漱石は文学を足場にして「文明開化」とどのように関わり合うべきかを問おうとしている。そこから「自己本位」、すなわち漱石自身の「自己」把捉を基礎として、文明開化に貢献しようと考えた。その際に、専門の英文学よりも漢籍を中心に養われた素養を基礎にして、東洋の思想・文化の立場から、日本の文明開化のために尽力することに大きな意義があると考え、この課題のために漱石の半生が注ぎ込まれることになった。

帰国後の漱石の文筆活動の根底には、このような問題意識に支えられた「自己本位」の思想が存在した。しかし明治四十三年（一九一〇）に『門』を書き上げた直後、修善寺の大患に襲われて、半生の努力が灰燼に帰した、と漱石は考えた。病後の療養中は小説の連載を免れて、講演や批評などで新聞社に対する責任を果たし、その間に思想の再構築を図った。その上で大患後の最初の作品『彼岸過迄』を、明治四十五年一月一日から連載した。その間に新たな思想再構築の基本構想はほぼできていたと見てよいが、『彼岸過迄』『行人』を経て、ようやく『心』において漱石は、自らの「挫折」を先生の殉死として描いた。

明治天皇の逝去と乃木大将の殉死は、『彼岸過迄』の連載が終わって間もなくのことであった。新生漱石の提示にはまだほど遠い時期であり、明治の終焉と漱石の前半生とが、ほぼ完全に重なり合う時期であった。

　すると夏の暑い盛りに明治天皇が崩御になりました。其時私は明治の精神が天皇に始まつて天皇に終つたやうな気がしました。最も強く明治の影響を受けた私どもが、其後に生き残つてゐるのは必竟時勢遅れだといふ感じが烈しく私の胸を打ちました。（下五十五 297.1-3）

漱石は前半生の漱石自身を、「明治の精神に殉死」させた。

漱石の眼から見れば、文明開化は大きな欠陥を宿していた。例えば『三四郎』の広田先生は次のように批評している。

三四郎は別段の答も出ないので只はあと受けて笑つてゐた。すると髭の男は、「御互は憐れだなあ」と云ひ出した。「こんな顔をして、こんなに弱つてゐては、いくら日露戦争に勝つて、一等国になつても駄目ですね。尤も建物を見ても、庭園を見ても、いづれも顔相応の所だが、——あなたは東京が始めてなら、まだ富士山を見た事がないでせう。今に見えるから御覧なさい。あれが日本一の名物だ。あれより外に自慢するものは何もない。所が其富士山は天然自然に昔からあつたものなんだから仕方がない。我々が拵へたものぢやない」と云つて又にや〳〵笑つてゐる。三四郎は日露戦争以後こんな人間に出逢ふとは思ひも寄らなかつた。どうも日本人ぢやない様な気がする。

「然し是からは日本も段々発展するでせう」と弁護した。すると、かの男は、すましたもので、

「亡びるね」と云つた。熊本でこんな事を口に出せば、すぐ擲(な)ぐられる。わるくすると国賊取扱(どりあつかい)にされる。三四郎は頭の中の何処の隅にも斯う云ふ思想を入れる余裕はない様な空気の裡で生長した。（『三四郎』、『漱石全集』第五巻、一の八 291.8–292.4）

広田先生の言葉は、漱石の「現代日本」の文明に対する批評でもある。漱石が「自己本位」の思想によって日本の近代文明に精神的内実を与えようとしたのは、その欠陥を補うためであった。しかし自身の計画自体が失敗に終わった、と漱石は考えた。それならば現代日本はどういうこと

になるのであろうか。広田先生にあのように言わせた漱石自身は、内に恃(たの)むところがあった。それが崩れた今、漱石はどのように考えたのであろうか。

2 「現代日本の開化」の苦渋

「現代日本の開化」という講演がある。明治四十四年（一九一一）八月に和歌山で行われた講演である。連載小説を執筆するには、まだ充分には健康が回復していないことに配慮して、講演ならばということで、朝日新聞社が講演旅行を企画していくつかの講演がなされた。そのうちの一つである。この講演は、漱石と言えば必ずと言ってよいほど引き合いに出される有名な講演である。しかし明治四十四年八月という時期から予想されるように、この講演では、新たに構築された思想を提示するには至っていない。漱石は、明治の文明開化の本質に関する理解を次のように述べている。

それで現代の日本の開化は前に述べた一般の開化と何処が違ふかと云ふのが問題です、若し一言にして此問題を決しやうとするならば私はかう断じたい、西洋の開化（即ち一般の開化）は内発的であつて、日本の現代の開化は外発的である、こゝに内発的と云ふのは内から自然に出て発展すると云ふ意味で丁度花が開くやうにおのづから蕾が破れて花瓣が外に向ふのを云ひ、又外発的とは外からおつかぶさつた他の力で已むを得ず一種の形式を取るのを指した積(つもり)なのです、モウ一口説明しますと、西洋の開化は行雲流水の如く自然に働いてゐるが、御維新後外国と交渉を付けた以後の日本の開化は大分勝手が違ひます、勿論何処の国だつて隣づき合がある以上は其影響を受けるのが勿論の事だから吾日本と雖も昔からさう超然として只自分丈の活力で発展した訳ではない、ある時は三韓又或時は支那といふ風に大分外国の文化にかぶれた時代もあるでせうが、長い月日を前後ぶつ通しに計算して大体の上から一瞥して見るとまあ比較的内発的の開化で進んで来たと云へませう、少なくとも鎖港排外の空気で二百年も魔酔した揚句突然西洋文化の刺戟に跳ね上つた位強烈な影響は有史以来まだ受けてゐなかつたと云ふのが適当でせう、日本の開化はあの時から急劇に曲折し始めたのであります、又曲折しなければならない程の衝動を受けたのであります、之を前の言葉で表現しますと、今迄内発的に展開して来たのが、急に自己本位の能力を失つて外から無理押しに押されて否応なしに其云ふ通りにしなければ立ち行かないといふ有様になつたのであります、夫が一時ではない、四五十年前に一押し押されたなりじつと持ち応へてゐるなんて楽な刺戟ではない、時々(じじ)に押され刻々に押されて今日に至つたばかりでなく向後何年の間か、又は恐らく永久に今日の如く押されて行かなければ日本が日本として存在出来ないのだから外発的といふより外に仕方がない、其理由は無論明白な話で、前(ぜん)詳しく申上た開化の定義に立戻つて述べるならば、吾々が四五十年前始めて打(ぶ)つかつた、又今でも接触を避ける訳に行かないかの西洋の開化といふものは我々よりも数十倍労力節約の機関を有する開化で、又我々よりも数十倍娯楽道楽の方面に積極的に活力を使用し得る方法を具備した開化である、粗末な説明ではあるが、詰り我々が内発的に展開して十の複雑の程度に開化を漕ぎつけた折も折、図らざる天の一方から急に二十三十の複雑の程度に進んだ開化が現はれて俄然として我等に打つて懸つたのである、此圧迫によつて吾人は已を得ず不自然な発展を余儀なくされるのであるから、今の日本の開化は地道にのそり〳〵と歩くのでなくつて、やつと気合を懸けてはぴよい〳〵と飛んで行くのである、開化のあらゆる階段を順々に踏んで通る余裕を有たないから、出来る丈大きな針でぼつ〳〵縫つて過ぎるのである、足の地面に触れる所は十尺を通過するうちに僅か一尺位なもので、他の九尺は通らないのと一般である、私の外発的といふ意味は是で略御了解になつたらうと思ひます。(「現代日本の開化」、『漱石全集』第十六巻 430.2-431.14)

漱石が言わんとするところは明瞭であろう。前に引用した岳父宛の書簡にある「活力の変化」が、ここに述べられている所に対応すると言える。しかし漱石の主眼は、単なる「歴史観」にあるのではない。漱石は触れていないけれども、幕末の日本人は、清朝の悲惨を目の当たりにしながら、押し寄せる欧米露の勢力から日本の独立をいかにして守るかに全力を注いだ。ところが日本は、かろうじて外国の植民地となることは免れたものの、圧倒的な近代文明の力に伍してゆくためには、文明開化の道を驀進するほかなかった。漱石の右の文章は、この文明開化が外発的であったと指摘する。

漱石は、単なる歴史観や論評としてこのように述べているのではない。右の文章に続いて、

さう云ふ外発的の開化が心理的にどんな影響を吾人に与ふるかと云ふと一寸変なものになり

ます、(「現代日本の開化」431.15)

と言ってから、これを「意識」の問題として捉えようとする。

　我々の心は絶間なく動いて居る、あなた方は今私の講演を聴いておいでになる、私は今あなた方を前に置いて何か言つて居る、双方共に斯う云ふ自覚がある、そこに御互の心は動いてゐる、働いてゐる、これを意識と云ふのであります、(「現代日本の開化」432.1-4)

　文明開化の時代を生きている人間に限るものではなく、一般に人間の問題は「意識」の問題にほかならない、と漱石は見ている。この講演で漱石が語っていることは、実はすでに『文学論』で述べていたのであるが[2]、講演の内容をかいつまんで見ておきたい。「一分間の意識にせよ三十秒間の意識にせよ其内容が明瞭に心に映ずる点から云へば、のべつ同程度の強さを有して時間の経過に頓着なく恰も一つ所にこびり付いた様に固定したものではない、必ず動く、動くにつれて明かな点と暗い点が出来る」(「現代日本の開化」432.6-9)。例えば「物を一寸見るのにも、見て是が何であるかと云ふことがハツキリ分るには或る時間を要するので、即ち意識が下の方から一定の時間を経て頂点へ上つて来てハツキリして、ア、是だなと思ふ時がくる、それを猶見詰めて居ると今度は視覚が鈍くなつて多少ぼんやりし始めるのだから一旦上の方へ向いた意識の方向が又下を向いて暗くなり懸ける」(「現代日本の開化」432.13-16)。意識の明るい頂点を、『文学論』では「焦点意識」と呼んでいる。

このような「解剖」は個人の意識だけに適用できるものではなく、多人数の場合にも適用できるものであって、多人数の意識を、『文学論』におけるのと同様に、「一般社会の集合意識」（「現代日本の開化」433.7）と呼んでいる。そして次のように総括する。

> 是と同じ様にあなた方と云ふ矢張り一箇の団体の意識の内容を撿（けん）して見るとたとひ一ケ月に亘らうが一年に亘らうが一ケ月は一ケ月を括るべき炳乎（へいこ）たる意識があり、又一年には一年を纏めるに足る意識があつて、夫から夫へと順次に消長してゐるものと私は断定するのであります、吾々も過去を顧みて見ると中学時代とか大学時代とか皆特別の名のつく時代で其時代々々の意識が纏つて居ります、日本人総体の集合意識は過去四五年前には日露戦争の意識丈になり切つて居りました、其後日英同盟の意識で占領された時代もあります、（「現代日本の開化」434.1–7）

この意識論に立脚して、次の結論を下している。

> 一言にして云へば開化の推移はどうしても**内発的でなければ**嘘だと申上たいのであります、（「現代日本の開化」434.11–12）

意識論から見れば、開化は内発的でなければならない。さらに内発的である限りにおいて、もしも開化の方向が「自然に逆った外発的のもの」（「現代日本の開化」435.2）になったならば、当然のこととして、遠慮なく関心を他に向けることができる。「其方が内発的なのだから自然の推移で無理のない所なのである」（「現代日本の開化」435.5）。ところが「日本の開化」は、「残念ながらさう行つて居ないので困るのです」（「現代日本の開化」435.6.8）。

元々開化が甲の波から乙の波へ移るのは既に甲は飽いて居たゝまれないから内部慾求の必要上ずるりと新らしい一波を開展するので甲の波の好所も悪所も酸いも甘いも嘗め尽した上に漸く一生面を開いたと云つて宜しい、従つて従来経験し尽した甲の波には衣を脱いだ蛇と同様未練もなければ残り惜しい心持もしない、のみならず新たに移つた乙の波に揉まれながら毫も借り着をして世間体を繕つてゐるといふ感が起らない、所が日本の現代の開化を支配してゐる波は西洋の潮流で其波を渡る日本人は西洋人でないのだから、新らしい波が寄せる度に自分が其中で食客をして気兼をしてゐる様な気持になる、新らしい波は兎に角今しがた漸くの思で脱却した旧い波の特質やら真相やらも弁へるひまのないうちにもう棄てなければならなくなつて仕舞つた、食膳に向つて皿の数を味はひ尽す所か元来どんな御馳走が出たかはつきりと眼に映じない前にもう膳を引いて新らしいのを並べられたと同じ事であります、（「現代日本の開化」435.11－436.5）

「借り着」という批判は『心』の先生の言葉を想起させる。「日本人は随分悲酸な国民と云はなければならない」(「現代日本の開化」436.9–10)。さらに、

> 西洋人と日本人の社交を見ても一寸気が付くでせう、西洋人と交際をする以上、日本本位ではどうしても旨く行きません、交際しなくとも宜いと云へばそれまでゞあるが、情けないかな交際しなければ居られないのが日本の現状でありませう、而して強いものと交際すれば、どうしても己を棄てゝ先方の習慣に従はなければならなくなる、(「現代日本の開化」436.10–14)

漱石は明治の日本について述べているのであるけれども、現代日本についても当てはまりそうである。ともあれ、現代日本の開化は内発的ではないという批判は、いかにも漱石らしい。しかしこの講演の内容自体は、すでに述べたように『文学論』において述べたところであった。ところが、同じ趣旨をあらためて繰り返す漱石の表情からは、『文学論』当時の颯爽とした俤はすっかり失われていることに、誰でも容易に気づくはずである。

> 我々の遣つてゐる事は内発的でない、外発的である、是を一言にして云へば現代日本の開化は皮相上滑りの開化であると云ふ事に帰着するのであります、無論一から十まで何から何までとは言はない、複雑な問題に対してさう過激の言葉は慎まなければ悪いが我々の開化の一部分、或は大部分はいくら己惚れて見ても上滑りと評するより致し方がない、併しそれが悪いからお

止しなさいと云ふのではない、事実已むを得ない、涙を呑んで上滑りに滑つて行かなければならないと云ふのです。(「現代日本の開化」437.4-9)

現代日本の開化は内発的ではない、外発的だと言いながら、これを内発的なものに転じようとも、転じなければならないとも言わない。漱石には、言えないのである。神経衰弱に陥るほど強烈な意志をもって、その大事業を自ら企てながら、大失敗を犯してしまったからである。

その事実を念頭に置いて、次の文章を読むべきである。

西洋で百年かゝつて漸く今日に発展した開化を日本人が十年に年期をつゞめて、しかも空虚の譏を免かれるやうに、誰が見ても内発的であると認める様な推移をやらうとすれば是亦由々しき結果に陥るのであります、百年の経験を十年で上滑りもせず遣りとげやうとするならば年限が十分の一に縮まる丈わが活力は十倍に増さなければならんのは算術の初歩を心得たものさへ容易く首肯する所である、是は学問を例に御話をするのが一番早分りである、西洋の新らしい説などを生噛りにして法螺を吹くのは論外として、本当に自分が研究を積んで甲の説から乙の説に移り又乙から丙に進んで、毫も流行を追ふの陋態なく、又ことさらに新奇を衒ふの虚栄心なく、全く自然の順序階級を内発的に経て、しかも彼等西洋人が百年も掛つて漸く到着し得た分化の極端に、我々が維新後四五十年の教育の力で達したと仮定する、体力脳力共に吾等よりも旺盛な西洋人が百年の歳月を費やしたものを、如何に先駆の困難を勘定に入れないにした所

> で僅か其半に足らぬ歳月で明々地に通過し了るとしたならば吾人は此驚くべき知識の収獲を誇り得ると同時に、一敗また起つ能はざるの神経衰弱に罹つて、気息奄々として今や路傍に呻吟しつゝあるは必然の結果として正に起るべき現象でありませう、（「現代日本の開化」437.12-438.8）

西洋百年の歴史を、日本で十年間で、しかも「内発的」と認め得るような形で、再現しようとするのは容易でないことは、解りきっている。漱石は学問の発展を例にして説明するが、「自然の順序階級を内発的に経て」これを実現したと仮定して、「体力脳力共に吾等よりも旺盛な西洋人」と同等な結果に、短期間で到達したとすると、「一敗また起つ能はざるの神経衰弱に罹つて、気息奄々として今や路傍に呻吟しつゝあるは必然の結果」であると言う。

そして、「開化と云ふものが如何に進歩しても、案外其開化の賜として吾々の受くる安心の度は微弱なもので」しかない（「現代日本の開化」438.12-13）と、弱音を吐いている。

> 吾々の開化が機械的に変化を余儀なくされる為にたゞ上皮を滑つて行き、又滑るまいと思つて踏張る為に神経衰弱になるとすれば、どうも日本人は気の毒と言はんか憐れと言はんか、誠に言語道断の窮状に陥つたものであります、（「現代日本の開化」438.15-439.1）

現実を淋しく見詰めるだけで、ロンドンから岳父に宛てた手紙の意気込みは、すっかり失われている。右の文章に続けて漱石は次のように述べている。

私の結論は夫丈(それだけ)に過ぎない、ア、なさいとか、斯うしなければならぬとか云ふのではない、どうすることも出来ない、実に困つたと嘆息する丈で極めて悲観的の結論であります、(「現代日本の開化」439.1-3)

大患以前の漱石には考えられなかった、醒めた心境である。漱石は明瞭に告白している。

こんな結論には却つて到着しない方が幸であつたのでせう、真と云ふものは、知らない中(うち)は知りたいけれども、知つてからは却つてア、知らない方が宜かつたと思ふ事が時々あります、(「現代日本の開化」439.3-5)

漱石はこの後にモーパッサンの小説(『モデル』)の粗筋を紹介してから、次のように述べる。

日本の現代開化の真相も此話と同様で、分らないうちこそ研究もして見たいが、斯う露骨に其性質が分つて見ると却つて分らない昔の方が幸福であるといふ気にもなります、兎(と)に角(かく)私の解剖した事が本当の所だとすれば我々は日本の将来といふものに就てどうしても悲観したくなるのであります、(中略)ではどうして此急場を切り抜けるかと質問されても、前申した通り私、には名案も何もない、たゞ出来るだけ神経衰弱に罹らない程度に於て、内発的に変化して行くが好からうといふやうな体裁の好いことを言ふより外に仕方がない、(「現代日本の開化」440.2–9)

「自己本位」を胸に秘めて、日本の文明開化に内面的支えを提供しようと努めてきたにもかかわらず、肝心の「自己本位」の思想が崩れ去ってしまった。眼前の開化に対して積極的な提言をすることはできない、と言うのはそのためである。

これは単に客観的な歴史観なのではなく、漱石自身の半生を懸けた努力が灰燼に帰したことを表明しているのである。漱石の眼前には苦い現実が横たわっている。

苦い真実を臆面なく諸君の前にさらけ出して、幸福な諸君にたとひ一時間たりとも不快の念を与へたのは重々御詫を申し上げますが、又私の述べ来つた所も亦相当の論拠と応分の思案の結果から出た生真面目の意見であると云ふ点にも御同情になつて悪い所は大目に見て頂きたいのであります。(「現代日本の開化」440.10–12)

講演「現代日本の開化」の趣旨は以上のように要約することができる。その内容が『文学論』を出るものではないことはすでに指摘したが、『文学論』とこの講演とでは、神経衰弱に対する姿勢に根本的な変化が表れている。『文学論』では、現代日本の置かれた状況では神経衰弱になるのが当然である、と誇らかに謳歌していた。

英国人は余を目して神経衰弱と云へり。ある日本人は書を本国に致して余を狂気なりと云へる由。賢明なる人々の言ふ所には偽りなかるべし。たゞ不敏にして、是等の人々に対して感謝の意を表する能はざるを遺憾とするのみ。

帰朝後の余も依然として神経衰弱にして兼狂人のよしなり。親戚のものすら、之を是認するに似たり。親戚のものすら、之を是認する以上は本人たる余の弁解を費やす余地なきを知る。たゞ神経衰弱にして狂人なるが為め、「猫」を草し「漾虚集（ようきょしゅう）」を出し、又「鶉籠（うずらかご）」を公けにするを得たりと思へば、余は此神経衰弱と狂気とに対して深く感謝の意を表するの至当なるを信ず。

余が身辺の状況にして変化せざる限りは、余の神経衰弱と狂気とは命のあらん程永続すべし。永続する以上は幾多の「猫」と、幾多の「漾虚集」と、幾多の「鶉籠」を出版するの希望を有するが為めに、余は長（とこ）しへに此神経衰弱と狂気の余を見棄てざるを祈念す。

たゞ此神経衰弱と狂気とは否応なく余を駆つて創作の方面に向はしむるが故に、向後此「文学論」の如き学理的閑文字を弄するの余裕を与へざるに至るやも計りがたし。果して然らば此一篇は余が此種の著作に指を染めたる唯一の紀念として、価値の乏しきにも関せず、著作者たる余に取つては活版屋を煩はすに足る仕事なるべし。併せて其由を附記す。

明治三十九年十一月

夏目金之助
（『文学論』「序」、『漱石全集』第十四巻 14.1-15.10）

「長しへに此神経衰弱と狂気の余を見棄てざるを祈念す」と言い、また「此神経衰弱と狂気とは否応なく余を駆つて創作の方面に向はしむる」と言う。日本が置かれている時代状況を見据えたならば、神経衰弱・狂気に陥るのは「生真面目さ」の証拠であると言いたいのである。「序」の文章は「現代日本の開化」の次の文章と同質である。

大学の教授を十年間一生懸命にやつたら、大抵のものは神経衰弱に罹りがちぢやないでせうか、ピン〳〵して居るのは、皆嘘の学者だと申しては語弊があるが、まあ何方かと云へば神経衰弱に罹る方が当り前の様に思はれます、学者を例に引いたのは単に分り易い為で、理窟は開化のどの方面へも応用が出来る積(つもり)です。（「現代日本の開化」438.8-11）

ところが、大患によって漱石の高い自負が挫折した結果、「現代日本の開化」においては「生真面目の意見」として、つまり生真面目に時代に取り組んだ結果として、「出来るだけ神経衰弱に罹らない程度に於て、内発的に変化して行くが好からう」と述べるにとどまっている。

3　「明治の精神に殉死する」ことの意味

この講演は日本史・日本思想史などの「概説的」な書物では、ほとんど必ずと言ってよいほど言及・引用されている。ところが日本史・日本思想史の「専門的」な研究書では、研究の対象とされることはなく、必ずと言ってよいほど無視されている。驚くべきことに、漱石は思想史上の研究対象とされたことがないのである。理由は単純明白である。現代日本の開化は内発的ではないという漱石の主張は、「文明批評」としては非常に口当たりのいい魅力的な惹句であるから、誰でも引用はする。しかし、一歩でも掘り下げて、漱石はなぜこのような認識に到達したのか、そのような歴史認識と漱石自身の創作・評論はどのような関係にあるのかという点について、ほとんど関心が向けられてこなかったからである。

このような風潮が惰性的に続いて来れば、誰もが引用する漱石の文明批評も、すっかり手垢にまみれてしまって新鮮味を失う。三浦雅士氏ですら、漱石の意識としては「現代日本の開化がいかに安手のものであるか」を「活写してやろうというつもりがあったかも知れない」が、「そんなことは誰でもできることだ」と断定している。(3) 講演「現代日本の開化」が顕わに表現しているはずの漱石の苦渋が、全然理解されていない。漱石が半生の辛苦の果てに発せざるを得なかった言葉が、かくも手軽に扱われてきたのである。

漱石の大患を知って、学生時代の恩師マードック先生から見舞いの手紙が来た。そのことから漱

石は「マードック先生の日本歴史」（『東京朝日新聞』明治四十四年三月十六、十七日）を書いている。その中で、

維新の革命と同時に生れた余から見ると、明治の歴史は即ち余の歴史である。（『漱石全集』第十六巻 355.3）

と述べている。これを書いたのは、明治天皇崩御よりも一年以上も前のことであるが、漱石自身は「維新の革命と同時に生れた」から、「明治の歴史は即ち余の歴史である」と実感していた。これに対して『心』の先生は、明治三十年代のごく初めに大学を卒業しているから、生まれたのは漱石よりも約八年ほど後になる。そのために漱石のように、自分の生涯が「明治の歴史」と重なり合うとは書けない。先生は次のように述べている。

すると夏の暑い盛りに明治天皇が崩御になりました。其時私は明治の精神が天皇に始まつて天皇に終つたやうな気がしました。最も強く明治の影響を受けた私どもが、其後に生き残つてゐるのは必竟時勢遅れだといふ感じが烈しく私の胸を打ちました。（下五十五 297.1-3）

先生はその代わりに「明治の精神」を持ち出してくる。「殉死」を決意しようとするには、単に時間的な一致よりは、この方が焦点が鮮明になる。

漱石は意識論にもとづいて日本の文明開化を精神的・内的に基礎づけようとした。しかし意識の極限に想定していた純粋意識が成り立たないと知って、その企てが失敗に帰したことを思い知らされた。漱石の作品は多くの読者を獲得した。漱石と同時代の若者だけでなく、今日でも広く愛読されている。失敗を犯した漱石は、罪を告白せざるをえなかった。「明治の精神」に対して罪を犯したと認めざるをえなかった。「明治の精神に殉死する」というのはそれ以外ではありえない。

第三章　則天去私と『心』の装幀

1　則天去私

漱石は『思ひ出す事など』の中に、『列仙伝』(実は『太上大通経』)から「静これを性となせば心其中にあり、動これを心となせば性其中にあり」の句を引用した(『思ひ出す事など』六、『漱石全集』第十二巻)。恋に夢中になり、まさに「動」の最中にある「心」が否定されなければならないことは、このような思想構造に由来している。自分の心が自分を裏切るという構造は、「動」としての「心」には避けられない。ここから「自己」の克服が「心」の克服という課題に形を変えることになる。

「自己」に代えて「人間」を打ち出そうとする思想が、『心』の先生にはあった。しかしその意欲が起こるとすぐに、罪の意識がそれを抑圧する。そのために先生は、新しい思想を展開することを断念して自殺した。「明治の精神に殉死する」という形で自殺した。

前述のように「自己の心」に「人間の心」が対比され、「自己」という立場から見るのではなく、「人間」の立場から見るべきである、というのが先生の到達した思想であった。「自己本位」という標語は、『心』を出版した後で行った講演において初めて述べられたが、すでに『心』において「自己」は克服されていたことになる。

漱石は『心』において狭義の「自己」を否定したことはすでに述べた。狭義の「自己本位」を棄てていたのである。『心』では「自己」に代わって「人間」を前に押し出した。「自己本位」を捨てた以上は「人間本位」と言ってもよかったはずである。しかし『心』における「自己」対「人間」の関係から、単に「人間」だけを抜き出して標語に打ち出しても、その趣旨が容易には伝わりにくい。それ以上に、漱石自身に抵抗感があったことは疑いない。なぜなら、「自己本位」の時代において「人間」を否定的に見ていたからである。漱石は現実の「人の世」を低く見て、自己の人生の基準を「天」に仰いでいた。『それから』の代助が、優雅な高等遊民の生活を捨て、汚名を被ることも辞さずに、三千代を救済するために、火宅の現実に真っ正面から向かい合おうとしたのは、代助が「人爵」よりも「天爵」を人生の価値基準としていたからである。

> 自分の神経は、自分に特有なる細緻な思索力と、鋭敏な感応性に対して払ふ租税である。高尚な教育の彼岸に起る反響の苦痛である。天爵的に貴族となつた報に受る不文の刑罰である。是等の犠牲に甘んずればこそ、自分は今の自分に為(な)れた。否、ある時は是等の犠牲そのものに、人生の意義をまともに認める場合さへある。（『それから』一の四、『漱石全集』第六巻 13.15-14.2）

天爵は人爵に対するもので、『孟子』の「告子上」がこの語の出典である。人間から与えられる爵位よりも、天から授かる爵位を貴いと見る。それは「人の道」・「天の道」の問題でもあるが、代助は次のように言う。

親爺の頭の上に、誠者天之道也と云ふ額が麗々と掛けてある。先代の旧藩主に書いて貰つたとか云つて、親爺は尤も珍重してゐる。代助は此額が甚だ嫌である。第一字が嫌だ。其上文句が気に喰はない。誠は天の道なりの後へ、人の道にあらずと附け加へたい様な心持がする。(『それから』三の四 41.5–7)

代助は、「誠」を「天の道」と称して一方的に強制力をもって押しつけられることを否定し、それは人間として踏み行くべき道ではない、と言う。天と人間の位置が逆転しているかのように見えるけれども、そうではない。自分の行くべき道を「天意」と呼んでいる。

彼は三千代と自分の関係を、天意によつて、――彼はそれを天意としか考へ得られなかつた。――醱酵させる事の社会的危険を承知してゐた。天意には叶ふが、人の掟に背く恋は、其恋の主の死によつて、始めて社会から認められるのが常であつた。彼は万一の悲劇を二人の間に描いて、覚えず慄然とした。(『それから』十三の九 249.9–12)

「天意」を「天の法則」(『それから』十四の一 251.1) とも呼んでいるが、人と天とを秤にかければ、天を取るのが漱石の流儀であった。

『心』の先生も、自分が犯した罪を知っているのは、「今の所たゞ天と私の心だけ」(下四十七 274.11) であると述べている。

そこで「自己本位」に代わって、「則天去私」が新しい標語として登場することになった。ただしこれが標語として実際に登場するのは、新潮社から大正五年 (一九一六) 十一月に刊行された『大正六年　文章日記』においてである (『漱石全集』第二十六巻 292 参照)。なお、その直前の新潮社刊『文芸雑誌』(第一巻四号、大正五年十月一日) にも、「文学に志す青年の座右銘」を求められて、漱石は「坐右の銘と申すほどのいゝ訓戒になるやうなものはまだ考へる事がありません。持ち合せは無論ありません。それ故一寸書けません」と断っている (『漱石全集』第二十五巻 477)。出版社が求めたのは、他人の参考になるような座右銘であるから、それについては漱石は断っている。『文章日記』の場合は、漱石自身のための標語である。漱石は大正五年十二月九日に亡くなっているから、「則天去私」という標語が提示されたのは生涯の殆ど最後の時点においてであったが、大患以後の思索を通じて、「自己本位」に代わる標語を用意しようとしていたことは疑いない。その事情は『心』の検討によって明らかであるが、ここで、『心』の装幀が重要な意味を持っていると考えられる。

2 『心』を自装したわけ

『心』初刊本の装幀は、すべてを漱石自身が行った。表紙には横長の長方形を二重線（外側が太い線）で囲んだ中に、「心」という字と『康熙字典』からの引用（一行八字、全八行）が刻されている。[1]

漱石は次のように引用している。

〔荀子解蔽篇〕心者形之君也而神明之主也〔礼大学疏〕総包万慮謂二之心一
又〔釈名〕心纖也所レ識纖微無レ不レ貫也
又本也〔易復卦〕復其ハ見二天地之心一乎〔註〕天地以レ本為レ心者

『康熙字典』の「心部」の冒頭に見出し語「心」があり、その説明の最初に発音（韻）に関する引用がいくつかあって、その後に「又〔荀子解蔽篇〕……」と続く。漱石はこの最初の「又」の字を除いて、荀子以下を原文通りに引用している。引用文の中にも「又」の字があり、『康熙字典』ではその前で一字空けているが、漱石は空けずに連続させている。右の引用では「又」の字で改行した。なお『康熙字典』ではこの後にも多数の引用があるが、漱石はこれらすべてを省略している。

最初に『荀子』からの引用がある。[2]「解蔽篇」は『荀子』の第二十一篇であり、巻第十五に収められている。「解蔽」は心の覆いを取り除くという意味で、過去の様々な分野の人物を例として述べている。最初に「凡そ万物は異にすれば則ち相に蔽を為さざること莫し」（凡万物異、則莫不相為蔽　一六二～一六三頁）と述べる。万物を区別・差別的に見る、すなわち「分別」（一六四頁）してその一方に執着するならば、蔽となる。これは仏教とも共通の考え方であるが、前述の『大通経』とその『註』の「動為之心（見物便見心）」及び「心生性滅（心生種種法生）」に対応する。そして『荀子』は、そのよりどころとして「私」（一六二頁）があると言う。

漱石は『康熙字典』に従って『荀子』から引用しているが、この引用自体は「解蔽篇」の一七八頁に見られる。この引用文は「心なる者は形之君なり。而して神明の主なり」、すなわち「心というものは、肉体の君主であり、神秘的な知能の主体である」（一八〇頁）ことを表しており、それだけでは特に問題とはならない。むしろその前に、次のように説かれている所に重要な意味がある。

人は何を以て道を知るや。曰く、心なり。心は何を以て知るや。曰く、虚壱にして静なり。心は未だ嘗て蔵せずんばあらず、然れども所謂虚有り。心は未だ嘗て満たずんばあらず、然れども所謂一有り。心は未だ嘗て動かずんばあらず、然れども所謂静有り。人生るれば知有り、知れば而ち志有り。志なる者は蔵なり。然るに所謂虚有りとは、已に蔵する所を以て将に受けんとする所を害はず、之を虚と謂ふなり。心生ずれば而ち知有り、知れば而ち異有り。異なる者は同時に兼ねて之を知る。同時に兼ねて之を知るは両なり。然るに所謂一有りとは、夫の一を以て此の一を害はず、之を壱と謂ふなり。（一七五頁）

人何以知道。曰、心。心何以知。曰、虚壱而静。心未嘗不蔵也。然而有所謂虚。心未嘗不満也、然而有所謂一。心未嘗不動也、然而有所謂静。人生而有知、知而有志。志也者蔵也。然而有所謂虚、不以所已蔵害所将受、謂之虚。心生而有知、知而有異、異也者同時兼知之両也。然而有所謂一、不以夫一害此一、謂之壱。（二七四頁）

動に対して静、異に対して壱（一）を立てる。「心生ずれば而ち知あり」「知れば而ち異あり」、そして異があれば両、すなわち両端・多様相を知ることになる。しかしその根底には「一・壱」がある、と言う。

以上のように「解蔽篇」には、『大通経』と共通する思想が説かれている。特に『心』では「動と静」の思想が明確に説かれている点を重視すれば、『荀子』に説かれている「動と静」の思想にも、漱石は共感を覚えたであろう。

これに類似した思想は道教にも仏教にも説かれており、道教の思想は老荘思想にまで遡ることができる。しかし「静」を現実に体現することは、決して容易ではない。漱石は学生時代に、論文「老子の哲学」において「道」の体得が困難であることを慨嘆して、老子は迂遠だと非難した（拙著『漱石文学の思想』第一部、二六六頁以下参照）。いくらすぐれた思想であると認めたとしても、自らそれを体現できなければ、自分の無能を嘆かざるをえない。漱石はそういう人である。

しかし『心』には新しい可能性が示されている。それは、〈私〉が先生に近づいた姿勢である。

〈私〉は「直覚」によって先生に近づいた。先生に関する事前の知識や、ましてや「研究」などを媒介にすることなく、自らの「直覚」によって先生に近づいた。心の分別的な働きや、そういうものとしての「知」は、『大通経』においても『荀子』においても批判されている。そして『大通経』には「静為之性　心在其中矣」とあり、『註』は「寂然不動　感而遂通」と述べている。この「感じて遂通する」と、〈私〉の「直覚」とが対応すると言ってよいであろう。

〈私〉の「直覚」が、先生の「鷹揚」と対応関係にあることは先に述べた。先生は幼時の生まれながらの「鷹揚」を貴び、叔父の裏切りによってそれを失わされたことに痛憤を抱き続けていた。しかし先生は〈私〉の中に「鷹揚」を見出すことができて、人間というものが本来それを具えていることを、「教訓」として伝えようとした。そこに「自己本位」「自己の心」ではない、「人間の心」の可能性を、『心』は提示していると言える。

ところで「自己本位」の「自己」、つまり先生の「私」を、先生の殉死という「公的」な形で漱石は否定した。これが「去私」を意味することはすでに述べた。また『心』は「自己」に代えて「人間」を打ち出した。この場合の「人間」は、他者から区別された自己でもなく、他者を抱擁する自己でもない、「自他不二としての人間」を意味する。後に漱石は、これを「則天」として標語の中に位置づけることになる。

漱石はもともと「天」の観念を持っていた。『それから』の代助は「人爵」を軽んじて「天爵」を重んじたが、これは漱石の思想でもあった。ところが自己本位が崩壊して、前述のように「自己」を超える「人間」の観念が前面に出て来た。「自己」の否定は「去私」に当たるから、『心』による限り「則天」は「人間に則する」と理解するのがもっとも妥当であろう。しかし「人間」と限定してしまうよりは、天の観念を盛り込みたかったのであろう。『康熙字典』からの引用で言えば、『易経』の「天地之心」、『註』の「天地以レ本為レ心者」のように、個人の対極にあるものが天地であり、天であった。しかし「則天去私」は『明暗』執筆中に考案された標語であるから、従来の諸説の検討をも含めて、この問題の結論について述べるのは次の機会に譲ることにしたい。

漱石が『心』の初刊本の装幀を自身で構想した理由は、以上のように理解することができる。装幀は『心』の一部であり、『心』の理解には装幀もまた重要な資料である。

次に、中扉の裏には朱印が捺されている。形は縦長の長方形で、その中に白抜きで ars longa, vita brevis. と書かれている。この四語が、一語ずつ四行に並べられている。これは古代ギリシアの医師であったヒッポクラテスの言葉とされている。一般には「芸術は長く、人生は短い」と訳されている。ars は様々に解釈することが可能である。荒正人氏は、ヒッポクラテスの言葉であるから、「芸術」とするのは「誤解」で、「学芸（技術）」の意味であると述べ、「漱石が中扉裏で使ったのは、誤解のほうであったかと思われる」と言う（小学館版『漱石文学全集』第六巻、「解説」六九五頁）。確かに漱石は文学や文芸という言い方を好んだから、荒正人氏の説でもよいであろう。しかし外国語の厳密な意味としてでなく、対応する日本語として考えることも可能であって、その場合には「道」を用いて、「道は遠く、人生は短し」と訳すのが適切であろう。漱石は晩年に「道」という語を重要な意味で用いている。次の連載小説の題名は『道草』であるが、その題意は道草を食ったために道に到達するのが遅れた、という意味である。『心』を読めば、そう解釈すべきである。この意味において「道草」という題名が選ばれていることを考慮すれば、arsを「道」とする解釈は充分支持されるであろう。

『心』は漱石にとって、過去を断ち切り、新しい出発を告げる作品であった。しかしこれまでの自分の歩みを振り返れば、それだけでも苦闘の連続する長い道のりであった。この先に開けるはずの道を望み見れば、なお遥かである。漱石は「道は遠い」ことを、あらためて実感していたのであろう。この二年後に没したことを知るわれわれは、漱石がこの句をあえて記したことに、深い感慨を覚えざるをえない。

単行本の表紙の拓本については、橋口貢宛の書簡（大正二年七月三日付）で述べているが、この拓本が石鼓文（せっこぶん）であることについては、栃尾武氏の『漱石と石鼓文』（渡辺出版、平成十九年）第一章に詳しい検討があるので参照されたい。

なお、大正五年（一九一六）二月に読売新聞本社三階で「装幀展覧会」が開催され、二月十六日付の読売新聞が次のように報じている。

数ある出品の中、殊に人目を惹いて讃辞を強ひてやまぬものを数へて見ると、入口には大倉書店の「漾虚集」が野暮の様で気の利いた装幀振りに夏目氏の性質を語つて居るし、（平野清介編著『新聞集成　夏目漱石像　第二巻　自明治四十四年至大正六年』明治大正昭和新聞研究会、昭和五

十四年、二三二頁）

この展覧会に『心』の装幀が出品されていたのかどうかは不明であるが、「夏目氏の性質を語って居る」と言うのであれば、今日であれば『心』の装幀を第一に取り上げるであろう。漱石の死後に刊行された『漱石全集』において、『心』の装幀が全集の全巻の装幀となり、読者の眼に強い印象を与えることになるが、当時はそれほどこの装幀は関心を持たれなかったのかもしれない。

第四章　親鸞から法然へ

1　親鸞への関心

　Kの生い立ちは漱石自身と重なり合うところが多い。幼くして母を失って継母に育てられたが、『心』には継母が登場しないように、Kは継母を慕うことがなく、姉が母代わりになっていた。漱石の母は漱石が中学の時まで存命であったが、漱石は生まれ落ちて間もなく里子に出され、次いで養子に出された。そして養父母の不仲のため実家に引き取られはしたが、実の父母は祖父母であると教えられていたくらいであるから、実母の存命中に漱石が実母をどのように呼んでいたかも不明である。

　漱石の養父母は漱石の実家と同様に名主であり、時代が一新さえしなければ相応の家柄であった。Kも養子に出されたが、養子先は医師であった。Kは養父母を裏切ったために、養育費を弁済した上で離縁されて実家に復籍したが、勘当同然の扱いを受けた。漱石も実家に引き取られた後で養父母と離縁し、実家に復籍したが、養育費を弁済した。すでに実母は亡くなっており、父からは余計者のように見られていると漱石は感じていた。漱石とKとの間には共通するところが多い。

もう一つの重要な共通点は宗旨である。Kが生まれたのは浄土真宗の寺であったが、夏目家の宗旨も浄土真宗である。漱石自身について見ると、両親や兄、嫂、さらには末娘の死に遭遇しており、葬儀などを通じて漱石が親鸞に親しみを覚えたのは、極めて自然なことであった。漱石が蓮如の「白骨(はっこつ)の御文章(ごぶんしょう)」を知ったのも、家族の葬儀の機会を通じてであったのであろう。それは人間の無常なるありさまを「朝には紅顔ありて、夕には白骨となれる身なり」と描き、「されば、人間のはかなき事は老少不定のさかいなれば、誰の人も、はやく後生の一大事を心にかけて、阿弥陀仏を深くたのみまいらせて、念仏申すべきものなり」と結ばれている。明治二十四年七月に嫂が亡くなったとき、正岡子規に宛てた書簡（明治二十四年八月三日付）に添えた「悼亡の句」の中に次の句がある。

骸骨や是も美人のなれの果　（『漱石全集』第二十二巻 34.13）

美人が骸骨と対照されている。もとより人間が死ねば白骨に返ることは、蓮如にのみ固有の教えではなく、原始仏教以来説かれているところである。しかし漱石にとって直接的な典拠は、「御文章」であると見てよいであろう。

明治三十四年（一九〇一）の「断片」に次の文章がある。

(2)道理ニテ原因結果ノ法則ヲ考ヘテ其物自身ノ美ヲ左右スルコトアリ
　骸骨ノ上ヲ粧フ花見かな
宗教抔(など)ニテ吾々ノ認メテ美イト云フモノヲ否定セントスルハ此類ニ属ス
（『漱石全集』第十九巻 115.10–12）

さらに明治四十年頃の「断片」に次のように書かれている。

○骸骨の躍
日を重ねて、月となし、月を重ねて年となし、年をかさねて墓となす。

　墓の中に……

「吾は骨なり」

「吾も骨なり」

「吾は肉なり」

（『漱石全集』第十九巻 278.3–9）


右の「断片」は『虞美人草』の次の記述のもとになっている。

死は万事の終である。又万事の始めである。時を積んで日となすとも、日を積んで月となすとも、月を積んで年となすとも、詮ずるに凡てを積んで墓となすに過ぎぬ。墓の此方側なる凡てのいさくさは、肉一重の垣に隔てられた因果に、枯れ果てたる骸骨に入らぬ情けの油を注して、要なき屍に長夜の踊りをおどらしむる滑稽である。（『虞美人草』一、『漱石全集』第四巻 16.10–14）

これらはいずれも蓮如の「御文章」と同じ思想にもとづいている。漱石にとって夏目家の宗旨である真宗の教義は、親しいものであったと見ることができる。

漱石は親鸞についても何度か言及している。五女の雛子が明治四十四年（一九一一）十一月二十九日に急死した。十二月二日の「日記」に次のように記している。

昨夕の通夜僧は三部経を読んで和讃をうたつた。和讃は親鸞上人の作つたものに三代目の何とかいふ人が節づけをしたものださうである。御文様は八代目の蓮如上人の作ださうである。
（『漱石全集』第二十巻 354.6–7）

『彼岸過迄』の「雨の降る日」の章は雛子の死にもとづいて書かれているが、通夜の晩について、

晩には通夜僧が来て御経を上げた。千代子が傍で聞いてゐると、松本は坊さんを捕まへて、

三部経がどうだの、和讃がどうだのといふ変な話をしてゐた。其会話の中には親鸞上人と蓮如上人といふ名が度々出て来た。（『漱石全集』第七巻 196.14-197.1）

と描いている。ここには蓮如や「御文様」も言及されているが、それとともに親鸞の名が明記されている。もっともこれらの文章や断片には、親鸞に対する漱石の特別の思い入れが反映しているわけではない。ところが親鸞に関する言及を、『吾輩は猫である』第九章に見出すことができる。

始めて海鼠（なまこ）を食ひ出せる人は其胆力に於て敬すべく、始めて河豚（ふぐ）を喫せる漢（おとこ）は其勇気に於て重んずべし。海鼠を食へるものは親鸞の再来にして、河豚を喫せるものは日蓮の分身なり。（『漱石全集』第一巻 374.11-13）

海鼠や河豚を最初に食べた人の胆力・勇気が称賛に値することを、鎌倉新仏教の開祖親鸞・日蓮に比較している。右の文章とは若干の相違があるが、同趣旨のことを「断片」（明治三十八、三十九年）に次のように記している。

○海鼠　海鼠を食ひ出した人は余程勇気と胆力を有して居る人でなくてはならぬ少なくとも親鸞上人か日蓮上人位な剛気な人だ。河豚を食ひ出した人よりもえらい。（『漱石全集』第十九巻 221.15-16）

漱石が親鸞を勇気と胆力のある人と評価する根拠は、親鸞は肉食妻帯を日本で最初に始めた人であると認めていたからである。肉食妻帯が当たり前の現在の世の中では、特別の意義を認めにくいが、海鼠や河豚を初めて食べることと並べられれば、どんなに大変なことであったかを容易に感じ取ることができる。漱石はその間の事情を、一流の比喩で表現している。それを根拠にして、講演「模倣と独立」（大正二年十二月十二日）において、親鸞をインデペンデントの人として絶賛することになる。

例へば古い例であるが、僧侶は肉食妻帯をせぬものである、然るに真宗では肉を食ひ女房を持つ、これは思想上の大改革であつて親鸞上人が始めたのであるが、非常に強い根底がなければ出来ない、換言すれば彼はインデペンデントである、彼の行為にはチヤンとした根底がある、自分の通るべき道はかくあらねばならぬと云ふ処がある、一人で居りたいが女房が持ちたい、その時分にかやうなことを公言しやうものなら大変である、然しそんなことは顧慮せぬ、そこにその人の自然があり、そこに絶対の権威を持つて居る、彼は人間の代表者であるが、自己の代表者である。（講演「模倣と独立」、『漱石全集』第二十五巻 65.4-9。なお第二十六巻 326.18-327.11参照。）

仏教の歴史において公然たる肉食妻帯は親鸞上人に始まり、これは「思想上の大改革」である。

そのように評価した上で、それは「非常に強い根底がなければ出来ない」ことだと言う。講演「模倣と独立」の時点では、漱石は親鸞をそのように理解し評価していた。この評価はすでに『猫』にも見られるから、漱石は大患前から親鸞をそのように評価していたと言うことができる。

2　「法然上人に就いて執筆すべく」

しかし『心』では、漱石の親鸞観が大きく変化していると見ざるをえない。次の記事を紹介しておきたい。大正四年（一九一五）二月五日付の読売新聞の第四面「よみうり抄」に次の記事がある。

▲夏目漱石氏　は法然上人に就いて執筆すべく目下材料蒐集中なりと（平野『新聞集成　夏目漱石像』第二巻、一九三頁参照）

この記事は漱石の談話に取材したものであろうが、『漱石全集』に収録されていないばかりでなく、これを取り上げた研究もないようである。そもそも現在の『漱石全集』でも、法然の名は一度も登場しないのである。この談話記事はそれほど唐突である。

親鸞を讃えた講演「模倣と独立」は大正二年十二月十二日になされたものであるから、この講演の延長上で「親鸞上人について書きたい」というのであれば特に問題はない。ところがこの講演の後に、『心』が連載され、大正三年八月に連載が終了して同年九月に『心』の単行本が刊行され、そのすぐ後の大正四年二月に、親鸞ではなく、法然について書きたいと漱石は考えたことになる。つまり、講演「模倣と独立」の後に『心』を挟むことによって、漱石は法然に関心を移したことになる。この間に漱石の考えはどのように変わったのであろうか。

親鸞が肉食妻帯したのは、自力を棄てて絶対他力の立場に立ったからにほかならない。しかしこの立場そのものが、法然に由来することは明らかである。『歎異抄』第二章は次のように述べている。

親鸞におきては、ただ念仏して弥陀にたすけられまゐらすべしと、よきひとの仰せをかぶりて、信ずるほかに別の子細なきなり。念仏は、まことに浄土に生るるたねにてやはんべるらん、また地獄におつべき業にてやはんべるらん。総じてもつて存知せざるなり。たとひ法然聖人にすかされまゐらせて、念仏して地獄におちたりとも、さらに後悔すべからず候ふ。そのゆゑは、自余の行もはげみて仏に成るべかりける身が、念仏を申して地獄にもおちて候はばこそ、すかされたてまつりてといふ後悔も候はめ。いづれの行もおよびがたき身なれば、とても地獄は一定すみかぞかし。

親鸞は師の法然の教えに従って、念仏門という他力の道に入った。その結果として仮に地獄に堕ちたとしても、自分は念仏以外の行（ぎょう）を修めがたい身であるから、「地獄は一定すみか」である、と言い切っている。親鸞がそう覚悟を定めることができた根拠は法然にある。そうであるならば、

「インデペンデントの人」という漱石の価値基準によれば、親鸞よりも法然を第一に挙げなければならないことになる。講演「模倣と独立」と談話記事との間に、漱石の認識に変化が起こったのである。

その点で注目されるのは漱石旧蔵書の『真宗聖典』である。右に『歎異抄』を引用したが、『歎異抄』は漱石旧蔵の浩々洞（こうこうどう）編『真宗聖典』（無我山房、大正二年二月、第二十三版）に収録されている。本書の初版は明治四十三年で、明治四十五年に第十四版が出版されているから（なお、大正四年には第四十四版が出版されている）、漱石が早くから『真宗聖典』に関心を抱いていたならば、もっと早い版を入手することが充分可能であった。ところが漱石所蔵本は大正二年二月の刊本であるということが注目される。すなわち、漱石は「模倣と独立」の講演の後に『歎異抄』を読んだのであろう。『歎異抄』を読んで法然の重要性に着眼した。その時期は大正二年から大正四年二月の間の、極めて狭い範囲に限定される。そしてその時期の上限と下限の間に、『心』の連載が入る。『心』を書いた後で、漱石は認識を改めたのであろうか。それとも『心』において漱石の関心は、すでに法然へと移行していたのであろうか。

今ここで問題の焦点とすべきは、漱石が親鸞を「インデペンデントの人」と評価したのは、肉食妻帯を最初に行った人としてであったという点である。漱石はそのように理解していたが、『歎異抄』を読んで、まさにこの点に疑問を抱いたのであろう。親鸞が妻帯していたばかりでなく複数の子まで成していたことは歴史的事実であるけれども、その事情の詳細は不明である。親鸞は九歳の時に出家得度して比叡山延暦寺に登った。『親鸞絵伝』によると、親鸞は比叡山に登ったが悩みが解決せず、山を下り、二十九歳のときに「難行の小路まよひやすきによりて、易行の大道におもむかんと」して、吉水の法然の禅房に尋参した[1]。それは建仁元年（一二〇一）春のことであった[2]。その後、六角堂に百日間参籠したが、建仁三年辛酉四月五日夜寅の刻に、夢に聖徳太子の化身と言われる救世観音のお告げを受けて、法然の門に入った。親鸞二十九歳の時である。しかし悩み（性慾）に苦しめられて再び六角堂に籠もった。すると救世観音が現れて次の偈を授けた。

行者宿報設女犯　　行者、宿報ありて、たとい女犯すとも
我成玉女身被犯　　われは玉女の身となりて犯され
一生之間能荘厳　　一生の間、能く荘厳し
臨終引導生極楽　　臨終に引導して極楽に生ぜしめん[3]

過去の因縁によって女犯の罪を犯さざるをえないことになったとしても、救世観音が自ら玉女となってその身を犯させるばかりでなく、生涯にわたって助け荘厳し、臨終に際しては引導して極楽に往生せしめよう、という趣旨である。

観世音菩薩について、『法華経』の「観世音菩薩普門品」は観世音菩薩が衆生のあらゆる苦しみを救うことを説いているが、その中に、次のように説かれている。

若し衆生ありて、婬欲多からんに、常に念じて観世音菩薩を恭敬せば、便ち欲を離るることを

得ん。

若有衆生。多於婬欲。常念恭敬。観世音菩薩。便得離欲。（岩波文庫『法華経』下、二四六頁）

常に観世音菩薩を念じて恭敬するならば、淫欲の多い者でも、婬欲を離れることができる、と言う。

不婬戒を守りながら、心は淫欲に悩まされ続けているのでは、不婬戒は形式的・外面的なものにすぎない。観世音菩薩を念ずれば淫欲から離れることができる、ということの意義は大きい。しかし、それでも淫欲から離れることができなければ、救いはない。淫欲を満たしながら、しかも淫欲の醜悪さを清め荘厳し、こういう形で淫欲の束縛から解放してくれる、という救世観音のお告げが、親鸞を救った。

法然の浄土教では、煩悩を断ずることがなくても、阿弥陀仏の本願力によって極楽に往生することができるとする立場を取る。

往生浄土の法門は、未だ煩悩の迷を断ぜずと雖も、弥陀の願力によって極楽に生ずる者、永く三界を離れて六道生死を出づ。

往生浄土之法門雖未断煩悩之迷依弥陀願力生極楽者永離三界出六道生死。（『無量寿経釈』、石井教道編『法然上人全集』平楽寺書店、昭和三十年、六八頁）

さらに、次の言葉が法然のものとして伝えられている。

源空（＝法然）曰く。婬欲酒肉をもて不浄とせず。（「伝法然書篇」三二、同書、一一一二頁）

この書が法然の真作か否かには疑問の余地があると見なされているが、淫欲を不浄としないという思想が法然のものであるという点は、問題がないであろう。法然は次のように説いた。

有智無智・善人悪人・持戒破戒・貴賤・男女モヘダテズ（「鎌倉の二位の禅尼へ進ずる御返事」、同書、五二九頁）

端的に、有智・無智、善人・悪人を「隔てない」、普く摂取不捨である。同様に持戒・破戒も問わない、と述べている。

女犯と候は、不婬戒の事にこそ候なれ。（中略）されば持戒の行ハ、仏の本願ニあらぬ行なれバ、堪へたらんに随ひて、持たせたまふべく候。（「熊谷の入道へつかはす御返事」同書、五三五頁）

これは、女犯は不婬戒を犯すことであるけれども、不婬戒にせよ、およそ持戒の行は仏の本願にないのであるから、それは絶対的ではない。女犯を犯さずにすむならば相応に持戒すればよい。そうでなければ、やむを得ない、と言外に説いている。

もとより法然はことさらに破戒を勧めたわけではない。


上人常の御詞には、罪は五逆も障り無くと知とも、構て小罪をもつくらじと思ふべし。(「常に仰せられける御詞」其七、同書、四九一頁)

しかし、どんな人でも、往生を遂げる、と言う。


罪障重しと云はんとすれば、十悪五逆も往生を遂ぐ。

人を嫌はんと云はんとすれば、常没流転の凡夫を、正しき器物とせり。

時くたれりと云はんとすれば、末法万年に末へ法滅已後盛りなるべし。此法はいかに嫌はんとすれども、漏るゝ事なし。

只力及ばざる事は、悪をも、時をも選はず、摂取し給ふ仏なりと、深くたのみてわが身を顧みず、一筋に仏の大願業力に依りて、善悪の凡夫往生を得と信ぜずして、本願を疑ふ計りこそ、往生には大きなる障りにて候へ。(「ある人のもとへつかはす御消息」同書、五八六頁)

最初に「十悪五逆」を挙げているが、その中には親殺しの大罪も含まれている。これは伝統的に仏教では最も重い罪と見なされていた。そのような罪障の重い人でも往生を遂げる。二番目に「人を嫌」うのか、人を選ぶのかと言えば、「常に流転に没している凡夫」を「正しい器物」とする、と説く。輪廻から永遠に抜け出ることのできない人とは、有智・無智で言えば無智の人であり、善人・悪人で言えば悪人である。このような無智・悪人が、救いの対象となりうる「正しい器物」であると説いている。

さらに、次の言葉も伝えられている。

一、善人尚ほ以て往生す、況んや悪人をやの事（同書、四五四頁）

これは『歎異抄』第三章に「善人なをもて往生をとぐ、いはんや悪人をや」と説かれる、親鸞の、いわゆる「悪人正機」の思想にほかならない。それはすでに法然が説いていたのである。

比叡山を下りて六角堂に籠もった親鸞に夢告を授けた救世観音は、女犯偈（にょぼんげ）に続けて、次のように告げた。

此は是我が誓願なり、善信（＝親鸞）この誓願の旨趣を宣説して一切群生にきかしむべし。

これは百日間の六角堂参籠の、九十五日目のことであった。参籠を終えた親鸞は法然の下に戻った。

救世観音のお告げは親鸞に結婚を可能にした。親鸞の夫人として文献資料が残されているのは三善為教（為則）の娘・恵信尼である。為教は在京の豪族であったが、越後に所領を持っていた。しかし恵信尼の結婚が京都においてであったのか、越後に流された後であるのかも不明である。また救世観音のお告げにもとづいて結婚した相手は、関白九条兼実の娘・玉日ではないかという推定もある。さらに玉日と恵信尼とは同一人ではないかとの推定もある。

史実の詳細は不明であるけれども、六角堂における夢告は親鸞を法然へと導き、親鸞の結婚を可能にした。そして法然門下に入って八年後に流罪に処せられた。親鸞の結婚は法然門下に入ってからのことであり、いかなる形にせよ、法然の許可なしにはありえなかったであろう。

僧侶が妻帯し子を成すことは、実際には珍しいことではなかったけれども、秘すべきことではあった。だから公然と妻帯すれば、内外に抵抗が大きかったのは当然である。法然とその門下が流罪に処せられた直接の契機は、後鳥羽上皇の寵愛を受けた二人の女官の問題であった。安楽・住蓮という法然の二人の弟子が念仏声明で大いに評判を呼んでいたが、二人の女官も魅了されて、上皇が熊野に参詣した留守の間に出家してしまった。寵愛した女官の不行跡を知った上皇は激怒した。それを見て、かねて念仏門の隆盛を妬んでいた比叡山などの僧たちは、この機会にとばかりに念仏禁止の訴えを起こして、目的を遂げた。安楽・住蓮は死罪、法然は土佐（実際は九条兼実の計らいで讃岐）へ、親鸞は越後へ、その他の弟子たちも各地へと流された。この時、法然は七十六歳、親鸞は三十五歳であった。

このような時代背景を考慮すると、出家者の妻帯を教団が公然と認めることは容易ではなかったに違いない。親鸞の結婚が、法然の名を出すことなく、救世観音のお告げという形をとったことと、越後流罪によって親鸞は罪名藤井善信を与えられ、以後は非僧非俗の愚禿親鸞と称したこととによって、妻帯が出家者一般の問題として取り上げられることがなかったのであろう。

大筋としてこのように考えてよいと思われる。そうであるならば、妻帯に関して親鸞を「インデペンデントの人」と評価してよいのか、むしろ、教理的基礎を確立し、親鸞に「了解」を与えた法然こそ、「インデペンデントの人」であると認めるべきではないのか、という疑問が生ずる。漱石が「法然上人に就いて執筆すべく目下材料蒐集中なり」と語った問題意識の一つの中心は、この点にあったに違いない。つまり、他力門・絶対他力のそもそもの提唱者は法然であった、という事実の意義を再確認しなければならない、と漱石は考えたのである。

3 清沢満之とKの思想

この観点からあらためて『心』を考察すると、大きな問題が浮かび上がって来る。Kの父親は浄土真宗の僧侶である。阿弥陀仏は、念仏する者をことごとく摂取して不捨である、と説かれるが、父はKを摂取することがなかった。

Kを医者の家に養子に出したこと自体については、必ずしも批判することはできない。明治から第二次大戦後しばらくの間までは、医者と教師は地方では尊敬を受ける社会的名士であった。ましてや、大学出であれば別格扱いされた。Kの自殺は明治三十年代の初め頃に当たるが、明治二十八年に松山中学に赴任した漱石の待遇（月給八十円）は、外人教師の枠を適用したものであるから、別格であったにしても、大学出ということがそれを可能にした。また「坊っちゃん」は東京物理学校を出ているが、当時の物理学校はまだ大学ではなく、専門学校であった。「坊っちゃん」は初対面の「赤シャツ」について次のように評している。「挨拶をしたうちに教頭のなにがしと云ふのが居た。是は文学士ださうだ。文学士と云へば大学の卒業生だからえらい人なんだらう」（『坊っちゃん』、『漱石全集』第二巻 266.8-9）。Kには兄がいて寺を相続している。Kの父親はKを、新しい時代の流れに乗って立身出世ができるようにと考えたのであろう。

ところがKは立身出世よりも宗教心が強かった。中学時代にすでにそうであったと先生は述べている。ただし、Kは生家である寺の宗派・真宗の、他力の教義に飽き足らなさを覚えて、自力の道を選んだ。父が真に親鸞の教えを奉じていたならば、わが子が最後には必ず自力の限界を悟ることを、見通していなければならなかったはずである。その時にこそ、わが子に救いの手をさしのべなければならない。「人の子の親のちからよりほかにたのむところなく」（「法然上人御法語」、『昭和新修　法然上人全集』一一一八頁）と法然も説いている。

先生はKの父を次のように見ていた。

彼の父は云ふ迄もなく僧侶でした。けれども義理堅い点に於て、寧ろ武士（さむらい）に似た所がありはしないかと疑はれます。（下二十一 208.1-2）

世俗の定めに「義理堅」く、世俗的価値基準に徹していて果断である点を、「武士に似」ているると先生は批評している。「武士」は、明治時代においては、尊重された人格概念であった。『坊っちやん』の中でも「坊っちやん」は、自分に狼藉を働いた生徒達に対して腹を立て、「是でも元は旗本だ。旗本の元は清和源氏で、多田の満仲の後裔だ」、「正直」だ、と言う（『坊っちやん』、『漱石全集』第二巻289.14-290.1）。そして「世の中に正直が勝たないで、外に勝つものがあるか」（『坊っちやん』290.2）と考え、生徒を詰問した。それを学校騒動と見なした校長は、処分保留のまま生徒を放免した。職員会議での議論は、「坊っちやん」に非があるかのような雲行きであった。すると山嵐が「教育の精神は単に学問を授ける許りではない、高尚な、正直な、武士的な元気を鼓吹すると同時に、野卑な、軽躁な、暴慢な悪風を掃蕩するにあると思ひます」（『坊っちやん』319.2-4）と「坊っちやん」を擁護する演説をした。

武士的であることは、漱石においてのみならず、新渡戸稲造の『武士道』を始め、一般にも、否定的な人格価値ではなかった。すぐ後に述べるように、清沢満之（きよざわまんし）も武士の出であり、「古武士的な姿容」が讃えられてられている。[4] しかし先生がKの父について、「云ふ迄もなく僧侶でした」とわざわざ断っているのは、僧侶でありながら世俗の定めを絶対視して、まるで武士のようだ、僧侶としてはどうか、と言っていることになる。

次にK自身について見ておきたい。自力の道を歩もうとしたKは、養父母を裏切ることは大したことども思っていなかった。「道のためなら、其位の事をしても構はない」（下十九 202.3-4）とKは言い切る。養家から離縁されて復籍したものの、実家から事実上勘当されて、経済的に困窮した。

その様子を見かねた先生は、自尊心の強いKのプライドを傷つけずに、どのような形で援助したらよいかに腐心して、最後に何とか自分の下宿に引き取ることに成功した。下宿代はすべて先生が負担したが、そのことでKが傷つかないように配慮して、Kの知らないところで支払っていた。その事情は当然、奥さんや御嬢さんも知っていたはずであるけれども、そのことでKに引け目を感じさせることがないように遇していた。

問題はKである。このような事情は誰よりもK自身が痛切に感じていなければならないにもかかわらず、Kの態度にはその気配が全く見えない。普通ならば、肩身の狭い思いから、どこかに卑屈な振る舞いが出るであろうけれども、それが見えない。先生や奥さん・御嬢さんが、それだけ細やかに配慮していたことにもなるけれども、Kには感謝の心が見られない。もっともKについて、われわれはあくまでも先生の記述によってのみ知ることができる、という制約があるけれども、最初から最後まで、Kは一言も感謝の気持ちを表すことがない。

この点で参考になる資料がある。漱石旧蔵書の目録「漱石山房蔵書目録」（『漱石全集』第二十七巻）があり、旧蔵書そのものは東北大学の漱石文庫に収蔵されている。その目録によると、仏教関係の書籍は和漢書目録の「III　語録道話その他」に分類されている。この分類の名称からも想像されるように、仏教書の大部分が禅関係の文献である。禅籍は明治・大正年間に出版された書物だけでなく、江戸時代の和刻本までも含まれている。その間に次の二点が、ほとんど例外的に、見出される。

安藤州一著『清沢先生 信仰坐談』東京・無我山房、明治四十三年
浩々洞編『真宗聖典』無我山房、大正二年

このうち、『真宗聖典』についてはすでに紹介した。『清沢先生 信仰坐談』は清沢満之の談話の記録である。『真宗聖典』を編集した浩々洞も清沢満之が興した私塾であるから、両書ともに満之ゆかりのものである点が注目される。

『清沢先生 信仰坐談』は初版が明治三十七年三月に、また第三版が明治四十年十一月に刊行されているが、漱石旧蔵書は明治四十三年刊の第四版である。知られる限りでは、この版が本書の最後の版である。『真宗聖典』の場合がそうであったように、『清沢先生 信仰坐談』についても、もっと早い時期に本書を手にしようとすればできたはずである。漱石は『真宗聖典』とそれほど違わない時期に、本書を入手したのであろう。

清沢満之（一八六三—一九〇三）は、当時の真宗を代表する指導的存在であった。満之は尾張藩士の子として名古屋に生まれた。小学校卒業後、愛知英語学校に入学したものの、明治十年四月に廃校になり、次に入学した愛知県医学校も同年九月に廃校となったため、東本願寺が設立した京都・育英教校に入学するとともに、得道（とくどう）して僧侶となった。明治十四年に東本願寺東京留学生に採用されて大学予備門に入学し、さらに東京大学文科大学（現・文学部）に進んだ。東京大学は明治十年に創設されたばかりで、欧米の学問の輸入に専らな時代であり、フェノロサやブッセなど、いわゆる外人教師が教鞭をとっていた。[5] 満之は明治二十年に大学を卒業すると大学院に進んだが、明

治二十一年には京都尋常中学校の校長に転じた。この学校は京都府からの委嘱を受けて東本願寺が創立し、経営に当たったものであったが、明治二十三年に校長の職を辞して教諭として勤務するとともに、禁欲生活に入った。明治三十三年に、彼を中心に、真宗大学（現・大谷大学）の学生をメンバーとする私塾・浩々洞が設立された。「精神主義」を唱え、禁欲に徹し、食物に関して極端な苦行を実践するなど、宗門の革新に多大な影響を与えた。明治三十四年には真宗大学の学監（学長）に就任している。満之は肺結核のため明治三十六年に没したが、浩々洞は大正六年まで存続した。

次に引用するのは『清沢先生　信仰坐談』の第六節と第七節である。

六

余、一夜、椽端に先生に侍す。卒然として問て曰く、パンの尽きたる時は、自ら進んでパンを求むべきか、坐してパンの到を待つべきかと。先生曰く、パンの如きは、どふでも好きものなり、之を顧慮するを要せざれ。如来は必ず爾のために必要なる丈のパンを給すべし、但し如来の給与し給ふパンに就ては、一言の不平を訴ふる可らず。そが養育院に於て給せられんとも、慈善病院に於て給せられんとも、大家高堂に於て給せられんとも、若しくは監獄の中に於て給せられんとも、そは唯如来の指導に一任せざる可からず。信念は本なり、パンの問題は末なり、信念此に決すれば、パン問題も亦決す、信念の確立を期せずして、パンの尽きたる時、如何に処す可きかを顧慮す、是れ本末を顚倒せるものにして、取り越し苦労の多き所以なり。

爾、思惟せよ、秋霜の如く磨き澄ましたる小刀にして、若し途上に遺棄され居たらんには、路人是を拾ふや、否やと。余答へて曰く、路人は必ず之を看過せず、争ふてかの小刀を拾ひとる可し。先生曰く、されば、路人の小刀を拾ふや拾はざるやは、毫も顧慮す可らず、唯小刀を鋭なるや鋭ならざるやを注意すべきのみ、若鋭利ならざるを求めば専心に之を磨くべきなり。磨き澄したる小刀ならば、路人の之を拾ふこと必然なり、之を磨くと磨かざるとが根本の問題にして、拾ふか拾はざるかは末の問題なり。今の人、小刀を磨くことをさしおきて、徒らに拾ふ人の有無を憂慮す、是亦本末を誤れるものなり。かゝる取越し苦労の時間あらば、其時間を利用して、小刀を磨くべし、智慧を磨くべし、信念を確立すべし。路人は争ふて其小刀を拾ふ可し、パンは需用に堪へざるほどに供せらるべきなり。（八〜一〇頁）

七

この後、第八節では、このように努める人を、友人や親類縁者は決して捨て置くことはなく、必ず援助の手を差し伸べる、と説いている。パンのために心を煩わせてはならない。一心に道に精進すれば、必ず他者が経済的に支えてくれる。

一読して明らかなように、Kの生き方そのものがここに述べられているかのように読めるほどである。(6) Kの生き方は、養父母にとっては単に身勝手な裏切りでしかなかったけれども、先生はKを受け入れて援助した。Kの態度は一貫して『坐談』における教えそのままと言ってよい。

清沢満之は「精神主義」を唱えて、自力主義に極めて近い「禁欲主義」を実践した。西洋の哲学や宗教に学んで、日本の近代化の流れに即応するように、仏教そのものを近代的知性という基盤の上に基礎づけるためには、その道は避けられないと判断したのであろう。

Kもまた満之と同様に西洋の哲学や宗教に関心を寄せていた。しかしKは女性問題で求道との深刻な矛盾に直面しなければならなかった。Kの所属する教団は女性に心を奪われることを特に禁じたとされる。この点は必ずしも清沢満之と直接的な関係がないであろうが、漱石は、満之の精神主義・禁欲主義をさらに女性関係について徹底させて、描いたと見ることができる。精神主義・禁欲主義だけでも親鸞の他力主義からすれば問題であるが、女性関係にまで禁欲主義を適用させることによって、肉食妻帯を実践した宗祖親鸞からの逸脱を見ていることになる。

因みに、西本願寺系でも仏教の近代化の問題に取り組み、学生有志によって組織された反省会が明治二十年に『反省会雑誌』を刊行し、高楠順次郎などが率先して禁酒運動に力を注いだことはよく知られている（本誌は明治三十二年に『中央公論』と改題して現在に至っている）。『心』の〈私〉が、父親の計画する卒業祝賀の宴会の酒席に対して嫌悪感を抱くのも、このような仏教近代化の傾向と無関係ではないであろう。

その後清沢満之は、自力主義に走りすぎたことを反省して、他力に立ち戻ろうとしたが、漱石は前述の『清沢先生　信仰坐談』を念頭においてKを描いた。Kは阿弥陀仏の救いを求めることなく、自力主義の破滅という形で、自殺を選んだ。これが清沢満之の思想による自殺でないことは言うまでもない。

以上のように、Kの信じた宗派の考え方が清沢満之の思想に近いことは疑いないけれども、Kが満之をモデルにしていると見ることはできない。[7]

清沢満之の「精神主義」は『清沢文集』（岩波文庫、一九二八年初版、一九八五年第一五刷）に次のように説かれている。

吾人の世に在るや、必ず一の完全なる立脚地なかるべからず。若し之なくして、世に処し、事を為さむとするは、恰も浮雲の上に立ちて技芸を演ぜんとするものゝ如く、其転覆を免るゝ事能はざること言を待たざるなり。然らば吾人は如何にして処世の完全なる立脚地を獲得すべきや、蓋し絶対無限者によるの外ある能はざるべし。（中略）而して此の如き立脚地を得たる精神の発達する条路、之を名づけて精神主義といふ。（『清沢文集』一〇頁）

精神は絶対無限者によって、初めて完全なる立脚地を獲得することができる、と説く。

次に人は「外物」と関係を持つが、その場合に精神は「彼の外物の為めに煩悶憂苦」しないだけでなく、「彼の外物」を「自由に変転」することができると述べて、次のように言う。

故に彼の「随其心浄、則仏土浄」とは、是れ善く精神主義の外物に対する見地を表白したるものといふて可なり。（『清沢文集』、一一頁）

ここに引用されている文章は『維摩詰所説経』巻一（大正蔵第一四巻、五三八頁下五行）にあるもので、「心が浄らかになれば、それに随って仏土も浄らかになる」ということを意味する。以上が精神主義の立場であると説かれるのであるから、法然における「無能」の自覚と対比すれば、まさに「有能」の立場、自力の立場に著しく近いと言わなければならない。清沢満之の精神主義は自力主義の性格が極めて強かった。

さらに自他の関係において、自己が主となることを次のように述べている。

又精神主義は自家の精神を以て必要とするが故に、其の外貌は利己の一偏に僻し、他人を排除するが如きものなきに非ず。然れ共、精神主義は決して利己一偏を目的とするものにあらず、又他人を軽蔑するものにあらず。只自家の立脚地をだも確めずして、先づ他人の立脚地を確めんとするの不当なるを信じ、自家の立脚地だに確乎たらしむるを得ば、以て之を人に移し得べきことを信じ、勉めて自家の確立を専用とするが精神主義の取る所の順序なり。（『清沢文集』、一一頁）

右の叙述を見れば、精神主義が、近代的知性の批判にも堪えうるような合理性を備えようとしていることが明らかである。そして満之は精神の自由を強調する。

精神主義は完全なる自由主義なり。若し其制限束縛せらるゝことあらば、是れ全く自限自縛たるべく、外他の人物の為めに制限束縛せらるゝにあらざるべし。自己も完全なる自由を有し、他人も完全なる自由を有し、而して彼の自由と我の自由と衝突することなきもの、是れ即ち精神主義の交際といふべきなり。（『清沢文集』、一一～一二頁）

もとより清沢満之はこの後に他力の問題へと話題を進める。漱石自身は以上に紹介した満之の思想と同様の思想を持っていたけれども、挫折を経験した。同じく挫折と言っても、浄土教の世界では、自力の挫折は、阿弥陀仏の本願に対する開眼にほかならない。先に引用した満之の言葉で言えば、それは絶対無限者を立脚地とすることである。

しかし漱石の場合には、純粋意識の思想の挫折は、絶対的存在・境地の喪失を意味する。その結果として、絶対的な孤独に直面せざるをえなかった。ニーチェに対する深い共感からニーチェ否定へと転じたのは、ニーチェ的な「神なき実存」の耐え難い孤独を、漱石は身を以て体験したからにほかならない。言い換えれば、漱石は西洋哲学史における「実存」は「人の道」ではないことを実感したのである。実存という言葉はほとんど日本語化しているけれども、漱石の視点に立って見るならば、この言葉が西洋哲学史において背負っていた人間論的実質を抜きにして、抽象化においてのみ流通しているのではないだろうか。

この点で、親鸞は漱石とは根本的に異なっている。『歎異抄』には「聖人（＝親鸞）のつねのおほせには」として次の言葉が記されている。

弥陀の五劫思惟の願をよく〲案ずれば、ひとへに親鸞一人がためなりけり。されば、それほどの業をもちける身にてありけるを、たすけんとおぼしめしたちける本願のかたじけなさよ
（『歎異抄』第十八条）

阿弥陀仏の前で、親鸞は安んじて「一人」を強調することができた。その結果として、浄土真宗においては「実存」とか「個」が重んじられている。安富信哉氏は東西における「個」の自覚史を簡単に見た後で、親鸞を「独一の個」として捉え[8]、次のように述べている。

が、このような個の独一性の自覚の伝統は、時間の流れのなか希薄化していく。江戸時代の幕藩体制のもと、仏教は家の宗教になり、むしろ個の独一性の自覚を規制するものとして作用することになる。このため仏教は、明治に入ってからも新興青年層の気持ちを惹くことはなかった。

個の自覚史をこのように概略的に描いてから、「独立者としての親鸞の出現の歴史的意味が見直されるようになったのは、明治も半ばを過ぎてからである。驚くべきことに、夏目漱石にもつぎのような親鸞観がある」と述べて、「模倣と独立」から肉食妻帯と親鸞に関する箇所を引用し、さらに「私の個人主義」を紹介している[9]。そして「漱石に一世代先立ち、親鸞の信仰に独立者の道を見出したのが、清沢満之である」と述べている[10]。

この捉え方は、半面においては妥当であるけれども、前述のように、漱石の「自己本位」の思想はその後崩壊し、漱石は個・実存の立場を捨てて、「自己」を超えた「人間」の立場を自覚するに至った。『心』はそれを描いたのである。漱石は大患以後、親鸞・清沢満之とは別の立場に立った。漱石は『心』の執筆直前までは親鸞に注目していたにもかかわらず、『心』では法然に眼を転ずるに至った。その間の事情は『心』の考察によって理解することができる。『心』ではすでに、親鸞・清沢満之に対して批判的になっていたのである。

4　夢の中の母

法然に関する漱石の記事が新聞に載ったのは、前述のように、大正四年二月五日であったが、『硝子戸の中』が同じ大正四年一月十三日から二月二十三日にかけて、三十九回にわたって連載された（途中、休載日が三回あり、二回目の休載が二月五日であった）。その最後に近い第三十八回に、母に関する記憶が綴られている。『硝子戸の中』については別の機会に詳しく考察するが、ここでは『心』との関連の中で注目される次の箇所を取り上げたい。

或時私は二階へ上つて、たつた一人で、昼寐をした事がある。その頃の私は昼寐をすると、よく変なものに襲はれがちであつた。私の親指が見る間に大きくなつて、何時迄（いつまで）経つても留らなかつたり、或は仰向に眺めてゐる天井が段々上から下りて来て、私の胸を抑へ付けたり、又は眼を開いて普段と変らない周囲を現に見てゐるのに、身体丈が睡魔の擒となつて、いくら藻掻いても、手足を動かす事が出来なかつたり、後で考へてさへ、夢だか正気だか訳の分らない場合が多かつた。さうして其時も私は此変なものに襲はれたのである。

　私は何時何処で犯した罪か知らないが、何しろ自分の所有でない金銭を多額に消費してしまつた。それを何の目的で何に遣つたのか、其辺も明瞭でないけれども、小供の私には到底償ふ訳に行かないので、気の狭い私は寐ながら大変苦しみ出した。さうして仕舞に大きな声を揚げて下にゐる母を呼んだのである。

　二階の梯子段は母の大眼鏡と離す事の出来ない、生死事大無常迅速云々と書いた石摺の張交にしてある襖のすぐ後に附いてゐるので、母は私の声を聞き付けると、すぐ二階へ上つて来て呉れた。私は其所に立つて私を眺めてゐる母に、私の苦しみを話して、何うかして下さいと頼んだ。母は其時微笑しながら、「心配しないでも好いよ。御母さんがいくらでも御金を出して上げるから」と云つて呉れた。私は大変嬉しかつた。それで安心してまたすや〳〵寐てしまつた。

　私は此出来事が、全部夢なのか、又は半分丈本当なのか、今でも疑つてゐる。然し何うしても私は実際大きな声を出して母に救を求め、母は又実際の姿を現はして私に慰藉の言葉を与へて呉れたとしか考へられない。さうして其時の母の服装は、いつも私の眼に映る通り、やはり紺無地の絽の帷子に幅の狭い黒繻子の帯だつたのである。（『硝子戸の中』三十八、『漱石全集』第十二巻 613.1-614.4）

昼寝の夢の話であり、全部が夢なのか、ある程度の事実も含まれているのか解らない、と漱石は述べている。大金にからむ、決して名誉とは言えない話である。しかしこれと関連する伝記的事実がある。漱石が生まれた日は庚申の日に当たっていた。ところが庚申の日に生まれた子供は大泥棒になると言われており、その厄をよけるためには、名前に「金」の字をつけるといい、という伝承があった。そこで漱石は金之助と名付けられた、と伝えられている。[11]『硝子戸の中』に描かれた夢の背景には、あるいはこのような命名の由来についての記憶があったのかも知れない。

夢を見たのが何歳の時のことだったのか、不明である。養父母の不和のため、まだ幼い漱石は実家に引き取られた。その頃の漱石は、実の父母のことを祖父母であると教えられ、養父母が実の父母であると信じ込まされていた。このことについても『硝子戸の中』で述べている。漱石が実母を何と呼んだのか、明らかでない。この夢の中で実母が「御母さん」と自称しているが、自ら「御母さん」と言う「母の声」はもとより、「御母さん」と書きつけている「文字」にも、漱石は全身に浸みわたる感慨を覚えていたに違いない。

ともあれ、自負心の強い漱石が敢えてこのような罪多き「夢」を語ろうとしたのは、どんな大罪を犯したとしても、母は自分に代わって償い、自分を赦してくれるという、母の広大無限な慈愛に眼目があると解してよいであろう。

Kの父親は、決してそうではなかった。漱石がKの生まれた真宗寺院をあのように描いたのは、近代真宗教学の峻厳な精神主義を念頭に置いていたからであろう。本来の、法然の他力主義は決してそうではないはずだ、と漱石は考えた。夢の中の母は法然を彷彿させる。漱石が「法然について書きたい」と語ったことばは、そのような重要な意味を含んでいると思われる。漱石のこのような視点も、『心』の中から読み取るべきであろう。

5　法然、インデペンデントの人

次に、「素人と黒人（くろうと）」を取り上げたい。このエッセーは大正三年一月七日～十二日（九日は休載）に五回にわたって朝日新聞に連載された。『心』の掲載は同年四月からであるから、『心』の執筆直前のエッセーである。

> 自分は文芸上の作品に就いて素人離れのしたさうして黒人染みないものが一番好いといふ事をよく人に云つた。今も時時同じ言葉を繰り返してゐる。然し素人と黒人といふ意味をもつと理智的に解釈する様になつたのは、近頃諸所の展覧会で見た絵画（ことに日本画）が強い原因になつてゐる。（『漱石全集』第十六巻 553.13-554.2）

その理由について次のように言う。

自分の考へは最初日本画の御手際に感心し、中頃其御手際の意義を疑ひ、仕舞に其御手際を軽

蔑し始めた時に漸く起つたのである。（「素人と黒人」554.3–4）

漱石は、菊五郎・吉右衛門という歌舞伎俳優との出会いに関するエピソードを挟んで、「素人と黒人の優劣は、此二つの言葉を普通の応用区域即ち芸術界から解放して、漫然と人間の上に加へて見ると存外判然（はつきり）するものである」（「素人と黒人」557.3–4）と話題を転換する。そして「黒人の特色といふものは、人間の本体や実質とは関係の少ない上面丈（うわつらだけ）を得意に徘徊してゐるやうに思はれる」（「素人と黒人」558.7–8）と批判している。

> 要するに黒人の誇りは単に技巧の二字に帰着して仕舞ふ。さうしてそんな技巧は大概の人が根気よく丁稚奉公さへすれば雑作なく達せられるものであるといふ心持になる。上部（うわべ）丈の改良で事が済むのだから、精神的の教養よりも遥かに容易である、容易であるから誰にでも達せられると云ふのである。（「素人と黒人」558.11–14）。

黒人のこのような特色に関する見方を、絵画や俳優、ないしは文芸の黒人についても「応用したい」（「素人と黒人」558.15–16）と言う。「腕は芸術の凡てゞはない、寧ろ芸術界に低級な位置を占めるのが腕である」（「素人と黒人」559.2）。そうして「素人でも尊敬すべきだといふ真理」（「素人と黒人」559.1–2）を認めさせたいと述べて、良寛を取り上げる。

良寛上人は嫌いなものゝうちに詩人の詩と書家の書を平生から数へてゐた。詩人の詩、書家の書といへば、本職といふ意味から見て、是程立派なものはない筈である。それを嫌ふ上人の見地は、黒人の臭を悪む純粋でナイーヴな素人の品格から出てゐる。心の純なるところ、気の精なるあたり、そこに摺れ枯らしにならない素人の尊さが潜んでゐる。(「素人と黒人」559.8-11)

「素人と黒人」の問題は、初めに述べられていたように、「人間の本体や実質」は何か、芸術とは何かについて問うものであったが、漱石は「自己には真面目に表現の要求があるといふ事が、芸術の本体を構成する第一の資格である」(「素人と黒人」559.13-14)と認める。技巧などは二次的末梢的な問題に過ぎないことになる。

この問題は、実は、若き日の漱石が深く考えた中心問題にほかならない。文学は形式と、それによって表現される思想とから成る、という発想がそれである。この考え方は、正岡子規に宛てた明治二十三年(一九九〇)の書簡の中で詳細に論じられている。[12] 漱石作品に西洋の影響が非常に多いのはそのためであって、形式は西洋に学び、思想において漱石の独自性を発揮しようとした。例を挙げればきりがないが、例えば『永日小品』の中の「心」は、シェイクスピアの『ロミオとジュリエット』の形式を採用している。[13]

このような漱石の考え方によれば、文学にとって形式・表現方法が重要であることは言うまでもないが、核心にあるべきなのは思想である。大患後の漱石は思想そのものが変化したために、あらためてこの問題について論じているのである。その意味において、このエッセーには当時の漱石の関心の所在がよく示されている。『心』の検討において、「はからい」に当たるものを漱石は否定した。それと同様に、「構えて臨む」ような姿勢や、そこから生み出されたものに対して批判しているのである。最晩年の漱石が良寛、特に良寛の書に傾倒したことはよく知られている。(14)良寛はそのような「構え」を超脱していた。しかしこの点でも、やはり法然を無視すべきではない。法然は「一枚起請文(きしょうもん)」の中で次のように述べている。

念仏を信ぜん人は、たとひ一代の御のりをよく〳〵学すとも、一文不知の愚鈍の身になして、尼入道の無智のともがらにおなじくして、智者のふるまひをせずして、たゞ一向に念仏すべし。

(『昭和新修　法然上人全集』四一六頁)

どれほど経典に通じ、豊かな学識を身につけていようとも、「一文不知の愚鈍の身」「無智のともがらにおなじ」となして、「智者のふるまひ」をせざるように誡めているのである。法然の学識は当代随一であると、同時代の偉大な学僧達の誰もが認めていた。その法然が、このように述べていた。学僧の世界にあっては、学識を極めようとするのは当然である。学識の深さこそが精進の目標であり、また精進する者の誇りである。その頂点を極めたと誰もが信じて疑わなかった法然が、このように語った。同じ道を歩んでいた人々にとって、これほど恐ろしい価値観の大転換はなかったであろう。法然に対して囂々(ごうごう)たる非難の声が巻き起こり、法然と弟子達は流罪に処せられることになった。

しかし漱石は、流罪という社会的制裁には眼もくれない。漱石はあくまでも本質を見抜こうとする。漱石が「黒人(くろうと)の臭」を嫌い、「ナイーヴな素人の品格」を貴ぶのは、「技巧」よりも「人間の本体や実質」「精神的な教養」に本質的な価値を認めるからである。技巧は眼に見える。「そんな技巧は大概の人が根気よく丁稚奉公さへすれば雑作なく達せられる」。技巧は眼に見える表面的なものだけに終わるべきものではない。技巧が奉仕すべきなのは、「人間の本体や実質」に対する深い洞察に対してである。「精神的な教養」である。そして、深い洞察があるならば、技巧を捨て去っても輝き出るものがある。技巧しかない者が技巧を捨て去ることは、自己矛盾にほかならないが、真の洞察は技巧を捨て去ったところにこそ、かえって輝く。それが「素人と黒人」（『漱石全集』第十六巻）の主題である。

宗教でも哲学でも、事情は同じである。壮大な教義体系や哲学・思想体系を構築するのは人間知性の宿命であるけれども、体系の核心にあるのは深い洞察にほかならない。深い洞察に支えられてその周辺に壮大な体系が構築される。しかし人はいつしか構築物に眼を奪われて、その核心にある洞察を見失う。インド仏教の歴史は如実にそれを語っている。釈尊の洞察を踏まえて、仏弟子達はアビダルマという精緻極まりない教義体系を構築した。しかし釈尊の洞察そのものへの復帰運動が大乗仏教を生み出すことになった。ところが大乗仏教もまた、精密この上ない教理体系を組み立てる。歴史は繰り返される。

これはインド仏教に限られるものではなく、どの分野においても同じことが見られる。マルクスはマルクス主義者にあらず、などと言われるのもその一例である。漱石が親鸞・清沢満之から法然に眼を転じたのは、法然こそが真の「インデペンデントの人」であったという、漱石自身の体験に対応する「発見」に、その根拠があったと言うことができる。

大患から『心』にいたるまでの漱石の内面的消息については別に詳しく検討するが、以上に簡略に述べたところからも、大患以後の漱石が大きく変化したことは理解されうるであろう。

漱石は深刻な思想的挫折を経験することによって、却って法然の再発見へと導かれ、ようやく、母の無限の愛に包まれているような、心の安らぎを覚えることができた。

注

第一部

第一章

（1）「『先生』の『K』に対するかかわり方（記憶）が、『よそよそ』しいものであったことを示している」。小森陽一「解説　『心』を生成する心臓（ハート）」（ちくま文庫『こころ』、一九八五年十二月第一刷）三〇四頁。本論文は、初出『成城国文学』一号（一九八五年三月）であるが、小森陽一『文体としての物語』（筑摩書房、一九八八年）にも収録されている。ここではちくま文庫版『こころ』によって引用する。

（2）小森氏、前引書、三〇五～三〇六頁。傍点・ルビは原著のまま。

（3）同、三〇六頁。

（4）同、三〇六頁。

（5）小森氏が〈私〉を先生とは差異的であると見るのは、『心』の理解の本質に関係している。「『先生』は自らの遺書の言葉を、『私』という自分とは限りなく差異的でありながら、同時に自分の生を受け継ぐような存在に託した」（同、三〇六～三〇七頁）と見ている。そして「差異的」と呼ぶのは次のような作品解釈と不可分の関係に置かれる。「その言葉は『私』の『こころ』の中でそれ自身の意味からずらされ、新しい意味を生成するものとして、あたかも、刻一刻と生を更新しつづけるために心臓からおくり出される血液のように、流れつづけるのである。」（同、三〇七頁）そこからさらに次のように飛躍する。

　『こころ』というテクストは決して一義的な意味を凝固させようとする者を読者として選んではいない。遺書に凝固した文字としての「先生」の言葉を、自らの「こころ」の中に「血」として再生させ流そうとする

「私」と同じように、『こころ』の読者は「先生」の言葉、そしてまたそれを引用し、対話的にかかわろうとする「私」の言葉を、自らの心臓を流れる血液として、新たに生かしうる者でなければならない。そのような読者と出会ったとき、『こころ』というテクストは、単なる活字の集合から、新しい言葉の意味＝血を、限りなく生み出しつづける場、すなわち「心臓（ハート）」になりうるのである。（同、三〇七頁）

換言すれば、『心』という作品から「一義的な意味」を排除するために、一見すると先生を批判するかのように見える「余所々々しい」という一語を、最大限に評価しようとしているのである。

（6）秦恒平「『こゝろ』の孤独と愛」（俳優座公演パンフレット、一九八六年九月『漱石「心」の問題』（『湖の本』エッセー17、一九九八年）所収）六三頁参照。なお、上演台本には関係者の意見も加味されるため、秦氏は自身の『心』解釈にもとづく戯曲『こゝろ』（『湖の本』第二巻）を、上演台本とは別に出版した。

（7）同『漱石「心」の問題』九八頁参照。この引用箇所は講演「漱石『心』の問題―わが文学の心根に―」（平成八年四月二十五日に昭和女子大学人見記念講堂）で、インターネットで読むことが出来る（http://umi-no-hon.officeblue.jp/emag/data/hata/kohei05.htm）。なお講演の演題「漱石『心』の問題」を「漱石『心』のことなど」と改題して『学苑＝昭和女子大学紀要』一九九七年一月号に収められ、この紀要論文が前記『漱石「心」の問題』に収録されているので、ここから引用した。

（8）小森氏は論文の最後で、〈私〉は汽車の中で先生の遺書を読み、この世の中にたった一人残された奥さんのもとに駆けつけるのであり、〈私〉は「奥さん―と―共に―生きる」べく選ばれた者である、と解する。『こころ』三二四～三二五頁参照。また三一九頁参照。

（9）松沢和宏「『心』における公表問題のアポリア――虚構化する手記」（猪熊雄治編『夏目漱石『心』作品論集』『心』近代文学作品論集成③、クレス出版、二〇〇一年、三六六～三九一頁）は、この問題を「アポリア」と呼んでいる。しかし現実にアポリアがあるわけではなく、最初の問題提起・問題設定に誤りがあったにすぎない。

（10）拙著『漱石文学の思想』第二部、四四〇頁以下参照。

（11）『諸橋大漢和辞典』によると、「無聊」は「心に憂へる所があつて楽しまないこと。よりどころのないこと。転じて、淋しいこと」とある。

(12) 大岡昇平氏は『心』の先生と〈私〉との間に「同性愛的関係」を見ている（「狂気の文学『心』再読」（『大岡昇平全集』第十九巻、一一頁）。さらに「全体として、奥さんは男同士の劇から除外されているので、外国では同性愛の小説として読まれているくらいなんです」（「『心』の構造」、同、七九頁）という。島田雅彦氏も『漱石を書く』（岩波新書、一九九三年）において、『心』は同性愛小説であると見ているが、「漱石は下手だから書き直してやる」という。漱石と門下生の関係についても同性愛を推測する意見がなかったわけではない。しかし折口信夫（釈迢空）の場合のような証言は皆無であり、単なる憶測に過ぎない。現代は同性愛を公然と語り得る時代なので、漱石についても同性愛問題を語ることが先端的と思われている節がある。

(13)『漱石全集』第八巻注を参照。

(14) 島田雅彦『漱石を書く』岩波新書、一九九三年参照。

(15) 夫婦でありながら、奥さんにすら話せないというのはおかしい、という批判が出されている。夫婦であれば、何でも分かち合えなければならないはずだ、と。しかし、『心』ではこのように描かれている。現実問題として、夫が自殺して、残された奥さんには、自殺の原因がまったく思い当たらない、という例は、非常に多いのではないだろうか。中には、愛するが故に話せない、という場合が少なくないはずである。

(16) 明示的でないということは、暗示的ということにもなる。佐々木英昭『漱石先生の暗示』（名古屋大学出版会、二〇〇九年）は漱石作品の中から「暗示的」と見なす箇所を広く集めて検討している。しかし物語の表層において論ずるのみで、「何を」暗示しているのかについて踏み込んだ考察はない。

(17) 拙著『漱石文学の思想』第二部参照。大火は無常の喩えとして用いられている。「一切の諸衆生等は無常の大火の煎り炙る所と為らざるもの有ることなし」（『過去現在因果経』巻一、大正蔵三巻、六二三頁下）。

(18) 清水孝純氏は『心』に「運命の連鎖」を想定し、先生のこの仕種がそれを象徴すると解して、「円とは、運命の輪廻的な表現であり、天に向けて垂直に立てられた杖とは、輪廻を否定し、天へと超脱する意志の表現ではないか」と説く。清水孝純「『こゝろ』その隠蔽と暴露の構造」（平川祐弘・鶴田欣也編『漱石の『こゝろ』どう読むか、見)。

「漱石作品における〈円〉と〈十字〉―『虞美人草』を中心に―」『近代文学注釈と批評』二、一九九五年五月（未

「全く正反対のことをいっている」と指摘している。同書、「あとがき」四三八―四三九頁参照。なお、小川康子

ど、いずれも一種の下向運動を連想させるものである。それが暗闇とも結びついている」という説を紹介して、

と運命論に沿って謎ときをしてくれている」と評価しつつも、岸田俊子氏の「地面を見つめて杖を突き刺す行為な

どう読まれてきたか』新曜社、一九九二年、一七〇頁)。編者の鶴田欣也氏はこの説について「清水さんはちゃん

(19) 漱石作品の中には「火箸」の用例が多い。

『永日小品』「金」(『漱石全集』第十二巻 200.3-5)

空谷子(くうこくし)は小さな角火鉢に倚れて、真鍮の火箸で灰の上へ、しきりに何か書いてゐた。どうだね、相変らず考へ込んでるぢやないかと云ふと、さも面倒くささうな顔附をして、うん今金(かね)の事を少し考へてゐる所だと答へた。

『野分』三(『漱石全集』第三巻 312.3-6)

道也の文章は出る度に黙殺せられてゐる。妻君は金にならぬ文章を道楽文章と云ふ。道楽文章を作るものを意気地なしと云ふ。

道也の言葉を聞いた妻君は、火箸を灰のなかに刺した儘、

「今でも、そんな御金が這入る見込があるんですか」と不思議さうに尋ねた。

『門』一(『漱石全集』第六巻 355.3-5)

「そりや兄さんも忙がしいには違なからうけれども、僕もあれが極まらないと気掛りで落ち付いて勉強も出来ないんだから」と云ひながら、小六は真鍮の火箸を取つて火鉢の灰の中へ何かしきりに書き出した。御米は其動く火箸の先を見てゐた。

『硝子戸の中』六(『漱石全集』第十二巻 528-)

私は其女に前後四五回会つた。(中略)女は私の書いたものを大抵読んでゐるらしかつた。(中略)三度目に

来た時、（中略）私に自分の是迄経過して来た悲しい歴史を書いてくれないかと頼んだ。（中略）私はとにかく彼女の経歴を聴くために、とくに時間を拵らえた。

するとその其日になつて、女は私に会ひたいといふ別の女の人を連れて来て、例の話は此次に延ばして貰ひたいと云つた。（中略）

彼女が最後に私の書斎に坐つたのは其次の日の晩であつた。彼女は自分の前に置かれた桐の手焙（てあぶり）の灰を、真鍮の火箸で突ッつきながら悲しい身の上話を始める前、黙つてゐる私に斯う云つた。

「此間は昂奮して私の事を書いて頂きたいやうに申し上げましたが、それは止めに致します。たゞ先生に聞いて頂く丈にして置きますから、何うか其御積で……」

私はそれに対して斯う答へた。

「あなたの許諾を得ない以上は、たとひどんなに書きたい事柄が出て来ても決して書く気遣はありませんから御安心なさい」

私が充分な保証を女に与へたので、女はそれではと云つて、彼女の七八年前からの経歴を話し始めた。私は黙然として女の顔を見守つてゐた。然し女は多く眼を伏せて火鉢の中（なか）ばかり眺めてゐた。さうして綺麗な指で、真鍮の火箸を握つては、灰の中へ突き刺した（530.10-11）。

火鉢は現代の日常生活からは消滅してしまったが、当時は不可欠であった。『永日小品』には「火鉢」の章（『漱石全集』第十二巻 146-）もある。

(20)「貰う」(77.9) は『心』の「漱石自筆原稿」でも「貰う」と書かれている。『漱石全集』の『心』の巻末にある「校異表」には指摘がないが、「貰う」は「貰ふ」に訂正すべきであろう。「貰う」はここだけで、他はすべて「貰ふ」。貰ふ（上十 29.12、中二 109.3、十五 143.5、下五 166.2、四十五 270.7、五十一 286.6、五十四 293.15）、貰は（下一 155.10、五 164.10、九 174.15、三十二 236.14、四十五）、貰はう（下四十七 274.3.5）、貰ひ（中八 124.13、下十一 180.2、十四 188.2、十六 194.9、二十二 208.8、四十五 268.15、四十八 278.9）、貰へ（中六 119.13、十一 133.9）。なお、貰ッ子（上八 24.5）。この問題とは関係しないが、「貰つた」「貰つて」の類は頻繁。

（21）例えば、漱石は友人達に憎悪の感情を抱きながら、東京を飛び出して松山中学に赴任した。三浦雅士氏は漱石のこの特徴を的確に捉えている。三浦雅士『漱石　母に愛されなかった子』（岩波新書、二〇〇八年）参照。ただしその深層心理の原因は「母に愛されなかった」からだと解することには賛成できない。『心』に限ってみても、先生は叔父に裏切られたことから復讐心を抱いている。この問題は別の機会に論じたい。

第二章

（1）「諸行無常是生滅法。無有住時不可保信。是壊敗法。以是義故。汝諸比丘。於諸行所応知止足生厭悪想。離於愛欲而求解脱。」『別訳雑阿含経』巻十六、大正蔵第二二巻、四八八頁下。

（2）「諸行無常是変易法。不可恃怙会帰磨滅。」同、四八九頁上。

第三章

（1）重松泰雄氏は「過去を自らの、また他の人びとへの〈遺産〉たるべきものとするこのような見解は、『心』以前の作品にはほとんど認められない」と述べて、ベルクソンの『創造的進化』によっていると見ている。すなわち、過去が一つの「実在」であり「利得」であり、また「経験」であり、「所有」であるという思念がベルクソンの多くの書に散見される、と。『心』（岩波版『漱石全集』第九巻）「注解」三二五〜三二六頁参照。しかし『心』の先生は自分の「過去の経験」をそのように考えているわけではない。単なる「過去の経験」ではなく、「過去の経験」とそこから導かれるべき「思想」を伝えたい、と言っているのである。ただし「思想」そのものを明示的に述べることがないので『心』は理解不能とされるが、先生の「経験」を考察すれば、先生がその経験から導いた思想を明らかにすることができる。

（2）拙著『漱石文学の思想』第一部、一五一頁、一六五頁参照。

（3）拙稿「わが国最初の「印度哲学史」講義（三）—井上哲次郎の未公刊草稿—」（『北海道大学文学部紀要』四二—一、一九九三年）、拙著『漱石文学の思想』第二部、五三頁以下参照。

（4）「摩訶衍者、総説、有二種。云何為二。一者法、二者義。所言法者謂衆生心。」『大乗起信論』（宇井伯寿・高崎直道 訳注、岩波文庫、一九九五年）二二頁一～二行。

（5）「衆生自性清浄心」同、三二頁九行。

（6）「所謂心性不生不滅。一切諸法唯依妄念而有差別、若離心念則無一切境界之相。」同、二四頁六～七行。

（7）「是故一切法、従本已来、離言説相、離名字相、離心縁相。」同、二四頁七～八行。

（8）「是心生滅因縁相能示摩訶衍自体相用故。」同、二二頁三～四行、「顕示正義者依一心法有二種門。云何為二。一者心真如門、二者心生滅門。」二四頁三行以下。

（9）「如大海水因風波動、水相風相不相捨離、而水非動性、若風止滅、動相則滅、湿性不壊。」同、三二頁七行～九行。

（10）「如是、衆生自性清浄心因無明風動。」同、三二頁九行。

（11）「忽然念起、名為無明。」同、四四頁一～二行。

（12）「不生不滅与生滅和合、非一非異。名為阿梨耶識。」同、二八頁四～六行。

（13）「此識有二種義、能摂一切法、生一切法。云何為二。一者覚義、二者不覚義。所言覚義者謂心体離念、離念相者等虚空界、無所不徧、法界一相、即是如来平等法身。依此法身説名本覚。」同、二八頁六～九行、「如凡夫人覚知前念起悪故、能止後念令其不起、雖復名覚、即是不覚故。」三〇頁二～三行、「一切衆生不名為覚、以従本来、念念相続、未曾離念故。」同、九行。

（14）「以依不覚故心動説名為業、覚則不動。」同、三六頁三行。

（15）「一切法常静無有起相。」同、四六頁二行。

（16）「不動則無見。」同、三六頁四行。

（17）「依不覚故心動。」同、三六頁三行。

（18）「依動故能見。」同、三六頁四行。

（19）秦恒平氏は、母娘の転居を明治三十年早春と見る。「『心』の先生は何歳で自殺したのか」（「毎日新聞」夕刊、

一九九四年九月十二日〈秦恒平『漱石「心」の問題』(『湖の本』エッセイ17、一九九八年)所収、四一頁〉

第二部

第一章

(1)以上、『草枕』に関しては拙著『漱石文学の思想』第二部、二三四頁以下参照。井上哲次郎の講義草稿と漱石の聴講メモについては拙稿「わが国最初の『印度哲学史講義』―井上哲次郎の未公刊草稿―」(一)、(二)、(三)(『北海道大学文学部紀要』一九九〇~一九九二)を参照。

(2)拙著『漱石文学の思想　第二部　自己本位の文学』二六九頁参照。

第二章

(1)拙著『漱石文学の思想』第一部、四〇四~四〇五頁参照。[同書で「漱石夫人宛」とあるのは誤植につき、訂正]

(2)拙著『漱石文学の思想　第一部』参照。

(3)三浦雅士『漱石　母に愛されなかった子』岩波新書、二〇〇八年、一二四頁。

第三章

(1)これが『康熙字典』からの引用であることは江藤淳氏が明らかにした。江藤淳「漱石と中国思想―『心』『道草』と荀子、老子―」『新潮』七五巻四号、一九七八年四月。なお、江藤淳『漱石論集』新潮社、平成四年、所収。

(2)以下については金谷治・佐川修・町田三郎『荀子』下、『全釈漢文大系』8、集英社、昭和五十六年第二刷を参照した。

第四章

（1）『本願寺聖人伝絵』「上ノ第二段、吉水入室」『定本親鸞聖人全集』第四巻、法蔵館、昭和四十四年、五頁。

（2）『本願寺聖人伝絵』（同、五頁）、『善信聖人伝絵』（同、五五頁）では建仁三年とするが、『善信聖人絵』（同、一〇二頁）では建仁元年とする。いずれも二十九歳の時とするので、建仁元年が採用されている。

（3）同、六～七頁、五七～五八頁、一〇四頁。詳しくは『親鸞夢記』同、二〇一頁参照。

（4）安富信哉『清沢満之の個の思想』法蔵館、一九九九年、二七頁参照。

（5）拙稿「わが国最初の『印度哲学史』講義（三）」参照。

（6）先生とKとは実質的には主人と食客の関係にある。しかし先生ばかりでなく奥さん・御嬢さんも、Kをそのようには見ていない。しかし経済的優位・劣位の関係を基本において『心』を解釈しようとする試みは少なくない。中でも松澤和宏氏は著書『生成論の探求　テクスト・草稿・エクリチュール』（名古屋大学出版会、二〇〇三年、一三〇頁以下）において、『心』の漱石自筆原稿における加筆・訂正の跡を精細に調査することによって、草稿にはあった経済問題が最終稿では背後に押しやられている事実を明らかにした。そして経済問題こそ隠蔽されている真実であるとして、これを前面に押し出した解釈を主張した。

しかしこの主張には無理がある。小説『心』の真相は、松澤氏の主張のまさに正反対のところにあると見なければならないからである。経済的優位者に対して、劣位者が「負い目」を覚えるのは常識的には当然のことであるが、もしもその通りに描いたならば、『心』の主題と不可分の関係にあるKの求道の問題（一筋に求道に励んでいたはずの心が、気づかぬうちに道を踏み外していた、という問題）がぼやけてしまう、と作者は考えたと解すべきである。養父母に対するKの態度なども考慮すれば、これは自明のことと言わなければならない。

（7）Kは清沢満之をモデルとしているという説が藤井淳氏によって主張されている。藤井淳「近代日本の《光》と《影》―夏目漱石と清沢満之―」（『文学』第二巻第二号、二〇〇一年三・四月、一六九～一八一頁）

藤井氏はこの論文において「漱石がKを描く際に清沢満之という人物を念頭に置いていた」ことを「論証する」（一六九頁上下）と言う。そのために藤井氏は、漱石が『哲学雑誌』の編集委員になる以前に満之もこれに関係していたこと、漱石が講演「模倣と独立」で言及する「大学騒動」は満之が中心人物となった真宗大学問題であろうこと、真宗大学から英文学担当教員の斡旋を依頼されて漱石が書いた三通の書簡、それに漱石旧蔵の『清沢先生信仰坐談』などを調査した。このような根拠を挙げて、漱石が清沢満之についてよく知っていた事実を明らかにした。

藤井氏はKが清沢満之のことであり、その姓からKというイニシャルが用いられたとみなしている。藤井氏はそこから、『心』という小説は清沢満之を中心人物とする小説であると理解する。『心』において清沢満之の挫折（これが論文のタイトルにある「影」の意味）を正面から取り上げることによって、漱石自身が挫折を免れた（同じく「光」）と見なしている。そして漱石が今日まで生き延びているのは清沢満之のお陰である、と結論する。

漱石が清沢満之に関心を寄せていたことは、『心』から充分に読み取ることができるけれども、藤井氏の主張するように、『心』が清沢満之を主人公とする作品であるという読み方は不可能である。そもそも清沢満之がKとまったく同じように挫折したと理解すべきではないであろう。清沢満之研究に即しても、現在、清沢満之の「精神主義」が挫折したとか、完全に葬り去られたとか言えるのであろうか。ましてや、清沢満之のお陰で漱石自身が挫折を免れたのだと『心』を解釈する理由が、私にはまったく理解できない。『心』において挫折しているのはKであり、先生であり、漱石自身にほかならない。

(8) 安富信哉『清沢満之と個の思想』法蔵館、一九九九年、一七頁。
(9) 同、一七～一八頁。
(10) 同、一八頁。
(11) 小宮豊隆『夏目漱石』一、岩波書店、昭和二十八年、一七頁。
(12) 拙著『漱石文学の思想』第一部、一四三頁以下参照。
(13) 拙著、同、三九頁以下参照。
(14) 漱石と良寛に関する最近の研究としては、安田未知夫『漱石と良寛』（考古堂、平成十八年）がある。

あとがき

『心』を書き終えて、漱石の長かった青春時代はようやく終った。『心』は疾風怒濤の青春時代に終りを告げるとともに、深く、広く、人生と世界を展望する、成熟の時代への扉を開けようとする。『心』を満たしている青春時代の苦渋が、中野重治をして、漱石は暗いと言わしめたが、その暗さは絶望の暗黒ではなく、暗い中にかすかな光の兆候を宿し、やがてゆったりと穏やかで豊かな陽光を呼び出そうとしている。

本書は『門』までを扱った拙著『漱石文学の思想』第二部に続くものであるから、当然、修善寺の大患の検討から始めるべきであった。しかしそれは後回しにして、『心』を先に取り上げることにした。大患後の諸問題は『心』に集約されており、『心』を丁寧に検討すれば、おのずから大患以後の諸問題にも言及せざるをえないことになるので、ここではそれらの問題については結論的なことだけを述べて、『心』の解明を中心にすることとした。大患の問題ならびに『彼岸過迄』『行人』などについては、別の機会に詳論することにしたい。

漱石研究は現在ますます盛んであるけれども、近年の研究者が漱石に対する姿勢を見ると、あたかも三流作家に対しているかのように思われてならない。漱石に対する尊敬の念がほとんど感じられない場合が少なくないのである。かつて高等学校の国語教科書から鷗外・漱石の作品が消える、とマスコミが大きく取り上げたことがあった。マスコミはその事実を報ずるだけであったけれども、近年の研究動向と併せ考えると、漱石作品、特に『心』を教材として取り上げても、教室での適切な教育的指導は到底期待できないと判断する、良識ある賢人がいたのかも知れない。報道された当時の背景事情について私は知らないけれども、そう考えて納得していた。

漱石文学は国民文学と称賛されたこともあった。現在でも広く読まれていることに変わりはないであろう。しかし漱石研究が漱石の文学について、積極的にプラスの評価を与える例は、実際のところ、あまり見当たらない。『坊っちゃん』などの面白さを讃える書物が多数刊行されているのは、誰もが疑問の余地なく評価できる漱石の側面を確認したい、という意識を反映しているのではないかと思われる。しかし漱石は、創作こそ自分の本領だと信じて職業作家に転じたのであるから、そのような扱い方では、漱石のほんの一部分を見ているに過ぎないことになる。

文学は、小説などの形式によって思想を表現する。それが漱石の文学観であった。それは単なる抽象的理論だったのではなく、漱石にとって文学作品を読む視点であるとともに、漱石自身の創作の方法でもあった。漱石の文学作品は、物語小説であると同時に思想表現でもある。この事実を実際の作品に即して明らかにすることが、漱石文学研究の眼目でなければならない。

漱石文学の出発点にあった「自己本位」の立場は、一般論として理解されるにとどまり、漱石が「本位」とした「自己」の思想そのものは、取り上げられることがなかった。その「自己」の思想が崩壊したことによって、漱石は「則天去私」を唱えるに至ったのであるが、小宮豊隆などの門下生さえ、このような事情を理解しなかった。そのために「則天去私」の思想内容が不明なまま、この標語だけが独り歩きすることになってしまった。もっとも、漱石の宗教性に関する伝承を残したことには、大きな意義があった。この伝承も存在しなかったならば、今頃漱石は歴史の中に埋もれて、忘れ去られてしまったに違いない。

終戦直後の日本は、戦前のものに対する否定一辺倒の雰囲気に満ちていた。まだ慶応大学の学生であった江藤淳氏（一九三二—一九九九）は『夏目漱石』（初出『三田文学』昭和三十年。単行本、東京ライフ社、昭和三十一年）によって颯爽と文壇にデビューしたが、同書において「則天去私」を漱石神話に過ぎないと断定した。「則天去私」の標語だけが独り歩きしていて理解困難であったばかりでなく、漱石作品の解明も充分にはできていなかったにもかかわらず、漱石崇拝は強固だった。戦後という時代的雰囲気を考えれば、江藤淳氏が漱石研究史を大胆に断り捨てるのに、特別の「勇気」を必要とはしなかったであろう。「則天去私」や漱石の宗教性を括弧に入れて棚上げすることによって、漱石作品を世俗文学として読む道を切り開くことに、若々しい意欲を燃やしていたのであろう。漱石作品の中の理解困難な部分を、「通奏低音」と呼んで棚上げしてしまう江藤氏の読み方の本質は、そういうものであった。当然ながら、そこに取り出された漱石像は極めて明快であり、漱石作品が読みやすくなったと、大歓迎された。

周知のように江藤氏自身は、その後間もなく、戦後日本の歴史状況を見る眼を百八十度転換させたけれども、氏の漱石研究そのものを転換させることはなかった。その矛盾の自覚が、結局、ライフワークであった『漱石とその時代』を完結させなかったに違いない。江藤氏の自死は、戦後日本の悲劇の一つに数えるべきであろう。

江藤氏以後に登場した「テキスト論」の隆盛は、本質的には江藤淳氏を先蹤とするものと言える。小森陽一・石原千秋の両氏は季刊誌『漱石研究』（全一八号）を主宰して、江藤氏に続く時代の漱石研究主導者であった。両者に共通の方法論はいわゆる「テキスト論」であった。「テキスト」から「作者」を切り離して（いわゆる「作者の死」）、本文の文字列だけを研究の対象とし、作者に関するすべての資料（伝承も含めて）を遮断するという「方法」によってテキストを読んだとき、例えば漱石の『心』は「貧しい」と小森陽一氏が批評するのを読むと、不思議な気持ちに襲われる。作品からすべてを切り捨ててしまっておいて、「貧しい」と認めるのであれば、そのような研究方法が誤っているかも知れないと考えるのが普通であろう。しかし、そうではなくて、「貧しい」ということを「新発見」と解しているところに、漱石に対する敬意の喪失を見る。むしろ「作者の死」という方法論は、作者に対する敬意を否定するためのカムフラージュではないかとも思えてくる。そうしてそれが現代の風潮になっている。

なぜ漱石を読むのか、漱石を読むことから何を学ぼうとするのか、皆目見当のつかない「研究」が少なくない。石原千秋氏は『『こころ』　大人になれなかった先生』（みすず書房、二〇〇五年）と題する書物を著している。作者が誰であるかは完全に度外視するというのであるから、

「大人になれなかった先生」という結論を導いても一向に構わない、という「方法論」なのであろうが、こういう結論が果たして妥当なのか、という素朴な疑問すら抱かないらしい。

方法はあくまでも研究の手段にすぎない。まともな成果が得られなければ、方法の方が間違っている。それが学問的研究の基本であろう。学問などと呼ぶ以前に、そもそもそれが健全な常識である。漱石を論ずる現代の傾向は、「漱石作品」を素直に読むのではなく、「舶来の」文芸批評方法論を神棚に祀って、神官よろしく、仰々しい装いのもとに、無知なわれわれに向かって、ありがたい託宣を下すから耳を澄ませて聞け、と言おうとしているとしか思えない。

文芸批評の観点として、「作者の死」が絶対普遍の原則であるはずがない。もしも絶対的だと主張するのであるならば、「テキスト」論者自身が『心』を論ずるに際して、漱石の他の作品を引き合いに出す理由は説明できないであろう。

小谷野敦氏は『心』に関して諸家がどのように評価してきたかを調査して、論文「夏目漱石の保身――『心』の「殉死」をめぐって」(『文学界』平成十六年十月号)をまとめた上で、著書『こころ』は本当に名作か　正直者の名作案内』(新潮新書、二〇〇九年)において、『心』は名作ではないと断定した。小谷野氏の「方法」は一見「民主的」ではあるけれども、小谷野氏はもっと気概のある人とばかり思っていた筆者には、意外であった。

以上は『心』に対する研究・評価のほんの一端を記したにすぎない。しかしこれを見ただけでも、『心』が正確に読み取られていない実状を窺い知ることができると思う。こういう状況を外から見れば、何のために漱石を取り上げるのかが理解できない。もとより真面目に漱石研究に取り組んでいる若い研究者も少なくない。しかし管見の限りでは、細部における文献学的研究が中心で、深く掘り下げた作品理解・漱石理解の研究にまでは至っていないと思われる。

もとより、思想家としての漱石を研究した書物も少なくない。ここでは上田閑照氏の『私とは何か』(岩波新書、二〇〇〇年)についてのみ言及しておきたい。詳細については触れないが、この本の最後の章は〈「私の個人主義」と「則天去私」――夏目漱石の場合〉と題されている。同書は「私」の一般的な考察から、順を追って、「私」の哲学的な検討を積み重ねながら、最後に漱石の則天去私の思想を解明することを主眼としている、と言ってよいであろう。上田氏は哲学・仏教の問題の中心に漱石を置いているのである。ところが、周到に論を進めているにもかかわらず、漱石に関しては極めて不充分である。「則天去私」を論ずるに当たって、「現代日本の開化」及び「私の個人主義」に用いられる「自己本位」が、「則天去私」へと連続すると見ている。そして『心』を全く取り上げることなく、『道草』と『明暗』とによって則天去私を論じている。

このような上田氏の立論には問題がある、と批判するのは容易である。しかし問題の本質はそこにあるのではない。上田氏のように、真に思想研究の立場から漱石を研究しようとしても、従来の漱石研究は何の参考にもならない、という明白な事実こそが問題なのである。

漱石は単なる物語作者ではない。上田氏が解明を意図されたように、極めて重要な哲学的課題を考察する上で、漱石は避けて通ることのできない存在である。ところが、従来の漱石研究はこのような問いに答えるだけの用意がない。というよりも、特に戦後の漱石研究は、意図してそれを避けて来たと言うほかない。したがって漱石を日本思想史の中に位置づけることすら不可能な状態にある。まして、世界思想史の現段階において、漱石を考察する、などということは思いもよらない。戦後の漱石研究の主流は、漱石を歪曲する方向に導くべく力を注いで来た、と極論したくなるほどである。

私が本書において、できるだけ丁寧に本文に即して読解に力を注いだのは、従来の漱石研究が、もっとも基礎的な研究の手間を惜しんできたと考えるからである。こうした手続きを経ることによって、漱石の講演・評論と小説とが、決して無関係な別物ではないことが自ずから明らかになるはずである。漱石の思想がどれほど広く深い背景に根ざしているか、また、漱石が自分自身を実験台にして、心身を焼き尽くすほど苛烈な苦悩を味わいながら、検証し続けた結果として到達し得た、その思想の意義を理解することができると思う。

最近は日本文化・日本仏教に関心を寄せる外国人研究者が増えている。現代の欧米における哲学の閉塞状況から、世界は仏教や日本文化に新しい可能性を求めているのである。しかしわれわれは単純に喜んでばかりいるわけにはいかない。彼らは西欧の伝統的な教養を背景にして東洋に学び、彼らの伝統を革新し発展させようとしているのである。それに対して日本では、伝統文化や古典の教養はますます軽視され、現代の漱石研究が端的に示しているように、学問的研究と呼ぶことすら疑われるほど、極めて底の浅いものになりつつある。将来われわれ日本人が、漱石作品の正当な読み方を外国人から学ばなければならない時代が来ないとは限らない。漱石の教養のある部分は確実にヨーロッパの文化によって養われたのであるから、少なくともその部分に関しては外国人研究者の方がはるかに有利であるに違いない。その方向への兆候はすでに現れているように思う。

しかし「比較研究」は単純に一方によって他方を割り切ることではない。双方の厳密で正確な理解にもとづいて比較研究するのでなければならない。したがって、漱石に関する厳密な理解について、われわれ日本人が責任を負わなければならない部分が大きいことに疑問の余地はない。日本人が日本の遺産を相続できない憐れな存在にならないように、われわれは大きく目を見開かなければならない。

前著の発表後、公私にわたる多忙のため、長い歳月が過ぎてしまった。前著の最後に漱石の思想の挫折について言及したまま、長い中断となったため、度々続刊を期待する声を頂いた。ようやく責めの一端を果たすことができたことは大変嬉しい。本文の読みと、そこから導かれる問題の検討を中心としたため、先行する研究文献に関しては、大部分、省略した。

本書が、漱石の真実の解明にいささかでも役立つところがあるならば、著者としてこれに過ぎる喜びはない。

出版事業の困難な時代にあって、本書の出版を快く引き受けて下さったばかりでなく、編集上の貴重な御助言・御協力を頂いた、トランスビュー社の中嶋廣氏に心からの感謝を捧げる。

著者記す

平成二十二年二月二十一日

＊本書は、著者が『漱石文学の思想』の題のもとに構想した全五巻のうち、第四部にあたるものである。全巻の構成は以下の通り。

第一部　自己形成の苦悩　筑摩書房、1988年
第二部　自己本位の文学　筑摩書房、1992年
第三部　修善寺の大患の意味（仮題）　未刊
第四部　『心』の秘密　漱石の挫折と再生（本書）
第五部　則天去私の文学（仮題）　未刊

＊漱石に関する著者の仕事は他に下記のものがある。

『漱石全集』第三巻『草枕』注解　岩波書店、2002年

作品の引用中に、現在では差別を助長すると考えられる表現があるが、執筆年代を考慮し、また本書の性質上、原文のままとした。

著者紹介

今西順吉（いまにし　じゅんきち）

1935年、東京都に生まれる。1957年、東京大学文学部印度哲学梵文学科卒業。東京大学大学院修士課程・博士課程を経て1964年〜66年、ドイツ・ゲッティンゲン大学留学。北海道大学文学部教授・文学部長、国際仏教学大学院大学教授・学長・理事長を歴任。北海道大学名誉教授。専門はインド哲学（インド哲学・仏教）、近代日本思想史。

『心』の秘密―漱石の挫折と再生―

二〇一〇年四月五日　初版第一刷発行

著　者　今西順吉

発行者　中嶋　廣

発行所　株式会社トランスビュー
東京都中央区日本橋浜町二-一〇-一
郵便番号一〇三-〇〇〇七
電話〇三（三六六四）七三三四
URL http://www.transview.co.jp

装幀者　高麗隆彦

印刷・製本　中央精版印刷

ISBN978-4-901510-91-2　C1095